ro
ro
ro

rororo

Anneke Mohn ist in Niedersachsen aufgewachsen. Sie war im Lektorat verschiedener Buchverlage tätig und arbeitet heute als Übersetzerin und Autorin in Hamburg, wo sie mit ihrer Tochter lebt. «Kirschsommer» ist ihr erster Roman.

Anneke Mohn

Kirsch-Sommer

ROMAN

Rowohlt Taschenbuch Verlag

2. Auflage Juni 2013

Originalausgabe
Veröffentlicht im Rowohlt Taschenbuch Verlag,
Reinbek bei Hamburg, Juni 2013

Umschlagabbildung: www.zoonar.de / Robert Kneschke
Satz aus der Adobe Jenson (InDesign)
bei Pinkuin Satz und Datentechnik, Berlin
Druck und Bindung CPI – Clausen & Bosse, Leck
Printed in Germany
ISBN 978 3 499 25931 9

Alles auf Anfang

Jule hatte die Fensterscheiben heruntergekurbelt, damit der Fahrtwind die Hitze aus dem Wagen trieb. Die Sonne stand hoch am Himmel, und links und rechts zogen unzählige kleine Obstbäume vorbei, die schwer an reifen Kirschen und den ersten, noch grünen Äpfeln trugen.

Ich hatte ganz vergessen, wie schön es hier ist, dachte Jule. Dabei hatte sie für den heutigen Tag ganz andere Pläne gehabt. Eigentlich wollte sie jetzt nämlich mit ihrem Freund im Flugzeug sitzen und den Atlantik überqueren. Aber stattdessen saß sie nun in ihrem uralten roten Käfer und fuhr durch die Elbmarschen in das Heimatdorf ihrer Oma. Allein.

Schon vor Monaten hatten Tom und sie die Tickets gebucht. Sie wollten zuerst für ein paar Tage ihre Mutter in Montreal besuchen und dann durch Kanada reisen – vier ganze Wochen lang! Jule hatte sich so darauf gefreut. Endlich mal wieder ein längerer Urlaub. Bis vor kurzem hatte sie sich von diesen Wochen mit Tom noch so einiges erhofft. Zum Beispiel, dass sie ihren Freund daran erinnern würden, wie schön es war, das Leben gemeinsam zu verbringen, statt immer nur zu mailen, zu telefonieren und sich am Wochenende zu sehen. Vielleicht hätten sie ja in Kanada auch endlich über ihre gemeinsame Zukunft gesprochen.

Wohl kaum. Jule trat das Gaspedal durch. *Reines Wunschdenken.* Denn es war alles anders gekommen: Vor einigen Tagen hatten Tom und sie einen furchtbaren Streit gehabt, wie so oft in letzter Zeit. Sie hatten den Entschluss gefasst, erst mal Pause voneinander zu machen. Ob sie überhaupt eine gemeinsame Zukunft haben würden, stand in den Sternen.

Am Tag nach dem Streit hatte Jule beschlossen, trotzdem nach Kanada zu fliegen. Dann eben allein. Wie lange hatte sie ihre Mutter nicht gesehen? Und vielleicht täte es ihr ja auch ganz gut, mal in Ruhe über alles nachzudenken. Über ihr Leben, ihre Beziehung, ihren Job.

Aber auch dieser Plan hatte sich nun erledigt. Denn gestern war Jules Oma beim Kirschenpflücken von der Leiter gefallen und mit einem gebrochenen Bein ins Krankenhaus gekommen. Und da Jule das einzige Familienmitglied weit und breit war, konnte nur sie sich um Oma Mielchen, das Haus und den Garten kümmern.

Jule fuhr am Ortsschild von Buxtehude vorbei und hielt Ausschau nach einem Wegweiser zum Krankenhaus.

Ihre Großmutter war inzwischen über achtzig, bewirtschaftete aber wie eh und je ihren üppigen Obstgarten, beschnitt die Sträucher und jätete Unkraut, pflanzte und pflückte, kochte Marmelade ein und backte Kuchen. Und in den Sommermonaten beherbergte sie in ihrem Gästezimmer ab und zu auch noch zahlende Gäste, um ihre Rente aufzubessern. Eine Nachbarin, die in einer Pension in Jork arbeitete, gab gelegentlich Mielchens Adresse weiter, wenn bei ihnen keine Betten mehr frei waren. Aber öfter als ein paar Mal im Jahr kam das nicht vor.

Jule war immer wieder beeindruckt, wie viel Mielchen

schuftete. Einfach mal die Füße hochlegen und faul auf der Terrasse sitzen, das konnte ihre Oma nicht. Außer wenn sie einen besonders spannenden Krimi las. Es dürfte eine ziemliche Herausforderung für sie sein, untätig im Krankenhaus herumzuliegen und zu warten, dass der Bruch verheilte. Zum Glück schien sie ihren Sturz ganz gut verkraftet zu haben. Jedenfalls hatte sie am Telefon kaum anders geklungen als sonst. Als Jule gestern Abend anbot, ihren Urlaub zu verschieben und erst mal ins Alte Land zu kommen, um die dringendsten Angelegenheiten für sie zu regeln, hatte ihre Oma energisch abgelehnt. Aber Jule war froh, sich durchgesetzt zu haben. Und ihre Mutter hatte sie am Telefon darin bestärkt, denn Mielchen überschätzte sich und ihre Kräfte manchmal – eine Eigenschaft, die bei allen Frauen der Familie einigermaßen ausgeprägt war. Auch Jules Mutter Senta war so ein Arbeitstier und jagte als Regisseurin von einer Theaterproduktion zur anderen. Und wenn Jule es recht bedachte, gönnte auch sie selbst sich nur sehr selten eine Pause.

Seit vier Jahren war Jule Redakteurin bei der *Antonia*, einer Frauenzeitschrift. Sie war zuständig für die Rubrik «Persönlich». Am Tag zuvor war sie nach München geflogen, morgens hin und abends zurück, um eine junge Schauspielerin zu interviewen, die mit ihrem ersten Film schlagartig berühmt geworden war, und nun kam ihr zweiter in die Kinos. Jule liebte es, immer wieder neue Leute zu treffen, die etwas Spannendes machten. Allerdings war dieser interessantere Teil ihres Jobs in letzter Zeit viel zu kurz gekommen. Sie hatte sich auf den Termin gefreut – obwohl er leider ausgerechnet am letzten Tag vor ihrem Urlaub stattfinden musste. Aber das Interview sollte unbedingt schon in der nächsten Ausgabe erscheinen. Es blieb also kaum Zeit, den Mitschnitt abzutippen und freigeben zu lassen. Da Jule aber nicht vorhatte, diese Arbeit im Urlaub zu machen – so verrückt war sie dann doch nicht –, hatte sie mit den Knöpfen ihrer Kopfhörer im Ohr am Münchner Flughafen gesessen und das Interview in ihren Laptop getippt. Und genau in dem Moment hatte Mielchens Nachbarin Inken auf dem Handy angerufen und Jule von dem Unfall berichtet.

Jule folgte den Schildern durch das Städtchen, fuhr knatternd an windschiefen Fachwerkhäusern vorbei und schließlich auf den Parkplatz der Klinik. Als sie auf den Eingang zueilte, sah sie hoch am Himmel ganz klein ein Flugzeug silbrig glänzen. Jule seufzte. Dieser Sommer würde definitiv anders verlaufen als geplant.

Mielchen lag allein in einem großen, leeren Zimmer. Das Kopfteil ihres Bettes war angewinkelt, ihr rechtes Bein steckte in einem beeindruckenden Gips und hing in einer Schlaufe über dem Bett. Sie trug ein hellblaues Baumwollnachthemd mit kurzen Ärmeln, aus denen ihre braungebrannten Arme hervorsahen, und ihr schlohweißer Pagenkopf war etwas in Unordnung geraten. Als sie Jule erblickte, versuchte sie sofort, sich aufzurichten.

«Julchen, endlich!» Sie winkte ihre Enkelin mit ausgestrecktem Arm zu sich heran. «Du musst mir hier raushelfen. Bist du mit dem Wagen da?»

Jule beugte sich zu ihrer Oma hinunter und gab ihr einen Kuss auf die Wange. «Jetzt mal langsam, eins nach dem andern. Wie geht's dir denn?»

«Na, wie soll es einem mit so einem Klotz am Bein schon gehen?» Sie klopfte auf den schmalen Streifen der Matratze neben sich. «Aber jetzt ist ja meine Lieblingsenkelin da. Na, dann setz dich erst mal und erzähl.»

Jule musste lächeln. Mit diesen Worten war sie früher jeden Sommer begrüßt worden, wenn sie – die einzige Enkelin – die Ferien bei Mielchen und Fritz im Alten Land verbracht hatte. Froh, dass ihre Oma jedenfalls nicht mehr türmen zu wollen schien, streifte Jule ihre Tasche ab und setzte sich zu ihr. Zeit hatte sie schließlich genug.

Mielchen musterte sie von den locker zusammengesteckten rotblonden Haaren über die dünne weiße Bluse und die Jeans bis zu den Ballerinas. «Du siehst so schmal aus. Und blass bist du!»

«Danke für die Blumen», sagte Jule trocken. Damit, wie es ihr ging, fing sie jetzt lieber gar nicht erst an. «Aber du bist hier die Patientin! Wie konnte das denn überhaupt passieren?», fragte sie.

«Na, ich stand auf der Leiter und war am Kirschenpflücken, und da ist die Sprosse, auf der ich stand, durchgebrochen», erklärte Mielchen leicht unwirsch. «Und dann lag ich da. Zum Glück war die kleine Mia nebenan im Garten und hat sofort Inken geholt. Aber der Korb mit den Kirschen ist mir runtergefallen, die liegen nun alle verstreut auf dem Rasen. Die müssten dringend aufgelesen werden, bevor sie schimmeln. Und die restlichen Kirschen am Baum müssen gepflückt werden! Und den Garten wollte ich noch wässern, schließlich sieht es nicht gerade nach Regen aus. Ach, es gibt dermaßen viel zu tun, ich kann hier nicht so untätig rumliegen!»

Oje, stöhnte Jule innerlich. So leicht ließ Mielchen sich wohl doch nicht beruhigen.

«Und die Wäsche muss ich noch abnehmen, die hängt jetzt schon seit zwei Tagen draußen. Außerdem steht meine Vespa noch vor dem Haus, und –»

In diesem Moment öffnete sich die Tür, und eine Schwester trat ein und stellte ein Tablett mit einer Tasse Kaffee und einem kleinen Stück Topfkuchen auf den Nachttisch.

Mielchen hielt inne, und Jule stand auf, zog sich einen Stuhl heran und setzte sich neben das Bett. Als die Schwester die Tür wieder hinter sich geschlossen hatte, sagte sie: «Mielchen, bei dir zu Hause ist also einiges zu tun. Gut. Aber du wirst ja noch eine Weile hier bleiben müssen. Ich kann mich doch erst mal um das Wichtigste kümmern.»

Skeptisch sah Mielchen ihre Enkelin an. «Aber es ist ja wirklich *alles* stehen und liegen geblieben und – ach je! Morgen kommt ja auch noch ein Übernachtungsgast! Den hätte ich beinahe vergessen. Dafür ist auch noch alles Mögliche vorzubereiten.»

«Hat Inken dir wieder jemanden geschickt?», fragte Jule.

Mielchen nickte. «Er kommt morgen gegen Mittag, und ich habe das Zimmer noch gar nicht herrichten können. Das Bett muss bezogen werden. Und ich räume ja immer das Bad oben frei und benutze dann selbst das kleine unten neben der Küche. Oben im Bad müsste ich aber dringend noch mal ein bisschen sauber machen ...» Mielchen versuchte erneut, sich aufzurichten. «Es geht nicht anders. Wir müssen los!»

Jule winkte ab. «Darum kümmere ich mich.»

«Aber du weißt doch gar nicht –»

«Du musst dir keine Gedanken machen. Ich schaffe das schon.»

Mielchen sah sie nachdenklich an. Ob ihr langsam klarwurde, dass sie das Krankenhaus doch nicht mitsamt Gipsbein verlassen sollte, um zu Hause Wäsche abzunehmen? So ganz überzeugt wirkte sie noch nicht.

«Ich bin erwachsen, Oma», sagte Jule und nickte bekräftigend. «Du kannst dich auf mich verlassen.»

«Und du stellst auch ein paar Blumen ins Gästezimmer?»

«Natürlich.»

Mielchen lehnte sich zurück, allerdings nur, um sich sofort wieder vorzubeugen. «Aber wenn nun –»

«Mielchen!», sagte Jule, um einen strengen Ton bemüht. «Ich kümmere mich um alles! Du musst erst mal wieder gesund werden, das ist das Wichtigste.»

«Hm», brummte Mielchen.

Ihre Oma schien nachzudenken. Jetzt musste sie dranbleiben. «Ich kümmere mich um den Garten, und ich spreche wegen des Übernachtungsgastes mit Inken», fuhr Jule fort. «Vielleicht weiß die ja noch eine andere Lösung.»

Mielchen seufzte. «Ach, Julchen … na gut. Anders wird es wohl nicht gehen.»

«Sieht so aus, ja. Und wenn alle Stricke reißen, bleibe ich einfach ein paar Tage hier und helfe aus.»

«Papperlapapp! Kommt gar nicht in Frage. Was wird denn dann aus deinem Urlaub?», fragte Mielchen entrüstet. «Wolltest du nicht mit Tom nach Kanada?»

Wie soll ich ihr das bloß erklären? Das Konzept «Beziehungspause» dürfte ihr relativ fremd sein.

Mielchen und Tom waren sich in den letzten Jahren immer mal wieder begegnet und mochten sich sehr. Jule wollte ihre Oma nicht noch weiter beunruhigen.

«Ja, also, den Urlaub … Also, den haben wir … verschoben.» Das war eigentlich sogar die Wahrheit. Tom und sie hatten den gemeinsamen Urlaub, wie auch alle anderen gemeinsamen Pläne, erst einmal – verschoben. Genau.

«Ich könnte also gut bei dir schlafen, wo ich schon mal hier bin. Morgen Vormittag besuche ich dich wieder, und dann sehen wir weiter, ja?»

«Hm.» Mit beiden Händen strich Mielchen die Bettdecke vor sich glatt. «Na gut … Das ist … wirklich lieb von dir, Julchen. Ach, es tut mir so leid, dass ich dir das alles aufbürde!»

«Das macht gar nichts, wirklich.»

«Aber wenn du eine Frage hast, rufst du an, ja? Die Nummer von dem Apparat da hast du schon, nicht?»

Jule nickte.

«Gut.» Mielchen dachte einen Moment nach. «Sag, Jule … Inken war so gut, mir gestern Nachthemd und Toilettentasche einzupacken, aber mir fehlen ein paar Dinge. Sei du doch so gut und bring mir meine Zigaretten mit, wenn du morgen kommst, ja? Sie müssten im Wintergarten auf dem Tisch liegen. Und den Krimi vom Nachttisch auch, bitte.»

Jule atmete innerlich auf. Mielchen schien verstanden zu haben, dass sie eine Weile im Krankenhaus bleiben musste. Leicht würde ihr das nicht fallen, aber wenn Jule dafür sorgte, dass ihre Oma genug zu lesen hatte, würde die Zeit für sie sicher wie im Flug vergehen.

Mielchen war eine Vielleserin, die ohne ihre Bücher genau so wenig leben konnte wie ohne ihren Garten. Und am allerliebsten las sie dicke Krimis. Mielchen hatte jahrzehntelang in einer kleinen Buchhandlung in Buxtehude gearbeitet. Ein Glücksfall für beide Seiten. Denn Mielchen hatte ihre Tochter Senta sehr früh bekommen und sich ihr lange – aus Sentas Sicht viel *zu* lange – ausschließlich gewidmet. Erst mit Mitte dreißig hatte sie beschlossen, eine Ausbildung zu machen. Damals war Senta schon fast mit der Schule fertig gewesen und hatte die Berufstätigkeit ihrer Mutter als Befreiung empfunden. Noch Jahre später schimpfte sie: «Mutti war eine derartige Glucke – sie saß noch zum Brüten auf dem Ei, als das Küken schon längst geschlüpft war! Ihr könnt euch nicht vorstellen, wie froh ich war, als sie anfing zu arbeiten!»

Vielleicht rührte der Freiheitsdrang von Jules Mutter daher. Senta hatte es immer wieder von der Familie fort und ins Ausland gezogen, und sie hasste es, sich reinreden zu lassen. Vor allem von ihrer Mutter.

Jule ließ sich von Mielchen den Haustürschlüssel geben, verabschiedete sich unter einem Hagel weiterer Anweisungen zu den Themen Garten und Gästezimmer und stieß beim Öffnen der Tür fast gegen ein zweites Bett, das gerade hereingerollt wurde.

Auf dem Weg zum Auto fragte sich Jule, wie es sein konnte, dass Mielchen all die Arbeit in Haus und Garten ganz allein bewältigte. Obwohl Jule rund fünfzig Jahre jünger war als ihre Oma, hätte sie selbst sich schon bei dem

Gedanken an all das, was jetzt zu tun war, am liebsten ins Bett gelegt. Mielchen dagegen schien es kaum Mühe zu machen, zwischen all der Arbeit noch mal eben mit ihrer alten Vespa über die Dörfer zu brettern, um Gemeindebriefe auszutragen, ihre selbstgekochte Marmelade zum Nachbarn zu bringen, der sie für sie auf dem Markt verkaufte, und abends noch eine Hühnersuppe für die Damen ihres Krimi-Kreises auf den Tisch zu zaubern. Natürlich selbst gemacht. Und natürlich tagte der Krimi-Kreis immer bei ihr. Die türkisfarbene Vespa war Mielchens ganzer Stolz, seit sie sich das Ding in den sechziger Jahren von ihrem ersten selbstverdienten Geld angeschafft hatte. Noch heute sagte sie bei jeder Gelegenheit: «Es ist kein Moped, sondern eine Vespa! Und ich war die Erste in der ganzen Gegend, die eine hatte!» Es grenzte allerdings an ein Wunder, dass nie jemand zu Schaden gekommen war, denn defensives Fahren war wirklich nicht Mielchens Stärke. Jule bewunderte die nie versiegende Energie ihrer Oma. Sie selbst war nach den arbeitsreichen und aufreibenden letzten Monaten mit Tom einfach nur urlaubsreif. Als sie vom Parkplatz rollte, fiel ihr ein, dass sie eigentlich noch mit dem behandelnden Arzt hatte sprechen wollen. Aber ihre Oma machte einen so guten Eindruck – das Gespräch konnte sie auch morgen noch führen.

Am Nachmittag kam Jule an dem reetgedeckten, mit Efeu bewachsenen Häuschen ihrer Großmutter an, das im Dörfchen Königreich gleich hinter dem Deich der Este lag, einem schmalen Nebenfluss der Elbe. Die roten Backsteine wurden von weißen Balken in große Quadrate gefasst, und die Fassade sprang nach oben hin leicht vor. Die Fenster waren von weißen Sprossen unterteilt, und die dunkelgrünen Rahmen hatten innen einen schmalen weißen Rand, wie bei fast allen alten Häusern im Dorf.

Jule angelte ihre Tasche aus dem Fußraum des Beifahrersitzes und stieg aus. Die Luft war hier spürbar milder als in Hamburg, und es roch sogar ein bisschen nach Meer.

Bei ihren früheren Besuchen war sie immer durch den Garten zur Hintertür gegangen, die zwischen Küche und Wintergarten ins Haus führte und eigentlich immer offen stand. Aber heute folgte sie dem von niedrigen Buchsbaumhecken gesäumten Weg zur dunkelgrün gestrichenen Haustür mit dem kleinen Fenster, über dem sich ein schmiedeeisernes Gitter wölbte.

Jule schloss auf und betrat die Diele. Sie stellte die Tasche neben die Treppe, schleuderte ihre Ballerinas von den Füßen und ging über den angenehm kühlen Steinfußboden an der Küche vorbei bis ans Ende des Flurs. Dort entriegelte sie die Hintertür, betrat die warmen Holzbohlen der Terrasse und ließ den Blick durch den Garten schweifen.

Schon als Kind hatte Jule dieses Fleckchen Erde geliebt, aber jetzt, nachdem sie monatelang in der Stadt festgesteckt hatte, wirkte die Aussicht auf sie geradezu überwältigend. Alles stand in voller Blüte. Die duftenden Rosen glänzten rosa und rot in der Sonne, und unter dem Pflaumenbaum neben der Terrasse hatte sich ein Teppich aus winzigen blauen Blumen ausgebreitet. Hinten an dem weißen Jägerzaun, der den Garten von den Obstfeldern trennte, leuchtete ein Meer aus hochaufgeschossenen Malven, buschigem Phlox und zarten

Wicken in Pink- und Lilatönen, und in der rechten Ecke des Gartens stand die alte Linde, deren mächtiger Stamm von einer Sitzbank umschlossen wurde. Aber der ganze Stolz ihrer Oma war der große Kirschbaum, der mitten im Garten stand und voller roter Kirschen hing. Jule wusste: Egal aus welchem Fenster des Hauses man sah, der Blick schien immer auf diesen Baum zu fallen. Am schönsten war er Ende April, Anfang Mai anzusehen, wenn er voller weißen Blüten war, als wäre der Schnee noch einmal zurückgekommen.

Erst weiß wie Schnee, dann grün wie Klee, dann rot wie Blut – schmeckt allen Kindern gut, hatte ihr Opa früher immer gesagt und sie dann zum Kirschkernweitspucken animiert.

Jule beschloss, dass ihre neuen Aufgaben noch etwas warten konnten, und ging die zwei Stufen in den Garten hinunter. Barfuß lief sie über den Rasen zum Kirschbaum. Von einem der unteren Äste pflückte sie einen Kirschenzwilling, knipste die Früchte mit den Zähnen vom Stiel und biss hinein. Die kleinen Herzkirschen waren fest, wunderbar saftig, süß und sauer zugleich. Als sie nur noch die Kerne im Mund hatte, ging sie zum Zaun und spuckte sie über die Blumen hinweg bis aufs Feld.

Ja! Das waren bestimmt sechs Meter.

Sie konnte es also noch. Stundenlang hatte sie als Kind mit ihrem Opa Kirschkernweitspucken geübt und immer gehofft, dass auf dem damals noch brachliegenden Feld irgendwann ein kleiner Kirschbaum wachsen würde – bis ihr Großvater sie darüber belehrt hatte, dass das so einfach gar nicht ging, weil der Sprössling veredelt werden müsse, um zu einem starken, tragenden Baum werden zu können. Inzwischen wuchsen dort jede Menge Obstbäume.

Jule sah sich um. Der Korb, von dem ihre Oma gesprochen hatte, war nirgends zu sehen, und es lagen auch nicht besonders viele Kirschen unter dem Baum. Außer der zerbrochenen Sprosse der Leiter, die noch am Stamm lehnte, war von ihrem Unfall keine Spur mehr.

Nachdem sie noch ein paar Kirschen gepflückt hatte, ging Jule zu der Linde hinüber und setzte sich auf die raue Bank, die ihr Großvater noch wenige Monate vor seinem Tod rund um den Baumstamm gebaut hatte. An die warme Rinde gelehnt, sah sie über die Felder und hing ihren Gedanken nach. Hier bei Mielchen und Fritz war ihr Kindheitsparadies gewesen. Hier in der hinteren Ecke des Gartens hatte sie sich in den Sommerferien im Gebüsch mit Kisten und Decken eine Laube eingerichtet und aus Gras, Kräutern und Wasser Suppe für ihre Puppen gekocht. Wenn es ihr zu heiß wurde, war sie durch den Rasensprenger gelaufen, oder ihr Opa hatte sie mit dem Gartenschlauch nass gespritzt. In diesen Wochen war Jule von ihren Großeltern immer auf eine Weise umhegt worden, wie sie es von ihrer Mutter kaum kannte. Mielchen kochte ihr zum Mittagessen ihre Leibspeisen: Klößchensuppe, Kartoffelpuffer mit Apfelmus oder Pfannkuchen mit Kirschen und Sahne. Alle paar Tage wurde frischer Obstkuchen mit Streuseln aufgetischt, außerdem gab es frische Zitronenlimo, sooft sie wollte. Nur den breiigen Wurzeleintopf, den Opa Fritz so liebte, mochte Jule nicht. Aber in diesem Punkt kannte Mielchen kein Pardon: Es wurde gegessen, was auf den Tisch kam.

Im Alltag bei ihrer Mutter war es natürlich nicht ganz so idyllisch gewesen. Senta hatte nach der frühen Scheidung von Jules Vater viel im Theater gearbeitet, erst als Regieassistentin, später dann als verantwortliche Regisseurin. Sie war ständig unterwegs oder saß bis tief in die Nacht mit Schauspielern und Kollegen zusammen, um dann am nächsten Morgen zu verschlafen. Jule würde nie vergessen, wie ihre Mutter sie morgens mehr als einmal in letzter Minute im Pyjama, mit wilden Haaren und übergroßer Sonnenbrille in dem knallroten Käfer zur Schule gebracht hatte, den heute sie fuhr. «Benimm dich, sonst bringe ich dich in diesem Aufzug bis in die Klasse», hatte Senta sie gewarnt, weil sie genau wusste, wie peinlich Jule ein solcher Auftritt gewesen wäre. Ihrer Mutter dagegen war so schnell gar nichts peinlich. Aber Jule hatte derartige Strafen immer zu vermeiden gewusst, indem sie sich benahm. Sie war ein braves Kind gewesen, manchmal vielleicht zu brav. Was allerdings auch daran liegen mochte, dass Senta schlicht und einfach von ihr erwartete, sich selbst um ihre Angelegenheiten zu kümmern. Schon sehr früh war Jule dafür verantwortlich gewesen, dass die Schulaufgaben erledigt waren und sie alles dabeihatte – vom Turnbeutel über das Pausenbrot bis zum Hausschlüssel. Rückblickend fand Jule eigentlich nicht, dass es ihr geschadet hatte. Auch wenn sie ihre Schulfreundinnen immer ein bisschen um die ordentlich gekleideten Mütter und die belegten Brote in ihren Tupperdosen beneidet hatte – dafür trug *sie* immer fünfzig Pfennig bei sich, um etwas beim Bäcker zu kaufen. Und darum beneideten ihre Mitschülerinnen sie. Außerdem hatte sie hier bei Mielchen und Fritz, in diesem Garten, in diesem Dorf, alles erlebt, was zu einer unbeschwerten Kindheit gehörte.

Vielleicht sollte sie tatsächlich ein paar Tage hier bleiben. Einfach ein bisschen ausspannen. Sie steckte sich die letzten beiden Kirschen in den Mund, die sie noch in der Hand hielt, und ließ sich den Geschmack des Sommers auf der Zunge zergehen.

Der Himmel über dem Alten Land war von einem tiefen, fast unwirklichen Blau. Jule beobachtete einen Raubvogel, der hoch oben seine Kreise zog. Sie schloss die Augen und atmete tief ein. Es roch nach frisch gemähtem Gras. Wann hatte sie diesen Duft zuletzt in der Nase gehabt? Je länger Jule die Augen geschlossen hielt, desto mehr nahm sie wahr. Sie hörte Bienen summen und Vögel zwitschern. Irgendwo raschelte es. Und ab und zu strich der Wind über ihre Haut und ließ die Blätter über ihr leise rauschen.

Erst als von irgendwoher das Klappern von Tellern zu hören war, schlug Jule die Augen wieder auf. Offenbar war sie eingedöst. Sie streckte sich. Es duftete nach Essen, und Jule merkte, dass sie Hunger hatte. Großen Hunger. Sie stand auf und ging ins Haus.

Im Kühlschrank fanden sich Käse und Wurst, Joghurt und sogar ein noch fast vollständiger Kirschstreuselkuchen. Aber Jule hatte Appetit auf ein richtiges Essen und beschloss, in Mielchens stets gut gefüllte Gefriertruhe zu sehen, die im Keller stand. Sie ging in die Diele, öffnete die Tür zur Kellertreppe, drehte am Lichtschalter und ging die kühlen, steilen Betonstufen hinunter, die ihr von Kindheit an so vertraut waren.

Die Gefriertruhe stand im ersten der beiden niedrigen Räume. Jule öffnete die Klappe und studierte die Etiketten, die auf den Gefrierbeuteln und den großen und kleinen Tupperdosen klebten. Die Handschrift ihrer Oma war gut zu lesen: Zupfkuchen. Hochzeitssuppe. Hühnerfrikassee! Jule nahm eine mittlere Portion und schloss den Deckel wieder. Auf dem Regal neben der Treppe standen die Vorräte an Reis und Nudeln, Mehl und Zucker, Kaffee und Tee. Viel zu viel für eine Person eigentlich, aber Mielchen gehörte zur Kriegsgeneration und hortete alles, was sich gut aufbewahren ließ.

Jule beschloss, das Frikassee ohne Reis oder Kartoffeln zu essen, das dauerte ihr sonst zu lange. Sie ging wieder nach oben und nahm eine Kasserolle aus dem offenen Schrank neben dem Ofen. In der Küche hatte sich über die Jahre kaum etwas verändert, Jule musste also nicht lange suchen. Sie hielt den verschlossenen Tupper von allen Seiten unter fließend heißes Wasser, damit sich der gefrorene Block schneller vom Rand löste. Dann ließ sie ihn in die Kasserolle rutschen und stellte diese auf den Herd. Jule starrte in den Topf und wartete, dass es etwas zu rühren gab. Plötzlich verspürte sie einen derartigen Heißhunger, als hätte sie tagelang nichts gegessen. Aber wenn sie so darüber nachdachte, war die letzte Mahlzeit tatsächlich länger her. Das Frühstück hatte heute nur aus einem kleinen Joghurt bestanden – mehr hatte ihr Kühlschrank nicht mehr hergegeben –, und das Mittagessen war sogar ganz ausgefallen. Zum Abendessen hatte es gestern im Flugzeug nur ein pappiges Käsebaguette gegeben, und zu Hause war sie wegen der anstehenden Telefonate mit Mielchen, ihrer Mutter und ihrer besten Freundin Gesa nicht mehr dazu gekommen, sich etwas zu machen. Überhaupt waren die letzten Tage nervenaufreibend gewesen. Nach dem Streit mit Tom hatte sie sich tagsüber in die Arbeit gestürzt und in den Nächten wenig geschlafen. Bis nach Mitternacht hatte sie gestern mit Gesa telefoniert, die sich noch mehr über Tom aufgeregt hatte als Jule selbst.

Noch immer kam Jule diese Trennung auf Probe wie ein schlechter Traum vor. Gerade hatte sie doch noch von einer gemeinsamen Zukunft mit Tom geträumt. Und jetzt das. Aber es gab leider gute Gründe für diese Pause. Jule seufzte. Es war alles kompliziert.

Sie nahm ein Glas aus dem Schrank, füllte es mit Leitungswasser und trank einen Schluck. Ein paar Tage in Mielchens Idylle würden ihr guttun. Keine Meetings, keine Mails, kein Mann. Sie trat ans Fenster und sah in den Garten.

Was war denn das? Unter dem Kirschbaum lag ein riesiger, zottiger Hund. Und auf der Leiter stand jemand. Durch die Blätter hindurch konnte Jule nur ein altes Paar Turnschuhe und zerschlissene Jeans erkennen.

In Oma Mielchens Kirschbaum steckte – ein Mann.

Willkommen im Club

Jule ging über die Terrasse in den Garten und versuchte zu erkennen, wer da Mielchens Kirschbaum aberntete.

«Hallo? Darf ich fragen, was Sie da machen?»

Der Hund, ein Bobtail, erhob sich behäbig und kam auf sie zugetrottet, während es oben im Baum raschelte.

«Oh! Moin. Ich dachte, es wär niemand da ...» Von der Leiter stieg ein großer, kräftiger, um nicht zu sagen etwas korpulenter Mann mit Bart und blonden, kinnlangen Haaren, die genauso wuschelig wirkten wie das Fell seines Hundes. Weißes, beschmutztes T-Shirt, Jeans. Typ Bär.

Jule sah ihn ratlos an.

Der angegraute, sichtlich betagte Bobtail, der Jule fast bis zur Hüfte ging, beschnupperte sie, und der Bär tätschelte ihm den Kopf. «Sie erkennt uns nicht, Emil.»

Sollte ich euch denn kennen?

Jule konnte sich nicht erinnern, dieses seltsame Paar schon einmal gesehen zu haben. Instinktiv streichelte sie dem Hund den Kopf. Als sie wieder aufsah, betrachtete der Bär sie schweigend. Erst nach einer halben Ewigkeit sagte er: «Petrosilius Zwackelmann.»

Hä?

Jule runzelte die Stirn. Das war doch eine Figur aus *Räu-*

ber Hotzenplotz, wenn sie sich nicht täuschte. War der Typ irre? Na ja, immerhin origineller, als sich für Elvis zu halten. Oder für Jesus.

«Mann, Jule», sagte er. «Ich bin's, Piet.»

Piet?

Piet Hinrichsen? Der als Kind hier nebenan gewohnt hatte? Mit dem sie in den Ferien oft gespielt hatte? Vor ungefähr zwanzig Jahren? Aber der war doch … irgendwie weniger struppig gewesen. Dünner. Kleiner. Und zehn Jahre alt. Gut, das hatte sich in den letzten Jahren vielleicht geändert. Wenn das hier der Sohn von Mielchens früheren Nachbarn war, dann hatte sie mit ihm früher mehrere Sommer lang die Geschichten aus *Räuber Hotzenplotz* nachgespielt.

«Piet? Dich hätte ich ja nie –» Jule war sprachlos. «Äh … Hallo! Aber was machst du denn hier? Ihr seid doch weggezogen, als wir zehn waren oder so.»

«Kiel», sagte er knapp und nickte. Und nach einer längeren Pause fügte er noch hinzu: «Ja, jetzt bin ich wieder da.»

«Ja, das sehe ich.» Der Typ hatte die Ruhe weg. «Und was machst du hier?»

Er kratzte sich am Ohr und blickte zum Kirschbaum. «Na, ich hab das mit deiner Oma gehört. Und da dachte ich, ich könnte ihr hier 'n bisschen unter die Arme greifen.» Er hielt ihr eine Handvoll Kirschen hin.

«Danke», sagte Jule und steckte sich zwei in den Mund. «Das ist ja nett von dir. Du wohnst also wieder nebenan? Seit wann denn? Mielchen hat mir gar nichts erzählt!»

«Nee, nicht wirklich.»

Aha. Wie aufschlussreich.

Ohne eine weitere Erklärung abzugeben, wandte sich Piet

um. «Jou, ich mach dann mal weiter.» Er stieg wieder auf die Leiter, und der Riesenhund ließ sich wieder unter dem Kirschbaum nieder.

Offenbar hatte Piet keine Lust, sich zu unterhalten. Aber er war doch nicht beleidigt, weil sie ihn nicht erkannt hatte? Jule war verunsichert.

Plötzlich stieg ihr ein unangenehmer Geruch in die Nase – irgendwas roch hier angebrannt. Das Frikassee!

«Verdammt!» Jule lief ins Haus.

Die Soße hatte unten bereits angesetzt, während oben noch ein eisiger Klumpen schwamm. Vorsichtig nahm Jule die Kasserolle vom Herd und goss den oberen Teil in einen anderen Topf. Es war noch nicht zu spät – das war noch genießbar. Sie stellte den neuen Topf auf den Herd und rührte um. Dann ließ sie Wasser in die Kasserolle laufen, stellte sie in die Spüle und sah wieder aus dem Fenster.

Es gelang ihr nicht, in diesem Hotzenplotz den Piet von damals zu entdecken. Sie hätte ihn niemals wiedererkannt. Aber sie hatte ihn hier auch überhaupt nicht vermutet. Seitdem die Hinrichsens weggezogen waren, hielt Mielchen, soweit sie wusste, nur noch sporadischen Kontakt mit ihnen. Ihre Oma hatte lange nichts mehr von ihnen erzählt.

Jule rührte noch einmal um, stellte die Platte niedriger und ging wieder auf die Terrasse.

«Ich mache mir gerade was zu essen», rief sie in Richtung Kirschbaum. «Willst du auch was?»

«Pizza.»

«Nee, ich mache ein Frikassee von –»

«Ich hatte gerad 'ne Pizza.»

Ach so, sag das doch gleich.

«Und willst du was trinken?»

«Nö.»

«Vielleicht einen Kaffee oder so?»

Pause.

Jule wollte gerade unverrichteter Dinge umdrehen, da kam die Antwort.

«Jou, Kaffee wär nicht verkehrt.»

Na, geht doch.

Jule ging wieder ins Haus, kochte Kaffee und aß dabei im Stehen das Hühnerfrikassee. Direkt aus dem Topf, was in Mielchens Anwesenheit undenkbar gewesen wäre. Ihre Oma deckte vermutlich sogar für sich allein immer ordentlich den Tisch. Bei Jule waren in den letzten Jahren andere Sitten eingerissen. Leider. Wenn sie nicht am Wochenende mit Tom essen ging, oder mal mit Gesa, dann reichte es immer nur für irgendwas Schnelles zwischendurch.

Als sie aufgegessen hatte, ging sie mit zwei Tassen Kaffee auf die Terrasse. «Milch oder Zucker?», rief sie.

«Schwarz», kam es aus dem Baum.

Warum überrascht mich das nicht?

Piet stieg von der Leiter und kam zu ihr. Sofort erhob sich auch der Bobtail, er schien Piet nicht von der Seite zu weichen. Jule drückte Piet eine Tasse in die Hand.

«Danke.»

Schweigend tranken sie den Kaffee.

«Das ist also Emil.» Jule streichelte das wuschelige Fell.

Piet blieb stumm.

«Ist nicht mehr der Jüngste, oder?», versuchte sie es weiter.

Mann, war das zäh!

«Ist so, ja. Verbringt seinen Lebensabend bei mir.»

«Und deine Eltern?»

«Seniorenresidenz.»

Aha.

Er trank seinen Kaffee. «Sie durften ihn nicht mitnehmen.»

Wow, ein ganzer Satz. Subjekt, Prädikat, Objekt!

«Bestimmt bekommt er von Mielchen immer Leckerli zugesteckt.» Jule lachte etwas bemüht.

«Und du bist extra gekommen, um dich um Mielchen und den Garten zu kümmern?», fragte Piet.

Jule nickte und betrachtete ihn prüfend. Erstaunlich, in welchem Tempo sich sein Sprachvermögen plötzlich entwickelte. Ob das am Kaffee lag? «Zufällig ist heute mein erster Urlaubstag, ich hab also Zeit», sagte sie. «Armes Mielchen, so ein Pech. Jetzt liegt sie da alleine im Krankenhaus, mitten im Sommer, wo sie den doch so liebt.»

«Ja, das ist blöd.»

Jule nickte. «Hm.»

Stille.

Wahrscheinlich musste er erst noch einen weiteren Kaffee trinken, um den nächsten Satz sagen zu können.

«Aber ich kann mich nicht erinnern, sie jemals klagen gehört zu haben», sagte sie schließlich.

Piet trank noch einen Schluck. «Vielleicht lässt sie sich nur nichts anmerken.»

Jule lachte. «Da kennst du meine Oma aber schlecht. Die trägt ihr Herz doch auf der Zunge. Sie weiß ihrem Unmut schon Luft zu machen.»

Piet trank seine Tasse in einem Zug leer. «Na, ich mach dann mal weiter.»

Aha, Gespräch beendet.

«Ich kann dir ja helfen.»

«Brauchste nicht.»

«Doch, klar.»

«Na, dann hol ich noch eine Leiter von drüben.»

Er stellte seine Tasse ab und ging, gefolgt von Emil, zur Gartenpforte. Jule sah ihm nach. Es war, als hätte sie einen Fremden vor sich.

Sie wollte gerade die Tassen in die Küche bringen, als vom Nachbargrundstück auf der anderen Seite jemand ihren Namen rief.

Sie drehte sich um und sah Inken am Zaun stehen und winken. Es war bestimmt ein halbes Jahr her, dass sie zuletzt mit ihr zusammengesessen hatte – wahrscheinlich an den Weihnachtstagen. Inken war vor über zehn Jahren mit ihrem Mann hergezogen, der sie aber vor einiger Zeit verlassen hatte, und nun lebte sie nur noch mit ihrer Tochter hier. Mia musste jetzt ungefähr fünf sein.

«Wie geht's Mielchen? Warst du schon bei ihr?», fragte Inken und umarmte Jule über den Zaun hinweg.

«Ja, ich war vorhin da. Es scheint ihr ganz gut zu gehen, aber ich hab noch nicht mit dem Arzt gesprochen.»

«Deine Oma ist so tapfer. Sie hat gestern nicht ein Mal gejammert, dabei muss sie ziemliche Schmerzen gehabt haben.» Inken hob die Hand und sah kurz an Jule vorbei. «Moin, Piet!»

Er war mit einer großen Aluleiter zurückgekehrt und stellte sie neben dem Baum auf. «Moin, Inken. Alles klar?»

«Alles klar», sagte Inken.

Von drinnen rief Mia nach ihrer Mutter.

«Oh, aber bei Mia ist offenbar nicht alles klar – die sitzt auf dem Klo.» Entschuldigend hob Inken die Arme und sagte, rückwärts auf das Haus zugehend: «Ich hab übrigens die Kirschen eingesammelt, die aus dem Korb gefallen waren, Jule. Stehen bei mir im Keller. Komm doch heute Abend zum Essen rüber. Du bleibst doch hoffentlich das Wochenende über, oder? Hast du Lust?»

«Ja, klar, gern.»

«Super. So um sieben?» Und in Richtung des Baumes rief Inken: «Kannst auch gern kommen, Piet.»

«Nee, nee. Ist nett, ein andermal», kam es aus dem Kirschbaum.

Nachdem Inken im Haus verschwunden war, lief Jule zurück auf die Terrasse. «Ich helf dir sofort, Piet», rief sie. «Ich hol nur schnell einen Korb.»

Als sie zurückkam, stellte Piet eine bereits randvoll gefüllte blaue Obstkiste in den Schatten des Baumes und verrückte die Leiter ein Stück. «Ich ernte die oberen Zweige ab, an die du schlecht rankommst», sagte er.

«O.k. Mielchen scheint unten ja schon ziemlich viel gepflückt zu haben. Aber das sind bestimmt immer noch Tonnen ...»

«Gutes Jahr.»

«Und die müssen alle in den nächsten Tagen geerntet werden?»

«Besser wär das.»

Sie pflückten eine Weile stumm vor sich hin. Jules Korb war erst halb voll, als Piet bereits die zweite volle Kiste neben den Baum stellte.

«Ich trag dir die mal rein.»

«Oh, danke. In den Keller wahrscheinlich, oder?», fragte Jule.

Piet nickte, stellte die Kisten übereinander und ging Richtung Terrassentür. Der Hund folgte ihm wie ein Schatten.

«Kennst du dich aus?», rief Jule hinter ihm her.

Doch sie bekam keine Antwort. Stattdessen befahl Piet seinem Begleiter: «Bleib, Emil.» Der Bobtail setzte sich vor die Tür und sah seinem Herrchen nach.

Natürlich kennt Piet sich im Haus aus. Dumme Frage. Er war ja früher oft genug hier.

Als er zurückkam, sagte er: «Ich geh mal wieder rüber. Morgen mach ich weiter. Wir kriegen den Baum schon leer gepflückt.»

Jule stieg von der Leiter. «Danke. Wirklich, vielen Dank.»

«Da nich für. Die Leiter … ach, die lass ich hier. Ich hab drüben noch eine kleinere, die reicht mir erst mal. Also … denn bis denn.»

Jule nickte. «Bis denn.»

Der Hund gab ihr im Vorbeigehen einen Stüber, als wollte er sich von ihr verabschieden.

«Bis bald, Emil», sagte Jule leise.

Sie pflückte alleine weiter, bis ihr Korb voll war, und brachte ihn dann ebenfalls in den Keller. Was sollte sie nur mit all den Kirschen anfangen? Bei Inken stand ja auch noch ein Korb, und die würden sich doch nicht lange halten, oder? Sie musste morgen dringend Mielchen fragen. Und was hatte ihre Oma ihr noch aufgetragen? Ach ja, den Garten wässern, die Wäsche reinholen, die Vespa in den Schuppen bringen und – das Gästezimmer herrichten! Und das Wichtigste: Den Übernachtungsgast durfte sie auf keinen Fall vergessen!

Darüber würde sie nachher unbedingt mit Inken sprechen müssen, denn da kannte sich Jule nun überhaupt nicht aus.

Jule suchte in Mielchens sehr überschaubaren Alkoholbeständen im Keller nach einer Flasche Weißwein und stellte sie kalt. Dann machte sie sich daran, alle Aufgaben zu erledigen, die ihre Oma ihr übertragen hatte.

Es war halb sieben, als sie die Tür des Gästezimmers hinter sich schloss und das Putzzeug wieder nach unten brachte. Endlich fertig.

Nach einer schnellen Dusche holte Jule die Weinflasche aus dem Kühlschrank und ging durch den Garten zu Inkens Grundstück. Ihre Jeans hatte sie gegen ein kleingeblümtes, weites Sommerkleid eingetauscht, die langen Haare trug sie offen.

Sie klopfte an die offenstehende Tür, die von Inkens Garten in die Küche führte.

«Jule, komm rein», sagte Inken, die am Herd der sonnendurchfluteten Küche stand. «Wir überlegen gerade, wen Mia heiraten könnte.»

«Das wird ja auch höchste Zeit», sagte Jule lachend und strich Inkens Tochter über den Kopf, die bereits im Nachthemd an dem alten Bauerntisch saß und ein Bild malte: eine Kirche mit Brautpaar.

«Ja, wir müssen da dringend zu einer Entscheidung kommen.» Inkens Tonfall klang ernst. «Ich hab Theo oder Georg vorgeschlagen, aus dem Kindergarten, aber die sind ihr nicht recht.»

«Sind die nicht nett?», fragte Jule.

Mia sah auf und zog die Nase kraus. «Doooch, aber …» Beinahe flehend schaute sie zu ihrer Mutter. «Kann ich nicht doch Papa heiraten?»

«Würd ich dir nicht empfehlen», murmelte Inken und wischte sich die Hände an einem Küchenhandtuch ab.

«Was?», fragte Mia, deren blonde Locken jetzt im Sommer fast weiß waren.

Inken legte zwei Fischfilets in eine Pfanne mit zerlaufener Butter und sagte über das Zischen hinweg deutlich vernehmbar: «Seinen Vater kann man leider nicht heiraten, Süße. Außerdem *ist* Papa ja bereits wieder verheiratet.»

«Ja, aber er kann sich doch *noch mal* scheiden lassen!», sagte Mia, sichtlich überzeugt, dass zur Durchführung dieses genialen Plans nur ihre Idee gefehlt hatte.

«Hm», machte Inken und drehte sich um. «Räumst du jetzt deine Malsachen weg, damit wir den Tisch decken können?» Zu Jule gewandt, sagte sie: «Gläser sind in dem Schrank dort. Fühl dich wie zu Hause.»

Jule stellte die Weinflasche auf den Tisch. «Aus Mielchens Keller. Ich garantiere für nichts, das Etikett sieht aber ganz vielversprechend aus.»

«Oh, danke. Passt gut zur Scholle.» Sie deutete auf die Pfanne. «Hab ich heut auf dem Markt gekauft, reicht locker für drei. Und Salat.»

«Ja, aus unserem Garten», erklärte Mia und stopfte ein paar Stifte in ein rosafarbenes Federmäppchen.

Inken streute ein paar Kräuter über den Fisch. «Mia isst noch mit, dann bring ich sie ins Bett. Eiswürfel?»

Ohne Jules Reaktion abzuwarten, öffnete Inken das Gefrierfach, holte einen Plastikbehälter heraus und fischte mit der anderen Hand einen Korkenzieher aus einer Schublade. Alle Bewegungen wirkten so routiniert, dass Jule sich irgendwie überflüssig vorkam.

Sie sah sich um. An jeder freien Fläche des Raums klebten Kinderzeichnungen, eine Magnetwand hing voller Fotos und Zettel, und auf dem alten Buffet lagen stapelweise Zeitschriften.

Inken und sie sprachen sich immer nur, wenn Jule zu Besuch ins Alte Land kam, sonst hielten sie keinen Kontakt, aber Inken verströmte eine derartige Herzlichkeit und Offenheit, dass Jule sich in ihrer Gegenwart immer wohlfühlte.

Jule holte die Gläser aus dem Küchenschrank. «Was kann ich sonst noch tun?»

«Du könntest Teller und Besteck decken.» Inken beugte sich schon wieder über die Pfanne und wendete die Filets.

«Nein, das mach ich!», rief Mia und verteilte die schon bereitgestellten Teller. Sie nahm Messer und Gabeln aus der Schublade und legte sie kreuz und quer auf den Tisch, und Jule beschloss, schon mal die Weinflasche zu entkorken.

«Kannst du ein bisschen Brot schneiden?», fragte Inken. «Der Fisch ist gleich so weit.» Mit ihrer freien Hand zeigte sie auf einen hübsch bemalten Holzkasten. Dann nahm sie die Pfanne vom Herd und stellte sie neben die Salatschüssel auf den Tisch. «So, kann losgehen.»

Jule schnitt ein paar Scheiben Baguette ab und setzte sich zu den beiden an den Tisch. Nie hätte sie gedacht, dass sie nach der ordentlichen Portion Hühnerfrikassee am Nachmittag schon wieder solchen Appetit haben würde.

Das musste die gesunde Landluft sein.

Während Inken ihre Tochter ins Bett brachte, räumte Jule den Tisch ab. Danach ging sie mit ihrem Weinglas auf die Terrasse und setzte sich in die alte Hollywoodschaukel, deren rote Polster von der Sonne ganz ausgeblichen waren. Im Nachbargarten auf der anderen Seite zischte rhythmisch ein Sprenger, und es duftete nach warmer, feuchter Erde.

Jule genoss die Ruhe.

Schon bald kam Inken mit ihrem Glas und der Weinflasche auf die Terrasse und setzte sich neben sie. Mit dem Fuß stieß sie sich ab, sodass die Hollywoodschaukel quietschend vor und zurück schwang.

«Schläft Mia?», fragte Jule.

«Noch nicht, sie hört noch eine CD.» Inken schenkte ihnen nach und hielt Jule ihr Glas hin, um ihr zuzuprosten. «Schön, dich mal wieder hier zu haben. Warst lange nicht da.»

Jule stieß mit ihr an und trank einen Schluck. «Ja, leider. Ich hab Mielchen wohl etwas vernachlässigt. Aber in den letzten Monaten war in der Redaktion so viel los ... ich hab eindeutig zu viel gearbeitet.»

«Ich glaub, du brauchst dir keine Vorwürfe zu machen. Mielchen ist immer dermaßen beschäftigt mit ihrem Garten, dem Einwecken, der Gemeindearbeit und so – vereinsamen tut sie ganz bestimmt nicht.»

«Ja, aber man sieht ja, wie schnell was passieren kann. Danke, dass du dich so rasch um sie gekümmert hast», sagte Jule. «Gar nicht auszudenken ...»

«Kein Problem. Dafür sind Nachbarn doch da. Außerdem ist Mia so häufig drüben, dass ich mich freue, wenn ich Mielchen auch mal helfen kann. Aber jetzt erzähl mal: Wie ist das Leben in der Großstadt? Was macht die Arbeit? … Bei welcher Zeitschrift warst du noch mal?», fragte Inken.

«*Antonia* heißt die – Mode, Promis, Lifestyle … *Die Frauenzeitschrift mit Niveau.*»

«Nie gehört. Aber ich lebe ja auch auf dem Land.» Inken lachte. «Das Leben in Hamburg ist bestimmt aufregend. So viele Leute, Partys, Konzerte – und der Job macht sicher viel Spaß.»

Jule seufzte. «Eigentlich schon, aber … in letzter Zeit hat sich ganz schön viel verändert. Ein paar Kollegen wurde gekündigt, neue Leute sind natürlich nicht eingestellt worden, und dadurch ist die Arbeit viel mehr geworden. Ich komme praktisch überhaupt nicht mehr zu den interessanteren Sachen, weil ich pausenlos damit beschäftigt bin, alles zu organisieren und das zu bearbeiten, was die freien Autoren schreiben.» Als sie sah, dass Inken ihr förmlich an den Lippen hing, fuhr Jule fort: «Das war am Anfang anders, weißt du? Da konnte ich viel mehr selbst schreiben. Ist ziemlich schade. Und die Stimmung leidet extrem darunter: Alle sind überlastet, und die Chefs geben den Druck nach unten weiter. Du kannst dir nicht vorstellen, was das bei einigen Leuten auslöst! Da werden neuerdings richtige Intrigen gesponnen. Neulich hat unsere Ressortleiterin meine Recherchen vor der Chefredakteurin ganz dreist für ihre eigenen ausgegeben – ich konnte es kaum fassen.»

«Oje», sagte Inken. «Das klingt übel. Was hast du gemacht? Hast du mit ihr geredet?»

Jule schüttelte den Kopf. «Hat keinen Zweck.»

«Und kommst du viel rum? Reisen in ferne Länder?» Inkens Augen leuchteten.

«Zählt München?», fragte Jule spöttisch. «Da bin ich gestern für ein Interview hingeflogen.»

«Ein Interview mit einem Promi?»

«Na ja, Brad Pitt war es nicht, aber ... eine junge Schauspielerin. Alva Lindström. Kennst du sie?»

Inken zuckte die Achseln. «Meistens schlafe ich mit Mia nach dem Sandmännchen ein ... Na, jedenfalls beneide ich dich echt darum, dass du in Hamburg lebst. Ich hab hier immer mehr das Gefühl zu versauern. Mein Leben ist so wahnsinnig langweilig geworden – ich bin selbst schon ganz langweilig! Kein Wunder, dass sich seit der Trennung von Dirk kein Mann mehr für mich interessiert.»

«Hängst du noch an ihm?»

«Nee!», sagte Inken schnaubend. «Das hab ich echt hinter mir. Aber ich hab seitdem auch noch niemanden kennengelernt, der mich interessieren würde. Wo auch? Ich kann ja abends nicht weg, und in die Pension kommen keine interessanten Männer, nur Paare, Familien, ältere Herrschaften ...»

Jule fiel ein, dass sie Inken noch fragen wollte, was beim Übernachtungsgast zu beachten war, aber sie wollte Inken jetzt nicht unterbrechen. Dafür würde später noch Zeit sein.

«Ach, ich weiß auch nicht», sagte Inken und nahm einen großen Schluck Wein. «Mir ist es eigentlich ganz lieb, dass ich in der Hinsicht meine Ruhe habe. Ich hab Mia und meine Geschwister und deren Familien, meine Freunde ... ich bin nicht unglücklich ohne Mann. Auch wenn meine

Mutter das nicht begreifen will. Neulich hat sie mich ernsthaft gefragt, ob ich nicht im Kirchenchor singen möchte, da wären doch meistens nette Männer.» Inken rollte mit den Augen.

«Vielleicht solltest du mal Internet-Dating ausprobieren», schlug Jule vor. «Ich hab da mal einen Artikel –»

«Nee, das ist nichts für mich.» Inken machte eine wegwerfende Handbewegung. «Außerdem bin ich froh, wenn ich weiß, wie der Computer angeht.» Sie lachte. «Wie ist es denn bei dir? Wie heißt dein Mann noch mal?»

Jule schluckte. «Äh, Tom ist nicht mein … also, er ist nicht mal mehr mein … Wir haben uns gerade getrennt.»

«*Was?*» Ruckartig setzte Inken sich auf, sodass die Hollywoodschaukel bedenklich nach vorn schwang.

Jule hielt sich an der Armlehne fest und versuchte, keinen Wein zu verschütten.

«Aber warum denn?»

«Ach … wir haben uns in letzter Zeit so wahnsinnig viel gestritten. Und uns immer seltener gesehen, seit …» Sie stockte. Wie war das eigentlich alles gekommen? Wo waren sie falsch abgebogen?

Sie hatte Tom kennengelernt, kurz nachdem sie ihre Stelle bei der *Antonia* angetreten war. Und sie hatte sich sofort in ihn verliebt – in seine funkelnden braunen Augen, seine Fröhlichkeit und diese jungenhafte Art, die er auch jetzt mit Ende dreißig noch an sich hatte und wohl nie verlieren würde. Er war dieser Typ Mann, der mit allem durchkam, egal, was er anstellte, weil man ihm einfach nichts lange übelnehmen konnte, charmant, wie er war.

«Weißt du … ich wollte immer so gern mit ihm zusammenziehen, als wir noch beide in Hamburg wohnten, aber dann ist er nach München gegangen. Wegen seines Jobs, er ist ja Fotograf. Angeblich sollte es nur vorübergehend sein, aber mittlerweile sind daraus zwei Jahre geworden. Ich habe wirklich gedacht, dass er danach bereit wäre, mit mir zusammenzuziehen ...» Plötzlich sprudelte es nur so aus ihr heraus. «Ich habe Tom geglaubt, dass er bald zurückkommt, aber jetzt hat er mir eröffnet, dass er beruflich nach Paris ziehen will. In ein paar Wochen geht's los. Der Vertrag ist schon unterschrieben.»

«Paris!?» Inken klang ganz verzückt. «Aber ... ist das wirklich ein Grund, sich zu trennen? Könntest du nicht mit ihm gehen?»

«Wie denn?», fragte Jule. «Ich hab doch hier meinen Job ... Nein, unmöglich. Außerdem hat er diese Entscheidung ohne mich getroffen, Inken! Das war aber auch nur der Tropfen, der das Fass zum Überlaufen gebracht hat. Vorher ist schon so viel schiefgelaufen zwischen uns ... Und wenn ich ehrlich bin, hat Tom auch eigentlich immer nur freundlich gelächelt, wenn ich vom Zusammenziehen gesprochen habe, und nie was dazu gesagt.» Sie leerte ihr Weinglas und stellte es auf den Boden. «Es ist fast zum Lachen, dass ich ernsthaft dachte, er würde mich irgendwann brav heiraten und mit mir Kinder bekommen wollen.» Jule schüttelte den Kopf. «Tom hat das immer ein bisschen belächelt, aber ... ich bin nun mal so, ich wünsche mir das alles: Hochzeit, Kinder, Häuschen im Grünen, verstehst du?»

Inken wiegte den Kopf. «Es ist nur in Wirklichkeit meist nicht so idyllisch, wie man es sich vorstellt.»

Jule ließ sich wieder in die Schaukel sinken. «Ja, ich weiß.»

«Du bist doch selbst ein Scheidungskind. Soll ja viele Scheidungskinder geben, die genau aus dieser Sehnsucht heraus ziemlich früh eine Familie gründen.»

«Ach, das ist doch ein Klischee, oder?», sagte Jule. «Ich meine, ich hatte ja mit Mama und Rainer irgendwie auch eine heile Familie. Und mit meinem leiblichen Vater war eigentlich auch alles gut, weil sich meine Eltern ja ganz gut verstanden haben. Außerdem kann von ‹ziemlich früh› nicht die Rede sein, Inken. Ich werde nächstes Jahr dreißig.»

«Hmhm. Uralt.» Inken sah sie amüsiert an. «Was soll ich denn erst sagen?» Nach kurzem Schweigen fügte sie etwas nachdenklicher hinzu: «Aber bist du wirklich ganz sicher, dass sich das mit Tom nicht mehr kitten lässt? Ich meine, zum Heiraten und Kinderkriegen ist es ja noch nicht zu spät. Vielleicht musst du ihm einfach noch ein bisschen Zeit geben.»

«Hm.» Jule fuhr mit der Fingerkuppe über ein kleines Brandloch im Polster der Hollywoodschaukel. «Ach ... wir haben einen sehr schlimmen Streit gehabt, in dem eine alte Geschichte hochkam. Ich glaube, diesmal wird es nicht wieder gut. Unsere Vorstellungen sind einfach zu unterschiedlich: Ich will Kinder und ein schönes Zuhause. Tom will reisen, Karriere machen, Spaß haben. Meine Freundin Gesa predigt mir schon lange, dass Tom ein Abenteurer ist, und das stimmt auch: Ständig ist er auf dem Sprung, nie kann er sich auf irgendwas festlegen.»

«Also nicht gerade der Typ sesshafter Familienvater.»

«Nee.» Jule seufzte. Sie hatte ihn ja mal gemocht, so wie er war. Und sie hatte ihn auch gar nicht ändern wollen. Oder doch? Jedenfalls hatte Toms einsame Entscheidung, nach Paris zu gehen – und damit *noch* weiter von ihr weg –, ihr endgültig den Rest gegeben. Sein Entschluss bescherte ihr mit einiger Verspätung die Einsicht, dass sie beide vom Leben einfach nicht dasselbe wollten und nie wollen würden. Und dass das *nicht* unwichtig war, solange man sich nur liebte, wie sie sich immer eingeredet hatte.

Jule beugte sich zur Weinflasche hinunter und goss Inken und sich nach. Dann lehnte sie sich wieder zurück und ließ die Schaukel langsam schwingen. Die Grillen hatten angefangen zu zirpen, und von der Sonne war nur noch ein rosa Schimmer am Horizont zu sehen. Jule überlegte, ob sie Inken erzählen konnte, was der eigentliche Grund für den tiefen Graben zwischen Tom und ihr war. Schließlich sagte sie kurz entschlossen: «Es ist da eine ... Sache passiert, die ich ihm nicht verzeihen kann.»

Inken wandte ihr den Kopf zu und sah sie aufmerksam an.

«Vor drei Jahren, da ... bin ich schwanger geworden.» Jule blickte in ihr Weinglas. «Es war natürlich nicht geplant, ich hatte ein Jahr vorher erst bei der *Antonia* angefangen, und wir waren noch gar nicht lange zusammen. Wir waren einfach unvorsichtig. Aber ... ich hab mich trotzdem wahnsinnig gefreut.»

«Aber Tom hat sich nicht gefreut?»

«Nein. Er hat sich nicht nur nicht gefreut, er hat geradezu panisch reagiert. Er hat immer nur dagegen angeredet: Jetzt doch noch nicht, wir stehen ja beruflich beide erst am Anfang, wir sind noch so jung, das können wir später immer noch machen – irgendwie war es für ihn nicht mal *denkbar*, dass wir ein Baby bekommen. Das hatte fast was Verzweifeltes. Und ich hab mindestens genauso verzweifelt versucht, ihm klarzumachen, wie schön das alles werden könnte.»

«Oje.»

«Aber das hat rein gar nichts bewirkt, die Gespräche drehten sich immer nur im Kreis. Als ich kapiert hab, dass wir so nicht weiterkommen, hab ich gesagt, wir sollten vielleicht mal ein, zwei Wochen vergehen lassen und danach zusammen wegfahren und in Ruhe reden. Irgendwohin, wo nichts los ist, wo uns nichts ablenkt. Das haben wir dann auch gemacht. Wir waren ein Wochenende auf Amrum, im Oktober. Es hat nur gestürmt und geregnet.» Jule trank einen Schluck Wein. «Ich hab natürlich gehofft, dass er in der Zwischenzeit irgendwie ... zu sich kommt. Dass er sich vielleicht mit seinem besten Freund austauscht und der ihm den Kopf zurechtrückt oder so. Aber es ging alles wieder von vorne los. Tom war zwar etwas ruhiger und ist ein bisschen mehr auf mich eingegangen als in den Gesprächen davor, aber er hat vollkommen klargemacht, dass er das Kind nicht will, auf keinen Fall.»

«Du Arme.»

Sie schwiegen eine Weile und sahen über das im Garten verstreute Spielzeug hinweg in die Ferne.

Schließlich fuhr Jule fort: «Ich wusste einfach nicht, was ich machen sollte. Ich hätte niemals abtreiben können. Aber ich konnte Tom auch schlecht zwingen, mit mir ein Leben zu führen, das er nicht führen wollte. Das wollte *ich* auch gar nicht. Man möchte ein Kind doch mit einem Mann bekommen, der sich auch darüber freut, der auch eine Familie gründen will. Gemeinsam.»

«Natürlich», sagte Inken.

«Er hätte mich bestimmt verlassen, wenn ich das Kind bekommen hätte.»

«Meinst du wirklich?»

Jule nickte. «Du hättest ihn mal hören sollen! Aber ein Leben ohne ihn konnte und wollte ich mir nicht vorstellen. Ich dachte ja, er wäre der Richtige.»

«Tja.» Inken seufzte. «So kann man sich täuschen, nicht? Ich weiß, wovon du redest.»

Jule schwieg.

«Und dann hast du doch nachgegeben?», fragte Inken.

Jule schüttelte den Kopf. «Es kam ganz anders. Kurz vor der zwölften Woche, in der wir eine Entscheidung hätten treffen müssen, habe ich das Baby verloren.»

«Oh nein.»

Jule versuchte, die aufsteigenden Tränen hinunterzuschlucken. Sie atmete tief durch, schüttelte heftig den Kopf und wischte sich über die Augen. Wenn sie jetzt anfinge zu weinen, würde sie so schnell nicht wieder aufhören können.

«Tom hat überhaupt nicht kapiert, wie es mir danach ging. Für mich war es, als … als wäre alles dunkel geworden. Das war eine furchtbare Zeit.» Sie fuhr sich durch die Haare. «Aber Tom schien es überhaupt nichts auszumachen. Ich würde nicht so weit gehen zu sagen, dass er erleichtert war, aber … Damals habe ich ihm genau das vorgeworfen. Ich meine, mir ist inzwischen schon klar, dass es mit Tom und einem Baby nicht gutgegangen wäre. Aber … immer wenn ich ein Kind sehe, das so alt ist, wie unseres jetzt wäre, könnte ich heulen. Und ich denke immer …» Jule schluckte. «Ich denke immer, das Kind hat irgendwie gemerkt, dass es nicht erwünscht war.»

«Nein, Jule, nein», sagte Inken und nahm ihre Hand. «Red dir so was nicht ein. So etwas kommt doch häufig vor, das ist ganz natürlich, leider. Ihr tragt daran keine Schuld.»

Nun liefen Jule doch die Tränen übers Gesicht.

Inken sah sie hilflos an. «Ich … ich hole mal Taschentücher», sagte sie schließlich und ging ins Haus.

Als sie sich kurz darauf wieder neben Jule setzte, legte sie den Arm um sie und drückte ihr eine Packung Taschentücher in die Hand. «Du wirst bestimmt noch Kinder bekommen, Jule», sagte sie mitfühlend.

Jule putzte sich geräuschvoll die Nase, nickte, immer noch schluchzend, und ließ das Taschentuch sinken. «Aber … aber *dieses* Kind werde ich nicht mehr bekommen, Inken. Ich werde nie wissen, ob es ein Junge oder ein Mädchen war und …»

«Aber du bist noch so jung, Jule – du findest jemanden, mit dem du glücklich wirst und für den Familie auch *denkbar* ist.»

«Meinst du?», fragte Jule skeptisch.

«Ganz bestimmt.»

Inken wirkte so überzeugt, als könnte sie in die Zukunft sehen und sähe dort Jule und Mr. Right beim Frühstück auf der Terrasse sitzen, während ihre drei kleinen süßen Kinder friedlich im Garten spielten. Dabei gab es doch überhaupt keine Garantie dafür, dass man den Richtigen für sich überhaupt fand. Jule hätte aus dem Stand drei Freundinnen aufzählen können, die seit Jahren allein waren, genau wie Inken. Und die machten nicht mal einen unglücklichen Eindruck.

Aber Jule wollte das alles. Sie wollte morgens mit jemandem aufwachen und abends mit demselben Jemand einschlafen. Sie wollte zusammen mit dem Mann, den sie liebte, stundenlang kochen und essen und dabei die Zukunft planen.

Nur schien ihre Zukunft jetzt wieder vollkommen offen. Irgendwie war sie in eine Sackgasse geraten. Vielleicht sollte sie gleich ein paar Wochen hier im Alten Land bleiben und die Zeit nutzen, um mal ein paar Sachen für sich zu klären. Ihre Beziehung mit Tom, zum Beispiel. Wie sehr fehlte er ihr eigentlich? Was genau war das gewesen mit ihm? Und – war es wirklich vorbei?

Zuversichtlich schnäuzte sie sich ein letztes Mal. Genau, sie würde diesen Sommer nutzen, um in sich hineinzuhorchen und das herauszufinden!

Inken drückte ihre Hand. «Jedenfalls verstehe ich jetzt, dass es mehr war als nur ein Streit. Eigentlich ist es erstaunlich, dass ihr das damals überhaupt durchgestanden habt und noch so lange zusammengeblieben seid.»

«Die Hoffnung stirbt eben zuletzt.»

«Und das ist auch gut so», sagte Inken, griff nach der Flasche und verteilte den letzten Rest Weißwein auf ihre Gläser. «Es ist übrigens gar nicht so schlimm, Single zu sein.» Sie hob ihr Glas. «Es hat eigentlich sogar Vorteile.»

«Ach ja? Und … welche?», fragte Jule und stieß mit Inken an.

«Na ja …» Inken trank noch einen Schluck. Dann machte sie eine ausholende Armbewegung. Doch es kam nichts.

Je länger sie überlegte, desto mehr musste Jule grinsen. «Sehr überzeugend!»

«Nein, wirklich!» Inken richtete sich auf. «Seit ich die Trennung verdaut habe, bin ich viel ausgeglichener als vorher. Dirk und ich haben uns so viel gestritten, immer über Alltagskram, dauernd waren wir unterschiedlicher Meinung. Jetzt kann ich alles so machen, wie ich das für richtig halte, und hab meine Ruhe.»

«Aha.»

Nun musste auch Inken lachen. «Okay, ich gebe zu, dass nicht alles nur leichter geworden ist, seit er weg ist. Jetzt bin ich natürlich echt für *alles* allein zuständig, nicht nur für Kind und Küche und meine Arbeit, sondern auch fürs Rasenmähen, fürs Auto und für den ganzen Steuerkram und so. Also, *dafür* fehlt er mir schon», sagte Inken und kicherte. «Aber sonst vermisse ich irgendwie erstaunlich wenig. Wirklich. Ich weiß nicht, vielleicht bin ich auch nicht ganz normal.»

Sie stand auf und zündete zwei Fackeln an, die neben der Terrasse zwischen den Blumen steckten. Dann setzte sie sich wieder, und beide sahen schweigend in die Flammen.

Nach einer Weile fragte Jule: «Und Dirk hat echt gleich wieder geheiratet?»

Inken zog die Augenbrauen hoch und nickte langsam. «Im Mai. Unsere Scheidung war kaum durch. Die haben keine Zeit verloren. Ich glaub, er kannte die Frau auch schon viel länger, als er behauptet hat.»

«Kennst du sie?»

«Ich hab sie nur mal kurz gesehen, als sie Mia zusammen abgeholt haben. Mia hat ja bei der Trauung Blumen gestreut, seitdem ist sie auch so besessen von diesem ganzen Hochzeitsthema. Seine Neue scheint so zehn Jahre jünger zu sein als ich. Ist doch schön, dass das Leben immer wieder alle Klischees erfüllt, nicht?»

«Tja, irgendwo stammen die ja her, die Klischees …»

«Jetzt kommt bestimmt als Nächstes die Nachricht, dass sie schwanger ist. Dauert mit Sicherheit nicht mehr lange.» Sie sah Jule an. «Entschuldige, das war unsensibel von mir.»

Liebevoll strich sie Jule über den Arm. «Deine Haare sind so lang geworden. Und die haben so eine tolle Farbe. Wie nennt man die eigentlich – Weizenblond?»

Jule musste lachen. «Inken, es ist doch total dunkel hier, du willst mich nur trösten.»

«Nein, echt, das dachte ich vorhin erst wieder!», verteidigte sich Inken. «Außerdem war das immer meine Traumhaarfarbe. Aber ich hab natürlich stattdessen dieses Zeug auf dem Kopf –» Sie stellte ihr Glas ab, löste mit beiden Händen ihre Haarspange und schüttelte den Kopf. «Guck mal: nicht lockig, nicht glatt, nicht kurz, nicht lang – und grau sind sie auch schon, unter dem falschen Braun. Außerdem verändert sich meine Figur.» Seufzend ließ sie sich zurückfallen. «Ach, manchmal hab ich das Gefühl, ich werde alt, und das Beste liegt schon hinter mir.»

«Das ist nicht dein Ernst!?» Jule war schockiert. «*Wie* alt bist du?»

«Gerade vierzig geworden.»

«Aber das ist doch noch jung!», rief Jule.

«Na ja, ist alles relativ», sagte Inken. «Ach, ich weiß auch nicht. Vielleicht liegt es auch an was anderem. Mein Leben ist irgendwie so eintönig. Vor allem mein Job. Die Arbeit in der Pension *Obstgarten* bietet nun wirklich keine neuen Herausforderungen mehr, und ich will hier echt nicht versauern.»

Jule setzte sich ein bisschen anders hin, um ihr das Gesicht zuwenden zu können. «Aber, Inken, wenn du das wirklich alles so schlimm findest, dann musst du was ändern. Ich meine, es zwingt dich ja keiner, hier zu leben.»

«Das sagt sich so leicht. Ich denke immer mal wieder drüber nach, hier wegzuziehen. Nach Hamburg, vielleicht. Aber ich trau mich nicht so richtig. Es ist so viel damit verbunden. Und es wäre schon eine enorme Veränderung – vor allem für Mia. Außerdem bräuchte ich ja erst mal einen neuen Job und …»

«Ja, klar, das verstehe ich. Aber … wenn du mal einen Versuchsballon loslässt? Ein paar Initiativbewerbungen verschickst?»

Inken wiegte den Kopf. «Ehrlich gesagt hab ich schon genau dasselbe gedacht, aber irgendwie … ach, ich hab einfach Schiss vor Veränderungen.»

«Aber wenn du doch unzufrieden bist!», sagte Jule energisch. «Versuch es doch einfach mal. Schick einfach ein paar Bewerbungen los, das ist ja nur ein erster Schritt. Dagegen entscheiden kannst du dich ja dann immer noch.»

«Ja, vielleicht …», sagte Inken skeptisch. «Ich lass es mir mal durch den Kopf gehen.» Sie stand auf. «Die Flasche ist leer. Schaffen wir noch eine?»

«Hast du denn noch eine?», fragte Jule. «Bei den Vorräten von Mielchen bin ich mir nämlich nicht sicher, ob noch was Genießbares dabei ist.»

«Keine Sorge, an Wein mangelt es hier in Königreich nicht. Zur Not fragen wir Piet oder den alten Hinnerk nach einem guten Tropfen.»

Als Inken mit einer Flasche Rotwein auf die Terrasse zurückkehrte, fragte Jule: «Sag mal, ist Piet eigentlich wieder richtig hierher gezogen? Er war doch mit seinen Eltern nach Kiel gegangen.»

«Keine Ahnung. Ich kenne ihn erst so kurz und hab noch nicht viel mit ihm zu tun gehabt. Der scheint sich ziemlich abzuschotten.» Inken öffnete die Flasche und schenkte ihnen ein. «Mielchen hat aber mal angedeutet, dass in der Familie irgendwas Schlimmes passiert sein muss.»

«Mit seinen Eltern?»

«Ich weiß nichts Genaues, nur dass die Hinrichsens im Frühjahr in so eine Art Luxus-Altenheim gezogen sind.» Inken sah sie fragend an. «Wie nennt man so eine Einrichtung noch mal? Weißt du, wo die Leute noch gar nicht besonders alt sind und es sich noch mal richtig gutgehen lassen?» Sie zuckte mit den Schultern. «Egal. Jedenfalls sind die Meiers, an die sie ihr Haus hier die ganzen Jahre vermietet hatten, vor einem halben Jahr ausgezogen. Danach wollten die Hinrichsens wohl verkaufen. Es stand schon ein Schild davor. Aber dann war das Schild plötzlich wieder weg – und Piet war da.»

«Ich habe Mielchen definitiv zu wenig gesprochen in letzter Zeit – sonst würde ich diese Geschichte längst kennen.» Jule nahm sich vor, ihre Oma beim nächsten Besuch im Krankenhaus darauf anzusprechen.

«Fährst du morgen wieder zu ihr?»

«Ja, und dann will ich auch mit dem Arzt reden und hören, wie es jetzt weitergeht. Wie lange sie im Krankenhaus bleiben muss und so.»

«Wie lange kannst *du* denn hier bleiben?»

Jule trank einen Schluck Rotwein und sah in die flackernde Flamme neben sich. «Ich hab vier Wochen frei, und alle anderen Pläne haben sich in Luft aufgelöst. Mal sehen, vielleicht verbringe ich meinen ganzen Urlaub hier.»

«Ach, das wär ja schön. Mia und ich sind auch die ganze Zeit hier. Der Kindergarten macht jetzt in den Sommerferien ein paar Wochen zu, deshalb hab ich Urlaub. Und wir haben bisher nicht viel vor, wir besuchen nur im August für eine Woche meine Eltern.»

Vier Wochen im Alten Land – das müsste reichen, um Abstand zu Tom und der Arbeit zu gewinnen und in Ruhe über alles nachzudenken, dachte Jule. Denn nicht nur in Inkens Leben gab es Änderungsbedarf. Natürlich hatte sie selbst auch Schiss vor Veränderungen, aber gleichzeitig sehnte sie sich danach, dass in ihrem Leben etwas anders wurde. So, wie es in der letzten Zeit gelaufen war, sollte es nicht weitergehen. Irgendwas musste sich ändern!

Ein Löffelchen voll Zucker

Jule öffnete die Augen, starrte auf die großgemusterte Tapete, deren orange-braune Kreisformen unter anderen Umständen vermutlich psychedelische Wirkung entfalteten, und wusste sofort, wo sie war. Nicht zu Hause, nicht im Flugzeug, nicht in Kanada. Diese Tapete, die auf das Konto ihrer Hippie-Mutter ging, gab es nur in Königreich. Genauer gesagt im Mädchenzimmer, das schon so hieß, seit Mielchen und ihre Schwestern hier früher geschlafen hatten.

Sie schlug die Bettdecke zurück, setzte sich auf und strich sich die Haare aus dem Gesicht. So gut hatte sie lange nicht mehr geschlafen. In den letzten Monaten war sie abends zumeist vor lauter Gedanken an die Arbeit nicht zur Ruhe gekommen und morgens viel zu früh aufgewacht – mit denselben Gedanken: Was sollte sie zuerst erledigen, wen galt es noch anzurufen, wer musste für die Planung der nächsten Ausgabe noch angefragt werden und so weiter. Eine Endlosschleife.

Die Sonne schien bereits hell durch die gelben Vorhänge, und die Vögel zwitscherten. Sie hatte bei offenem Fenster geschlafen, etwas, das in ihrer Hamburger Wohnung wegen des Straßenlärms undenkbar war.

Jule zog ihr Kleid über, das sie gestern Abend achtlos neben das Bett auf den dicken braunen Teppich hatte fallen lassen, und ging die Treppe hinunter.

Die große Küche strahlte eine enorme Behaglichkeit aus mit ihren dunkelgrünen Lamellenfronten, dem braunen Steinfußboden und dem großen Holztisch. Durch die Sprossenfenster, die von wildem Wein umwuchert waren, sah man auf den Kirschbaum, die Blumen und die Obstspaliere hinter dem Gartenzaun. Jule stellte den Wasserkocher an und füllte Kaffeepulver in die Glas-Cafetiere, die sie Mielchen einmal mitgebracht hatte, nachdem die Achtziger-Jahre-Kaffeemaschine ihrer Oma den Geist aufgegeben hatte. Dann nahm sie einen kleinen Topf aus dem offenen Regal unter der Arbeitsplatte, goss etwas Milch hinein und stellte ihn auf den Herd. Neben dem Fenster hingen an Haken unterschiedlich gemusterte Tassen. Jule entschied sich für eine der zwei hohen alten Blümchentassen, die Mielchen, wie Jule wusste, noch von ihrer eigenen Mutter hatte. Als das Wasser kochte, goss sie es auf das Pulver und ließ den Kaffee einen Moment ziehen.

Mit dem dampfenden Milchkaffee ging sie in den Garten und setzte sich auf die Holzbank unter dem Küchenfenster, von der aus man im Frühjahr die Krokusse und Schneeglöckchen blühen sah, und jetzt im Sommer Rosen und Lavendel. Die Luft hatte sich in der kurzen Nacht kaum abgekühlt. Aber noch stand die Bank im Schatten, auf der Terrasse schien erst nachmittags die Sonne. Jule nippte an ihrem Kaffee und folgte mit dem Blick einem Zitronenfalter, der durch den Garten flatterte, von einer Blüte zur anderen.

Ja, hier würden sich vier Wochen aushalten lassen. Und in Hamburg vermisste sie schließlich keiner.

Wie es Tom wohl ging? Seit ihrem Streit hatten sie sich nicht mehr gesprochen, und der war jetzt fünf Tage her. Wenn sie ehrlich war, fehlte er ihr schon ziemlich. In den letzten Jahren hatten sie meist mehrmals täglich telefoniert. Wenn sie sich schon nicht sehen konnten – was ja meistens der Fall war –, wollten sie sich wenigstens auf dem Laufenden halten. Seine Kommentare zu ihren Erlebnissen und ihrer Stimmung trafen immer wieder ins Schwarze und brachten Jule häufig zum Lachen. Er kannte sie so gut. Natürlich hatte er bei den Telefonaten auch von sich erzählt, von all den Konzerten, auf die er ging, von Fotoausstellungen und von seinem Job. Allerdings ging kaum etwas über das Alltägliche hinaus. Was wirklich in ihm vorging, hatte sie nie so richtig gewusst. Aber am unverständlichsten war Jule, dass er sie immer weniger berührt hatte. Je länger sie sich kannten, desto leidenschaftsloser war Tom geworden, und darunter hatte sie zunehmend gelitten. Aber vielleicht lag auch das an der ungeplanten Schwangerschaft damals, die ihn so aus der Fassung gebracht hatte. Womöglich wollte er danach einfach absolut sichergehen, dass ihnen so etwas nicht noch einmal passierte. Eigentlich war er in den letzten Jahren zu ihrem besten Freund geworden – nicht gerade das, was Jule sich von einer Beziehung wünschte.

Sie seufzte. Vielleicht würde Tom seine Meinung zum Thema Kinder nie ändern. Als sie an all die Einwände dachte, die er immer wieder vorbrachte, verspürte sie beinahe Erleichterung. Weil die ewigen Auseinandersetzungen mit ihm vorbei waren, und weil ihr ständiges Bemühen, ihn von etwas zu überzeugen, das er ganz offensichtlich einfach nicht wollte, ein Ende hatte.

Jetzt war alles wieder offen. Vielleicht sollte sie sich einfach mal umsehen, welche hübschen Söhne von anderen Müttern so rumliefen. Und ob die sich überhaupt für sie interessierten …

Jule trank den letzten Schluck Kaffee, drehte sich um und sah durch das Küchenfenster auf die große Uhr über der Tür. Es war schon nach zehn, sie sollte sich langsam auf den Weg ins Krankenhaus machen. Sie packte Mielchens Zigaretten und den Krimi ein, nahm das *Altländer Tageblatt* aus dem Briefkasten, stieg in ihren Käfer und machte sich auf den Weg nach Buxtehude.

Ehe sie zu Mielchen hineinging, erkundigte sich Jule bei einer Krankenschwester, ob sie heute noch mit dem behandelnden Arzt sprechen könnte, und wie sich herausstellte, hätte er nach der Visite kurz Zeit für sie.

Jule wurde in ein kleines, aber helles Zimmer geführt, setzte sich auf den Besucherstuhl und wartete. Und wartete. Schließlich kam ein erstaunlich junger Mann mit einer Krankenakte in der Hand herein. Schlaksig, Hornbrille, braune Haare, etwas brave Frisur. *Süß.*

«Budde, guten Tag.» Er schüttelte Jule fest die Hand. «Sie sind die Enkelin von Frau Klingebiel? Tolle Frau, Ihre Großmutter. Man würde nie drauf kommen, dass sie schon achtzig ist.»

Jule nickte. *Man würde aber auch nie drauf kommen, dass du schon Arzt bist.* «Ähm … ist denn alles ohne Komplikationen verlaufen? Wird sie bald wieder nach Hause können?»

«Also, es ist ein nicht ganz unkomplizierter Unterschenkelbruch, und der heilt nicht in ein paar Tagen, schon gar nicht in ihrem Alter.»

Wie alt er wohl war? Wahrscheinlich vier, fünf Jahre jünger als sie. Wäre ja eigentlich kein Problem. Also, rein theoretisch. Vermutlich war er Arzt im Praktikum oder so. Kein Ehering. Bestimmt noch keine Kinder.

«Ihre Großmutter wird etwa eine Woche bei uns bleiben müssen, und dann steht die Reha an.»

«Reha? Daran habe ich noch gar nicht gedacht», sagte Jule etwas erschrocken. «Wo denn? Und wie lange dauert das?»

«Das variiert, aber ein paar Wochen wird es sicher dauern, bis sie wieder auf den Beinen ist. Am besten wäre die Reha-Klinik in der Nähe von St. Peter-Ording, allerdings haben wir noch keine Rückmeldung, ob dort ein Platz frei ist. Darüber informieren wir Sie aber rechtzeitig.»

«Und … weiß meine Oma schon, dass sie anschließend zur Reha muss?»

Der Doktor lächelte. «Ich nehme an, sie hat in ihrem Alter schon mal davon gehört, dass auf Krankenhausaufenthalte manchmal eine Reha folgt.»

«Äh, ja. Das ist natürlich gut möglich», sagte Jule und betrachtete ihr Gegenüber noch etwas genauer.

Ziemlich sexy eigentlich, so ein Arztkittel. Wer's tragen kann.

«Sie wird da gut aufgehoben sein, keine Sorge. Ich habe überhaupt keine Bedenken, dass sie bald wieder vollkommen hergestellt sein wird, so fit, wie sie ist – geistig und körperlich.» Er hob eine Kiste an, die auf seinem Schreibtischstuhl stand, und Jule bemerkte, dass seine Oberarme für seine Statur unerwartet kräftig waren. Offenbar war ihre Oma hier nicht die Einzige, die geistig und körperlich bemerkenswert fit war.

Er stellte die Kiste zur Seite und setzte sich. Sofort wurde seine ganze Aufmerksamkeit von den Unterlagen auf dem Schreibtisch absorbiert. Er nahm eine andere Akte zur Hand und sah kurz zu Jule auf, mit den Gedanken offenbar schon ganz woanders. «Das wird schon», sagte er und setzte einen aufmunternden Blick auf.

Wenn aus dem mal nicht über kurz oder lang ein Chefarzt wurde. Es schien, als wäre das Gespräch damit beendet. *Schade, eigentlich.*

«Ja, dann, vielen Dank.» Jule wandte sich zur Tür und machte beim Abschied eine ungeschickte Bewegung mit dem Arm, bei der ihr fast die eigene Tasche ins Gesicht schlug. «Also, auf Wiedersehn!»

Er lächelte. «Wiedersehen. Bis nächstes Mal.»

Jule trat in den Flur, orientierte sich kurz und ging dann ein paar Zimmer weiter. Nach kurzem Klopfen trat sie ein.

Ihre Oma saß halb aufrecht im Bett und blätterte gelangweilt in einer Zeitschrift. In dem zweiten Bett lag eine etwa sechzigjährige Frau mit einer Halskrause und einem eingegipsten Arm, die auf Mielchen einredete. Offenbar hatten sie das Klopfen überhaupt nicht gehört. Jule schloss die Tür und grüßte laut und vernehmlich, woraufhin beide Frauen erwartungsvoll aufsahen.

«Julchen, komm rein!» An ihre Zimmernachbarin gewandt, erklärte Mielchen knapp: «Helga, das ist Julia, meine Enkelin.» Dann drehte sie sich wieder zu Jule. «Du wirst dich wahrscheinlich nicht mehr erinnern: Helga Niemann ist die Frau von unserem Pastor in Jork.»

Jule schüttelte die Hand, die ihr die Frau entgegenstreckte. «Nein, ich erinnere mich tatsächlich nicht.»

Sie hatte breite Schultern, ein markantes Kinn und einen grauen Kurzhaarschnitt und sah eigentlich eher aus wie eine ehemalige Leistungsschwimmerin als wie eine Pastorenfrau.

«Helga hatte einen Autounfall», sagte Mielchen mit leicht genervtem Unterton.

«Oje, und wie geht es Ihnen?», fragte Jule.

«Na ja. Schleudertrauma und gebrochener Arm, wie es einem da eben so geht. Mir ist so ein Cabrio-Fahrer aus München hintendrauf gefahren. Ihm ist nichts passiert, aber sein Auto sah ziemlich schlimm aus. Ich hatte Glück, weil unser alter Mercedes einiges abgefangen hat, aber ich kann Ihnen sagen …» Sie verdrehte genervt die Augen und holte Luft, um dann zu einer längeren Tirade anzuheben.

Unauffällig kramte Jule schon mal Mielchens Krimi und die Zeitung hervor. Die Frau redete ja ohne Punkt und Komma.

«Helga», unterbrach Mielchen ihre Bettnachbarin, «magst du die Zeitung, die Jule mitgebracht hat, zuerst lesen?»

Jule hielt sie ihr mit aufforderndem Gesichtsausdruck hin.

«Danke.» Helga setzte sich zurecht und schlug die Zeitung auf, wirkte dabei allerdings ein wenig eingeschnappt.

Mielchen klopfte neben sich auf die Matratze, damit Jule sich setzte. «Na, wie ist es dir ergangen? Kommst du zurecht, Julchen?»

Jule berichtete kurz, was sie alles erledigt hatte und dass sie abends bei Inken zum Essen gewesen war.

«Aber sag mal, was mache ich denn jetzt mit den vielen Kirschen?»

Mielchen sah ihre Enkelin herausfordernd an. «Na, Marmelade kochen, natürlich. Aber du musst auch zusehen, dass die Kirschen vom Baum kommen, die sind reif und müssen geerntet werden!»

Jule schluckte. «Aber ich weiß doch gar nicht, wie man Marmelade kocht.» Sie war zwar als Kind mal dabei gewesen, wenn ihre Oma alljährlich Kirschen, Pflaumen und Beeren verarbeitete, aber das war ewig her. «Hast du denn dafür irgendwo ein Rezept?»

Mielchen überlegte. «Nein. Am besten, ich sage dir, wie du es machst. Hast du was zum Schreiben dabei?»

Nein, das hatte Jule nicht. Aber sie besorgte sich von einer Krankenschwester einen Block mit dem Logo eines Pharmakonzerns, kramte einen Stift aus ihrer Tasche und setzte sich dann wie eine Sekretärin zum Diktat auf den Stuhl neben dem Bett ihrer Oma.

«Es ist eigentlich ganz einfach», sagte Mielchen aufgeräumt. «Du wäschst die Kirschen, entstielst und entsteinst sie, dann kommen sie in einen großen Kochtopf und werden gestampft. Anschließend vermischst du sie mit dem Gelierzucker und lässt sie ein bisschen Wasser ziehen. Am besten nimmst du anderthalb Kilo Frucht auf fünfhundert Gramm Gelierzucker. Wenn du welchen kaufst, achte darauf, dass es 3:1-Zucker ist.»

Helga ließ die Zeitung sinken. «Nimmst du drei zu eins? Ich nehme immer zwei zu eins. Ist süßer. Viel besser. Außerdem –»

«Na ja, das ist Geschmackssache», sagte Mielchen, die es noch nie leiden konnte, wenn man sich nicht an ihre Rezepte hielt. Sie wandte sich wieder an Jule. «Jedenfalls lässt du alles vier, fünf Minuten kochen. Der Topf darf aber nicht zu voll sein. Und immer schön umrühren! Hast du das?»

Jule schrieb noch, während sie sagte: «Dann besorge ich auf dem Rückweg ein paar Packungen Gelierzucker. Marmeladengläser hast du im Keller, oder?»

«Ja, hinten ist ein Regal mit leeren Gläsern. Wasch die aber noch mal ganz heiß aus und lass sie auf einem Tuch trocknen, dass du da nicht wieder was reinreibst!» Mielchen wartete ab, bis Jule mit Schreiben fertig war. «Früher, als es noch keine Gläser mit Schraubdeckeln gab, da verschloss man die Gläser mit Zellophan. Wir Mädchen mussten immer die Folien zurechtschneiden. Die wurden dann in Alkohol getränkt, um die Bakterien abzutöten – das war eine Arbeit!»

«Das muss man ja nun zum Glück nicht mehr», kommentierte Helga hinter ihrer Zeitung sauertöpfisch.

«Ist ja auch so alles schon genug Arbeit …», warf Jule ausgleichend ein.

«Genau. Und deshalb achte darauf, dass die Gläser und die Deckel nicht schadhaft sind», fuhr Mielchen fort. «Und füll die Gläser bis ganz oben hin voll, damit keine Luft dran kommt.»

Jule nickte. «Gut, das werde ich wohl hinkriegen.»

Sie wollte Papier und Stift gerade wegstecken, als die Zimmernachbarin erklärte: «Ich tue ja immer noch etwas Orangenschale ran. Und Vanille.»

Mielchen schnaubte. «Meine Enkelin mag am liebsten meine leckere Pflaumenkirschmarmelade, nicht wahr? Und Schokoladenkirsch! Die ist auf dem Markt auch immer sofort ausverkauft.»

Geräuschvoll legte Helga die Zeitung beiseite. «Ich wusste gar nicht, dass du auf dem Markt stehst!»

«Nein», sagte Mielchen und verschränkte die Arme. «Hinnerk hat doch einen kleinen Stand für seinen Honig und seinen Schnaps. Und da stellt er immer ein paar von meinen Gläsern dazu.» Sie sah wieder Jule an. «Für Pflaumenkirsch müssen wir warten, bis die Pflaumen reif sind, deshalb friere ich immer ein paar Kilo Kirschen ein.»

«Das geht?»

«Ja, du musst sie nur vorher entsteinen, sonst wird das nachher eine sehr matschige Angelegenheit.»

«Ach, für Marmelade ist das doch egal», mischte Helga sich wieder ein.

Mielchen rollte mit den Augen. «Und für Schokoladenkirsch gibst du am Ende pro Kilo Kirschen hundert Gramm dunkle Schokolade in den Topf – geraspelt, dann vermischt es sich gut. Außerdem kommt ein bisschen Zitronensaft hinein und eine Vanilleschote. Und dann noch ein, zwei Zimtstangen – natürlich alles erst nach dem Stampfen. Die ganze Zeit über rührst du gut um, dann schöpfst du den Schaum ab und füllst die Marmelade in die Gläser und –»

«Warte, nicht so schnell», sagte Jule. Ob ihr das wirklich alles gelingen würde? Klang ziemlich kompliziert. Besser, sie schrieb möglichst jedes Wort mit, das ihre Oma sagte.

«Und dann stellst du die Gläser fünf Minuten auf den Kopf und lässt sie auskühlen. In der Schublade vom Küchentisch sind Klebeetiketten, wir müssen ja nachher auch wissen, was drin ist!»

«Das wär nicht schlecht, ja», kommentierte Helga giftig.

Die Luft im Raum war inzwischen praktisch zum Schneiden, aber Jule gab es auf, die Vermittlerin zu spielen. Und auch Mielchen ging nicht auf die Bemerkung ein, sondern sagte zu ihrer Enkelin: «Hinnerk kommt immer mal vorbei und holt sich neue Gläser ab, wenn er nicht mehr genug hat für seinen Stand.»

Jule blies sich eine Haarsträhne aus dem Gesicht und sah etwas ratlos auf ihren Block. «Nur gut, dass du keine Hühner mehr hast, sonst müsste ich die womöglich noch rupfen!»

«Du wirst das schon ausklamüsern», sagte Mielchen und tätschelte ihren Arm. «Wie viel hast du denn schon geerntet?»

Jule nickte. «Richtig viel. Allein Piet hat zwei Kisten gepflückt.»

Mielchens Augenbrauen wanderten nach oben. «Du hast dir Verstärkung geholt, sehr gut!»

«Weißt du eigentlich, was Piet hier macht? Ich meine, bleibt er jetzt in Königreich?»

«Ich glaube, das weiß er selbst noch nicht.» Mit Blick auf ihre Zimmernachbarin senkte Mielchen ihre Stimme. «Er hat eine schwere Zeit hinter sich. Aber das ist eine andere Geschichte.»

«Was ist denn passiert?», fragte Jule leise und zog ihren Stuhl näher an das Bett. «Er war so anders, als ich ihn in Erinnerung hatte, ich hab ihn zuerst gar nicht wiedererkannt.»

In diesem Moment ging die Tür auf, und ein kleiner, glatzköpfiger Mann mit Nickelbrille und gutmütigem Gesichtsausdruck betrat das Zimmer.

«Da bist du ja endlich.» Ohne eine Miene zu verziehen, schlug Helga die Zeitung zu.

«Jürgen!», sagte Mielchen erfreut. «Erinnerst du dich an meine Enkelin?»

Jule stand auf und begrüßte den Pastor, den sie im Laufe der Jahre immer mal wieder gesehen hatte, wenn sie als Kind mit Mielchen in die Kirche gegangen war. Nachdem sie ein bisschen geplaudert hatten, winkte Mielchen ihre Enkelin näher heran und flüsterte: «Du musst nicht bleiben, Jule. Du willst doch sicher los.»

«Bist du sicher? Ich kann auch noch bleiben.»

«Nein, nein. Du willst doch auch noch einkaufen …»

«Gut, dann mach ich mich jetzt auf den Weg.»

«Mach das. Und ruf ruhig an, wenn du nicht weiterweißt beim Marmeladekochen.»

Auf dem Rückweg deckte Jule sich im Supermarkt für die nächsten Tage ein. Wenn sie schon ihre Reise nach Kanada nicht antrat, wollte sie wenigstens aus der Zeit auf dem Land das Beste machen. Sie freute sich inzwischen richtig darauf, den ganzen Urlaub über an ein und demselben Ort zu bleiben, kein Besichtigungsprogramm absolvieren zu müssen und einfach mal auszuschlafen und zu entspannen. Vielleicht hatten Kirschenpflücken, Marmeladekochen und Blumengießen ja eine beruhigende Wirkung auf sie. Und sicher würde neben der Arbeit in Haus und Garten noch Zeit bleiben, sich in die Sonne zu setzen und Eis zu essen oder mit Inken auf der Terrasse einen Aperol Sprizz zu trinken.

Ächzend trug sie ihre Einkäufe zum Käfer. Sie hatte Himbeereis gekauft, tütenweise Gelierzucker sowie Schokolade, Vanilleschoten, Zimtstangen und Zitronen zum

Marmeladekochen. In einer anderen Tüte befand sich alles zum Kuchenbacken, außerdem ihre geliebte Buttermilch und Chips, die sie noch mehr liebte.

Nachdem sie alles verstaut hatte, holte sie noch zwei Kisten mit Getränken und ging dann zu einem kleinen Kiosk, um sich die *Elle* und die *Gala* zu kaufen sowie die letzte Ausgabe der *Antonia* – für Inken. Der kleine Kofferraum ihres Autos war voll bis obenhin.

Als sie wenig später vor Mielchens Haus vorfuhr, sah Jule auf der anderen Straßenseite einen offenen schwarzen Sportwagen stehen, offensichtlich ein älteres Modell. Sie stieg aus und wollte gerade den Kofferraum öffnen, als sie auf den Stufen vor der Haustür einen Mann entdeckte. Breitbeinig saß er da, die Ellbogen auf die Knie gestützt, die Augen hinter einer Sonnenbrille versteckt. Er war so mit seinem Handy beschäftigt, dass er sie zunächst gar nicht bemerkte.

Der Übernachtungsgast, fiel es Jule siedend heiß ein. Den hatte sie total vergessen! Hoffentlich wartete er noch nicht allzu lange.

Jetzt sah der Mann auf und erhob sich. Er hatte dunkle, an den Schläfen leicht grau melierte Haare, war groß und … so *stattlich*, irgendwie. Zu der hellgrauen Hose, die ziemlich elegant wirkte, trug er ein weißes Hemd, dessen Ärmel hochgekrempelt waren. Mit einer lässigen Handbewegung nahm er die Sonnenbrille ab, ging auf sie zu und sah sie aus dunklen Augen eindringlich an.

Jule stand wie angewurzelt da. Es war, als käme der Mann in Zeitlupe auf sie zu. Als wäre sie in einem Werbespot für Rasierwasser gelandet. Jetzt strich er sich auch noch mit einer langsamen Bewegung das Haar aus der Stirn …

«Hallo, ich bin Sebastian Hofstetten», sagte er mit tiefer Stimme und streckte ihr die Hand entgegen.

Noch immer bekam Jule kein Wort heraus. Diese Augen. Wie hypnotisiert schüttelte sie seine Hand, schüttelte und schüttelte, ohne etwas zu sagen.

Seine Mundwinkel zuckten amüsiert. «Wir ... hatten telefoniert? Sie sind Emilie Klingebiel?», fragte er.

Was? Nein, soweit sie wusste, war sie nicht Emilie Klingebiel. *Hilfe, ich muss irgendwie aus dieser Zeitlupennummer rauskommen!*

Schnell ließ Jule seine Hand los. «Nein, das ist meine Großmutter. Sie ... liegt im Krankenhaus und ... ich ...»

Mann, Jule, reiß dich zusammen!

Sie lachte verlegen und gab ihm automatisch noch einmal die Hand. «Julia Jansson. Tut mir leid, ich hatte Sie ganz vergessen. Warten Sie schon lange?» *Na, geht doch. Ein vollständiger Satz jagt den nächsten.*

«Kein Problem. Ich hoffe, es geht Ihrer Großmutter gut?»

«Sie hat sich ein Bein gebrochen, ist beim Kirschenpflücken von der Leiter gefallen. Aber es sieht ganz gut aus. Trotzdem wird sie wohl länger ausfallen.»

«Verstehe», sagte Sebastian Hofstetten und trat einen Schritt zurück. «Dann ... sollte ich mir wohl woanders ein Zimmer suchen.»

«Nein!», entfuhr es Jule einen Tick zu heftig. «Ich meine, das ist nicht nötig. Ihr Zimmer habe ich ja schon vorbereitet, ich hatte bloß die Zeit vergessen. Ich zeige es Ihnen gleich.» Sie konnte ihn doch nicht einfach so gehen lassen. Ein bisschen Gesellschaft im Haus würde nicht schaden. Und schließlich brauchte Mielchen das Geld ...

«Ich hole nur schnell die Schlüssel», erklärte Jule und ging zurück zum Auto. Eilig öffnete sie die Fahrertür, nahm ihre Tasche heraus und versuchte dabei, einmal tief durchzuatmen. Sie hatte sich benommen, als wäre sie nicht ganz zurechnungsfähig, dieser Sebastian Hofstetten musste sie ja für komplett bescheuert halten.

Als sie den Kofferraum öffnete, stand er plötzlich hinter ihr. «Kann ich helfen?»

«Äh … ja, gern.»

Mit jeder Hand griff Jule eine Tüte, während er mühelos die beiden Getränkekisten aus dem Kofferraum hob und ihr dann folgte. Jule stellte die Tüten vor der Tür ab und suchte in ihrer Tasche umständlich nach dem Schlüssel. Nachdem sie endlich aufgeschlossen hatte, gingen sie gemeinsam durch Diele und Flur in die Küche.

Hatte sie eigentlich wirklich alles für den Gast vorbereitet? Und was musste sie jetzt machen, was genau wurde von einer … Wirtin erwartet? Sie hatte gestern Abend völlig vergessen, Inken danach zu fragen.

«Ich, ähm … zeige Ihnen vielleicht gleich mal das Haus?», sagte sie, und es klang mehr wie eine Frage. Sie stellte die Tüten auf zwei Küchenstühle und wischte sich an ihrem Kleid die Hände ab. «Damit Sie wissen, wo Sie hier sind.»

«Gern», sagte Sebastian Hofstetten und stellte die Getränkekisten neben dem Kühlschrank ab. «Ich will Ihnen auch gar keine Umstände machen, ich werde sowieso viel unterwegs sein und bleibe nur zwei, drei Nächte, wenn alles gutgeht und –» Er sah aus dem Fenster und unterbrach sich. «Der Garten ist ja eine Pracht.»

Jule strich sich eine Haarsträhne hinters Ohr. Dieser

Mann, der aussah, als wäre er einem Hollywoodfilm entstiegen, wirkte in Mielchens Landhausküche irgendwie völlig fehl am Platz. Und sie fühlte sich plötzlich schrecklich verschwitzt und unansehnlich, so ungeschminkt und ungekämmt. Sie hatte heute Morgen einfach die Sachen von gestern angezogen – wie hätte sie auch ahnen können, was für ein Gast ihr da ins Haus schneien würde!

«Das klingt nicht, als hätten Sie vor, hier Urlaub zu machen», sagte sie.

«Nein, ich bin tatsachlich beruflich hier.»

«Was machen Sie denn beruflich?», fragte Jule.

«Ich bin Klimaforscher.» Er nahm einen der kleinen Kräutertöpfe von der Fensterbank, hielt ihn sich unter die Nase und schnupperte daran. «Ich arbeite bei einem gemeinsamen Forschungsprojekt der meteorologischen Institute der Universitäten von Hamburg und Berlin mit», fuhr er fort. «Wir beschäftigen uns mit den klimatischen Veränderungen in der Region.»

Was für breite Schultern er hatte ... und überhaupt: was für ein unfassbar gutaussehender Mann. Und einen interessanten Beruf hatte er auch noch.

«Aha», sagte Jule gedankenverloren und hob den Blick. Wieso sah er sie denn jetzt so erwartungsvoll an? Was hatte er gerade gesagt? Irgendwas von einem Meteoriteneinschlag? In Berlin? Hätte sie das nicht in den Nachrichten hören müssen?

«Ähm ...» Jule kratzte sich am Kopf. «Wollen Sie vielleicht was trinken? Einen Kaffee oder so?»

«Ein Wasser wäre nicht schlecht.»

Sie nahm zwei Gläser aus dem Regal, öffnete den Kühlschrank und goss Mineralwasser ein. Wahrscheinlich sollte sie noch mal nachfragen. Nur hatte sie dafür nicht gut genug zugehört.

«Und, ähm …» Jule hatte einen Geistesblitz – das *konnte* nicht verkehrt sein: «Was verschlägt Sie nach Königreich?»

«Ich bin auf der Suche nach meiner Prinzessin.»

Das hatte er jetzt nicht wirklich gesagt, oder? Sie drehte sich zu ihm um und sah ihm prüfend ins Gesicht.

«Mein Team und ich erforschen Klimadaten aus der ersten Hälfte des zwanzigsten Jahrhunderts.»

O.k. … das passte irgendwie nicht ganz zu dem, was sie vorher gehört zu haben glaubte. Schade eigentlich.

«Damals waren die Messungen zum Teil unzureichend», fuhr er fort. «Deshalb können wir nur mit Modellen arbeiten, die der Komplexität der heutigen Forschung nicht mehr gerecht werden.»

Hmhm. Logisch.

Jule schätzte ihn auf Anfang vierzig. Sie reichte ihm ein Glas. Dieser Mann hatte wirklich einen ungewöhnlich intensiven Blick. Wie gemacht dafür, einer Frau tief in die Augen zu sehen und sie zu verwirren.

Er sah ihr tief in die Augen. Jule war verwirrt.

«Aber ich will Sie damit nicht langweilen», erklärte er lächelnd. «Jedenfalls bin ich hier, weil ich nach alten Weckgläsern suche. Sehr alten Weckgläsern. Idealerweise aus den Vierzigerjahren. Aus dem eingemachten Obst lassen sich nämlich Rückschlüsse auf die damalige Zusammensetzung der Luft ziehen.» Er trank einen Schluck.

«Das geht?», fragte Jule, intelligent wie selten. Aber immerhin hatte sie diesmal zugehört.

«Na ja, das hängt von verschiedenen Parametern ab, von den chemischen Prozessen und so weiter. Aber die Luft stammt ja von damals, den Versuch ist es also wert. In der Arktis und Antarktis verwendet man eine ähnliche Methode bei den Luftbläschen, die im Eis eingeschlossen sind, um Aufschluss über die Luftzusammensetzung vor Tausenden von Jahren zu bekommen.»

«Interessant. Und nach diesen alten Weckgläsern suchen Sie also hier, im Alten Land?»

Jaha, genau das sagte er doch gerade. Aaah!

Sollte er sie für extrem begriffsstutzig halten, ließ er es sich zumindest nicht anmerken. «Genau. Meine Assistentin schaltet seit Wochen Anzeigen in Tageszeitungen und Lokalblättchen, bisher leider ohne nennenswerten Erfolg. Aber diese Gegend ist für unsere Forschung extrem wichtig. Das Alte Land ist immerhin das größte zusammenhängende Obstanbaugebiet Europas. In irgendeinem Keller *muss* hier doch altes Obst überdauert haben.»

«Ich drücke Ihnen die Daumen.» Jule trank einen Schluck und stellte ihr Glas auf den Küchentisch. Sie nahm sich vor, auch in Mielchens Keller nachzusehen. «Dann zeige ich Ihnen jetzt mal Ihr Zimmer, ja?»

Zuckten seine Mundwinkel schon wieder? Hatte sie irgendwas Komisches an sich?

Er nickte freundlich, und Jule ging voraus. «Hier rechts sind das Wohn- und das Esszimmer und der Wintergarten.»

«Darf ich mal gucken?»

«Natürlich.»

Sie ließ ihm den Vortritt – er duftete leicht nach Pfefferminz – und betrat dann selbst das Wohnzimmer. Es hatte einen Kamin, vor dem ein altes, lindgrün bezogenes Sofa mit vielen Kissen stand, daneben zwei Ohrensessel. Die Wand, die das Wohnzimmer vom Flur trennte, war vom Boden bis zur Decke voller Bücherregale, und neben dem alten Klavier stand auf einer Kommode eine Vase mit Blumen aus dem Garten, die schon etwas verwelkt waren.

«Was für ein gemütlicher Raum», sagte Sebastian Hofstetten und blieb vor einem der zahlreichen Fotos in Silberrahmen stehen.

«Wer ist das?»

Jule trat näher. Es war ein verblichenes Schwarzweißfoto, auf dem Mielchen mit ihren Schwestern zu sehen war. Die drei Mädchen, die auf dieser Aufnahme zwischen zehn und fünfzehn Jahre alt gewesen sein mussten, posierten auf der damals noch ungepflasterten Straße vor dem Haus. Sie hatten ihre Arme umeinander gelegt und strahlten in die Kamera, alle drei mit dicken geflochtenen Zöpfen. Mielchens schönes, ebenmäßiges Gesicht wirkte vollkommen offen und rein, fast madonnenhaft.

«Das ist meine Großmutter, Emilie.» Jule zeigte auf das Mädchen in der Mitte. «Mit ihren Schwestern, Annemarie und Pauline.»

«Bemerkenswertes Bild», sagte ihr Gast und stellte es wieder zurück. «Es rührt etwas in einem an, finden Sie nicht? Diese Frische und … Wahrhaftigkeit. Es spricht so eine Lebenslust daraus. Ein tolles Foto.»

Durch die offenstehende Schiebetür gingen sie ins Esszimmer. Es hatte zwei Fenster zur Straße und eins in den Garten und war sehr hell, obwohl die cremefarbenen Baumwollvorhänge zugezogen waren. Die ebenfalls helle Tapete hatte feine, salbeigrüne Streifen. In der Mitte stand ein dunkler, rechteckiger Holztisch mit sechs Stühlen. Es war ein einladender Raum, der seit dem Tod ihres Opas jedoch kaum noch benutzt wurde, denn meistens wurde in der Küche gegessen. Trotzdem zierte auch diesen Tisch ein bunter Blumenstrauß in einem Goldfischglas. Zu beiden Seiten des Bauernschranks, in dem Mielchen Tischdecken und Servietten aufbewahrte, hingen mehrere Landschaftsaquarelle an der Wand.

«Seit wann lebt Ihre Großmutter hier?», fragte der Klimaforscher.

«Seit ihrer Geburt. Aber das Erdgeschoss ist vor ungefähr zehn Jahren komplett renoviert worden … vielleicht ist es auch schon fünfzehn Jahre her. Und bei der Gelegenheit haben sich meine Großeltern auch von vielen Möbeln getrennt. Mein Opa war Tischler und hat damals fast alles selbst gemacht, aber für die Einrichtung war meine Oma verantwortlich.»

«Da scheint sie Talent zu haben.»

Sie gingen durch den Flur in die Diele. «Hier unter der Treppe war das kleine Büro meines Opas, das Zimmer ist seit seinem Tod ziemlich verwaist.» Jule sah ihren Gast etwas unschlüssig an. «Also … Ihr Zimmer ist oben.»

«Gut.» Er bedeutete ihr mit einer Geste, vorauszugehen, und Jule stieg als Erste die Treppe hoch.

Ging ein Gentleman nicht eigentlich *vor* der Frau die Treppe hoch, um ihr nicht auf den Hintern zu starren? Das hatte Jule mal gelesen, und just in diesem Moment leuchtete es ihr auch vollkommen ein.

Oben angekommen, beschloss sie, ihm nur das Bad und das Gästezimmer zu zeigen. Mielchens Schlafzimmer war Privatsache, und im Mädchenzimmer lagen ihre eigenen Sachen über den ganzen Fußboden verteilt.

Sie öffnete die Tür zum Gästezimmer, das erst vor wenigen Jahren renoviert worden war – ehe Mielchen angefangen hatte, von Zeit zu Zeit zahlende Gäste aufzunehmen. Unter den Dachschrägen standen auf den weiß lackierten Bodendielen ein schlichtes französisches Bett und zu beiden Seiten zwei antike, schmale Nachtschränke aus Kiefernholz. Außerdem gab es noch eine große Rattantruhe, zwei Stühle und den Zwilling des Bauernschranks, der unten stand. Vom Fenster aus konnte man eine Hälfte des Kirschbaums und einen Großteil des Nachbargartens sehen.

«Auch ein wunderschönes Zimmer», sagte Sebastian Hofstetten. «Es strahlt so eine Ruhe aus.»

Erst jetzt fiel Jule auf, dass unter der weißen Überdecke noch das nackte Federbett lag. Das würde sie gleich unauffällig erledigen, wenn ihr Gast sein Gepäck holte.

Sie öffnete die Tür rechts neben dem Schrank. «Hier ist das Badezimmer. Die Tür neben der Wanne dort führt ins Schlafzimmer meiner Oma, aber die ist ja im Moment nicht da. Das Bad haben Sie also für sich.» Sie stockte. «Ach, da fällt mir ein: Ich habe Ihnen noch gar keine Handtücher hingelegt, das mache ich gleich. Möchten Sie vielleicht ... jetzt Ihr Gepäck holen?»

«Ja, das mache ich eben noch, dann muss ich auch schon wieder los. Ich hab noch einen Termin und werde wahrscheinlich erst gegen Abend zurück sein ... Geben Sie mir einen Schlüssel?»

«Ach so, ja, natürlich. Tut mir leid, ich mach das zum ersten Mal. Also … die Wirtin spielen, meine ich.»

«Würde man nicht drauf kommen», sagte er in einem Ton, der offenließ, ob er es ernst meinte oder sich über sie lustig machte.

Gemeinsam gingen sie wieder nach unten. Und während Sebastian Hofstetten sein Gepäck aus dem Auto holte, nahm Jule den Ersatzschlüssel vom Schlüsselbrett und legte ihn auf das Tischchen neben der Haustür. Sobald er weg war, würde sie sein Bett beziehen und ihm Handtücher hinlegen. Und anschließend würde sie Marmelade einkochen. Außerdem wollte sie endlich mal ihre Mutter anrufen, um ihr zu erzählen, wie die Lage bei Mielchen war. Aber dafür war es wegen der Zeitverschiebung jetzt noch etwas zu früh.

Sie ging in die Küche, um sich einen Kaffee zu machen. Während sie darauf wartete, dass das Wasser kochte, hörte sie Sebastian Hofstetten die Treppe hinaufgehen und kurz darauf wieder herunterkommen. Sie trat in die Diele.

«Ich habe Ihren Schlüssel da auf den Tisch gelegt.»

«Alles klar, danke. Ich mach mich dann auf den Weg. Bis später.»

Jule nickte. «Bis später.»

Schon fiel die Tür hinter ihm ins Schloss, und weg war er. Jule ging ein paar Schritte rückwärts und ließ sich auf einen Küchenstuhl sinken. *Was für ein Mann.* Und nach dem Arzt war Sebastian Hofstetten heute schon der zweite attraktive Kerl. In den letzten Jahren war ihr doch kein einziger Mann aufgefallen! Weder in Hamburg noch in München, noch irgendwo dazwischen. War ihr Wunsch nach einem Partner und einem potenziellen Vater für ihre Kinder denn derart groß, dass plötzlich jeder Mann, der ihr unter die Augen kam, ihr Interesse weckte? Das war doch lächerlich. Geradezu unwürdig. So kannte sie sich überhaupt nicht.

Entschlossen schlug Jule mit der Hand auf den Tisch. So! Sie würde sich jetzt aufs Marmeladekochen konzentrieren. Und dann darauf, sich zu erholen. Und nicht mehr über diesen Traummann nachdenken. Und schon gar nicht von ihm reden oder so.

Marmelade und Himbeereis

Klingt ja nach einem Wahnsinnstypen!», rief Inken durch Mielchens offenes Kuchenfenster nach draußen, als Jule in ihrem Bericht über Sebastian Hofstetten kurz innehielt. «Aber was macht man denn als Klimaforscher für eine Geschäftsreise nach Königreich?»

Mia und Inken saßen am Küchentisch, vor sich einen Berg Kirschen, und Jule stand auf der Terrasse und kurbelte die gelbe Markise heraus.

«Er sucht wohl in der ganzen Gegend nach altem, eingewecktem Obst.» Sie ging zurück in die Küche. «Aber so richtig hab ich das auch nicht verstanden. Er hat ja praktisch nur seine Sachen abgestellt und musste dann gleich zu einem Termin.» Sie setzte sich zwischen Inken und Mia und griff nach einem Entsteiner.

Etwa anderthalb Kilo Kirschen hatte sie über Mittag schon allein vorbereitet und einen ersten großen Topf Marmelade gekocht – immer mit einem Auge auf den Notizen, die sie sich im Krankenhaus gemacht hatte. Sechs Gläser standen bereits kopfüber und kühlten aus, soweit das bei diesen Temperaturen möglich war. In der Küche hing der süße Duft der gekochten Früchte. Als Nächstes war die Schokokirschmarmelade dran. Glücklicherweise waren Inken und Mia vorbeigekommen und hatten Jule ihre Hilfe angeboten.

«Mia, mach bitte nicht so eine Sauerei», ermahnte Inken ihre Tochter, die an den Kirschen herumdrückte und dabei alles vollspritzte.

«Die Kiste ist ja immer noch voll», sagte die Kleine mit vorwurfsvollem Blick.

«Ja, die wird irgendwie nicht leerer», sagte Jule und schlug vor, einen Wettkampf zu veranstalten: Wer zuerst zehn Kirschen entsteint hat, bekommt ein Eis. Mia war begeistert und stürzte sich sofort auf die Kirschen. Um die Wette drückten sie die Steine heraus, und nachdem Inken beim ersten Durchgang gewonnen hatte, musste das Spiel noch ein paarmal wiederholt werden, bis Mia schließlich zur Siegerin erklärt wurde.

«Jetzt sieht man aber, dass die Kiste leerer wird», sagte Inken.

«Und jetzt ist bestimmt auch der Kaffee endlich kalt genug, um Eiskaffee zu machen», sagte Jule, stand auf und ging zum Kühlschrank. «Möchtest du Kakao, Mia? Oder Himbeereis?»

«Himbeereis!» Mia strahlte, das Gesicht voller roter Spritzer.

Jule nahm das Eis aus dem Gefrierfach und versuchte, mit dem Löffel etwas davon in ein Schälchen zu geben, aber es war noch zu hart.

Mia sprang auf. «Ich kann das besser!»

Inken schüttelte den Kopf. «Du kannst ja eigentlich alles besser, nicht?»

«Neehee, nicht alles.»

«Nein?», fragte Inken. «Was denn nicht?»

Ohne lange überlegen zu müssen, erklärte Mia: «*Schimpfen* kann ich nicht so gut wie du!»

Jule sah Inkens verblüfftes Gesicht und musste lachen. «Ganz schön schlagfertig, deine Tochter.»

«Allerdings. Ich schätze, da kommt noch einiges auf mich zu. Ich meine – sollte die Pubertät nicht eigentlich erst in sieben Jahren anfangen oder so?»

Jules Handy, das auf der Fensterbank lag, begann zu klingeln. Sie erkannte die Telefonnummer der Redaktion und zögerte. Dann drückte sie auf den grünen Hörer.

«Hallo?»

«Jule, zum Glück gehst du ran. Hier brennt der Schreibtisch, pass auf: Wir müssen dein Interview mit Alva Lindström verschieben, weil der Filmstart nach hinten verlegt wurde. Die Produktionsfirma droht Riesenstress an für den Fall, dass wir's trotzdem jetzt schon bringen. Daher wollen wir stattdessen dein Stück über die blinde Pianistin bringen, das haben wir doch noch im Stehsatz. Dafür müsstest du nur kurz reinkommen und es aktualisieren und –»

Jule stöhnte. «Susanne, ich hab Urlaub!»

«Ja, ich weiß. Nur … ich hab mitgekriegt, dass ihr nicht geflogen seid, als Tom gestern kurz im Haus war und die Bilder seiner Paris-Strecke präsentiert hat, und … hier ist echt der Teufel los.»

«Aber an dem Text dürfte kaum was zu aktualisieren sein – schick ihn mir doch per Mail, dann guck ich noch mal drüber.»

Jule seufzte innerlich. *So viel zum Thema: Keine Meetings, keine Mails …*

«Doch, doch, da ist schon noch einiges zu machen», fuhr ihre Textchefin fort. «Vorlauf, Bildunterschriften, Infokasten, du weißt schon. Und wenn du es selbst machst, geht es doch viel schneller. Komm schon. Du kennst dich mit der Materie am besten aus, hast die Kontakte und so …»

Da hatte sie natürlich recht, und die Redaktion war ohnehin überlastet. Sobald auch nur eine Kollegin Urlaub hatte oder krank war, wurde es vollkommen unerträglich …

«Na gut. Eilt es sehr?»

«Wär schon gut, wenn du es heute noch schaffst.»

«O.k. Aber zwei, drei Stunden brauch ich, bis ich in Hamburg bin. Früher kann ich hier nicht los.»

Jule verabschiedete sich und legte das Handy wieder auf die Fensterbank.

«Ärger?», fragte Inken und wischte sich mit dem Handrücken den Schweiß von der Stirn.

«Ich muss nachher noch mal in die Redaktion.» Jule griff wieder nach dem Entsteiner.

«Aber du hast doch Urlaub.»

«Tja.» Jule zuckte mit den Schultern. «So ist das bei uns. Aber ich werde bei der Gelegenheit gleich noch ein paar Sachen aus meiner Wohnung holen. Ich hab nämlich beschlossen, meinen Urlaub hier zu verbringen. Mielchen wird nach dem Krankenhaus noch in die Reha gehen, und jemand muss sich ja um den Garten kümmern.»

«Ach, wie schön, das ist ja toll!» Inken warf ihr einen freudigen Blick zu. Dann betrachtete sie die Schüsseln voller Kirschen. «Du, ich glaube, das sind jetzt sogar schon zu viele für den Topf. Vielleicht stellst du besser schon mal die nächste Ladung auf den Herd.»

«Mach ich.» Jule nahm schnell noch einen Schluck von ihrem Eiskaffee, dann setzte sie den großen Topf auf die Waage, stellte sie auf null und füllte die nächsten anderthalb Kilo Kirschen hinein. Vorsichtig begann sie, die Früchte zu stampfen, als sie hinter sich Inken zu ihrer Tochter leise sagen hörte: «Ich schimpf doch eigentlich gar nicht so viel mit dir, oder?»

«Aber gestern schon», erwiderte Mia.

«Na ja, aber da hatte ich ja auch allen Grund, mich zu ärgern, weißt du noch?»

Mia antwortete nicht.

«Da brauchst du dir gar nicht die Ohren zuzuhalten.»

Jule schüttete ein Pfund Gelierzucker in den Topf und drehte sich um. «Mia, hilfst du mir umrühren?» Sie schob einen Stuhl an die Arbeitsplatte. «Kannst dich hier draufstellen.»

Mit trotzigem Gesichtsausdruck kam Mia zu ihr.

«Es muss noch eine Zimtstange in den Topf, die sind in der Tüte da.» Mia griff nach der Tüte und nahm eine Zimtstange heraus.

«Genau.» Jule sah auf das Blatt mit ihren Notizen. «Und jetzt kommt noch eine Vanilleschote rein. Moment … Einfach so, wie sie ist, Inken? Oder was muss ich mit der machen?»

«Der Länge nach einritzen, dann verteilt sich das Mark beim Kochen und Umrühren von allein.»

Jule ritzte die Vanilleschote ein, warf sie, während Mia eifrig in dem großen Topf rührte, hinein und stellte die Herdplatte auf die höchste Stufe.

«Puh, ich zerfließe gleich. Eigentlich sollte man Marmelade nachts kochen, wenn es nicht so heiß ist.»

«Ja, ich glaub, ich muss heute auch mal durch den Sprenger laufen», sagte Inken.

«Ich auch!» Mia drehte sich um.

Inken lachte. «Willst du jetzt gleich?»

Sofort kletterte Mia vom Stuhl und ließ sich von ihrer Mutter helfen, den Knoten der Kinderschürze zu lösen, unter der sie nur ihre Unterwäsche trug.

«Sollen wir Mielchens Sprenger anmachen, Jule? Dann haben wir Mia im Blick.»

«Ja, mach ruhig, den wollte ich heute sowieso noch anstellen.»

Inken folgte ihrer hüpfenden Tochter in den Garten. Als Jule kurz darauf zwei Tafeln Schokolade aus dem Schrank nahm, sah sie durch das Fenster, wie Inken den Sprenger ein Stück vom Kirschbaum entfernt auf den Rasen setzte und Mia sich umständlich die Unterwäsche auszog und um den Sprenger herumsprang, als er zu sprudeln begann. Die Marmelade fing bereits an, Blasen zu werfen, deshalb raspelte Jule den Großteil der Schokolade in die Kirschen und rührte ein paar Minuten lang alles kräftig um. Dann stellte sie den Herd aus und steckte sich ein Stück Schokolade in den Mund.

Als sie gerade dabei war, die Marmelade in die vorbereiteten Gläser zu füllen, kam Inken wieder in die Küche.

«Hast du schon eine Gelierprobe gemacht?»

«Nee. Was ist das denn?», fragte Jule.

«Man sollte vorher einen Löffel abnehmen und gucken, ob die Marmelade fest wird», sagte Inken.

«Oh, das habe ich beim ersten Mal gar nicht gemacht.»

Inken nahm eines der schon befüllten Marmeladengläser

in die Hand, kippte es und betrachtete es prüfend. «Sieht aus, als wäre es trotzdem was geworden. Zu dünn scheint sie nicht zu sein. Aber wenn man Pech hat, ist die Marmelade auch nach ein paar Minuten Köcheln noch ziemlich flüssig. Und dann wird sie auch im Glas nicht fest.» Inken nahm eine Untertasse aus dem Schrank und gab einen Klecks heiße Marmelade darauf. Schnell bildete sich ein dünnes Häutchen. «Super. Du scheinst ein Naturtalent zu sein. Die können wir abfüllen.»

Jule griff nach einer Soßenkelle. Diesmal gelang es ihr schon besser als beim ersten Durchgang, die Gläser bis zum Rand zu füllen, ohne dass etwas überlief. Inken hatte gerade eine zweite Soßenkelle gefunden und wollte ihr helfen, als es an der Tür klingelte.

«Oh, kannst du aufmachen?», sagte Jule. «Ich will das hier jetzt lieber nicht unterbrechen. Vielleicht ist er das –»

«Der *Klimaforscher?*», rief Inken dramatisch. Sie führte die Hand an die Stirn, als würde sie jeden Moment ohnmächtig werden.

Jule grinste und scheuchte sie aus der Küche. «Geh schon!» Aus dem Fenster beobachtete sie, wie Mia sich draußen auf die Düsen des Sprengers stellte, um einen Augenblick später juchzend vor dem mit verstärkter Kraft lossprühenden Wasser davonzulaufen.

Als Inken wieder in die Küche kam, blickte sie Jule mit weit aufgerissenen Augen an, hielt sich die Hände wie Pfoten vor den Oberkörper und hechelte wie ein Hund.

«Na, hab ich doch gesagt», raunte Jule, verstummte aber sofort, als Sebastian Hofstetten hinter Inken die Küche betrat.

«Entschuldigung, mir ist zu spät eingefallen, dass ich ja einen Schlüssel habe», sagte er und warf einen Blick auf den Tisch. «Das duftet wunderbar. Wecken Sie Kirschen ein?»

«Wir kochen Marmelade», sagte Jule. «Hoffentlich wird's was, ich mach das zum ersten Mal. Wollen Sie mal probieren?» Sie hielt ihm einen Löffel mit dampfender Schokokirschmarmelade hin.

Er beugte sich zu ihr und probierte die Marmelade ohne jede Scheu direkt vom Löffel. So hatte sie es eigentlich gar nicht gemeint, und diese vertraute Geste brachte sie schon wieder aus dem Konzept.

«Gut?», fragte Inken.

«Sehr gut.» Sebastian Hofstetten sah sie nacheinander an. «Ist da Schokolade drin?»

«Ja. Geheimrezept meiner Oma», erklärte Jule.

«Köstlich! Ihre Großmutter ist sicher Expertin im Einkochen, bei den vielen Obstbäumen.» Er ging zum Fenster und sah in den Garten.

Geistesabwesend betrachtete Jule seine Rückansicht, bis plötzlich direkt vor ihrem Gesicht Inken auftauchte und sie übertrieben anhimmelnd ansah. Jule rollte mit den Augen und schob sie beiseite.

«Sie können sich auch gern in den Garten setzen, wenn Sie möchten», sagte Jule.

Er lächelte. «Vielleicht mache ich das nachher. Mein Abendtermin hat sich nämlich verschoben. Wenn es Sie also nicht stört …»

«Nein, überhaupt nicht.»

«Fühlen Sie sich ganz wie zu Hause!», fügte Inken hinzu.

«Ja, äh … danke. Ich gehe dann mal nach oben», sagte er

und drehte sich um. «Ich habe noch etwas zu arbeiten, aber ich komme dann später noch mal runter.»

«Ja, gute Idee!» Jules Antwort kam viel zu schnell. «Wir sehen uns. Also, ich meine … Falls ich auch im Garten bin. Das mache ich manchmal. Also, im Garten sitzen. Abends.»

Oje – was redete sie denn da?

Sebastian Hofstetten nickte beiden Frauen kurz zu und verschwand dann über die Treppe ins obere Stockwerk.

Als sie oben seine Schritte auf den Holzdielen hörten, sagte Inken: «An deiner Stelle würd ich heute keine Texte mehr schreiben. Das Rumgestottere ist ja nicht auszuhalten.»

Jule schlug die Hände vors Gesicht. «War es so schlimm?» Sie schüttelte den Kopf. Ihr Verhalten war wirklich pupertär.

«Also», sagte Inken, als wäre nichts gewesen. «Ich finde, für heute haben wir genug getan. Wollen wir die restlichen Kirschen einfrieren?»

«Ja, wenn das geht … Gute Idee.» Schweigend füllte Jule die verbliebenen Kirschen in einen großen Tupper.

Inken wusch den Kochtopf aus und stellte ihn zum Trocknen umgedreht neben die Spüle. «So. Ich sammle dann mal Mia ein.»

«Mach das», sagte Jule und wischte den Tisch ab. «Und ich werd dann mal duschen und nach Hamburg fahren. Hab ich jetzt vielleicht eine Lust auf die Redaktion …»

«Dass du dich darauf überhaupt einlässt in deinem Urlaub», sagte Inken kopfschüttelnd. «Was hätten die denn gemacht, wenn du nicht im Lande gewesen wärst?»

«Na ja, ich bin aber nun mal im Lande», sagte Jule. «Wer weiß, vielleicht ist es ja für was gut.»

«Mama, guck mal, da draußen ist ein Regenbogen!» Mia kam mit tropfenden Haaren in die Küche gelaufen, kleine nasse Fußabdrücke hinterlassend.

«Wirklich?» Inken schnappte sich ihre Tochter und nahm sie auf den Arm. «Ich glaube, dieser kleine Fisch hier muss jetzt mal richtig gebadet werden. Und dann machen wir Abendbrot, ja?»

Jule sah den beiden nach und seufzte. So was Blödes, dass sie jetzt noch nach Hamburg fahren musste – aber auf den Abend freute sie sich. Schließlich hatten sie und ihr Gast so etwas Ähnliches wie ein Date.

Eigentlich bot Mielchens Garten den idealen Rahmen für einen romantischen Abend. Es war schon fast dunkel, sie saßen mit einer Weinflasche auf der Terrasse, und auf dem Gartentisch flackerte ein Windlicht.

Jule war erst gegen halb zehn aus Hamburg zurückgekommen. Ihren Artikel druckfertig zu machen hatte gar nicht besonders lange gedauert, aber die Kolleginnen hatten die Gelegenheit genutzt, um gleich noch alles mögliche andere mit ihr zu klären, und das hatte sich hingezogen. Trotzdem war Jule noch kurz in ihre Wohnung gefahren und hatte ein paar Klamotten ins Auto geworfen. Als sie schließlich in den Garten gekommen war, hatte Sebastian Hofstetten sich bereits mit einem Glas Wein auf der Terrasse niedergelassen.

Inzwischen saßen sie bestimmt schon zwei Stunden zusammen und duzten sich bereits seit dem ersten Anstoßen.

Aber ein Date lief trotzdem irgendwie anders.

«Na, jedenfalls haben wir über dieses Temperaturhoch in den vierziger Jahren kaum Erkenntnisse», erklärte Sebastian bereits zum zweiten Mal. «Dass es auf erhöhte Sonnenaktivität zurückzuführen sein könnte, ist nicht mehr als eine Vermutung.»

«Aber wurde es denn danach noch mal wesentlich kälter?» Jule stellte ihre Fragen, als wäre dies ein Interview für die *Antonia*. «Ist die Klimaerwärmung ein so neues Phänomen?»

«Na ja, die Temperaturkurve ist in der zweiten Hälfte des zwanzigsten Jahrhunderts nach oben geschossen, sie sieht aus wie ein Hockeyschläger.» Mit der Hand malte er eine Kurve in die Luft. «Ab 1980 auch noch mal, und dafür gibt nur die Konzentration von Treibhausgasen eine plausible Erklärung ab. Allerdings muss man auch sagen, dass die Menschen dazu neigen, die Schuld bei sich zu suchen. Oder jedenfalls die Medien.»

Ach, jetzt sollen also wieder wir Journalisten schuld sein. Aber können diese Augen lügen?

«... und die haben dabei die Gesamtentwicklung des Klimas nicht im Blick, die natürlichen Schwankungen über die Jahrhunderte. In den siebziger Jahren hat man ja noch vor einer neuen Eiszeit gewarnt, und auch dafür wurde der Mensch verantwortlich gemacht.»

«Wirklich?», fragte Jule und trank noch einen Schluck Wein. Wenn er redete, hatte das den Vorteil, dass sie ihn ungeniert betrachten konnte – schließlich war es nur höflich, jemanden anzusehen, der einem etwas erzählte. Sie hätte seiner tiefen Stimme stundenlang zuhören können, egal, wovon er sprach.

«Ja», bestätigte er, «damals waren die Temperaturen

global gesunken, und man befürchtete, dass die Erde unbewohnbar werden würde – durch Dürren, Fluten, Tornados. In den USA gab es Frost bis minus fünfzig Grad, und der Schnee lag viele Meter hoch. Es gab verheerende Missernten. Die CIA hat sogar Klimakriege befürchtet, weil sie dachte, die mächtigen Staaten der Erde würden mit allen Mitteln versuchen, sich des Getreides zu bemächtigen.»

«Ist ja interessant», sagte Jule und zog ihre Beine an. Bei dem ganzen Gerede über Eiszeiten fröstelte sie ein wenig. «Und das alte Obst soll nun Aufschluss über die Zusammensetzung der Luft in den vierziger Jahren geben.»

«Genau.» Er stellte sein Glas ab und bot ihr den dünnen Pulli an, den er auf einen Stuhl gelegt hatte.

«Danke, wie aufmerksam.» Jule schlüpfte hinein und roch sein angenehm herbes Aftershave. «Ich kann uns auch Decken holen ...»

«Nicht nötig. Ich könnte noch stundenlang hier sitzen.»

Ich auch, dachte Jule und sah in die Dunkelheit. Am wolkenlosen Himmel waren die ersten Sterne erschienen, und Jule hätte sich an diesem lauen Abend von Sebastian auch noch die gesamte Entstehungsgeschichte der Erde erklären lassen. Sie musste weiter Fragen stellen.

«Und wie hilft dir das weiter, wenn du weißt, wie sich die Luft damals zusammengesetzt hat?»

«Na ja», sagte er und griff wieder nach seinem Glas. «Da wir nicht in die Zukunft sehen können, bleibt nur der Blick in die Vergangenheit, wenn wir wissen wollen, wie sich die Verdoppelung des Kohlendioxidgehalts in der Atmosphäre auswirkt ...»

Unglaublich, wie das Windlicht seine Augen leuchten ließ.

«Das Polareis und alte Baumstämme und eben auch das eingeweckte Obst ermöglichen es uns, an Daten zu kommen, mit deren Hilfe wir Klimamodelle entwerfen können. Und die sollen uns helfen herauszufinden, wie sich in Zukunft zum Beispiel die Regenfälle verändern werden. Das ist unheimlich wichtig, weil es alles Mögliche nach sich zieht. Der Regen hat zum Beispiel Einfluss auf die Flusspegel, auf die Trinkwasserversorgung und auf die Wasserkraftwerke.» Er fuhr sich mit einer Hand durchs Haar. «Ich weiß, diese Sache mit den Weckgläsern klingt erst mal lustig, aber sie kann sehr wichtige Details beisteuern. Und wenn ich was Brauchbares finde …» Er lächelte Jule fast entschuldigend an. «Na ja, das würde dann womöglich auch einen Karrieresprung und weitere Forschungsgelder mit sich bringen.»

Jule nickte abwesend. *Dieser Mund!* Sebastians Lippen waren eher schmal, aber die Oberlippe war so schön geformt – wie die Schwingen einer Möwe.

«Keine leichte Sache», fuhr er fort. «Wer hat schon noch Weckgläser, die vor so langer Zeit befüllt worden sind?»

Jule nippte an ihrem Glas. «Wie willst du denn vorgehen?», erkundigte sie sich. Mit Recherchen hatte sie durch ihren Job zwar Erfahrung, aber dies schien ihr kein ganz einfacher Fall.

«Na ja», sagte Sebastian. «Ich brauche Kontakt zu den Leuten vor Ort, ich muss irgendwie ihr Vertrauen gewinnen und an die richtigen Adressen kommen. Aber erst mal muss man wissen, wo man überhaupt suchen soll. Es ist wie mit der Nadel im Heuhaufen.»

«Hast du denn schon irgendwelche Anlaufstellen hier in der Gegend?»

«Kaum. Nur ein paar spärliche Reaktionen auf unsere Anzeigen», sagte Sebastian. «Deshalb bin ich immer ganz froh, privat unterzukommen, weil ich auf die Art und Weise eher Kontakte knüpfen kann.»

Jule spielte an ihrer Halskette herum. *Dann bist du bei mir ja genau richtig.* «Ich kann dir ja ein paar Leute vorstellen. Ich weiß natürlich nicht, bei wem du Erfolg haben könntest, aber ich wüsste vielleicht, wen man fragen könnte.»

«Wirklich? Würdest du mir helfen?»

Jule konnte sich im Moment eigentlich kaum etwas Schöneres vorstellen, als mit ihm die nächsten Tage ein bisschen durch die Gegend zu ziehen.

«Klar», sagte sie und versuchte, sich ihre Begeisterung nicht anmerken zu lassen. «Ich hab ja Urlaub, und meine Oma lebt schon ihr ganzes Leben hier und kennt viele Leute. Vielleicht hat sie ja einen Tipp. Ich glaube allerdings nicht, dass sie selbst so alte Gläser hat. Sie macht zwar viel ein, aber sie verschenkt das meiste oder verkauft es auf dem Markt. Aber ich werde sie fragen. Und dann würde ich auf jeden Fall auch noch den alten Hinnerk von gegenüber ansprechen.» Jule war mit einem Mal ganz euphorisch. Was für reizvolle Aussichten für ihren Urlaub! «Er ist Imker und Schnapsbrenner und wohnt hier im Dorf. Ist allerdings ein alter Griesgram. Aber er steht jede Woche auf dem Markt in Buxtehude und verkauft seine Brände und seinen Honig. Dadurch kennt er sicher noch viel mehr Leute als meine Oma.»

«Wunderbar! Und du kommst mit? Ich könnte mir vorstellen, dass so ein alter Griesgram auf eine junge, hübsche Frau positiver reagiert als auf mich.»

Jule lachte. «Ich glaub, *positiv* ist für Hinnerk ein Fremdwort, der ist eigentlich immer schlecht drauf.» Sie nahm noch einen Schluck Wein. «Aber ich komm gerne mit.»

Sebastian richtete sich auf und sagte mit gesenkter Stimme: «Und … sag mal, hast du morgen nach dem Frühstück zufällig schon was vor?»

«Hm … nein», sagte sie, überrascht, wie sinnlich ihre eigene Stimme auf einmal klang. «Zufällig nicht.»

«Dann unternehmen wir gleich morgen einen kleinen Besuch bei ihm? Das würde mich sehr freuen.» Und dann fügte er noch hinzu: «Nicht nur wegen dem grimmigen Hinnerk.»

Also, sein Blick war wirklich nicht jugendfrei …

Jule merkte, wie sie rot wurde. Ob man ihr das bei dem schummrigen Licht ansah? Wieder spielte sie an ihrer Halskette aus kleinen bunten Edelsteinsplittern herum, die Senta ihr am Tag ihrer Abreise nach Kanada geschenkt hatte. Senta wäre jetzt bestimmt spontan etwas eingefallen, was sie hätte sagen können. Noch nie hatte Jule ihre Mutter verlegen und unsicher erlebt. Sie selbst dagegen konnte ihre Gefühle meist nur schwer verstecken.

«Ja, dann …» Sebastian machte Anstalten aufzustehen. «Ich habe letzte Woche zwei Nächte durchgearbeitet – ich muss dringend schlafen.»

Jule erhob sich ebenfalls und blies das Windlicht aus. «Ja, ich bin auch müde.» Sie nahm in jede Hand ein Weinglas und ging durch die offene Terrassentür ins Haus. Sebastian folgte ihr und schloss hinter ihnen zu.

An der Küchentür drehte sich Jule noch einmal zu ihm um. «Gute Nacht, also. Bis morgen.»

Sebastian blieb stehen und wandte ihr den Kopf zu. Bewegte er sich wirklich so langsam, oder erlebte sie jetzt schon wieder alles in Zeitlupe?

Jule schloss die Augen, sie war sicher, gleich seine Lippen auf ihrer Wange zu spüren. Ein angenehmer kleiner Schauer lief ihr vom Nacken den Rücken hinunter.

«Gute Nacht», kam es da plötzlich vom Ende des Flurs. Sebastian stieg bereits die Treppe hinauf.

Offenbar hatte jemand vorgespult.

Landpartie

Am nächsten Vormittag klingelten sie am Häuschen gegenüber. Jule hatte ein paar Gläser frische Kirschmarmelade für den alten Hinnerk dabei, um sich den Gesprächseinstieg zu erleichtern. Und dann würde sie ihm Sebastian und dessen Anliegen vorstellen. Hoffentlich konnte Hinnerk ihm helfen. Aber so oder so ... Jule würde durch diese ganze Aktion ein bisschen Zeit mit Sebastian verbringen, und das war gut.

Sie hatte den gestrigen Abend und das lange Gespräch mit ihm sehr genossen. In seiner Gegenwart fühlte sie sich so wohl. Er löste ein Gefühl in ihr aus, das sie lange nicht mehr empfunden hatte. Jeder Blick, jede Geste von ihm schien sie mitten ins Herz zu treffen. Wie er sie auf der Terrasse manchmal angesehen hatte ... so intensiv und ruhig. Was sie alles andere als ruhig machte. Noch lange hatte sie gestern Abend wachgelegen und an ihn gedacht – und das Gesicht kopfschüttelnd im Kissen vergraben, als ihr wieder einfiel, wie tollpatschig sie bei der ersten Begegnung mit ihm gewesen war.

Wenn sie ihn bei seiner Suche etwas unterstützte, würde sie in seiner Nähe sein und ihn besser kennenlernen. Ein guter Plan, dachte Jule. Gesa wäre stolz auf sie.

Wie Mielchen lebte auch Hinnerk Krummsiek schon sein ganzes Leben lang in Königreich. Er war nur unwesentlich jünger als ihre Großmutter, und Jule kannte ihn von Kindesbeinen an. Früher hatte sie immer Angst vor ihm gehabt, weil er so grummelig war und seine Sprüche sie eingeschüchtert hatten. Heute war Jule klar, dass er trotz seiner schlechten Laune alles andere als bösartig war und seine Worte wahrscheinlich durchaus nett gemeint hatte. Allerdings war er laut Mielchen seit dem Tod seiner Frau nicht gerade verträglicher geworden.

Die Tür öffnete sich, und im Türspalt erschien Hinnerks Kopf. Er trug eine kleine graue Strickmütze, unter der zu Schlitzen zusammengekniffene Augen und ein weißer Schnurrbart zu sehen waren, der seinen Mund fast vollständig verdeckte. Er hatte tiefe Furchen im Gesicht. Zur Begrüßung gab er nichts weiter als ein Grunzen von sich.

«Moin, Hinnerk», sagte Jule etwas verunsichert. Sie hatte sich mit Sebastian darauf verständigt, dass sie erst mal redete. «Ich bringe Nachschub für den Markt.» Sie hielt ihm eine kleine Kiste hin.

«Gut», brummte er. «Hab auch kaum noch was.»

«Das ist übrigens Mielchens derzeitiger Übernachtungsgast Sebastian Hofstetten.» Sebastian nickte ihm freundlich zu. Er trug heute eine Jeans, aber selbst die sah an ihm elegant aus, zumal in Kombination mit dem weißen Hemd und den hochgekrempelten Ärmeln. Der ganze Mann war einfach eine Erscheinung. Egal, was er anhatte … Jule räusperte sich.

Hinnerk zeigte keine Reaktion.

«Tja, also wir wollten dich außerdem noch … um Rat

bitten», sagte Jule. Vielleicht war der Besuch doch keine so gute Idee gewesen. «Oder stören wir gerade?»

Der alte Mann schüttelte den Kopf, öffnete die Tür etwas weiter und schlurfte ohne ein Wort durch den Flur. Jule und Sebastian folgten ihm in sein verdunkeltes Wohnzimmer.

«Obstler?», fragte Hinnerk, dessen olivgrüne Cordhose nur knapp unter der Brust saß und von Hosenträgern gehalten wurde.

Jule zögerte, es war schließlich noch früh am Tag.

«Gern», sagte Sebastian, der in diesem Raum so fehl am Platz wirkte wie ein Panther in der Hundehütte. Aber er hatte recht: Vielleicht würde es Hinnerk milder stimmen, wenn sie sein Angebot annahmen.

Hinnerk nickte. «*Iss, was gar ist, trink, was klar ist,* sach ich immer.» Dann öffnete er eine Klappe des Eichenschranks, in dem eine Glühbirne anging und eine beträchtliche Ansammlung durchsichtiger Flaschen beleuchtete. «Pflaume, Birne, Kirsche?»

«Kannst du was empfehlen?», fragte Jule.

«Sind alle erstklassig, alle selbstgebrannt», brummelte Hinnerk, fügte dann aber hinzu: «Pflaume.»

Er öffnete eine der oberen Türen, nahm drei kleine Gläser heraus und füllte sie. Als er sie auf den etwas zu hohen gekachelten Tisch vor dem Sofa stellte, sagte er unvermittelt: «Emilie ist im Krankenhaus?»

«Ja. Sie ist von der Leiter gefallen und hat sich –»

«Wie geht's ihr? Ich sach ja immer: Wen der Krieg nicht kaputt gemacht hat, den kann so schnell nix umhauen.»

«Äh … Es geht ihr ganz gut», sagte Jule. «Du kannst sie ja mal besuchen.»

«Mit Ärzten hat sie's ja noch nie so gehabt.» Hinnerk gab erneut ein kurzes Grunzen von sich.

«Wieso? Wie meinst du das?»

«Ach … vergiss es, Mädchen. Hör nich auf mich. Jeder hat ein Recht auf seine Geheimnisse, auch deine Oma», sagte Hinnerk mirakulös.

Dieses Gespräch hatte irgendwie etwas Irritierendes. Jule hatte keine Ahnung, wovon er sprach. Aber Hinnerk hatte schließlich schon immer komische Sprüche gemacht.

Er setzte sich an den Tisch und winkte seine Besucher mit den Armen näher heran, damit sie sich ebenfalls setzten. «So, und ihr wollt also 'n Rat von mir? Wat kann datt denn sin?»

Sie verteilten sich auf das Sofa und die Sessel, die um den Tisch herum gruppiert waren, und Jule erklärte, während sie ein besticktes, hartes Kissen hinter ihrem Rücken hervorzog und es neben sich legte: «Herr Hofstetten ist auf der Suche nach sehr alten Weckgläsern. Also, nach vollen Weckgläsern, natürlich.»

Hinnerk hob sein Glas, wartete, bis sie es ihm gleichtaten, und sagte dann: «Prosit!» Mit einem Schluck kippte er den Schnaps hinunter, während Jule an ihrem nur nippte.

«Wozu brauchste die denn?», fragte Hinnerk und sah Sebastian an.

Es schien, als wäre sein Interesse geweckt – was Jule gar nicht erwartet hatte. Vielleicht gefiel es ihm, um Rat gefragt zu werden. Jetzt war es jedenfalls an Sebastian, sich am Gespräch zu beteiligen. Er erklärte mit wenigen Worten klar und verständlich, worum es ging, und Jule bewunderte ihn dafür, wie es ihm gelang, Mielchens altem Nachbarn das Gefühl zu geben, ins Vertrauen gezogen zu werden. Sebastian vermittelte dem alten Hinnerk den Eindruck, als wäre er in dieser Sache von zentraler Bedeutung. Was er für Sebastian ja aber auch war, denn für ihn hing tatsächlich einiges davon ab, ob er fand, was er suchte.

Hinnerk nickte bedeutend und sagte: «Allens hett siene Wetenschap. Aber bei mir werdet ihr nix finden.» Dann erhob er sich schwerfällig und ging aus dem Zimmer.

Sebastian sah Jule fragend an.

«Alles hat seine Wissenschaft», flüsterte sie und nutzte die Gelegenheit, um ihren Schnaps beiläufig in eine Zimmerpflanze zu kippen, die neben dem Sofa auf einem Hocker stand und sowieso nicht aussah, als wäre sie noch zu retten.

Sebastian schüttelte leise lachend den Kopf. «Immerhin ist der gute Herr Krummsiek gar nicht so griesgrämig, wie ich dachte. Er scheint der Forschung gegenüber sogar sehr aufgeschlossen.»

Auf dem Flur waren Hinnerks schlurfende Schritte zu hören. Kurz darauf kam er mit einem zerfledderten Büchlein ins Zimmer, setzte sich und blätterte darin herum.

«Is natürlich nur so 'ne Vermutung, dass die wat ham könnte», sagte er. «Aber die Familie von der Lise, dat sin seit Generationen Obstbauern, und, unter uns» – er hob den Blick und sah Sebastian unter seinen buschigen weißen Augenbrauen hervor an – «die Ordentlichste issie nich, nie gewesn.»

Jule lenkte Sebastians Blick amüsiert auf die mit staubigem Zierrat vollgerümpelte Fensterbank – Hinnerk war selbst nicht eben der Ordentlichste. Sebastian verstand und nickte ihr lächelnd zu.

Hinnerk blätterte immer noch in seinem Adressbuch. «Ich kann euch genau beschreibn, wo die wohnt, aber die Adresse …»

Jule sah noch eine Weile zu, wie er die losen Seiten des Buches umwendete, dann sagte sie: «Du kannst es uns sonst einfach beschreiben. Wir finden das Haus bestimmt auch ohne genaue Adresse.»

«Na», sagte er skeptisch, als hätte er kein großes Vertrauen in Jules Ortskenntnisse. «Dat is in Harsefeld. Ach, hier isses.» Er hielt Sebastian das Buch hin.

Sebastian schrieb Straße und Hausnummer ab. «Und wie heißt die Lise mit Nachnamen?», fragte er.

«Bolhöfer», sagte Hinnerk. «Lise Bolhöfer.»

Sebastian notierte den Namen. «Vielen Dank, da werden wir es mal versuchen. Und wenn Ihnen noch jemand einfällt …» Er schob dem alten Mann seine Visitenkarte über den Tisch und erhob sich. «Im Moment bin ich aber gegenüber zu finden, das wäre natürlich das Einfachste.»

Hinnerk stand ebenfalls auf. «Jou. Denn man tau.» Sie schüttelten sich die Hände.

«Danke für den Schnaps», sagte Sebastian. «Der war sehr gut.» Er berührte Jule, die jetzt neben ihm stand, leicht mit der Hand am Rücken. Sie war wie elektrisiert. Er selbst schien die Geste, die auf Jule überraschend natürlich wirkte, gar nicht bewusst wahrzunehmen. Als wäre er einem Instinkt gefolgt.

Sie zogen die Haustür hinter sich zu, und Sebastian sah Jule unschlüssig an. «Also … meinetwegen könnten wir uns gleich auf den Weg machen. Es sei denn –»

Jule nickte fröhlich. «Meinetwegen auch.»

Sebastian ging zu seinem Auto, einem Alfa Romeo, wie Jule jetzt registrierte, und hielt ihr die Tür auf.

«Ungewöhnlicher Wagen für einen Klimaforscher», stellte sie fest. «Solltest du nicht eigentlich ein Hybridauto fahren oder so?»

Entschuldigend breitete er beide Arme aus. «Was glaubst du, wie oft ich mir das anhören muss! Der Wagen ist eine Schwäche von mir. Muss an meinen italienischen Vorfahren liegen – meine Mutter ist Italienerin.» Er hielt ihr die Tür auf, und Jule nahm wieder seinen Pfefferminzduft wahr, als er sich zu ihr beugte und sagte: «Aber ist der nicht unheimlich schön? Gegen die Formen alter Autos kommen die neuen Wagen einfach nicht an. Das gilt für deinen Käfer auch. Der neue dagegen …»

«Stimmt, allerdings fahre ich den Wagen nur, weil meine Mutter ihn mir damals überlassen hat. Und wenn ein Bekannter ihn nicht immer wieder reparieren würde, hätte ich ihn sicher schon lange nicht mehr.»

Sie ließ sich in den Ledersitz sinken und betrachtete das kleine Lenkrad und das Armaturenbrett aus Holz, während Sebastian die Tür schloss und um den Wagen herumging. Es war ein äußerst schickes Auto, vollkommen sauber. Nichts lag herum.

Sebastian stieg ein, öffnete das Verdeck und startete den Motor, mit dem gleichzeitig auch Musik anging. Ein Chanson von Jacques Brel, nur von einer Gitarre begleitet: «Le plat pays» – das flache Land. Wie passend, dachte Jule und ertappte sich bei dem Gedanken, wie gerne sie jetzt mit Sebastian in die Ferien fahren würde. Einfach losfahren, Richtung Meer.

«Am besten, du wendest», sagte sie. «Wir müssen erst mal Richtung Buxtehude.»

Wie vernünftig sie doch war …

Der Weg nach Harsefeld war nicht schwer zu finden. Sie fuhren durch grüne Felder, vorbei an Weiden mit grasenden Pferden, endlosen Reihen kleiner Kirsch- und Apfelbäume und Mohnblumen, die in der Sonne flirrten. Der Wind und Jacques Brel machten ein Gespräch so gut wie unmöglich, und Jule genoss einfach die Fahrt über Land mit offenem Verdeck.

Nach ungefähr einer halben Stunde sagte sie: «Das da vorne muss es sein.»

Sebastian bog auf den Hof von Lise Bolhöfer ein und parkte gleich hinter dem Tor unter einer Kastanie. Die Einfahrt war nicht gepflastert und ziemlich löchrig. Das Gras stand stellenweise kniehoch, und überall wuchsen Unkraut und wilde Blumen.

Sie stiegen aus und betrachteten das dreistöckige Hallenhaus, das nur aus einem überdimensionalen Giebel zu bestehen schien, so weit war das Dach heruntergezogen. Oben kreuzten sich zwei Bretter mit Pferdeköpfen an den Spitzen. *Das muss mal ein prächtiges Bauernhaus gewesen sein,* dachte Jule. Die Backsteine waren zu einem kunstvollen rot-weißen Muster angeordnet, und über dem Eingang standen eine nicht mehr leserliche Inschrift und eine Jahreszahl.

«1775. Das ist schon mal sehr ermutigend», sagte Sebastian, der ihrem Blick gefolgt war. «Verglichen damit war 1940 ja praktisch gestern.»

«Aber Hinnerk hat nicht übertrieben», erwiderte Jule skeptisch. «Es wirkt alles ganz schön verwahrlost.»

Tatsächlich fehlten im Mauerwerk einzelne Ziegelsteine. Auch die Farbe an Haustür und Fenstern war abgeblättert, und mehrere Fensterläden hingen schief in den Angeln.

«Versuchen wir trotzdem unser Glück.» Sebastian ging auf die Tür zu.

«Wir hätten Lise Bolhöfer vielleicht lieber vorwarnen sollen», gab Jule zu bedenken.

Doch noch ehe sie sich bemerkbar machen konnten, kam eine füllige Frau um die Hausecke und sah die Besucher neugierig an. Sie hatte sehr lange, graue Haare und schien mehrere Röcke übereinander zu tragen. Um ihre Schultern lag ein gehäkeltes schwarzes Dreieckstuch mit langen Fransen. Ihr Gesicht war rund und freundlich, und sie hatte ausgeprägte Lachfalten um die Augen.

Jule konnte nur schwer einschätzen, wie alt sie war, vermutlich zwischen sechzig und siebzig. Um ihre Beine strich eine kleine schwarze Katze.

«Ach, hab ich wieder einen Termin vergessen?», fragte sie.

«Nein, nein, gar nicht», sagte Sebastian und ging auf sie zu. «Im Gegenteil, wir hätten vorher anrufen sollen. Frau Bolhöfer?»

Sie nickte eifrig und sagte, ehe er Jule und sich vorstellen konnte: «Macht nichts, kommt mit. Wir müssen hintenrum gehen, diese riesigen Türen gehen nicht mehr auf.» Dicht gefolgt von der Katze, verschwand sie hinterm Haus.

Sebastian sah Jule schulterzuckend an, und gemeinsam folgten sie ihr den schmalen, überwucherten Weg an der Längsseite des Hauses entlang, der stellenweise unpassierbar schien.

Sebastian ging vor Jule und hielt immer wieder Zweige zurück, damit sie ihr nicht ins Gesicht schlugen.

Auf der Rückseite des Hauses befand sich eine große Terrasse, von der man auf eine mit Kornblumen und Kamille übersäte Wiese blickte. Zahlreiche Obstbäume standen dicht an dicht, und es sah nicht danach aus, als kümmere sich jemand darum, dass sie abgeerntet wurden. In der Mitte der Terrasse stand ein weißer, rostiger Eisentisch mit vier dazugehörigen Stühlen. Darauf thronte die größte und bauchigste Teekanne, die Jule je gesehen hatte.

«Ich hole schnell noch zwei Tassen», sagte Lise Bolhöfer und ging durch eine schmale Tür ins Haus. Im Vorbeigehen strich sie mit den Fingern über die Stäbe eines Windspiels, das daraufhin langanhaltende, tiefe Klänge von sich gab – ein Geräusch, das Jule irgendwie an Kirchenglocken erinnerte.

Unschlüssig standen Jule und Sebastian herum, bis ihre Gastgeberin kurz darauf mit einem Tablett zurückkam, auf dem drei selbstgetöpferte Tassen standen. Außerdem lag ein Notizblock mit einem Stift darauf. Überraschend flink stellte ihre Gastgeberin die Tassen auf den Eisentisch zu der überdimensionalen Kanne, die sie vermutlich ebenfalls selbst gemacht hatte. Als sie bemerkte, dass eine der Tassen nicht ganz sauber war, nahm sie einen Zipfel ihres obersten Rockes und wischte damit in dem Gefäß herum. Dann stellte sie die Tasse vor Jule hin.

«Nun setzt euch doch. Nicht so schüchtern!», befahl sie. «Ihr *seid* vielleicht ein schönes Paar!» Lise Bolhöfer schien ganz hingerissen von ihren Gästen.

Sebastian und Jule sahen sich mit hochgezogenen Augenbrauen an, machten sich aber beide nicht die Mühe, die alte Frau zu berichtigen.

«Welche Sternzeichen habt ihr denn?», fragte sie, hob aber sogleich abwehrend die Hände. «Nein, sagt nichts.» Sie sah Jule an. «Du bist bestimmt ... Krebs.»

«Fisch», sagte Jule. Im Gegensatz zu ihrer Mutter fiel es ihr schwer, Horoskope wirklich ernst zu nehmen.

«Ach!» Lise wirkte ein wenig überrascht, dann leuchtete ihr Gesicht mit einem Mal auf: «Na ja, Krebse und Fische sind wesensverwandt. Und du ...» Lise blickte Sebastian abschätzend an.

«Widder», kam er ihr zuvor.

«Natürlich!», sagte Frau Bolhöfer strahlend. Sie beugte sich über den Tisch und goss rötlichen Tee in die drei Tassen. «Widder und Fisch. Feuer und Wasser», murmelte sie. Dann fuhr sie etwas lauter fort: «Fische sind bescheiden, sensibel und großzügig, aber auch leicht zu beeindrucken. Manchmal wirken sie auf den ersten Blick vielleicht etwas langweilig. Denn sie wünschen sich nichts mehr als eine glückliche Partnerschaft und ein ruhiges Leben.»

Jule wollte gerade protestieren, weil ihr diese Charakterisierung doch etwas sehr einseitig und wenig schmeichelhaft erschien, aber die Frau war ganz in ihrem Element und ließ sich nicht unterbrechen.

«Widder sind das glatte Gegenteil von den Wasserzeichen. Sie sind ja sehr durch den Planeten Mars beeinflusst: kämpferisch, egoistisch, stur, aber auch mutig, begeisterungsfähig und freiheitsorientiert.» Sie setzte sich, und wie aus dem Nichts erschien wieder die schwarze Katze und sprang auf ihren Schoß. Lise Bolhöfer begann, dem Tier den Nacken zu kraulen. «Man kann natürlich durchaus finden, dass das gut zusammenpasst. Zumal Widder sehr leidenschaftliche Menschen sind.» Sie lächelte die beiden etwas anzüglich an. «In dieser Konstellation werden Frauen auch besonders schnell schwanger.»

Ach?

Jule griff nach ihrer Tasse. Vielleicht konnte sie Horoskopen doch etwas abgewinnen.

Auch Sebastian probierte seinen Tee, verzog jedoch angewidert das Gesicht, was Lise Bolhöfer zum Glück entging.

Die blieb bei ihrem Lieblingsthema. «Aber um euch mehr zu sagen, muss ich natürlich eure Aszendenten kennen.»

«Natürlich», sagten Jule und Sebastian einstimmig.

Auffordernd sah Lise Bolhöfer sie an. «Ja, und dafür brauche ich eure Geburtstage mit der genauen Uhrzeit und eure Geburtsorte.» Als sie in die ratlosen Gesichter ihrer Besucher sah, fügte sie noch hinzu: «Die habt ihr doch in Erfahrung gebracht? Als Vorbereitung auf unser Gespräch?»

Ob sie die beiden mit einem anderen Paar verwechselte? «Äh ... Freiburg, 19. März 1982», sagte Jule dennoch bereitwillig, weil sie gerne das genaue Alter von Sebastian erfahren hätte. «Gegen acht Uhr abends, glaube ich.»

Ihre Gastgeberin machte sich Notizen.

«Ich glaube, das ist ein Missverständnis ...», sagte Sebastian und räusperte sich. «Wir sind –»

«Keine Sorge. Was ich euch bisher gesagt habe, heißt noch gar nichts», unterbrach sie ihn. «Aussagekraft hat das alles erst mit den genauen Daten, lasst euch nicht abschrecken. Wenn ich die Infos habe, ziehe ich mich kurz zurück und erstelle euer Partnerschaftshoroskop. Später erkläre ich es euch dann ausführlich. Das dauert eine gute Stunde. Das Horoskop könnt ihr natürlich mitnehmen. Und das Ganze kostet nur neunundneunzig Euro, aber das wisst ihr ja schon.»

Jule musste grinsen. Jetzt ergab das Verhalten der Frau langsam Sinn. Und eigentlich fand sie die Vorstellung, etwas über ihre Chancen als Paar zu erfahren, durchaus reizvoll.

«Verstehe», sagte Sebastian höflich. «Vielleicht kommen wir dafür noch mal wieder. Wir sind aber –»

«Komm, jetzt sag schon, wann du geboren bist.» Jule zwinkerte ihm zu. «Zier dich nicht so. Schatz.»

Sebastian lachte. «Na gut: 11. April 1968. In Hamburg.»

Vierzehn Jahre Altersunterschied, rechnete Jule schnell aus. So gut wie gar nichts.

«Die Uhrzeit weiß ich nicht», fuhr Sebastian fort. «Obwohl ... meine Mutter hat mal gesagt, dass alle Schwestern ständig vor dem Fernseher hingen, statt sich um ihre Wehen zu kümmern. An dem Tag war das Attentat auf Rudi Dutschke verübt worden. Dann war es wahrscheinlich gegen Abend. Aber ...» Er sah Lise Bolhöfer ernst an. «... eigentlich sind wir ja wegen was anderem zu Ihnen gekommen.»

«Ja?», fragte sie erstaunt. «Weswegen denn?»

«Sie sind uns empfohlen worden. Von Hinnerk ... äh ...» Fragend sah er Jule an.

«Krummsiek», ergänzte sie.

«Ach, der gute Hinnerk», sagte Lise Bolhöfer milde lächelnd.

«Er meinte, Sie könnten uns womöglich weiterhelfen.» Sebastian beugte sich vor. «Es geht darum, dass –»

«Sag doch nicht immer Sie zu mir, Junge. Sag du! Ich komme mir ja ganz alt vor», unterbrach sie ihn empört.

Sebastian lächelte ihre Gastgeberin etwas bemüht an. So viel Kontakt zur Landbevölkerung wie heute hat er vermutlich in seinem ganzen Leben noch nicht gehabt, mutmaßte Jule. Aber er hielt sich wacker.

«Gerne. Also, du wirst das wahrscheinlich komisch finden, Lise, aber tatsächlich ist es eine ziemlich wichtige Angelegenheit, bei der ich dringend Hilfe benötige.»

«Alles, was du willst.» Sie strahlte ihn so offen und voller Inbrunst an, dass die augenscheinlich beabsichtigte Zweideutigkeit ihrer Worte fast niedlich wirkte.

«Es ist so», fuhr Sebastian fort. «Ich bin Klimaforscher und versuche, Erkenntnisse über das hiesige Klima in den vierziger Jahren zu gewinnen. Und, glaub es oder nicht, Lise – das kann man anhand von eingewecktem Obst aus der Zeit.»

«Ist nicht wahr», sagte Lise staunend.

«Doch.» Sebastian nickte bedächtig. «Das ist im Labor nicht mal schwer zu analysieren. Schwer ist es nur, überhaupt so altes Obst zu finden. Du kannst dir nicht vorstellen, was ich schon alles versucht habe!»

Jule betrachtete ihn, wie er da ganz entspannt auf seinem Stuhl saß, die Hände auf den Oberschenkeln, den Blick auf Lise gerichtet. Bestimmt war er ein geduldiger Vater.

«Ach, und der liebe Hinnerk glaubt, weil ich so unordentlich bin und in einem uralten Haus wohne, hab ich den Dachboden voller Gerümpel, was?» Aus zusammengekniffenen Augen sah sie ihn an.

Sebastian schien angesichts dieser überraschend schonungslosen Selbsteinschätzung kurz sprachlos.

«Na ja … also … das war nicht ganz das, was er gesagt hat.»

«Doch, das war wahrscheinlich genau das, was er gesagt hat.» Lise brach in ein lautes, ansteckendes Lachen aus. Als sie sich wieder beruhigt hatte, wischte sie sich die Augen und sagte: «Und ich hab gedacht, jemand hätte mich weiterempfohlen. Ich mache das mit den Horoskopen nämlich noch nicht so lange, wisst ihr? Das hab ich erst kürzlich für mich entdeckt. Ist aber eine sehr spannende Sache, vor allem Partnerschaftshoroskope – hochinteressant.» Sie klatschte sich mit beiden Händen auf die Schenkel. «Also, Junge, ich kann nix versprechen, aber nichts ist unmöglich. In den vierziger Jahren hat meine Mutter hier den Haushalt geführt, und die war eine gute Hausfrau! Sie hat wie verrückt eingekocht und die Marmelade immer im Keller gelagert. Aber ich bin selten unten und hab keine Ahnung, was sich da noch findet. Ich bin ja inzwischen die letzte Bolhöfer hier.» Sie seufzte, und ihr Blick verlor sich in der Ferne, dann schien sie sich wieder zu fangen. «Sollen wir mal runtergehen und nachsehen?»

«Das wäre ganz großartig», sagte Sebastian und sprang auf.

«Dann mal los», sagte Lise und erhob sich.

Jule folgte den beiden um das Haus herum, wo Lise eine schmale Holztür entriegelte, die mal grün gewesen sein musste und sich erst öffnen ließ, nachdem ihre Gastgeberin mehrmals energisch an ihr gezerrt und gerüttelt hatte. Vorsichtig stiegen sie eine schmale Stiege hinunter. Modriger Geruch schlug ihnen entgegen. Unten gelangten sie in ein Gewölbe mit mehreren Fahrrädern. Auch ein rostiges Dreirad und ein sehr alter Kinderwagen standen dort herum. Dahinter tat sich ein weiterer Raum auf, mit zwei Regalwänden voller Zeug: Aktenordner, Kartons von Elektrogeräten sowie

Kisten in allen Formen und Größen waren dort über- und hintereinandergestapelt. Auf einem alten Küchenschrank thronten ein Volksempfänger und ein schwarzes Bakelit-Telefon. Auf dem Boden standen mehrere Umzugskartons, Koffer und ein alter Spielzeugherd.

Jule konnte kaum einen Fuß vor den anderen setzen. Nur spärlich fiel das Licht durch die schmalen Gitterfenster in der Mauer.

Das dritte und letzte Gewölbe wirkte kleiner und deutlich übersichtlicher. Es war der Weinkeller, an dessen drei Wänden Regale voller staubiger Flaschen standen, davor, auch hier, zahlreiche Kartons.

«Tja, wie gesagt», sagte Lise entschuldigend. «Ich war ewig nicht hier unten, höchstens mal, um was abzustellen.» Sie deutete in den Raum. «Da hat meine Mutter immer ihre Vorräte gelagert. Vielleicht findet sich ja hinter dem ganzen Gerümpel was.»

Umständlich fing sie an, ein paar Kisten aus dem Regal zu zerren. Vom aufgewirbelten Staub musste Jule husten. Sie wandte sich ab. Als sie sich wieder umdrehte, hatte Lise Bolhöfer tatsächlich eine Reihe Konserven und Weckgläser freigelegt.

Sebastian trat neugierig näher und nahm einige Gläser der vordersten Reihe in die Hand. Aufmerksam studierte er die Etiketten, eins nach dem anderen. «1969, 1964 … Das ist ja unfassbar. Zwar noch nicht ganz das richtige Jahrzehnt, aber …» Er blies die Backen auf und ließ langsam die Luft entweichen.

«Ich bin sicher, wenn man hier mal richtig aufräumt, findet man noch mehr», sagte Lise.

«Großartig!» Sebastian war wie im Rausch. «Es scheint mir allerdings ziemlich unmöglich, hier auf die Schnelle einen Überblick zu bekommen. Wenn du nichts dagegen hast, würde ich gern meine Assistentin um Hilfe bitten und mit ihr noch mal wiederkommen.»

«Da habe ich gar nichts gegen», sagte Lise sofort. Es sah aus, als freute sie sich, dass endlich mal wieder Leben in die Bude kam.

Jule freute sich ebenfalls. Das sah ja danach aus, als würde Sebastian seinen Aufenthalt im Alten Land noch etwas verlängern.

Sternenhimmel

«Sehr vielversprechend», sagte Sebastian auf dem Weg zum Auto. «Ich bin optimistisch.»

«Ich auch», erwiderte Jule, und dann fügte sie lachend hinzu: «Zumindest was unsere nähere Zukunft angeht.»

Ups. Wo kam das denn her?

Sebastian sah sie amüsiert von der Seite an. «Wer behauptet bloß, dass Fische langweilig wären?», fragte er und hielt ihr die Tür auf. Als er auf der anderen Seite einstieg, sagte er: «Ich hätte Lust auf Mittagessen. Wie ist es mit dir? Kann ich dich für deine Mühen irgendwohin einladen?»

«Gerne!» Fieberhaft überlegte Jule, was in Frage käme. Sie würde mit ihm gerne irgendwo hingehen, wo es wirklich schön war. «Ich glaube, es gibt hier in der Nähe einen Landgasthof mit einer schönen Terrasse, da könnten wir hinfahren.»

«Klingt gut.»

Jule nickte strahlend. Genauso hatte sie sich den Tag mit ihm vorgestellt.

Sie lotste ihn durch die Mittagshitze über schmale Seitenstraßen bis zu dem kleinen Restaurant, das nicht weit von Harsefeld mitten im Grünen lag.

Eine junge Kellnerin führte sie durch den Speisesaal auf

die schattige Terrasse. Über das Kopfsteinpflaster verteilt, standen ein paar kleine weiße Holztische, die durch große Blumenkübel mit pink und lila blühenden Fuchsien getrennt wurden. Bisher waren nur zwei andere Tische besetzt.

Sie entschieden sich für einen Tisch am Rand der Terrasse, neben der sich eine abschüssige Wiese erstreckte. Etwas weiter unten glänzte ein Ententeich in der Sonne, dahinter wiegten sich Trauerweiden träge im Sommerwind.

«Das ist ja wunderschön hier», sagte Sebastian, nachdem die Kellnerin ihnen die Speisekarte gebracht hatte. «Warst du schon öfter hier?»

«Erst ein Mal», sagte Jule und schlug die Karte auf. «Zu einem von Mielchens letzten Geburtstagen. Da war das Essen sehr gut.»

«Ich glaube, ich nehme das Zanderfilet», sagte Sebastian, kaum dass er einen Blick auf das Angebot geworfen hatte. «Trinkst du Weißwein? Sollen wir einen halben Liter nehmen?»

Jule nickte. «Können wir machen.» Widder waren offensichtlich nicht nur begeisterungsfähig, sondern auch entscheidungsfreudig. «Ich nehme … das Apfelcarpaccio mit Altländer Katenschinken.»

Nachdem sie die Bestellung aufgegeben hatten, entschuldigte sich Sebastian, um kurz zu telefonieren: «Ich rufe mal schnell meine Assistentin an. Ich würde den Keller von Lise Bolhöfer gern so bald wie möglich unter die Lupe nehmen.» Bereits im Aufstehen tippte er ein paarmal auf das Display seines iPhones und hielt es sich dann ans Ohr.

«Mach das.» Jule lehnte sich zurück und sah ihm nach, während er ein paar Meter Richtung Ententeich spazierte.

Zu gerne hätte sie gehört, wie er mit seinen Angestellten sprach. Sicher war er ein beliebter Chef, und die Studentinnen hingen vermutlich alle an seinen Lippen.

Jule trank einen Schluck Wasser. Gedankenverloren betrachtete sie die Fuchsien. Die glockenförmigen Blüten mit den nach oben gebogenen Blättern und den langen Stempeln sahen aus wie kleine Tänzerinnen mit wehenden Röcken.

Als Sebastian sein Telefonat beendet hatte, kehrte er zurück an den Tisch und steckte das Handy weg.

«So, alles klar. Ich habe auch gleich noch der verrückten Lise Bescheid gesagt. Meine Assistentin kommt am Montag vorbei.» Er lehnte sich vor und sah sie aus nächster Nähe an. «Nun zu dir.»

Sein Blick hatte wieder diese hypnotische Wirkung, sodass Jule sich irgendwann fragte, ob sie vielleicht schon viel zu lange zurückgestarrt hatte und er längst auf eine Antwort von ihr wartete.

«Muss ich was sagen?», erkundigte sie sich unsicher.

«Na, du hast bis jetzt noch kaum was von dir erzählt. Es ging die ganze Zeit nur um Klimawandel und Weckgläser – was natürlich meine Schuld ist.» Er lächelte.

«O.k.» Jule faltete die Hände auf dem Tisch, holte tief Luft und erklärte dann in übertrieben nüchternem Tonfall: «Mein Name ist Julia Jansson, ich bin neunundzwanzig Jahre alt, lebe in Hamburg und arbeite als Redakteurin bei der *Antonia*. Der *Frauenzeitschrift mit Niveau*.»

Als sie sah, dass Sebastian noch etwas breiter lächelte, fuhr sie fort: «Meine Hobbys sind Tanzen, Reisen, Lesen … Shoppen und neuerdings Kirschenpflücken. Mein Sternzeichen ist Fische, deshalb bin ich bescheiden und sensibel, leider aber auch ziemlich leicht zu beeindrucken.»

Außerdem bin ich seit kurzem Single und würde dich wahnsinnig gerne mal küssen. Und du so?

«Julia Jansson, Sie sagten gerade, eins Ihrer Hobbys sei Tanzen. Meinen Sie damit Standardtanz oder eher Rumzappeln in irgendwelchen Clubs?»

«Weder noch», erwiderte Jule, um eine ernste Miene bemüht. «Ich habe in den letzten Jahren ein paar Salsakurse gemacht, und inzwischen gehe ich meistens dahin, wo die entsprechende Musik aufgelegt wird.»

Sebastian nickte verständnisvoll. Dann fragte er, immer noch mit zusammengekniffenen Augen und schiefgelegtem Kopf: «Und was fühlen Sie beim Tanzen?»

Jetzt musste Jule lachen. «Du könntest gerade als Beckmann-Imitator durchgehen, weißt du das?»

Sebastian riss übertrieben die Augen auf. «Nein! Das war nur meine sensible, mitfühlende Seite. Die habe ich nämlich auch, obwohl ich Widder bin und damit vor allem egoistisch und stur.»

«Aber auch begeisterungsfähig», ergänzte Jule.

«Und sehr leidenschaftlich.»

Da war es wieder, dieses verführerische Zucken um seine Mundwinkel, das sie ganz verrückt machte.

Und diese dunklen Augen …

Jule merkte, dass sie einen ganz trockenen Mund bekam, und griff reflexartig nach der Wasserflasche, um sich nachzuschenken. Gerade, als sie sich wunderte, dass nichts aus der Flasche kam, nahm Sebastian sie ihr ab, wobei er leicht ihre Hand streifte.

«Das wird so, glaube ich, nichts», sagte er ruhig und schraubte den Deckel von der Flasche.

Oh, wie peinlich! Sie war wohl doch nervöser, als ihr bewusst war.

Während Sebastian einschenkte, kam die Kellnerin mit zwei großen Tellern, und Jule war dankbar für die Ablenkung. Das Essen duftete köstlich. Aber kaum hatten sie zu Messer und Gabel gegriffen, klingelte Sebastians Handy. Er sah auf das Display und stand auf. «Bin sofort wieder da, fang ruhig schon an.»

Er ging über die Wiese, diesmal ganz bis hinunter zum Ententeich. Jule sah ihm nach. Sie konnte nicht fassen, dass dieser Mann hier so frei rumlief. Sie hatte überhaupt noch nie einen dermaßen attraktiven Mann gesehen. Der junge Alain Delon konnte einpacken gegen ihn. Jule traf bei beruflichen Veranstaltungen ja immer mal wieder schöne Männer – im Modebereich gab es davon viele –, aber meistens hatten sie etwas sehr Glattes an sich und waren wahnsinnig eitel. Sebastian dagegen strahlte etwas Bodenständiges und trotzdem Weltläufiges aus, etwas Feinsinniges und trotzdem Männliches, er war so –

«Entschuldige. Das war meine Exfrau.»

Oh.

Sebastian setzte sich wieder an den Tisch und begann zu essen, als sei nichts geschehen.

Aber Exfrau war immerhin besser als Ehefrau.

Jule begann ebenfalls zu essen. Erst neulich hatte Gesa ihr am Telefon ein paar Sätze aus einem Ratgeber vorgelesen, in dem es darum ging, dass viele potenzielle Liebespaare im Leben nicht zueinanderfanden, weil sie sich zum falschen Zeitpunkt trafen. Oder weil sie zu schüchtern waren, um aufeinander zuzugehen. Mit ihrer scharfen Zunge hatte Gesa noch hinzugefügt: «Dafür gibt es aber bestimmt genauso viele Paare, die sich überhaupt nur zusammentun, weil sie gerade allein und bedürftig sind und zufällig beide gerade jemanden suchen, ohne dass das unbedingt was mit Leidenschaft zu tun hätte.» Wenn die Leidenschaft fehlte, kannte Gesa kein Pardon.

Nun war Sebastian ja aber ein sehr leidenschaftlicher Widder. Und «Exfrau» klang doch so, als könnte gerade jetzt der richtige Zeitpunkt sein für einen Neubeginn. Dann durfte Jule also bloß nicht zu schüchtern sein!

Oder hatte er seine Frau verlassen, weil es längst eine Neue in seinem Leben gab? Ein Mann wie Sebastian blieb sicher nicht lange allein.

Aber flirtete er nicht ein bisschen mit ihr? Dieser weinselige Abend gestern, seine intensiven Blicke und – überhaupt? Oder war das einfach seine Art?

«Es ging um die Kinder», fügte Sebastian hinzu.

Nur mühsam schluckte Jule einen Bissen Apfelcarpaccio hinunter.

«Du hast Kinder?»

«Ja, zwei Mädchen, Luise und Marie.» So beiläufig, wie er seinen Fisch aß, schien dies für ihn ein ganz normales Gespräch zu sein. Für sie selbst aber irgendwie nicht. «Sind jetzt vier und acht», fuhr er fort. «Natürlich ist es schwer für sie mit der Scheidung – das ist alles noch ziemlich frisch.»

Jule trank einen Schluck Wein und wartete, was er noch offenbaren würde.

«Die Große stellt viele Fragen, die nicht immer leicht zu

beantworten sind. Und die Kleine ist einfach sehr verunsichert, ihr kann man ja noch nicht so viel erklären.» Er teilte ein weiteres Stück von seinem Zanderfilet ab. «Da hilft nur, sie trotzdem viel zu sehen und für sie da zu sein.»

«Meine Eltern haben sich auch getrennt», war das Einzige, was Jule darauf einfiel. «Da war ich aber erst zwei. Ich kann mich also gar nicht daran erinnern, dass wir mal alle zusammengelebt haben.»

«Und hast du später sehr darunter gelitten?»

«Na ja … ich war ja von klein auf daran gewöhnt. Aber ich habe meinen Vater manchmal schon sehr vermisst, das weiß ich noch.»

Sebastian nickte. «Man hört ja immer wieder: je früher, desto besser für die Kinder. Also: *Wenn* es denn sein muss.» Er nahm einen Schluck Wein. «Wir haben natürlich so lange wie möglich versucht zu retten, was zu retten ist. Aber letztlich gab es keine andere Möglichkeit mehr. So abgedroschen der Spruch ist – besser ein Ende mit Schrecken, als ein Schrecken ohne Ende.»

«Hm, vielleicht.»

«Du bist da nicht so sicher?»

«Ich kann es eigentlich nicht beurteilen. Ich hab bei meinen Eltern nie mitbekommen, dass sie sich gestritten hätten. Seit ich denken kann, sind sie … na ja, ‹lose befreundet› trifft es wohl am besten. Dabei muss es mal die große Liebe zwischen ihnen gewesen sein …»

«Auch die große Liebe kann vorbeigehen.»

«Ja. Ich weiß.» Gedankenverloren sah Jule auf ihren Teller.

«Hey», sagte Sebastian leise. «Hab ich was Falsches gesagt? Alles o. k.?»

Jule blickte auf und musste angesichts seines besorgten Blickes lächeln. «Ja. Ja, alles o.k.»

«Hast du denn heute ein gutes Verhältnis zu deinem Vater?»

«Ja, schon.» Jule trank einen Schluck Wein. «Wir sehen uns allerdings selten. Er hat eine Ein-Mann-Kanzlei in Freiburg und begreift sich als Anwalt der kleinen Leute. Ich habe recht viel von ihm geerbt, glaube ich. Also, charakterlich. Mehr als von meiner Mutter jedenfalls.»

«Außer das Auto. Das hast du von ihr.» Sebastian versuchte sie mit Humor aus der Reserve zu locken.

«Ja, sie lebt seit Jahren in Kanada und arbeitet am Theater. Ist ständig auf Achse und irgendwie immer noch ein Hippie. Mein Vater ist eher ruhig und bodenständig. Und er hat ein sehr ausgeprägtes Gerechtigkeitsempfinden.»

«Oha.»

«Wieso oha?»

«Na ja, klingt ein bisschen nach so einem dogmatischen Paragraphenhengst.»

«Nein, überhaupt nicht.» Jule schob den letzten Rest Apfelcarpaccio auf ihre Gabel. «Er kann sogar ziemlich lustig sein, aber er ist einfach ein Idealist mit klaren moralischen Grundsätzen. Er würde nicht mal eine Postkarte lesen, die nicht an ihn adressiert ist. In solchen Dingen hat er mich ziemlich geprägt.»

Als Jule ihren leeren Teller beiseiteschob, bemerkte sie Sebastians leicht spöttischen Gesichtsausdruck.

«Du bist wahrscheinlich eher der Typ nüchterner Zyniker, hm?», fragte sie, um ihn zu provozieren, und bemerkte, dass sie die Finger schon wieder an ihrer Halskette hatte.

«Nee, bestimmt nicht», sagte Sebastian und winkte die Kellnerin heran. «Willst du einen Kaffee?», fragte er Jule.

«Ja, gern, einen Espresso.»

«Zwei, bitte», sagte Sebastian zur Kellnerin. «Für mich einen doppelten.» Dann wandte er sich wieder Jule zu. «Wie könnte ich Zyniker sein, in meinem Job? Dann könnte ich die Klimaforschung ja auch gleich sein lassen.»

Jule lehnte sich zurück und verschränkte die Arme. «Ich hatte bisher nicht den Eindruck, dass es dir darum geht, die Welt zu retten. War da nicht eher von Karrieresprung und Forschungsgeldern die Rede?»

Sebastian grinste. «Das gehört natürlich auch dazu», sagte er. «Ohne Forschungsgelder sind einem die Hände gebunden, dann kann man auch nichts in Bewegung setzen.»

Nachdem die Kellnerin zwei dampfende Espressotassen vor sie gestellt hatte, fuhr er fort: «Außerdem hab ich schließlich zwei Kinder zu ernähren. Wenn ich mich stattdessen an Öltanker ketten würde – wer würde dann ihre Ausbildung bezahlen?»

«Tja … das Private ist politisch», sagte Jule und gab einen Löffel Zucker in ihren Espresso.

Sebastian lachte. «Klingt verdammt nach 68.»

«Ja, das sagt meine Mutter heute noch bei jeder Gelegenheit. Und die ist durch und durch Achtundsechziger.»

«Hey, ich bin auch Achtundsechziger!», sagte Sebastian.

Jule lächelte. «Ich weiß, dein Geburtsjahr hast du schon bei Lise verraten.» Ihre Finger wanderten wie von selbst wieder zu ihrer Halskette.

«Ach, Mist. Und ich dachte, ich sähe vielleicht jünger aus.»

«Nein.» Jule schüttelte bedauernd den Kopf. «Man sieht dir leider jedes Jahr an.»

«Du Küken hast leicht reden! Ich habe eben ein sehr schweres Leben. Hab darüber schon ganz graue Haare bekommen.»

«Du Ärmster.»

«Ja, allerdings. Nur gut, dass meine Töchter mich auf Trab halten.»

Jule trank einen Schluck Espresso. «Wann siehst du sie denn wieder?»

«Heute. Ich fahre gleich für das restliche Wochenende nach Hamburg.» Er gab der Kellnerin ein Zeichen, dass er zahlen wollte. «Vorher bring ich dich natürlich noch nach Hause. Aber ich komme wieder.» Er lächelte sie an. «Könnte sein, dass du mich nicht so schnell wieder loswirst.»

Barfuss im Regen

Psst. Ist die Luft rein?»

Jule saß mit geschlossenen Augen im Garten und ließ sich die Sonne ins Gesicht scheinen. Sie stellte sich gerade vor, wie es wohl sein würde, wenn Sebastian nach dem Wochenende wiederkäme.

«Ist er weg?», hörte sie Inkens Stimme von der anderen Seite des Zauns.

«Hey», sagte Jule und drehte sich um. «Wer?»

«Na, dein schöner Übernachtungsgast.»

«Der ist weg.» Etwas frustriert fügte Jule hinzu: «Er besucht seine Kinder ...»

«Ach nee.»

«Ach doch.»

«Und besuchst du Mielchen heute gar nicht?»

«Nein. Die bekommt Besuch von einer Freundin. Sie hat gesagt, es reicht, wenn ich Sonntag wiederkomme, ich hätte ja genug zu tun.»

«Ja. Das sehe ich», sagte Inken spöttisch.

«Man wird ja wohl noch mal Pause machen dürfen!» Jule erhob sich und ging zum Zaun.

«Ich wollte dir eigentlich was zeigen», sagte Inken. «Wenn du einen Moment Zeit hast, komm doch mal rüber.»

Jule stieg über den Zaun und folgte Inken in die Küche. Auf dem Tisch lagen ordentlich nebeneinander mehrere flache Papierstapel. Jule warf einen Blick darauf.

«Hast du etwa Bewerbungen geschrieben?»

Inken nickte und bedeutete Jule, sich zu setzen. Stolz zeigte sie ihr die verschiedenen Anschreiben.

«Also, ich hab nur Hotels ausgesucht, von denen ich schon Gutes gehört habe. Das *George* soll ganz toll sein, mit britischem Flair und so. Das wäre ja mein Traum. Liegt in St. Georg, in Alsternähe. Kennst du das?»

«Ja, das ist wirklich schön», bestätigte Jule. «Ich war da mal mit Tom auf der Dachterrasse was trinken.»

«Die zwei hier sind kleinere Häuser in Eppendorf.» Sie wedelte mit einem Stapel. «Und dann noch eine Bewerbung für das *Rondeel* in Winterhude – aber ich hab keine Ahnung, ob die überhaupt jemanden suchen. Das sind jetzt alles Versuchsballons.» Durch die ungelenke Bewegungen landeten einige Blätter auf dem Boden. Jule bückte sich und half Inken, alles aufzulesen und wieder zu sortieren.

«Das hier liegt an der Elbchaussee, ist schon etwas größer. Und dann – ganz verwegen – das *Atlantic*!» Ihre Augen strahlten. «Ich dachte, das ist so groß, da ist die Wahrscheinlichkeit vielleicht größer, dass sie jemanden für die Rezeption brauchen. Meine Ausbildung hab ich ja auch mal in einem sehr guten Hotel gemacht, das war allerdings kleiner. Und es ist schon länger her.»

«Wahnsinn, ist ja toll, Inken. Wie kommt das denn? Du warst doch gerade noch so unentschlossen.»

«Na ja, mit dem Gedanken hab ich ja schon länger gespielt. Es ist aber nun mal so, dass jetzt der richtige Moment ist, wegen Mia, und den sollte ich nicht verpassen. Wenn sie erst mal hier zur Schule geht, bringe ich es doch nicht übers Herz, sie da wieder rauszureißen. Und dann mach ich's mir bequem, und das war's dann. Also: Jetzt oder nie. Ich will das Schicksal mal herausfordern.»

«Toll. Ich drück dir die Daumen. Wo ist Mia überhaupt?»

«Die ist bei Dirk, fürs Wochenende. Ich wollte dich eigentlich bitten, dir die Anschreiben und den Lebenslauf mal anzusehen, aber ich muss jetzt los, meine Mutter besuchen.»

«Wir können uns ja später in den Garten setzen und alles durchgehen», sagte Jule.

«Ja, super.»

Schon kramte sie ihre Sachen zusammen. Als die beiden Frauen wenig später gemeinsam das Haus verließen, deutete Inken auf ein paar weiße Wolkenschleier am ansonsten vollkommen blauen Himmel. «Ich fürchte, es gibt bald Regen.»

Nie im Leben, dachte Jule, nicht ahnend, wie falsch sie damit lag.

Mit angezogenen Beinen saß Jule im offenen Fenster von Mielchens Schlafzimmer, von dem aus man den schönsten Blick über die Felder hatte, und sah in den Regen hinaus. Aus den weißen Wolkenschleiern waren schwere, graue Muskelgebilde geworden.

Nach dem kurzen Gespräch mit Inken hatte Jule in ein paar Zeitschriften geblättert, danach war sie rastlos durchs Haus gestrichen. Die Sonne hatte sich bald nach Sebastian verabschiedet. Seit dem frühen Nachmittag schüttete es nun schon, und Jule wusste nichts mit sich anzufangen.

Außerdem war sie enttäuscht, dass sie ihn das ganze Wochenende nicht sehen würde. Irgendwie hatte sie sich Hoffnungen auf romantische Abende im Garten und Ausflüge in seinem Cabrio gemacht. Und wieso wühlten die Neuigkeiten über seine familiäre Situation sie eigentlich so auf?

Sie wusste nur, dass er ihr jetzt schon fehlte. Noch einmal atmete sie tief die frische, feuchte Luft ein, dann stand sie auf und schloss das Fenster. Plötzlich hatte sie das dringende Bedürfnis, den Regen zu spüren.

Schnell lief sie die Treppe hinunter, öffnete die Tür zur Terrasse und rannte barfuß über die nassen Holzbohlen in den Garten. Der Regen brach über sie herein, traf sie überall gleichzeitig. Das war kein leichter Sommerregen mehr, schon eher ein Wolkenbruch. Mitten auf dem Rasen blieb sie stehen und wandte das Gesicht zum Himmel. Jule schloss die Augen und musste lachen. Wie ein kleines Kind machte sie den Mund auf, breitete die Arme aus und begann sich im Kreis zu drehen. Sie drehte und drehte sich, bis zu der Bank unter der Linde. Unter dem dichten Blätterdach ließ sie sich leicht schwindelig niedersinken. Der Regen war hier besonders laut zu hören, aber sie bekam nicht viel davon ab. Jule blieb einen Moment sitzen und schloss die Augen. Sie fühlte sich vollkommen klar und frei.

Als sie merkte, dass sie fröstelte, stand sie auf, um wieder ins Haus zu gehen. Auf dem Weg zur Terrassentür fiel ihr Blick auf ein offenstehendes Kellerfenster, gegen das der Regen peitschte. Stand das schon die ganzen letzten Tage über offen? Jule rannte ins Haus, öffnete die Kellertür und drehte am Lichtschalter. Als Kind hatte sie diese steilen Stufen nie allein hinabsteigen dürfen, denn Mielchen fürchtete immer, dass sie auf der unregelmäßigen Treppe ohne Geländer ausrutschen konnte – genau das war Senta als kleines Mädchen passiert, und sie hatte damals lange mit einer Gehirnerschütterung im Bett gelegen.

Jule streckte sich, schloss die Luke und wischte dann mit dem Handtuch die Pfütze auf, die sich auf dem Boden gebildet hatte. Beim Aufstehen fiel ihr Blick auf eine Kiste mit Einweckgläsern. Sie ging näher heran. *Erdbeermarmelade 2011* stand darauf. Offenbar hatte Mielchen sie gerade erst gekocht, und die Kiste war für Hinnerk und seinen Marktstand bestimmt. Jule beschloss, die Bestände ihrer Oma genauer unter die Lupe zu nehmen. Wenn sie doch nur etwas finden würde, das für Sebastian von Nutzen war!

Die Regale mit den Marmeladen- und Weckgläsern befanden sich im hinteren, niedrigeren Teil des Kellers. Jule versuchte, ein System zu erkennen. Mielchen war eine auf Ordnung bedachte Frau, und das sah man auch hier. Links lagerten vor allem hohe Gläser mit eingelegten Bohnen und Gurken, darunter Apfelmus in verschiedenen Größen. Rechts davon standen reihenweise Marmeladengläser: Pflaumenmus, Kirschmarmeladen in unterschiedlichen Rotschattierungen, Erdbeer-Rhabarber-Marmelade, blassgelbes Holunderblütengelee, zartgrüne Stachelbeer- und tiefdunkle Blaubeermarmelade. Und darüber eingeweckte Kirschen und Aprikosen sowie eingelegter Kürbis. Alle Gläser waren ordentlich mit einem Etikett versehen, auf dem in Mielchens steiler Schrift die Sorte und das Jahr standen, in dem sie die Früchte geerntet hatte.

Jule ging näher heran und nahm ein paar Gläser in die Hand. Die jüngsten schienen ganz vorne zu stehen. Probeweise griff sie in die hinterste Reihe, zog ein Glas hervor und sah auf das Etikett: *Kirschen 2006*. Sie versuchte es auf dem Brett darüber. *Pflaumen 2005*. Die ältesten Aprikosen waren von 2004. Hier stand weder ganz frisch eingewecktes Obst, noch gab es richtig alte Gläser. Es war alles ein paar Jahre alt, nicht mehr, nicht weniger. Vermutlich ließ Mielchen die frische Marmelade auf dem Markt verkaufen, und ihre privaten Vorräte brauchte sie nach und nach mit Hilfe ihrer Gäste auf, auch wenn sie schon ein paar Jahre alt waren.

Wie lange hielten sich überhaupt eingekochte Früchte? Sechzig, siebzig Jahre dürften doch selbst für einen sehr guten Rotwein grenzwertig sein, dachte Jule. Aber Sebastian wollte das Obst ja schließlich auch nicht essen, sondern im Labor untersuchen.

Noch einmal betrachtete Jule eingehend die Regale und versuchte es diesmal bei den Gurken. Ob es sich um Obst oder Gemüse handelte, war für Sebastians Zwecke doch sicher egal. Oder spielte der Zuckergehalt irgendeine Rolle?

Sie nahm ein paar Gläser aus dem unteren Fach und stellte sie neben sich auf den Steinfußboden, damit sie an die letzte Reihe herankam, und zog ein angestaubtes Gurkenglas hervor. *1999*. Schon besser, aber bei weitem nicht alt genug.

Jule wollte die Weckgläser, die sie herausgenommen hatte, gerade zurückstellen, als sie sah, dass hinter der letzten Reihe ein Backstein ein Stück aus der Mauer hervorstand. Auf allen vieren versuchte sie, ihn wieder ganz hineinzuschieben, stieß aber auf Widerstand. Schließlich ruckelte sie mit beiden

Händen an dem Stein, um ihn herauszubekommen, was ihr letztlich auch gelang. Nur war es hinter all den Gläsern zu dunkel, um irgendetwas erkennen zu können. Sie schob vorsichtig eine Hand in das Loch in der Wand und tastete darin herum. Als sie etwas Spitzes berührte, schrie sie erschrocken auf und zog die Hand ruckartig zurück. Sie brauchte mehr Licht.

Wer weiß, was für Tiere sich dort eingenistet haben, dachte sie und erinnerte sich, dass in der Kramschublade von Mielchens Küchentisch immer eine Taschenlampe gelegen hatte.

Schnell lief sie die Treppe hoch und in die Küche. Wieder fröstelte sie. Ihr T-Shirt war vom Regen völlig durchnässt. Sie musste sich umziehen. Aber nicht jetzt – zuerst wollte sie wissen, was sich hinter dem Ziegelstein befand. Jule zog die Schublade des Tisches auf, und richtig: Zwischen Streichholzschachteln, Gummibändern, Tesafilm und Stiften lag immer noch die große rote Taschenlampe. Und zum Glück gingen auch die Batterien noch.

Draußen tobte mittlerweile ein heftiger Sturm, der kräftig an den Fensterläden rüttelte. Jule nahm eine Strickjacke von einer Stuhllehne, zog sie über und marschierte wieder in den Keller hinunter.

Vor dem Regal ging sie in die Hocke, beugte sich vor und leuchtete in das Loch, das der Ziegelstein freigegeben hatte. Was sie erkennen konnte, sah aus wie eine relativ flache Zigarrenkiste. Sie zog das Kästchen mit der freien Hand umständlich hervor.

Auf dem Holz war tatsächlich noch der verblichene Schriftzug einer Tabakmarke zu erkennen. Vorsichtig klappte Jule den Deckel auf. Zuoberst lag eine selbstgeschnitzte

Flöte. Das kleine Instrument hatte ein abgeflachtes Mundstück und drei Löcher. Jule nahm es heraus.

Ob ihr Opa die Flöte geschnitzt hatte? Ihr Großvater war Schreiner gewesen und hatte im Laufe der Jahre viele Möbel für das Haus gebaut. Für Jule hatte er zu Weihnachten mal einen wunderschönen Puppenschrank gemacht, den Mielchen anschließend bemalt hatte. Sicher hatte er auch schnitzen können, vermutlich sogar sehr gut.

Unter der Flöte lag ein zusammengefaltetes, vergilbtes Blatt Papier. Neugierig nahm sie es heraus und stieß dabei auf ein paar bröselige Fasern, auf die sie sich keinen Reim machen konnte.

Wem dieser Schatz wohl gehören mochte? Es konnten durchaus Mielchens Sachen sein, aber genauso gut hätten auch die Eltern oder die Schwestern ihrer Oma die Zigarrenkiste hier verstecken können.

Schließlich siegte Jules Neugier. Vorsichtig faltete sie das Papier auseinander. Es war ein Brief, klein und engzeilig beschrieben, aber in einer Schrift, die sie nicht lesen konnte. Vielleicht Sütterlin.

Jule beleuchtete mit der Taschenlampe die Anrede. Sie bestand aus drei Worten:

Meine geliebte Emilie

Die Buchstaben ergaben keinen Sinn. Das erste war vielleicht ein M, dann gab es mehrere Stellen mit einem i-Punkt. Konnte das dritte Wort Smilin oder Emilin heißen? Oder Emilie? Jule sah sich die ersten beiden Worte noch einmal genauer an. Vielleicht sah das kleine e aus wie ein n? Falls diese Schrift Sütterlin war, konnte das sogar sein. Jule erinnerte sich an einige Grabschriften auf dem Friedhof von Jork, die sie manchmal versuchte zu entziffern. Und dann könnte die Zeile … *Meine geliebte Emilie* heißen! Vielleicht ein Brief ihres Opas an Mielchen, die ja eigentlich Emilie hieß.

Jule suchte nach einem Datum oder gar einer Ortsangabe, fand aber nichts. Dann wanderte ihr Blick zur Unterschrift:

Quin? Oder sollte es «Dein» heißen? Und dann: Loftjur? Kattja? Vielleicht stammte der Brief von einer Katja? Aber es schien eher «Dein» als «Deine» zu heißen. Dein Kottja? Oder Kostja? Sah das kleine s nicht einem kleinen t ähnlich? Aber Jule konnte sich in der Familie weder an einen Kostja noch an eine Katja erinnern.

Verwundert ließ sie den Brief sinken. Sie konnte sich keinen Reim darauf machen. Jedenfalls handelte es sich offensichtlich um ein Schreiben an ihre Großmutter. Ob Mielchen überhaupt wusste, dass sich hier im Keller dieser Schatz befand?

Wieder richtete Jule den Strahl der Taschenlampe auf das Papier. Den ganzen Brief ohne fremde Hilfe zu entziffern wäre unmöglich, die Schrift war zu schwer zu lesen. Aber sie hatte auch gar nicht das Recht dazu. Wenn er an Mielchens Vater, Mutter oder an eine ihrer beiden Schwestern gerichtet gewesen wäre, wäre es vielleicht was anderes. Sie lebten alle nicht mehr. Aber selbst dann: Der Brief war nicht an Jule gerichtet, er ging sie nichts an. Und sie hätte hier auch gar nicht rumwühlen sollen, ohne Mielchen vorher zu fragen.

Behutsam faltete sie das Blatt wieder zusammen und legte es zurück in das Kästchen. Dann richtete Jule die Taschenlampe noch einmal auf die Lücke in der Mauer und sah darin noch etwas anderes schimmern. Mit der freien Hand tastete sie vorsichtig danach. Es war etwas … Glattes, Kühles. Beherzt griff sie in das Loch, bekam ein Gefäß in die Finger und zog es hervor.

Ein altes Weckglas!

Plötzlich pfiff ein so starker Luftzug durch den Keller, dass die Tür oben zuschlug und die Fensterluke wieder aufflog und von innen gegen die Mauer knallte. Jule fuhr erschrocken zusammen. Fast hätte sie das Weckglas fallen lassen. Schnell stellte sie es auf das niedrige Regalbrett vor sich und lief in den vorderen Raum des Kellers, um zu sehen, ob die Scheibe zerbrochen war. Zum Glück war das Glas heil geblieben. Jule drückte die Luke wieder zu und verriegelte sie, so gut es ging. Draußen schien es inzwischen noch düsterer geworden zu sein.

Dann lief sie zurück in den hinteren Raum und nahm das Weckglas wieder zur Hand. Es hatte schon richtig Patina angesetzt und war sicher ein paar Jahrzehnte alt. Was auf dem Etikett stand, konnte sie nicht einmal im Licht der Taschenlampe gut erkennen, denn die Schrift war verblasst und verschmiert. Jule vermutete, dass das Wort in rundlicher Schrift «Kirschen» hieß, obwohl die Früchte im Glas fast schwarz wirkten, wie Oliven. Die Jahreszahl hinter dem Wort war noch undeutlicher zu erkennen. Die ersten beiden Ziffern sahen aus wie eine 1 und eine 9. Die letzte Zahl konnte ebenfalls eine 9 sein, war aber zu verschmiert, als dass Jule hätte sicher sein können. Auch von der vorletzten Stelle war nur das untere Drittel zu sehen. Jule nahm einen Zipfel ihres feuchten T-Shirts und versuchte vorsichtig, das Etikett zu säubern. Bei dieser Zahl konnte sie nur noch eine untere Kurve erkennen. Eine 3? Oder eine 5?

Konnte das denn sein? Falls die dritte Ziffer eine 3 und die vierte eine 9 war, dann wäre das Glas von 1939. Dann würde sie Sebastian genau das verschaffen können, wonach er suchte!

Aber warum hatte Mielchen oder sonst jemand das Glas hier versteckt? Wie passte das alles zusammen – der Brief, die Flöte, die halb zerfallenen Fasern in der Zigarrenkiste und dieses Kirschglas?

Kurz entschlossen schob Jule alles zurück in das Mauerloch und setzte auch den Backstein wieder an Ort und Stelle. Vielleicht konnte sie der Sache auf den Grund gehen, wenn sie sich mal in Ruhe mit Mielchen unterhielt. Nur, wie sollte sie das angehen? Diesen Fund konnte sie schließlich kaum zufällig gemacht haben.

Jule beschlich ein ungutes Gefühl. Sie kam sich vor, als hätte sie spioniert. Und eins war klar: Bevor sie Sebastian hiervon erzählte, würde sie auf jeden Fall mit Mielchen sprechen müssen.

Gedankenverloren ging sie die Kellertreppe hoch und drehte das Licht aus, als sie es draußen mehrmals hupen hörte. Ihr Herz machte einen Sprung – vielleicht war es Sebastian, der es vor Sehnsucht ebenfalls kaum noch ausgehalten hatte!

Sie lief zur Haustür und riss sie erwartungsvoll auf. Aber auf der Straße stand nicht Sebastians Sportwagen, sondern Toms alter Saab.

Irgendwie, irgendwo, irgendwann

Tom stieg aus dem Wagen, warf die Tür zu und lief durch den Regen auf das Haus zu.

«Hallo, Jule», sagte er kaum hörbar, so laut waren Wind und Regen. Aus seinen dunkelblonden kurzen Haaren liefen Wassertropfen über sein Gesicht. Die wenigen Meter hatten ausgereicht, um klitschnass zu werden. «Ich …» Er räusperte sich und sagte dann verständlicher: «Ich hab gestern Gesa getroffen und sie gefragt, wo du bist.»

Jule erwiderte nichts, starrte ihn nur an, während der Regen ihn immer mehr durchweichte. Er war kaum größer als sie und trug, wie meistens, Jeans, Turnschuhe und seine braune Lederjacke.

«Ich würde gern noch mal reden. Meinst du, das ginge?» Er sah sie aus dunkelbraunen Augen fast flehend an.

«Du hättest doch anrufen können», sagte Jule, etwas gröber als beabsichtigt.

«Ja», sagte Tom und blickte auf seine Schuhe. «Aber … du bist so wütend gewesen, als wir uns das letzte Mal gesehen haben. Ich dachte, du nimmst meinen Anruf gar nicht erst an oder legst sowieso gleich wieder auf.»

«Und du dachtest, wenn du vor der Tür stehst, werde ich dich schon nicht wegschicken.»

Er zuckte mit den Schultern und lächelte zaghaft.

Jule ertappte sich dabei, dass sie schon wieder an ihrer Halskette spielte. Natürlich konnte sie ihn schlecht noch länger im Regen stehen lassen, und er hatte ja recht: Es hatte kein vernünftiges Gespräch gegeben. Das stand wohl noch aus.

«Na, dann komm rein», sagte sie schließlich und ließ ihn eintreten.

Zehn Minuten später gingen sie, jeder mit einem Becher Kaffee in der Hand, durch die weiße Tür mit den Sprossenfenstern in den Wintergarten, in dem es wegen des schlechten Wetters schon jetzt, am späten Nachmittag, ganz düster war. In den Regalbrettern, die unterhalb der Fenster über die gesamte Breite des Raumes verliefen, stapelten sich Mielchens Krimis. Zwei kleine Tische lagen voll mit Zeitungen, und darüber hingen viele, zum Teil sehr alte Familienfotos in den unterschiedlichsten Rahmen.

Jule setzte sich in den Schaukelstuhl und überließ Tom das schmale Sofa, das die Familie nur «das Verlobungssofa» nannte – ein bereits ziemlich zerschlissenes Biedermeiermöbel mit hohen Armlehnen, auf dem man selbst zu zweit sehr nah beieinandersaß.

«Meinst du, ich kann hier drin rauchen?», fragte Tom.

Jule blickte sich um und fand neben sich auf der Fensterbank einen steinernen Aschenbecher, den sie kommentarlos auf den Tisch stellte. Mielchen rauchte hier offensichtlich selbst ab und zu mal eine Zigarette. Jule störte sich nicht daran, obwohl sie selbst schon vor Jahren aufgehört hatte zu rauchen. Und zu Tom gehörten Zigaretten einfach dazu, wie so einiges andere auch.

Er zog ein Softpack blaue Gauloises aus der Brusttasche seiner Lederjacke und sah sie mit seinem Dackelblick an. «Leicht machst du es mir ja nicht gerade.»

Das war gar nicht ihre Absicht gewesen, aber Jule merkte, dass sie einfach keine Lust auf einen weiteren Streit mit Tom hatte. Wobei er alles andere als streitlustig wirkte. Und das war er ja eigentlich auch gar nicht. Wenn sie ehrlich war, waren die Auseinandersetzungen in ihrer Beziehung sogar meistens von ihr ausgegangen. Gerade weil er nie über die Dinge sprechen wollte, die ihr so am Herzen lagen, hatte sie sich immer wieder aufgeregt.

«Doch, doch, wir können ruhig noch mal reden», sagte sie.

Tom klopfte eine Zigarette aus der Packung und steckte sie sich zwischen die Lippen, dann zog er ein kleines Streichholzbriefchen aus der Brusttasche und zündete sie an.

Jule beobachtete, wie sich der Rauch der Zigarette mit dem Dampf vermischte, der aus Toms Kaffeetasse aufstieg.

Sie schwiegen beide eine Weile und begannen dann gleichzeitig zu sprechen:

«Tut mir leid, dass ich so wütend war, aber –»

«Ich hatte das Gefühl, dass –»

Tom unterbrach sich, um Jule zuzuhören.

«Das war einfach mal wieder eine deiner einsamen Entscheidungen, nach Paris zu gehen», fuhr Jule fort. «Das sagt doch alles: Es geht dir nicht um uns. Es ging dir nie um uns. Du hast mich überhaupt nicht einbezogen, nicht mal pro forma.» Sie stand auf und öffnete ein Fenster. Sofort drang regenschwangere Luft in den Wintergarten. «Aber das ist ja alles nichts Neues.» Sie setzte sich wieder in den Schaukelstuhl. Was sollte das hier eigentlich noch bringen?

«Ich weiß», sagte Tom. Er wirkte aufrichtig zerknirscht, wie ein kleiner Junge, der etwas ausgefressen hatte. Fast hatte Jule den Impuls, ihm tröstend über den Kopf zu streichen – gut, dass sie weit genug von ihm entfernt saß. Kaum zu glauben, dass er nur wenige Jahre jünger war als Sebastian.

Mit der freien Hand fuhr er sich durch die Haare, die er notdürftig trocken gerubbelt hatte. «Ich weiß das ja, und ich habe in den letzten Tagen viel darüber nachgedacht.» Er zog an seiner Zigarette. «Ich hab das allein entschieden, weil mir klar war, dass du dagegen sein würdest – das war falsch, das ist mir inzwischen klar. Aber versuch bitte auch, *mich* zu verstehen. Ich habe jetzt diese Möglichkeit, nach Paris zu gehen, und die kommt vielleicht nie wieder. Das kann darüber entscheiden, ob es beruflich noch mal richtig abgeht oder ob es für immer bei dem bleibt, was ich jetzt mache. Ich meine: *Paris*, Jule! Weißt du nicht mehr, was für ein schönes Wochenende wir da verbracht haben? Das hätten wir immer haben können. Ich hatte so gehofft, dass du mitkommen würdest.»

Jule schnaubte. «Davon hast du aber nichts gesagt!»

«Dazu bin ich ja gar nicht gekommen», sagte Tom und bewegte ruckartig den Kopf zur Seite, um ihr den Zigarettenrauch nicht ins Gesicht zu blasen. «Du warst ja gleich auf hundertachtzig. Aber natürlich habe ich das gehofft, das ist doch klar. Ich dachte, so wie es in letzter Zeit bei dir in der Redaktion gelaufen ist, hättest du vielleicht auch Lust auf eine Veränderung. Du könntest doch von Paris aus frei arbeiten, vielleicht würde sich sogar dort was ergeben, dein Französisch ist doch ganz gut.»

«Das war überhaupt nicht klar», sagte Jule streng. «Als du

von Hamburg nach München gezogen bist, hast du gesagt, es wäre vorübergehend. Ich dachte die ganze Zeit über, du würdest bald wieder nach Hamburg zurückkommen. Und das dachte ich, weil *du* es so dargestellt hast. Aber stattdessen willst du jetzt noch weiter weggehen. Du willst nicht zusammenziehen, du willst keine Kinder, du willst gar nichts, was ich will!»

«Ich will *jetzt* noch keine Kinder, Jule.» Tom blieb vollkommen ruhig und drückte seine Zigarette aus. «Das heißt ja nicht –»

«Du bist fast vierzig, Tom!», unterbrach ihn Jule. «Wann willst du denn Kinder bekommen? Mit sechzig?» Ihre Stimme klang schrill. «Dann bin ich über fünfzig, das geht dann leider nicht mehr.» Mit beiden Händen machte sie eine wegwerfende Bewegung. «Aber das ist jetzt auch egal, wir hatten das Thema so oft, das bringt doch nichts mehr.»

«Vielleicht ja doch», sagte Tom. «Was wäre denn, wenn ich bereit wäre –»

«Wäre, wäre», sagte Jule gereizt. «Bist du aber nicht.»

«Jule, bitte. Sei doch nicht so. Wir kennen uns so lange, wir hatten so schöne Zeiten. Ich …»

Jule hob abwehrend eine Hand und atmete einmal tief durch. Dann sagte sie betont ruhig und vernünftig: «Tom, wir haben uns getrennt. Aus guten Gründen. Wir wollen nicht dasselbe, wir sind einfach zu verschieden. Mir geht es auch nicht darum, dass du mir zuliebe Kompromisse machst. Wäre es nicht besser, man möchte wirklich dasselbe? Dann würde man auch gemeinsame Entscheidungen treffen *wollen*.»

Sie wartete einen Augenblick, aber Tom sagte nichts.

«Ich möchte eigentlich nicht mehr warten, bis du Kinder

willst», fuhr sie schließlich fort. «Vor allem, weil ich gar nicht glaube, dass du wirklich welche möchtest. Es geht dir nicht wie mir. Ich möchte wissen, wie es ist, wenn in mir ein Baby heranwächst, wie es ist, es zum ersten Mal im Arm zu halten. Ich weiß, dass das alles nicht nur einfach ist, ich kenn das ja – ein bisschen. Aber ich wünsche mir das so sehr, Tom. Wenn du wüsstest, wie gut Babys riechen! Ich will einen Kinderwagen durch die Gegend schieben, Kartoffelbrei und Pfannkuchen machen und dabei sein, wenn mein Kind laufen und sprechen lernt. Ich will sehen, was es von mir geerbt hat und was von ... seinem Vater und wo es ganz anders ist. Das ist eine so tiefe Sehnsucht, die spürst du einfach nicht. Sonst hättest du damals doch wenigstens ein bisschen trauern müssen und mich besser –» Jule unterbrach sich, stand auf und ging zum offenen Fenster. Eigentlich wollte sie mit dem Thema gar nicht noch mal anfangen. Die Arme um sich geschlungen, sah sie in den Regen hinaus.

Tom schwieg noch immer.

Nach einer Weile sagte Jule etwas ruhiger: «Wir haben das damals so unterschiedlich erlebt – das hat uns sehr voneinander entfernt. Ich glaube, du hast einfach nie richtig verstanden, wie sehr ich –» Sie merkte, dass ihr die Tränen kamen. Schnell sah sie zur Decke und blinzelte, aber es war schon zu spät.

Tom ging zu ihr und nahm sie ohne zu zögern in den Arm. Er drückte sie fest an sich und sagte leise über ihre Schulter: «Ich weiß, Jule, es tut mir so leid.»

Als er ihr den Rücken streichelte, schluchzte Jule auf und barg ihr Gesicht an Toms Schulter. Es schüttelte sie jetzt förmlich, so sehr musste sie weinen. Es war alles zu viel.

Die Trauer um die verlorene Chance, um das Baby, um ihre Beziehung überkam sie mit einem Mal mit einer Wucht, gegen die sie machtlos war. Und jetzt stand sie hier mit Tom, den sie vermisst hatte, den sie aber doch eigentlich gar nicht mehr wollte. Und er schien so verständnisvoll, so liebevoll. Sie merkte, dass sie zitterte. Auf einmal fühlte sie sich so schwach, als würde sie gleich in sich zusammensacken.

Als ihr Atem wieder ruhiger ging, strich Tom ihr eine Haarsträhne aus dem Gesicht. «Soll ich uns was kochen?», fragte er.

Jule sah ihn aus geröteten Augen so skeptisch an, wie es ihr in diesem Moment möglich war. Tom gelang normalerweise nicht mal ein Spiegelei.

«Was willst du denn kochen?», fragte sie spöttisch. «Ein Käsebrot?» Sie wischte sich die Tränen ab und wandte sich zur Tür. «Komm, wir gucken mal in den Kühlschrank.»

Aus Mielchens Gefriertruhe holten sie schließlich einen Tupper mit Hochzeitssuppe und tauten sie auf dem Herd auf. Sie suchte zwei Schüsselchen aus einem der oberen Küchenschränke, füllte die heiße Suppe hinein, nahm zwei Löffel aus der Schublade und ging quer über den Flur ins Wohnzimmer.

Tom kniete im Wohnzimmer vor dem Kamin und machte ein Feuer, weil sie beide froren. Als Jule hereinkam, stand er auf und nahm ihr eine der dampfenden Schalen aus der Hand. Sie setzten sich mit Blick auf das Feuer nebeneinander auf das Sofa und fingen an, ihre Suppe zu löffeln.

Lange sprach keiner von ihnen ein Wort, aber Jule empfand es als angenehmes Schweigen. Das Holz im Kamin knackte, die Suppe wärmte sie von innen, und Toms Gesellschaft wirkte vertraut. Sie fühlte sich auf fast wohlige Weise leer, sprachlos und ein bisschen getröstet.

«Jule», sagte Tom schließlich, «ich habe vorhin noch nicht alles gesagt. Das Gespräch ist irgendwie blöd gelaufen. Lass mich nur das eine noch sagen, ja?»

Sie merkte, dass er sie von der Seite ansah, und nickte, den Blick weiter starr auf ihre Suppe gerichtet.

«Ich möchte dich nicht verlieren. Und ich will dir doch auch gar nicht vorenthalten, was du dir so wünschst. Ich will doch, dass du glücklich bist.» Er wandte sich ihr jetzt ganz zu. «Ich meine, ich sehe ja, wie dich das quält. Ich habe es mir wirklich überlegt, ich … ich würde gern mit dir zusammenziehen, Jule, in Paris. Wir könnten ein, zwei Jahre Paris erkunden, Restaurants ausprobieren, Filme sehen, in all die Museen gehen, reisen und arbeiten, vielleicht sogar an gemeinsamen Projekten. Und dann, wenn du nur so lange noch warten kannst, könnten wir Kinder bekommen.» Er nahm ihre Hand. «Könntest du dir das vorstellen? Bitte, Jule, ich liebe dich doch.»

Obwohl sie so lange vergeblich darauf gewartet hatte, dass Tom sich zu einer gemeinsamen Zukunft äußerte, empfand Jule kaum etwas, als sie seine Worte hörte. Sie sah Tom an, sah seinen bittenden, liebevollen Blick. So hatte er sie lange nicht mehr angesehen. Vielleicht hatte diese Trennung bei ihm wirklich etwas ausgelöst. Vielleicht meinte er es tatsächlich ernst.

«Jule?» Seine Stimme war nur noch ein Flüstern.

«Ich weiß nicht, Tom, ich …» Sie schüttelte den Kopf und entzog ihm ihre Hand. «Ich kann dazu jetzt gar nichts sagen.»

Er sah sie unverwandt an.

«Es tut mir leid. Ich … bin ein bisschen sprachlos», sagte Jule entschuldigend. «Ich hatte mir eigentlich vorgenommen, mir in diesem Sommer mal über alles – über uns – klarzuwerden, nach allem, was passiert ist. Und jetzt tauchst du hier auf, und ich … Ich weiß einfach gerade nicht, was ich will.»

Tom sah zu Boden und nickte niedergeschlagen.

Es rührte sie, wie ernsthaft er war und wie sehr ihm daran zu liegen schien, dass sie es noch mal miteinander versuchten. Offenbar hatte diese Trennung tatsächlich etwas in ihm ausgelöst. Aber sie konnte ihm jetzt nichts anderes sagen. Sie brauchte Zeit.

Tom stellte seine Suppenschüssel zur Seite, stand auf, griff nach dem Schürhaken und stocherte im Feuer herum.

Jule fiel es schwer, ihn so zu sehen, sie wusste nicht, was sie tun sollte. Aus Verlegenheit stand sie ebenfalls auf, nahm die Schälchen und brachte sie in die Küche.

Als sie zurück ins Wohnzimmer kam, saß Tom am Klavier und spielte die ersten Takte einer Art Präludium, die ihr irgendwie bekannt vorkamen. Er konnte sehr gut spielen, die Musik war für ihn wie ein natürliches Element. Er schien eine Melodie nur einmal hören zu müssen, um sie nachspielen zu können, egal, ob Klassik, Jazz oder Pop.

Ganz leise fing Tom jetzt an zu singen. Er hatte eine schöne, angenehme Stimme, und jetzt erkannte Jule auch die Melodie. Sie trat ans Klavier und hörte ihm einfach nur zu.

I hate to turn up out of the blue uninvited,
But I couldn't stay away, I couldn't fight it,

I had hoped you'd see my face,
and that you'd be reminded that for me it isn't over.

Es war ein wunderschönes Lied, das sie bei einem Konzert von Adele im Frühjahr zusammen gehört hatten. «Someone Like You». Es ging um eine Liebe, die zwar Vergangenheit war, aber noch nicht vorbei.

Nothing compares, no worries or cares,
Regrets and mistakes, they're memories made.
Who would have known
how bittersweet this would taste?

Tom sang es aus tiefstem Herzen, der Text war an sie gerichtet. Als er bei den letzten Takten ankam, spürte Jule schon wieder Tränen aufsteigen. Sie war im Moment wirklich aus dem Gleichgewicht. Diese letzten Tage und Wochen waren ein einziges Chaos der Gefühle.

Tom erhob sich vom Klavierhocker, und Jule sah, dass auch er feuchte Augen hatte. Instinktiv ging sie auf ihn zu, und er schloss sie in die Arme.

«Ihr habt *was?*» Gesas Stimme am Telefon überschlug sich fast. «Wenn man dich mal ein paar Tage allein lässt, Jule!»

«Es ist doch gar nichts gelaufen», sagte Jule entschuldigend. Sie saß im Mädchenzimmer auf dem Bett, und Tom war nach einem gemeinsamen Frühstück erst vor wenigen Minuten wieder abgefahren. In diesem Moment fiel ihr auf, dass das T-Shirt, das sie nachts angehabt hatte, nicht mehr da war. Bestimmt hatte Tom es mitgenommen. Das hatte er schon immer gemacht, wenn er sich wieder von ihr trennen musste. «Damit ich deinen Duft in der Nase habe, wenn ich allein schlafen muss.»

«Was heißt hier, es ist nichts gelaufen?», fragte Gesa. «Ich denke, Tom hat bei dir geschlafen, mit dir in einem Bett. Das hast du doch gerade gesagt!»

«Ja, schon, das war die Macht der Gewohnheit. Aber da lief nichts. Es war, als wären wir Bruder und Schwester – ich hab dir ja erzählt, wie es mit ihm ist.»

«Na ja, hätte ja sein können, dass sich das mal wieder ändert. Nach der großen Versöhnung», sagte Gesa.

«Ach, so war die Stimmung gar nicht, die war eher … gedämpft und irgendwie traurig. Es war auch gar keine große Versöhnung.»

«Aber Jule, ich bitte dich! Er will dich doch ganz offensichtlich zurück. Und nicht mal in *der* Situation läuft was? Mit dem stimmt doch was nicht!»

Jule schwieg einen Moment, dann sagte sie leise: «Keine Ahnung, was das bei ihm ist.»

«Es ist auf jeden Fall schon mal ein schwerwiegender Grund, sich *nicht* wieder auf ihn einzulassen. Ich könnte mich ohrfeigen, dass ich ihm gesagt hab, wo du bist. Wenn ich geahnt hätte, dass er gleich zu dir rausfährt, hätte ich dich doch vorgewarnt, aber auf die Idee bin ich gar nicht gekommen. Außerdem hat er doch gesagt, er müsste schnell wieder nach München», sagte Gesa. «Ehrlich gesagt, dachte ich aber auch nicht, dass er dich so dringend zurückwill – versteh mich nicht falsch, er war nur in letzter Zeit so …»

«… so gleichgültig», ergänzte Jule. «Ich weiß, ich hätte das ja auch nicht gedacht.»

Gesa schien zu überlegen. «Dann bist du also heute allein? Weißt du was? Ich komm einfach zu dir raus. Ich hab die ganzen letzten Abende bis spät in der Redaktion gesessen und habe mir einen Sonntagsausflug verdient. Ich mach noch kurz Klarschiff in meiner Wohnung, und dann komme ich gegen Mittag zu dir, ja?»

«Oh ja, schön!», sagte Jule. «Bleib doch über Nacht. Wenn du morgen zeitig aufstehst, schaffst du es noch rechtzeitig in die Redaktion.»

«Hm … ja, das kann ich eigentlich machen. Gute Idee. Bis später also, Schätzchen. Und mach keine Dummheiten, bis ich komme!»

«Versprochen.»

Jule legte auf. Was Gesa erst sagen würde, wenn sie ihr von Sebastian erzählte?

Die beiden Freundinnen kannten sich schon seit der Schule. Beide waren nach Studium und diversen Praktika schließlich bei der *Antonia* gelandet. Zuerst Gesa im Moderessort, dann ein Jahr später Jule als Redakteurin für die Rubrik «Persönlich». Gesa bei ihrem richtigen Start ins Berufsleben in der Nähe zu haben war für Jule ein Segen gewesen, weil die Freundin die Kollegen und die Abläufe und Eigenheiten des Betriebs bereits kannte und ihr so wertvolle Tipps geben konnte.

Überhaupt war ihr Gesa eine wichtige Ratgeberin. Nicht zuletzt in Männerfragen, und da sie bereits so lange befreundet waren, hatten sie die Partner der anderen kommen und gehen sehen. Keine andere Freundin kannte Jule so lange und so gut wie Gesa, mit allen Stärken und Schwächen. Während des Studiums hatten sie lange in verschiedenen Städten gelebt. Gesa hatte Modejournalismus in Düsseldorf studiert, Jule Germanistik und Publizistik in Hamburg, und in dieser Zeit hatten sie sich nur selten treffen können. Aber wenn sie sich sahen, dann immer gleich ein ganzes Wochenende lang. Manchmal hatten sie sich dann so viel zu erzählen, dass sie die Wohnung höchstens Sonntag früh zum Frühstücken verließen. Aber ein derart exzessives Freundinnengespräch hatten sie lange nicht mehr geführt. Seit sie beide in Hamburg lebten, sahen sie sich eigentlich immer nur noch für ein paar Stunden zum Essen oder zum Shoppen oder fürs Kino, was Jule schade fand.

Sie beschloss, zum Abendessen Spaghetti zu kochen, mit Tomaten und Kräutern aus dem Garten. Denn wenn sie später draußen sitzen wollten, würden sie etwas Warmes im Magen brauchen. Es regnete heute zwar nicht mehr, aber die Luft hatte sich spürbar abgekühlt, und die Sonne schien nur ab und zu mal zwischen den schnell dahinziehenden Wolken hindurch.

Knapp zwei Stunden später ließ Jule die Haustür hinter sich ins Schloss fallen. Sie war im Krankenhaus bei Mielchen gewesen, die sich ein wenig enttäuscht gezeigt hatte, dass Jule nur auf eine halbe Stunde vorbeigekommen war. Aber sie freute sich, dass ihre Enkelin Besuch bekam, und hatte ihr ein Rezept für einen angeblich kinderleichten Kirschkuchen mit auf den Weg gegeben, den Jule gleich für Gesa backen wollte. Und Jule hatte sich vorgenommen, Mielchen gleich morgen einen längeren Besuch abzustatten und sie bei der Gelegenheit endlich auch zu ihrem Fund im Keller zu befragen.

Sie kramte nach dem Zettel, auf dem sie sich im Krankenhaus Notizen gemacht hatte, und suchte dann Butter, Zucker, Eier und Mehl zusammen. Nachdem alle Zutaten vermischt waren, kratzte sie den Rührteig aus der Schüssel und strich die Masse in der Springform glatt. Anschließend verteilte sie darauf die entsteinten Kirschen, die noch von dem Nachmittag mit Inken und Mia im Kühlschrank lagen. Schließlich setzte sie, wie Mielchen es beschrieben hatte, ein paar kleine Butterstückchen zwischen die Früchte und streute braunen Zucker und gehackte Mandeln darüber, die sie bei Mielchens Backzutaten zwischen Rosinen und Backpulver gefunden hatte. Zufrieden mit ihrem Werk schob Jule die Form in den heißen Ofen und sah auf die Uhr. Gleich halb zwei. Gesa hatte eigentlich längst hier sein wollen.

Sie beschloss, die Zeit bis zu Gesas Ankunft auf den Garten zu verwenden. Mielchen hatte ihr heute erklärt, dass von den Kirschen, die noch am Baum hingen, nach dem starken Regen sicher viele geplatzt waren. Sie mussten unbedingt gepflückt werden, sonst würden sie faulen und andere Früchte anstecken, außerdem würden sich die Wespen darüber hermachen. Und da geplatzte Kirschen nicht mal mehr für Marmelade zu gebrauchen waren, würde Jule den Baum jetzt abernten und dann die Früchte sortieren müssen. Kurzerhand griff sie nach einer der leeren Obstkisten, die noch neben der Küchentür standen, und ging durch die Hintertür nach draußen.

Es schien doch noch ein schöner Tag zu werden. Die Wolken hatten sich verzogen, und die Sonne warf durch die Blätter des Pflaumenbaums lichte Tupfer auf den blauen Blütenteppich. Jule steckte die Nase in eine hellrote Rose, die intensiv duftete, und zupfte dann ein paar vertrocknete Blätter ab. Anschließend machte sie sich ans Kirschenpflücken.

Als sie wenig später eine Autotür zuschlagen hörte, stellte Jule die Kiste zur Seite und ging zur Gartenpforte.

Gesa winkte ihr fröhlich zu. «Da bin ich endlich ... Tut mir leid, dass ich so spät komme!» Sie trug ihre üppigen kastanienbraunen Korkenzieherlocken offen und hatte eine riesige Sonnenbrille auf der Nase. Das schlichte, auf Figur geschnittene dunkelblaue Kleid zeigte viel, aber nicht zu viel Dekolleté, und die glänzenden, dunkelbraunen Pumps hatten respekteinflößend hohe Absätze. Sogar am Wochenende machte Gesa ihrem Beruf als Chefredakteurin des Moderessorts, die sie seit kurzem war, alle Ehre.

«Vor dem Elbtunnel war mal wieder Stau!», stöhnte ihre Freundin und hantierte mit einer großen Tasche herum. Sie küsste Jule auf beide Wangen. «Hallo, Schätzchen.»

«Jetzt bist du ja da.» Jule nahm ihr die Tasche ab. «Und wie es aussieht, planst du eine ganze Woche zu bleiben ...»

Gesa ging auf den Kommentar zu ihrem üppigen Gepäck nicht ein. Sie musterte ihre Freundin kritisch. «Wie siehst du denn aus? Out-of-Bed-Hairstyle, oder was? Sag mal, kann es sein, dass du hier in der Provinz ein bisschen verkommst? Wie lange musst du eigentlich noch hierbleiben?»

Jule strich sich eine Strähne aus dem Gesicht und zuckte mit den Schultern. «Das ist noch nicht klar. Meine Oma muss nach dem Krankenhaus noch in die Reha, und ich weiß auch gar nicht, ob sie danach dann allein bleiben kann.»

«Ach je, das kann ja dauern. Wie geht's deiner Oma denn?»

Während sie am Haus vorbeigingen, berichtete Jule kurz den aktuellen Stand. Als die Mauer den Blick auf den Garten, das Blumenmeer und die Felder freigab, blieb Gesa stehen.

«Mein Gott, ist das ein schöner Garten! So wild – toll!» Sie ging Richtung Terrasse. «Sag mal, kommt dieser Duft aus deiner Küche? Hast du etwa Kuchen gebacken?»

Jule nickte, und Gesa ließ sich auf die Bank unter dem Küchenfenster fallen. «Ich bin im Paradies gelandet.»

Eine halbe Stunde später hatten sie beide einen Teller mit warmem Kirschkuchen in der Hand, und auf jeder Armlehne der Bank stand eine dampfende Tasse Tee.

«... und ich hab mir zwei umwerfende Kleider gekauft», erzählte Gesa weiter. «In der Madison Avenue sind lauter neue Läden. Die gab's alle noch nicht, als wir vor drei Jahren zusammen da waren. Ein cooler Monolabel-Store neben dem anderen, Jule! Du musst auch mal wieder mit nach New York kommen, es war traumhaft! Übrigens», sagte sie kauend, «dieser Kuchen ist wahnsinnig köstlich.»

Gesa war seit zwei Jahren mit Matthias zusammen, der einen kleinen Buchverlag leitete und ein passionierter Segler war. Er musste geschäftlich regelmäßig nach New York, London und Paris – genau die Städte, in die auch Gesa ihre Geschäftsreisen führten –, und Jule fand, dass es ihnen erstaunlich oft gelang, ihre Reisen so zu legen, dass sie gemeinsam fahren konnten.

«Aber kaum sind wir wieder in Hamburg, ist der Traum auch schon vorbei», fuhr Gesa mit vollem Mund fort. «Marion macht wieder ordentlich Stress. Weißt du, was sie neulich gesagt hat?»

Jule wusste, dass Gesas große Liebe schon verheiratet gewesen war, und sie hatte schon viel von Matthias' Exfrau gehört, die sich nicht mit der Trennung abfinden konnte und bei jeder Gelegenheit auf Gesa schimpfte.

«Sie hat gesagt: ‹Ich will, dass Gesa einen Segelschein macht.›» Gesa sah Jule mit großen Augen an. «Ist das zu fassen?»

«Einen Segelschein?»

«Na, damit ich die Kinder nach Hause manövrieren kann, falls Matthias mal vom Boot fällt, weißt du? Um Matthias würde es ihr offenbar nicht leidtun ...» Gesa verdrehte die Augen. «Ich meine, die spinnt doch! Jedenfalls hab ich gesagt: ‹Und *ich* will, dass deine Ex Japanisch, Posaune und Stepptanz lernt, damit sie die Jungs besser fördern kann.› Ich hoffe, er richtet ihr das aus.»

Jule lachte halbherzig. «Du kannst es nicht so richtig empfehlen, sich auf einen Mann mit einer Exfrau und zwei Kindern einzulassen, oder?»

«Nee, echt nicht. Aber man kann sich ja nicht aussuchen, in wen man sich verliebt.» Gesa sah sie prüfend an. «Sag mal, Schätzchen, was ist denn los mit dir? Du wirkst irgendwie, als wärst du nicht so richtig bei der Sache. Du denkst doch nicht im Ernst darüber nach, es mit Tom noch mal zu versuchen, oder?»

Jule seufzte tief.

«Oje», sagte Gesa.

«Ich weiß nicht. Eigentlich nicht. Ich bin total durcheinander. Er scheint sich jedenfalls Hoffnungen zu machen.» Sie seufzte. «Ich hab mich ja auch nicht eindeutig verhalten.»

«*Das* kann man wohl sagen. Schließlich hast du ihn bei dir schlafen lassen», sagte Gesa streng und schob sich das letzte Stück Kuchen auf die Gabel.

«Ja, ich weiß ... Aber er war wirklich süß. Er hat mir gesagt, wie er sich unsere gemeinsame Zukunft vorstellt und dass er mit mir zusammenziehen will. Willst du noch ein Stück?»

Gesa nickte. «Gern. Und wie stellt er sich eure *gemeinsame* Zukunft vor? Ich meine, war das konkret? Oder eher nach dem Motto irgendwie, irgendwo, irgendwann?»

«Doch, das war schon ziemlich konkret.» Jule beförderte ein großes Stück Kirschkuchen auf Gesas Teller. «Er möchte, dass ich mit nach Paris komme. Dass wir dort zusammenziehen und das Leben genießen, arbeiten und reisen. Und dann könnten wir in ein, zwei Jahren Kinder kriegen.»

Gesa sah sie skeptisch an. «Wirklich? Er weiß aber, was man dafür machen muss, oder?»

Jule knuffte Gesa in die Seite.

«Ich frag ja nur. Wie kommt es denn zu dem plötzlichen Sinneswandel? Ich meine, glaubst du wirklich, dass er das möchte?»

«Ich weiß nicht, was ich glauben soll. Er war ziemlich überzeugend und –»

«Und es war genau das, was du immer hören wolltest», ergänzte Gesa trocken.

«Na ja … irgendwie schon.»

«Und das ist ihm auch klar. Deshalb sagt er es ja.»

«Sei nicht so hart mit ihm. Er liebt mich wirklich. Er will, dass ich glücklich bin.»

«Jule, *bitte*!» Gesa verscheuchte eine Wespe, die sich auf ihrem Teller niedergelassen hatte. «Waren denn die Erfahrungen der letzten Jahre ganz umsonst? Siehst du nicht, dass du dich schon wieder nach ihm richten sollst? *Er* ändert nichts an seinen Plänen, er geht in jedem Fall nach Paris, egal, ob du mitkommst oder nicht. Aber von dir erwartet er, dass du sofort deinen Job hinschmeißt. Oder wie stellt er sich das vor?» Sie sah Jule fragend an. «Glaubst du wirklich, dass er, wenn ein Jahr um ist, immer noch ein Kind will? Und selbst wenn – wie soll es denn dann weitergehen? Meinst du, er wird dann plötzlich zum treusorgenden Ehemann und Vater? Wann hat sich Tom jemals auf was festgelegt und ist dabei geblieben? Er kann ja nicht mal eine Einladung zusagen, weil sich vielleicht noch was Besseres ergibt.»

«Jetzt übertreibst du aber», protestierte Jule. «Nur weil er letztes Jahr nicht zu deiner Silvesterparty gekommen ist …»

«Er hat es sich in letzter Sekunde anders überlegt, weil irgendwas Interessanteres reingekommen ist! Und das, wo ich berühmt bin für meine Silvesterpartys!»

Jule stellte ihren leeren Kuchenteller auf den kleinen Tisch neben der Bank und goss sich und Gesa Tee nach.

«Jule … ich mag ihn doch auch», versuchte es Gesa erneut. «Aber ich glaube, er ist einfach nicht der Mann, mit dem du das Leben führen kannst, das du führen willst. Tom ist flatterhaft. Der braucht ständig neuen Input, neue Leute, neue Herausforderungen. Im Gegensatz zu dir, Schätzchen. Und er wird sich auch in Zukunft nicht nach dir richten, das hat er noch nie getan. Wenn du meine Meinung hören willst: Du wirst mit ihm nicht glücklich!»

Das hatte Gesa ihr alles schon so oft vorgehalten – und Jule ahnte, dass sie recht hatte. Aber irgendwie half ihr das jetzt nicht weiter.

«Ich muss dir noch etwas erzählen», sagte Jule.

«Lass mich raten. Er hat dir einen Heiratsantrag gemacht, und du hast ja gesagt», sagte Gesa.

«Nee. Ich hab jemanden kennengelernt.»

«*Was?*» Gesa ließ ihre Gabel sinken. «Wann das denn? Ich hab dir doch gesagt, du sollst keine Dummheiten machen! Hier? Heute Mittag? Einen Obstbauern?»

Jule lachte. Wenn irgendjemand nicht nach Obstbauer aussah, dann war es Sebastian. «Nein, vorgestern schon. Keine Ahnung, ob sich daraus was entwickelt, aber ich muss ständig an ihn denken. Und das ist doch auch ein Zeichen, wenn mich ein anderer Mann so schnell ablenken kann, oder?»

«Allerdings!» Gesa stellte ihren Teller auf das Tischchen und lehnte sich mit dem Rücken an die Armlehne, um Jule besser ansehen zu können. «Jetzt erzähl schon, mach's nicht so spannend!»

Jule berichtete ihr alles, von Sebastians Ankunft, ihrem romantischen Abend in Mielchens Garten und den Besuchen bei Hinnerk und Lise. Und sie konnte es sich auch nicht verkneifen, seine körperlichen Vorzüge ein bisschen zu beschreiben und das Gefühl zu erwähnen, das jeder seiner Blicke bei ihr auslöste. Ihre Freundin sah sie währenddessen mit immer größer werdenden Augen an, ohne sie jedoch zu unterbrechen. Als Jule fertig war, schüttelte Gesa den Kopf und stellte die leere Teetasse, die sie die ganze Zeit über in der Hand gehalten hatte, klirrend vor sich auf die Bank.

«Ich glaub's nicht. Du bist ja total verknallt. Du kicherst und strahlst – ist ja toll! Das freut mich unheimlich für dich, Schätzchen!» Gesa fiel Jule um den Hals und sagte dann: «Aber, sag mal, muss ich das verstehen, dass du dir dann überhaupt noch über Tom den Kopf zerbrichst?»

«Nein, musst du nicht», sagte Jule. «Das versteh ich ja selbst nicht. Aber es ist doch auch klar, dass ich meine Gefühle für Tom nicht von einem Tag auf den andern abstellen kann. Ich kenne ihn so gut, irgendwie liebe ich ihn ja auch noch ... Ach, ich bin total verwirrt.»

«Irgendwie liebe ich ihn ja auch noch, ich bin total verwirrt?», wiederholte Gesa fragend. «Ich sag dir jetzt mal was, Schätzchen: Du machst Tom so bald wie möglich klar, dass er sich seine Hoffnungen abschminken kann. Und zwar unmissverständlich. Und dann konzentrierst du dich auf diesen *Sexiest Man Alive*.»

Sie machte eine Pause, um ihre Worte wirken zu lassen. Dann fuhr sie Jule liebevoll übers Haar. «Weißt du, als du eben von Tom geredet hast, hast du dagesessen wie ein Häuflein Elend, total zerknirscht und zerknittert. Aber wenn du von diesem Sebastian redest, strahlst du und bist voller Leben. Das spricht doch für sich. Wenn man dich so sieht, versteht man sofort, warum sich die Männer von dir angezogen fühlen wie die Fliegen von der Scheiße.»

«Gesa!», protestierte Jule.

«Was denn?»

«Sehr schmeichelhafter Vergleich, vielen Dank.»

«Ach so, 'tschuldigung. Ich meinte … ich meinte natürlich … wie die Motten vom Licht!»

Jule lachte. «Schon besser.»

Sommersprossen

Als die Teekanne leer und ihr Bauch voller Kuchen war, brachte Jule Gesa möglichst schonend bei, dass sie unbedingt noch heute Kirschen pflücken und sortieren mussten.

Gesa hielt das zunächst für eine originelle Beschäftigung, nachdem sie allerdings fast zwei Stunden gearbeitet und immer noch das Entsteinen vor sich hatten, nahm ihre Begeisterung deutlich ab. Aber sie machten das Beste daraus, setzten sich, jede mit einem Glas Weißwein, an den Küchentisch und hörten Klaviermusik aus Mielchens altem Küchenradio. Und bei Gesprächen über ihre Kollegen und die Zustände bei der *Antonia* verging die Zeit dann wie im Flug.

Während Gesa ihnen immer mal wieder Wein nachschenkte und von Matthias und seinen Söhnen erzählte, begann Jule mit den Vorbereitungen fürs Abendessen. Sie schnitt Tomaten und hackte Kräuter und ließ die Soße langsam vor sich hin köcheln. Als die Spaghetti schließlich auf dem Tisch standen, war es fast zehn Uhr.

Als sie beim Essen saßen, rief Tom an, der so aufmerksam und um Jule bemüht war, dass eigentlich jede noch so nachtragende Freundin hätte weich werden müssen. Gesa jedoch nicht. Während des gesamten Telefonats gestikulierte sie wild herum, um Jule zu bedeuten, dass sie mit Tom am besten jetzt sofort Klartext sprach. Aber dies schien Jule nicht der richtige Moment zu sein. Außerdem war sie sich trotz Gesas überzeugenden Argumenten einfach nicht sicher genug, so emotional, wie die gestrigen Stunden mit Tom gewesen waren … Auch wenn Gesa das nicht verstehen konnte oder wollte: Jule war durcheinander, und das war kein Zustand, in dem man Entscheidungen traf. Irgendwann beendete Jule das Telefonat. Sie ignorierte Gesas fragende Blicke und begann etwas verlegen, das Geschirr abzuräumen.

Es war bereits nach Mitternacht, als sie schließlich eine Matratze ins Mädchenzimmer schleppten, in dem seit langem nur noch ein Bett stand.

Müde fielen sie in die Kissen.

«Dann träum mal schön von deinem Verehrer», sagte Gesa und gähnte.

«Von Tom?»

«Quatsch!» Gesa warf mit einem Kissen nach Jule. «Von dem Klimaforscher natürlich.» Sie richtete sich auf. «Bist du eigentlich sicher, dass er heute nicht mehr hier auftaucht?»

«Nein, er ist bei seinen Kindern», erklärte Jule. «Er wollte das Wochenende mit ihnen in Hamburg verbringen.»

«Und seine Sachen hat er trotzdem hier gelassen?»

«Ja.»

«Das heißt, er bezahlt das Zimmer, ohne hier zu schlafen? Scheint eine gute Partie zu sein.»

Darüber hatte Jule noch gar nicht nachgedacht. Vielleicht konnte sie Mielchen morgen vorschlagen, Sebastian die Nächte nicht in Rechnung zu stellen, in denen er gar nicht da war? Eigentlich komisch, dass er sich überhaupt im Alten

Land einquartiert hatte. So weit war Hamburg ja nun nicht entfernt. Aber wahrscheinlich hoffte er, auf diese Weise besser Kontakte zu knüpfen – wenn er Weckgläser finden wollte, war es natürlich besser, vor Ort zu sein. Außerdem konnte es Jule nur recht sein.

«Hoffentlich schnarcht er nicht», sagte Gesa.

«O Gott, bitte nicht!» Das Kissen flog wieder zurück. «Nein, tut er bestimmt nicht», sagte Jule und machte das Licht aus.

Nach kurzem Schweigen sagte sie verträumt: «Ich bin sicher, er würde dir gefallen. Eigentlich ist er genau dein Typ: groß, gut aussehend, sympathisch. Er ist weltgewandt, hat Stil und –»

«Warte, lass mich raten», unterbrach Gesa sie. «Er ist … elegant, aber bodenständig. Sexy, aber man kann auch mit ihm reden.»

«Genau», sagte Jule erstaunt. «Woher weißt du das?»

Gesa kicherte im Dunkeln. «Wirklich schade, dass ich ihn nicht kennenlerne.»

Aber am nächsten Morgen bekam Gesa doch noch Gelegenheit, Sebastian zu sehen. Gerade, als sie in ihr Auto steigen wollte, fuhr er in seinem schicken Sportwagen vor.

«Den Schlitten hast du gestern ganz vergessen zu erwähnen», sagte Gesa und blieb neugierig stehen.

Sebastian stieg aus dem Auto und wedelte mit einer Brötchentüte. «Guten Morgen!», rief er und kam näher.

Jules Herz pochte dermaßen, dass sie fürchtete, man

könnte es sehen. Sie stellte die beiden einander vor und registrierte amüsiert, dass sie sich während ihres kurzen Smalltalks gegenseitig anerkennend musterten.

Als Gesa kurz darauf den Motor ihres Wagens anließ, reckte sie hinter Sebastians Rücken durch das heruntergelassene Fenster grinsend den Daumen, dann brauste sie davon.

Etwas verlegen standen Jule und Sebastian vor dem Haus.

«Sehr nett, deine Freundin», sagte Sebastian schließlich und hob fragend die Brötchentüte hoch: «Frühstück?»

Um etwas von der Morgensonne zu haben, trugen sie den Gartentisch von der Terrasse in die Nähe des Kirschbaums, und Jule verteilte Brötchen und Croissants, Eier, Käse und Marmelade auf dem Tisch – obwohl sie selbst wahrscheinlich keinen Bissen herunterbekommen würde, so hibbelig, wie sie seit Sebastians Ankunft war.

Sie schenkte ihnen beiden Kaffee ein und fragte: «Und? Fährst du heute noch mal zu Lise?»

Er nickte. «Meine Assistentin holt mich in einer guten Stunde ab, dann durchsuchen wir zusammen systematisch den Keller. Drück mir mal die Daumen.»

«Mach ich», sagte Jule und stieß bei dem Versuch, nach der Kirschmarmelade zu greifen, fast ihre Kaffeetasse um.

Sebastian nahm sich ein Croissant und biss hinein. «Und morgen fahr ich nach Stade, da ist eine Haushaltsauflösung von einem alten Obsthof …»

«Gut», sagte Jule und bestrich ein Brötchen mit Marmelade. «Ich hab irgendwie ein gutes Gefühl. Bei einem von beiden wirst du bestimmt fündig.»

«Hoffentlich. Ich hab mir am Wochenende den Kopf zerbrochen, was ich noch unternehmen könnte, aber ... es ist echt nicht leicht.»

Jule biss sich auf die Lippe. Sie hätte ihm so gern von ihrem Fund im Keller erzählt, aber sie musste erst mit Mielchen sprechen, ehe sie Sebastian Hoffnungen machte. Trotzdem hatte sie ihm gegenüber deswegen ein mulmiges Gefühl.

«Aber wenn ich ganz ehrlich bin», fuhr Sebastian fort und sah ihr eindringlich in die Augen, «habe ich am Wochenende gar nicht nur an die Kirschen gedacht ...»

Jule wurde ganz flau im Magen, als sich sein Kopf ganz leicht dem ihren zu nähern schien. Er würde sie doch nicht etwa küssen?

«Sag mal, kann es sein, dass du in den letzten Tagen noch mehr Sommersprossen bekommen hast?», fragte er und stimmte plötzlich eine Art Sprechgesang an: «Ich bin ja so verschossen ...»

Jule verzog skeptisch das Gesicht und sah ihn fragend an.

«Sag bitte nicht, du kennst das Lied nicht», sagte Sebastian. *«Ich bin ja so verschossen, dideldideldidi, in deine Sommersprossen, dideldideldidi. Vom Kopf bis zu den Flossen, dideldidi, bist du voll Som-mer-spros-sen, in die bin ich ver-schos-sen ...»* Er unterbrach sich und schüttelte angesichts ihres ratlosen Gesichtsausdrucks amüsiert den Kopf. «Neue deutsche Welle!? Gott, bist du jung ...»

«Ja», sagte Jule, «es ist ... schrecklich.»

Wenn es danach ginge, wer besser singen konnte, sollte sie

sich unbedingt für Tom entscheiden. Aber auch nur, wenn es danach ginge.

Was war nur mit ihr los? Sebastian brauchte ihr nur tief in die Augen zu sehen, und schon war sie hin und weg. Dabei hatte Toms plötzliches Erscheinen doch gerade noch Zweifel an ihrer Trennung aufkommen lassen. Er hatte sie gerührt, ja, und sie mochte ihn nach wie vor sehr, aber ... ihre gemeinsame Zeit war vielleicht trotzdem vorbei.

Es war alles so verwirrend. Aber Gesa hatte recht: Jule musste mit Tom unbedingt Klartext reden. Bisher hatte er sie noch nicht direkt nach ihrer Entscheidung gefragt, aber sie wusste, wie sehr es ihn beschäftigte. Und solange sie sich nicht dazu äußerte, konnte er ihr Verhalten so deuten, wie es ihm passte.

«Du wirkst mit einem Mal so ernst.» Sebastian richtete sich auf. «Weißt du, ich bin wirklich froh, dich –»

Was? Jule sah auf.

Doch Sebastian hielt inne und blickte irritiert über ihre Schulter.

Nun hörte auch Jule, wie sich nur wenige Meter von ihnen entfernt jemand räusperte. Sie blickte sich um. Auf dem Gartenweg stand Piet, diesmal ohne Bobtail, und sah sie verdutzt an.

«Piet!», sagte Jule überrascht. «Alles in Ordnung bei dir?»

«Jaja, ich ... ähm ...» Er kratzte sich am Bart. «Ich bin drüben am Renovieren und ... mir fehlen ein, zwei Werkzeuge. Ich dachte, eh ich schon wieder in den Baumarkt fahre, könnte ich vielleicht mal in Mielchens Schuppen gucken. Weil, na ja ... Dein Opa war doch gut ausgerüstet.»

Jule nickte. «Klar. Ist offen, bedien dich.»

«Sie renovieren?», fragte Sebastian und stand auf, um Jules Nachbar die Hand zu geben. «Sebastian Hofstetten, guten Tag.»

Ohne eine Miene zu verziehen, schüttelte Piet ihm die Hand. «Ich bau ein bisschen um, ja.» Er nickte Jule zu und erklärte kurz angebunden: «Dann geh ich mal nachsehen. Tach noch.» Und schon war er um die Ecke des Hauses in Richtung Gartenschuppen verschwunden.

Sebastian sah ihm belustigt nach und setzte sich dann wieder. «Wer war das denn?»

«Piet. Er wohnt nebenan.»

«Komischer Typ. Sieht aus wie Räuber Hotzenplotz, mit diesem komischen Bart, findest du nicht?»

Jule lächelte in sich hinein, sagte aber nichts.

«Aber zurück zu uns», begann Sebastian und rückte seinen Stuhl ein Stückchen näher an Jule heran. «Also, was ich gerade sagen wollte ... ich bin so froh, dass –»

«Jule! Bist du da?», dröhnte Inkens Stimme durch den Garten.

Sebastian stöhnte. «Hier geht's ja zu wie im Taubenschlag.»

«Das ist Inken.» Jule stand auf.

«Stehen die Nachbarn hier immer plötzlich vor der Tür?» Er klang leicht genervt.

«Erst, seit du hier bist.» Jule grinste ihn an. «Bin gleich wieder da.»

«Juule!?», rief Inken noch einmal und bog um die Hausecke. «Du, es ist was ganz Tolles passiert!», plapperte sie drauflos. «Ich hab eben einen Anruf vom *Rondeel* bekommen – weißt du? Das eine Hotel in Winterhude? Die haben gerade die Post aufgemacht und meine Bewerbung gelesen, und stell dir vor: Die kommt ihnen wie gerufen, sie suchen ganz dringend jemanden! Sie wollen, dass ich komme, um mich vorzustellen! *Morgen* schon! Ist das nicht *unglaublich?* Ich bin –» Jetzt erst bemerkte Inken Sebastian und den Frühstückstisch unterm Kirschbaum. «Oh, entschuldige, ich wusste nicht, dass …»

«Kein Problem», sagte Jule.

Inken deutete eine Verbeugung an. «Der Herr.»

Ausdruckslos antwortete Sebastian: «Die Dame.» Er stand auf und ging an ihnen vorbei Richtung Auffahrt. «Ich bring mal meine Sachen rauf, und dann muss ich auch los.»

Inken drückte sich an die Mauer, um ihn auf dem schmalen Weg vorbeizulassen. «Tut mir echt leid, wenn ich störe», sagte sie zu Jule.

«Tust du nicht», sagte Jule halbherzig. Aber Inkens Aufregung war schließlich nachvollziehbar. «Komm, setz dich und erzähl.»

Doch Inken, die auf Jule ziemlich fahrig wirkte, blieb stehen. «Also, das Problem ist: Ich hab *nichts* zum Anziehen. Ich muss mir heute unbedingt noch was kaufen. Aber Mia bekommt nachher Übernachtungsbesuch von einer Freundin aus dem Kindergarten, und dann muss ich auch noch – Ah, ich weiß überhaupt nicht, worum ich mich zuerst kümmern soll!»

«Um … dein Outfit, vielleicht?», fragte Jule.

«O. k.» Inken atmete einmal tief durch. «Zuerst das Outfit. Gut. Könntest du dann vielleicht kurz mit nach nebenan kommen und mir sagen, was du von meinen Klamotten hältst? Vielleicht ist ja doch was dabei. Bitte, nur ganz kurz!»

«Mach ich», sagte Jule und folgte ihr seufzend.

Was Sebastian wohl hatte sagen wollen?

Da Mia im Kinderzimmer vollauf damit beschäftigt war, ihre Puppen zu verarzten, gingen die beiden direkt ins Schlafzimmer. Und während Inken ohne Punkt und Komma von dem Telefonat mit dem netten Personalchef des Hotels erzählte, holte sie diverse Kleidungsstücke aus dem Schrank, die sie zur Arbeit immer trug, und führte sie vor.

Jule wiegte unentschieden den Kopf.

«Hab ich mir gedacht», sagte Inken. «Wart mal ...» Sie zog noch zwei Sommerkleider aus dem Schrank und hielt sie sich nacheinander an.

«Ich weiß nicht», erklärte Jule. «Die sind für ein Vorstellungsgespräch zu leger, finde ich. Warum kaufst du dir nicht was Neues?»

«Weil ich keine Zeit mehr habe!», rief Inken aus. «Ich würd liebend gern was Neues kaufen, ich würd auch gern noch zum Friseur gehen und ... zur Kosmetikerin und zur Maniküre und –» Inken lachte verlegen. «Kleiner Scherz. Ich war noch nie bei der Maniküre.»

«Das ist ja auch gar nicht nötig», sagte Jule, um sie nicht noch nervöser zu machen. «Aber was Neues zum Anziehen brauchst du schon.»

Inken betrachtete sich mit vorgehaltenem Kleid im Spiegel. «Ja, da hast du wohl recht. Aber wie soll das gehen? Ich bin froh, wenn ich es schaffe, morgen Nachmittag ohne Mia da aufzulaufen ...»

«Kann Mia nicht bei ihrer Freundin übernachten, statt dass die hier schläft?»

Inken schüttelte den Kopf. «Nein. Hannas Eltern haben

gerade ein Baby bekommen. Er arbeitet, und sie muss morgen mit dem Kleinen zum Arzt. Außerdem bin ich definitiv an der Reihe, Hanna mal wieder zu nehmen.»

«Dann machen wir es so», sagte Jule entschieden. «Ich kümmere mich um Hanna und Mia, und du fährst heute noch nach Hamburg. Übernachten kannst du in meiner Wohnung.» Sie überlegte kurz. «Wann ist das Gespräch? Morgen Nachmittag?»

Inken nickte und sah sie hoffnungsvoll an.

«Dann hättest du den ganzen Vormittag Zeit, um was zum Anziehen zu finden. Vielleicht kannst du sogar noch eine Maniküre einschieben.»

Inken fiel Jule um den Hals. «Wirklich? Das würdest du für mich tun? Du bist ein Schatz! Ab wann könntest du Mia denn nehmen?»

Jule zögerte. Sie musste heute unbedingt noch zu ihrer Oma.

«Ich wollte eigentlich erst noch ins Krankenhaus. Mielchen soll morgen schon in die Reha, weil die im Krankenhaus ein Bettenproblem haben, und da gibt es noch einiges zu besprechen.» Sie überlegte. «Wie wäre es am Nachmittag?»

Ob sie dann abends noch Zeit mit Sebastian verbringen könnte?, überlegte Jule sehnsüchtig. Und hoffentlich vergaß er bis dahin nicht, was er ihr sagen wollte.

Jule hätte sich in den Hintern beißen können. Nicht nur, weil sie Sebastian auf den Abend hatte vertrösten müssen, sondern vor allem, weil sie sich wahnsinnig über ihre Oma geärgert hatte. Blöder hätte ihr Besuch bei Mielchen überhaupt nicht laufen können.

Schon bevor sie in Mielchens Zimmer gegangen war, hatten ihr die Krankenschwestern unter die Nase gerieben, dass ihre Oma von der Reha nichts wissen wollte. Sie wolle partout nach Hause. Sogar den netten jungen Arzt hatte sie beschimpft. Was nichts daran änderte, dass sie ihr Zimmer bis morgen früh 10 Uhr räumen musste. Das brachte Jules Zeitplan nun wieder komplett durcheinander. Wer sollte denn dann am Vormittag auf Mia und Hanna aufpassen? Ob sie Sebastian fragen konnte? Aber der musste ja zu dieser Haushaltsauflösung … Es war vertrackt.

Jule verstand zwar, dass ihre Oma gerne so schnell wie möglich zurück nach Königreich und in ihre eigenen vier Wände wollte, versuchte aber, Mielchen von der Notwendigkeit weiterer medizinischer Maßnahmen zu überzeugen. Gemeinsam sahen sie den Prospekt der Reha-Einrichtung durch, in die sie übersiedeln würde. Doch Mielchen war nichts recht zu machen. Und dann hatte Jule – um ihre Oma auf andere Gedanken zu bringen – auch noch den Fehler begangen, ihr von dem Forschungsprojekt des Übernachtungsgastes zu erzählen. Dass er nach alten Weckgläsern mit eingemachtem Obst suchte und wozu er es brauchte. Und dann hatte sie leichthin – vielleicht zu leichthin – erzählt, wie sie sich im Keller umgesehen hatte und ihr dieser lockere Ziegelstein aufgefallen wäre … Die ganze Zeit über beobachtete sie ihre Oma sehr genau, und irgendwie verrieten ihr Mielchens Haltung und ihr Gesichtsausdruck von Anfang an, dass sie abweisend reagieren würde. Obwohl das vollkommen untypisch für sie war. Auch dass sie sich plötzlich darum scherte, ob die Zimmernachbarin etwas von der Unterhaltung mitbekam, wunderte Jule. Mit versteinerter Miene hatte sie Jule angesehen. Und Jule war sich vorgekommen wie ein Schulmädchen, das etwas Verbotenes getan hatte und nun hoffte, ohne Strafe davonzukommen. Dabei war sie insgeheim eigentlich davon ausgegangen, dass Mielchen ihr die Erlaubnis erteilen würde, Sebastian das Kirschglas auszuhändigen.

«Das war nicht recht von dir», hatte Mielchen streng gesagt. Und dann hinzugefügt: «Das sind meine Sachen, das geht niemanden etwas an.»

Jule war so verwirrt gewesen, dass sie kaum gewusst hatte, ob sie sich schämen oder wundern sollte. Danach schien das Gespräch beendet. Und der Besuch ebenfalls. Mielchen hatte sich, so gut es ging, zur Wand gedreht, und Jule war nichts anderes übriggeblieben, als ihre Tasche zu nehmen und das Zimmer zu verlassen.

Natürlich hatte Mielchen recht. Jule hätte nicht herumschnüffeln dürfen, sie hätte mit ihrer Oma reden müssen, bevor sie das Kästchen geöffnet und in dem Mauerloch herumgetastet hatte. *Mist!* Hätte sie mit offenen Karten gespielt und Mielchen gesagt, wie wichtig es ihr war, Sebastian zu helfen, hätte diese womöglich anders reagiert. Jetzt hatte sie alles verdorben. Die Stimmung war im Keller – etwas, das sie mit ihrer Großmutter noch nie erlebt hatte.

Auf dem Rückweg nach Königreich fragte sich Jule, was das alles zu bedeuten hatte. So, wie die Lage war, konnte sie Sebastian unmöglich von dem Glas erzählen. Was sollte sie bloß tun? Und was sollte sie am nächsten Vormittag mit den beiden kleinen Mädchen machen? Sie konnte Inken jetzt schließlich nicht hängenlassen.

Viel zu schnell bog sie in die Buxtehuder Straße ein. Beinahe hätte sie den Bordstein gestreift. Sie sollte vielleicht versuchen, sich zu beruhigen …

Sie parkte vor Mielchens Haus, schloss für einen Moment die Augen und atmete tief durch. Es würde sich schon eine Lösung finden!

Als sie in den Garten kam, saß Sebastian auf der Terrasse und las Zeitung.

«Da bist du ja», sagte er mit leichtem Vorwurf in der Stimme und deutete auf die beiden Mädchen, die in einer Ecke des Gartens mit Puppen spielten.

«Ach, die beiden sind schon da – tja, also … Das sind Mia und Hanna, die Tochter meiner Nachbarin und ihre Freundin. Die beiden schlafen heute hier, weil Inken nach Hamburg muss. Sie hat morgen ein Vorstellungsgespräch.»

«Aha», sagte Sebastian, offensichtlich wenig begeistert.

«Ich hab gedacht, ich mach heut Abend für die Mädchen Pfannkuchen mit Apfelmus, Zucker und Zimt. Und dann gehen die beiden bestimmt früh ins Bett», sagte Jule.

«Na, das bezweifle ich», sagte Sebastian. «Dazu ist es doch viel zu aufregend, woanders zu schlafen.»

«Findest du?», fragte sie herausfordernd.

«Allerdings.» Endlich lächelte er. Noch mehr Missstimmung hätte Jule heute auch nicht gut vertragen.

«Wie war's denn bei Lise?», fragte Jule.

«Gut. Wir haben ein paar Gläser ohne Etikett gefunden, Alter ungewiss. Alice hat sie mit ins Labor genommen. Mal sehen.»

Alice, soso. Das war dann wohl seine Assistentin.

«Na, immerhin habt ihr was gefunden», sagte Jule. Wie gern hätte sie Sebastian von dem Streit mit Mielchen erzählt, aber das ging ja nicht, weil sie behauptet hatte, im Keller nichts gefunden zu haben. Irgendwie geriet sie durch dieses Kirschglas in ein ziemliches Durcheinander.

In diesem Moment bog Inken um die Ecke. Jule ging ihr entgegen und bemerkte dabei, wie ihre Nachbarin Sebastian knapp zunickte, ohne etwas zu sagen. Sehr merkwürdig, wie sie sich ihm gegenüber verhielt, das passte gar nicht zu ihr.

«In der Tasche sind Nachthemden, Kuscheltiere und Zahnbürsten drin, und ein Vorlesebuch», sagte sie zu Jule. «Ich hab auch einen Zettel mit der Telefonnummer von Hannas Eltern in die Tasche getan – die wissen Bescheid, ich hab sie eben angerufen. Sie haben kein Problem damit, dass Hanna nun bei dir schläft, aber die sind sowieso total unkompliziert.»

«Und können sie die beiden Mädchen morgen übernehmen? Ich muss Mielchen ja in die Reha bringen und …» Jule registrierte, wie Sebastian bei der Erwähnung ihrer Pläne kurz aufsah, aber er sagte nichts, sondern vertiefte sich wieder in seine Zeitung.

«Wann musst du denn los?», fragte Inken. «Ich bin mir nicht sicher, wann Merle wieder da ist.» Die Ratlosigkeit war ihr ins Gesicht geschrieben.

Jule druckste herum. «Eigentlich müsste ich … Also, Mielchen soll … Ach, zur Not muss ich die Mädchen eben mitnehmen und –»

«Nein, warte mal», unterbrach sie Inken. «Gibt es nicht

noch eine andere Möglichkeit?» Mit dem Kopf deutete sie unauffällig zu Sebastian.

Jule wartete kurz ab, ob er reagieren würde, dann sagte sie: «Ich glaube, Sebastian hat morgen keine Zeit.» Direkt an ihn gewandt, fragte sie: «Ist doch so, oder? Du fährst doch morgen früh zu dieser Haushaltsauflösung, nicht?»

Sebastian sah auf und nickte. «Ja, das geht ziemlich zeitig los.»

Inken blies die Backen auf und ließ die Luft langsam entweichen. «Dann frage ich vielleicht einfach Piet, ob er die beiden für ein paar Stunden beaufsichtigen kann.»

«Den Hotzenplotz?», fragte Sebastian spöttisch.

«Das macht er bestimmt.» Inken warf Sebastian einen abfälligen Blick zu. An Jule gewandt, fuhr sie fort: «Ich gehe gleich noch bei ihm vorbei. Und falls es nicht klappt, überlegen wir uns was anderes.»

«O.k., dann spreche ich mich später mit ihm ab», versprach Jule.

«Alles klar.» Inken reichte ihr Mias Sachen. «Wenn noch irgendwas fehlt, kannst du es ja holen, hier ist der Schlüssel.»

Jule kramte in ihrer Tasche. «Und hier ist meiner. Dieser hier passt für die Haustür und der für die Wohnungstür.»

«O.k., danke dir. Und lass dir von den beiden nicht auf der Nase rumtanzen, okay?» Inken sah zu ihrer Tochter und rief: «Mia? Du benimmst dich, ja?»

Mia wirkte etwas gekränkt. «Ich bin doch benommen!»

Jule lachte. «Wir werden uns schon verstehen.»

«Gut, dann fahre ich jetzt los. Wünsch mir Glück. Wir telefonieren, ja?»

«Machen wir. Viel Glück!», sagte Jule und umarmte sie.

Inken nickte, halb besorgt, halb hoffnungsfroh, verabschiedete sich von den Mädchen und verschwand winkend um die Hausecke.

Mia und Hanna blieben etwas eingeschüchtert und ziemlich sandig zurück. Jule ging in die Hocke. «Wollen wir Pfannkuchen backen? Helft ihr mir?»

Die beiden nickten. Jule nahm sie an den Händen und ging mit ihnen zum Haus. Sebastian blickte kurz von seiner Zeitung auf und lächelte ihr zu, und Jule verspürte einen süßen Stich in der Brust.

So muss sich Familienleben anfühlen, dachte sie wehmütig.

«So, ihr beiden, jetzt aber raus aus der Badewanne. Ihr seid ja schon ganz verschrumpelt!»

Jule nahm ein großes Handtuch aus dem Regal neben der Badezimmertür, hob Hanna aus der Wanne und wickelte sie darin ein. Mia versuchte weiterhin, mit dem Waschlappen eine Hand Wasser aufzufangen, ohne sich davon entmutigen zu lassen, dass es auch bei den letzten zehn Versuchen einfach hindurchgelaufen war.

Hanna und Mia hätten Zwillinge sein können, mit ihren weißblonden Haaren, und beide so klein und leicht und zart. Wie zwei Elfen, dachte Jule und rieb Hanna mit dem Handtuch den Rücken trocken.

«Hier ist dein Nachthemd. Kannst du das schon alleine anziehen?»

Hanna nickte und steckte den Kopf durch den Halsausschnitt. «Guck!»

«Super.» Jule strich ihr über die Wange. «So, Mia, jetzt komm du auch raus. Und dann kuscheln wir uns gleich alle ins Bett, und ich les euch was vor.»

Es war ein lustiger Abend gewesen. Beim Pfannkuchenbacken waren die beiden Mädchen zwar noch recht zurückhaltend gewesen, aber beim Essen waren sie zusehends aufgetaut und hatten um die Wette geplappert. Nur schade, dass Sebastian nicht dabei gewesen war. Er musste noch etwas arbeiten und hatte sich mit seinem Laptop zurückgezogen.

Mia ließ den Waschlappen im Wasser versinken, und Jule hob sie hoch und zog den Stöpsel aus der Wanne. Während Hanna interessiert die Grimassen betrachtete, die sie vor einem kleinen Spiegel schnitt, rubbelte Jule Mia ab. Es fühlte sich gut an, Mutter zu spielen.

Als auch Mia ihr Nachthemd anhatte, sagte sie: «So, dann gucken wir mal, was Inken zum Vorlesen eingepackt hat, ja?»

Barfuß hüpften die Mädchen vom Bad durch Mielchens Schlafzimmer und über den Flur ins Mädchenzimmer, in dem von Gesas Besuch sowieso noch eine zweite Matratze lag.

Fast eine Stunde las Jule ihnen vor, bis nach Mia endlich auch Hanna die Augen zufielen. Vorsichtig stand Jule auf und löschte das Leselicht. Sie lehnte die Tür an, damit noch Licht vom Flur hindurchfiel und sie hören konnte, falls die Mädchen aufwachten und nach ihr riefen. Dann ging Jule leise die Treppe hinunter.

Sebastian hatte sein Laptop inzwischen auf dem Küchentisch aufgeklappt und studierte eine Tabelle. Als sie hereinkam, sah er auf.

«Na? Schlafen die beiden?»

Jule nickte, setzte sich ihm gegenüber und unterdrückte ein Gähnen.

«Müde?»

«Total», sagte Jule. «Ich weiß gar nicht, warum. Ich könnte hier sofort am Tisch einschlafen.»

«Wollen wir vorher nicht noch ein Glas Wein trinken?», fragte Sebastian. «Es ist ja eigentlich noch gar nicht spät. Ich habe eine schöne Flasche Rotwein im Wagen ...»

«Gerne!», sagte Jule. So müde konnte sie gar nicht sein, dass sie dieses Angebot ausschlagen würde.

Während Sebastian zum Auto ging, stellte Jule zwei Rotweingläser auf den Terrassentisch und zündete das Windlicht an. Beim Blick in den Garten fiel ihr plötzlich Piet ein. Sie musste sich wegen morgen unbedingt noch mit ihm abstimmen!

Eilig ging sie durch die Pforte auf das Nachbargrundstück. Im hinteren Teil des Gartens hörte sie Emil bellen. Dann war Piet wahrscheinlich auch nicht weit.

Der Garten war ganz anders als der ihrer Oma. Es gab fast keine Blumen, nur eine weite Rasenfläche mit einem kleinen Teich und Bäumen, die zu Pyramiden und Kugeln beschnitten worden waren. Piet stand im allerletzten Sonnenlicht auf der Terrasse und schliff in fließenden Bewegungen ein langes Brett ab, das auf zwei Böcken lag. Er sah auf.

«Moin. Alles klar?»

«Ja, alles klar. Hier ist ja alles sehr akkurat», sagte Jule.

«Ja. Bisschen übertrieben, nicht?»

Jule zuckte mit den Schultern. «Wer's mag.»

«Ich mag's nicht besonders. Und ich weiß auch noch nicht, was ich damit machen soll.» Er legte den Hobel beiseite.

Nach einer längeren Pause fügte er hinzu: «Was kann ich für dich tun?»

«Ich … Also, es ist wegen der Mädchen. Inken hat doch mit dir gesprochen, oder?» Fragend sah sie ihn an. Hatte Inken etwa doch nicht mehr mit ihm gesprochen? «Sie hat doch morgen dieses Vorstellungsgespräch in Hamburg, und ich hab Mia und ihre Freundin übernommen, die schlafen heut bei mir. Und morgen muss ich Mielchen vom Krankenhaus in die Reha bringen, das wird eine Weile dauern, weil das in der Nähe von St. Peter ist, und da fahren wir ja bestimmt zwei Stunden … und ich weiß nicht genau, was ich mit den Kindern –»

«Ich kann mich um sie kümmern.»

«Echt?»

«Na klar. Mach ich halt mal einen Tag was anderes als werkeln.»

«Oh, Piet, das ist nett von dir!» Am liebsten wäre Jule ihm um den Hals gefallen. Aber er hatte die Hände in den Taschen vergraben, das wäre also sicher eine relativ einseitige Angelegenheit geworden.

«Wann musst du los?», fragte er.

«So … gegen neun.»

«O. k.»

«O. k.?»

«Dann komm ich um neun Uhr rüber.»

«Mia kennt dich doch ein bisschen, oder?» Plötzlich bekam Jule Zweifel.

Piet nickte. «Sie will immer auf Emil reiten.»

Jule lachte. «Super. Dann freut sie sich bestimmt. Tausend Dank, Piet.»

«Da nich für.»

«Ja, dann … einen schönen Abend noch.»

«Dir und deinem Forscher auch.»

Jule nickte und machte sich auf den Rückweg. Ob Inken ihm von Sebastian erzählt hatte? Aber wieso sollte sie? Ach, Piet war einfach nicht einzuschätzen.

Als sie durch den Garten zurückging, saß Sebastian auf der Terrasse vor seinem Laptop, in der Hand sein iPhone, und telefonierte.

«Na ja, Pech», sagte er gerade. «Nächster Versuch. Alles klar, bis morgen.» Er legte auf und sah Jule an: «Das war meine Assistentin. Sie hat die Gläser untersucht: Fehlanzeige.»

«Ach, wie blöd.» Jule setzte sich neben ihn.

«Ja. Ach, na ja, ich hatte irgendwie nichts anderes erwartet», sagte er mit betretener Miene.

«Hm.» Er tat Jule leid. «Musst du denn jetzt noch arbeiten?», fragte sie.

«Ja, eigentlich schon.»

Schade. Also kein romantischer Abend.

Jule versuchte, sich ihre Enttäuschung nicht anmerken zu lassen. «O. k. Also … ich bin so müde, ich glaub, ich geh dann ins Bett.» Sie stand wieder auf.

Sebastian nickte. «O. k., ich komm gleich nach.»

Wie bitte?

«Äh …» Er korrigierte sich. «Ich meine, ich gehe auch gleich schlafen.»

Sie lachte. «Ja, dann … meinst du, du hast alles, was du brauchst?» Hätte sie ihm nicht eigentlich frische Handtücher hinlegen sollen oder so? Irgendwie hatte sie sich mit ihrer Rolle als Wirtin noch nicht so richtig angefreundet.

Sein Blick ruhte einen Moment zu lange auf ihr. «Nein», sagte er, und seine Stimme schien noch eine Oktave tiefer gerutscht zu sein. Er erhob sich langsam und kam auf sie zu.

Jules Herz klopfte wie verrückt. Jetzt stand er so nah vor ihr, dass sie jede seiner beneidenswert langen Wimpern erkennen konnte.

«Ich habe nicht alles, was ich brauche», sagte er lächelnd und legte ihr eine Hand in den Nacken.

Jule schloss die Augen und unterdrückte ein Seufzen. Sein Kuss war sanft, aber bestimmt. Sie war kurz davor, das Gleichgewicht zu verlieren, und hatte das Gefühl, am ganzen Körper zu zittern.

«Ist dir kalt?», fragte er und legte den Arm um sie. Er hielt sie so fest, dass sie die Wärme spürte, die von ihm ausging, und seinen trockenen Duft einatmete. Nein, kalt war ihr gerade nicht, im Gegenteil.

Plötzlich musste sie niesen. «Ich ... ähm ... ich gehe jetzt besser hoch.»

Hä? Was redete sie denn da? Das war doch genau das, was sie sich die ganzen letzten Tage gewünscht hatte!

«Ich meine», erklärte sie, «ich sollte besser noch mal nach den Mädchen sehen, und irgendwie habe ich so ein komisches Kribbeln in der Nase, und meine Haut fühlt sich so –»

«Deine Haut fühlt sich wunderbar an», unterbrach er sie und strich über ihre Wange. «Du bist überhaupt wunderbar. Ich würde nicht das kleinste bisschen an dir ändern wollen.» Er nahm ihr Gesicht in beide Hände und küsste sie noch einmal. Dann fragte er leise: «Wir sehen uns morgen?»

Jule nickte sprachlos.

«Dann gute Nacht», sagte er leise. «Schlaf schön.»

Volltreffer

Die Reha-Klinik befand sich in einem U-förmigen alten Backsteinbau und war von einem weitläufigen Park umgeben. Auf den Kieswegen drehten zahlreiche Spaziergänger ihre Runden.

Es hatte eine ganze Weile gedauert, bis Mielchen im Krankenhaus endlich ihre Entlassungspapiere bekommen hatte und sie sich auf den Weg an die Nordseeküste machen konnten. In der Reha hatte man sie freundlich empfangen und ihnen alles gezeigt. Mielchen war in einem Eckzimmer untergebracht, das klein, aber sonnig war und dadurch fast gemütlich wirkte.

Jule hängte Mielchens Sommermantel zu den anderen Sachen in den Schrank, nahm ein paar neue Bücher, die sie heute Morgen noch schnell eingepackt hatte, aus einer Tasche und legte sie auf den Nachttisch. Dann drehte sie sich zu ihrer Oma um, die mit hochgelagertem Gipsbein im Rollstuhl am Fenster saß und schweigend in den Park hinaussah.

«Hast du auch Hunger?», fragte Jule. «Ich könnte mal in die Cafeteria gehen und sehen, was es da gibt.»

Mielchen gab ein unbestimmtes Geräusch von sich.

«Gibt es etwas, das du gerne hättest? Vielleicht ein Käse-Baguette, oder so?», hakte Jule nach.

«Ach, das schmeckt hier doch bestimmt nicht. Guck mal, was halbwegs gut aussieht, und bring mir das mit», sagte Mielchen, ohne Jule anzusehen.

«Mach ich.» Jule griff nach ihrer Tasche, ging durch die noch offenstehende Tür und zog sie hinter sich zu.

So eine Stimmung hatte zwischen ihr und ihrer Oma noch nie geherrscht. Schon den ganzen Tag lang war Mielchen distanziert und gereizt. Bereits die Fahrt war recht schweigsam verlaufen. Keine von ihnen war noch mal auf das merkwürdige Gespräch am Vortag zu sprechen gekommen. Und Jule war mit den Gedanken sowieso die ganze Zeit ganz woanders.

Nach Sebastians Kuss hatte sie gestern Abend lange wachgelegen und in die Dunkelheit gegrinst. Sie konnte sich nicht erinnern, wann sie sich zuletzt so lebendig gefühlt hatte. Es war, als bestünde sie nur aus Bauchkribbeln. Sogar ihre Haut war kribbelig. Allein der Gedanke an Sebastian bereitete ihr Herzklopfen. Nach ihrem Besuch bei Mielchen würde sie ihn bestimmt wiedersehen. Wie es dann wohl mit ihnen weiterging?

Mielchen schien nicht zu bemerken, wie es um ihre Enkelin stand, und Jule mochte ihr nach dem gestrigen Streit nicht ihr Herz ausschütten. Auch von den beiden jungen Übernachtungsgästen, die heute Morgen bereits um sechs Uhr an ihr Bett gekommen waren, hatte sie ihrer Oma gar nichts erzählt. Mia und Hanna wollten nach einem kurzen Frühstück am liebsten sofort zu Piet, um mit dessen Hund zu spielen. Doch Jule hatte sie noch bis halb neun beschäftigen können. Sebastian schien noch zu schlafen, als Jule aufbrechen musste. Sie hatte ihm daher nur eine kleine Notiz hinterlassen und hoffte, dass sie sich später sehen würden. Vielleicht konnten sie ja heute dort weitermachen, wo sie gestern Abend aufgehört hatten …

Jule musste niesen. Sie kramte ein Taschentuch aus ihrer Tasche und ging die Treppe hinunter und auf den Eingang der Cafeteria zu. Sie fragte sich, ob Mielchen schlicht darunter litt, nicht nach Hause zu dürfen. Aber es war schon sehr untypisch für sie, sich von zwei Wochen in einer Reha-Klinik am Strand so die Stimmung verhageln zu lassen – sie sah doch sonst immer das Gute an allem und räumte jedes Hindernis gut gelaunt aus dem Weg.

Jule trat durch die getönte Glastür der Cafeteria und blieb vor einer Vitrine stehen. Sie entschied sich für einen Obstsalat, einen Karottensalat und zwei Käsebrote mit Gurke und Tomate. Etwas davon würde Mielchen ja wohl essen wollen. Vielleicht hellte sich dann auch ihre Stimmung etwas auf.

Oder lag es doch daran, dass Jule diesen seltsamen Fund gemacht hatte? Seit sie ihrer Oma von ihrer Entdeckung im Keller erzählt hatte, wirkte sie verändert. Aber was konnte Jule tun – rückgängig zu machen war es nicht.

Sie musste sich entschuldigen, anders ließ sich der schlechten Stimmung vermutlich kein Ende bereiten. Außerdem wollte Jule wissen, was es mit dem Brief auf sich hatte – jetzt erst recht, nachdem Mielchen so seltsam reagiert hatte. Und schließlich konnte es doch sein, dass das Kirschglas für Sebastian genau das richtige Alter hatte …

Jule bezahlte und trat wieder auf den Flur. Vor dem kleinen Blumenladen neben der Cafeteria blieb sie stehen und kaufte einen völlig überteuerten Bund dottergelber Rosen.

Mit den Blumen im Arm, in den Händen das Tablett aus der Cafeteria, stieg sie die Treppe hoch. Mit dem Ellbogen drückte sie die Türklinke hinunter und trat entschlossen ein.

Mielchen schien sich in der Zwischenzeit nicht gerührt zu haben. Noch immer starrte sie aus dem Fenster. Jule bemerkte, dass sie an ihrem doppelten Ehering herumdrehte. Nachdem Fritz gestorben war, hatte sie seinen Ring enger machen lassen und trug ihn seitdem am selben Finger wie ihren eigenen – zwei schmale Goldringe, zu einem vereint.

Jule stellte das Tablett auf dem Tisch ab, legte die Rosen daneben und ging wieder auf den Flur, um eine Vase zu suchen. Als sie zurückkam, schloss sie die Tür, ließ Wasser in das eigentlich viel zu hohe Gefäß laufen und stellte die Blumen hinein. Sie trat neben ihre Oma und hielt sie ihr unter die Nase.

Mielchen beugte sich etwas vor und schnupperte an den Blüten. «Wie machen die das nur – Rosen, die nicht duften …»

Man kann es ihr heute nicht recht machen, dachte Jule, kommentierte die Worte ihre Oma aber nicht und stellte die Blumen auf den Nachttisch.

«So», sagte sie sachlich und widmete sich dem Tablett. «Magst du mal gucken, ob du hiervon was essen möchtest?»

Die Frage hatte ziemlich streng geklungen, als verlöre eine Mutter langsam die Geduld mit den Launen ihres Kindes.

Tatsächlich wandte Mielchen Jule das Gesicht zu und sah sie mit einem irgendwie hintergründigen Gesichtsausdruck an. Ohne etwas zu sagen, nahm sie sich den Karottensalat.

Jule zog sich den zweiten Stuhl heran und griff nach dem Obstsalat. Stumm fingen beide an zu essen.

O.k., dachte Jule, das ist ja nicht auszuhalten. Aber viel schlechter kann die Stimmung jetzt auch nicht mehr werden.

«Mielchen ...», begann sie zaghaft, «es tut mir leid, dass ich an deine Sachen gegangen bin. Ich kann zu meiner Entschuldigung nur sagen, dass ich nicht wusste, wessen Versteck es ist, es hätte ja auch viel älter sein können.»

Mielchen nickte, ohne sie anzusehen.

«Ich meine, hätte ich gewusst ... Also, ich ...»

«Schon gut», unterbrach ihre Oma sie. «Lass uns nicht mehr davon reden. Das ist eine andere Geschichte.»

Jule war perplex. Das ging aber schnell. Zu schnell, irgendwie. Offenbar wollte Mielchen nicht über die Sache sprechen. Aber warum nicht?

Wieder aßen sie schweigend.

«Ich ... weiß gar nicht, wie ich es sagen soll, Mielchen», versuchte Jule es nach einer Weile erneut, «aber ich frage mich natürlich, was es mit dem Brief –»

«Hast du den Brief gelesen?» Mielchen hatte sich aufgerichtet und sah Jule streng an.

«Nein!», rief Jule aus.

«Du solltest dich lieber bei mir entschuldigen, als ... hier weiter in mich zu dringen!», sagte Mielchen, plötzlich ganz aufgebracht.

«Ja, aber ... ich habe mich doch entschuldigt. Ich möchte doch auch gar nicht –»

«Gut.» Mielchen nickte mehrmals hintereinander, den Blick fest auf ihre Hände gerichtet. «Dann ist es ja gut.»

Ratlos sah Jule aus dem Fenster. Sie würde das Thema ruhen lassen. Alles andere hatte keinen Sinn. Zwar hätte sie zu gerne gewusst, was ihre Oma so in Rage brachte, aber vielleicht sollte sie einfach akzeptieren, dass hier Schluss war.

Nach einer längeren Stille sagte sie: «Sollen wir ein bisschen in den Park gehen? Wir könnten uns auf eine Bank setzen. Und ich hole uns Kaffee.»

Mielchen zuckte nur mit den Schultern, und eine weiße Haarsträhne fiel ihr ins Gesicht. «Von mir aus. Schlechter als die Plörre im Krankenhaus kann er hier auch nicht schmecken.»

Eine halbe Stunde später saßen sie in einer verwunschenen Ecke des Parks, Jule auf einer schattigen Bank, Mielchen im Rollstuhl schräg neben ihr.

Schweigend nippten sie an ihrem Kaffee.

Irgendwann sah Mielchen auf, den Kaffeebecher in beiden Händen auf dem Schoß. «Vielleicht solltest du es tun.»

«Was denn?», fragte Jule vorsichtig.

«Den Brief lesen.»

Jule war überrascht. «Aber das geht gar nicht, Mielchen. Ich kann die Schrift nicht lesen.»

«Nein?»

Jule schüttelte den Kopf.

«Ach … Ja, dann …»

«Von wem ist er denn?», wagte Jule jetzt zu fragen.

Mielchen atmete einmal tief ein und aus. Dann sagte sie ganz ruhig: «Von Kostja.»

«Und … wer ist Kostja?»

«Kostja war meine erste Liebe, Julchen.»

Fragend sah Jule sie an. Doch Mielchen schwieg, als wolle sie den Satz wirken lassen.

Also hatte sie sich den Namen doch richtig zusammengereimt, dachte Jule. Was nichts daran änderte, dass sie ihn aus dem Mund ihrer Großmutter noch nie gehört hatte.

«Es ist der einzige Brief, den ich von ihm habe», fügte Mielchen gedankenverloren hinzu.

Jule wollte gerade nachfragen, als der junge Pfleger, der ihnen eingangs den Weg aufs Zimmer gezeigt hatte, vor ihnen stehen blieb. «Ich soll Ihnen jetzt die Räume der Physiotherapie zeigen und Sie zu Ihrem ersten Termin bringen, Frau Klingebiel.»

Mielchen sah auf. «Ah, ja natürlich.» Fragend wandte sie sich an Jule. «Gut. Dann ...»

«Unsere Gäste haben einen sehr vollen Tagesplan», erklärte der Mann entschuldigend.

Jule nickte und erhob sich widerstrebend. Ausgerechnet jetzt.

Jule bog an der alten Windmühle Richtung Königreich ab. Sie war noch bei Mielchen geblieben, solange der Pfleger sie mit der Einrichtung vertraut machte, und hatte sich verabschiedet, als die Physiotherapeutin mit den ersten Übungen begann.

Zu gern hätte Jule das Gespräch mit ihrer Oma fortgesetzt. So launisch und schwankend, wie Mielchen sich heute benommen hatte, schien irgendwas dahinterzustecken. Vielleicht würde sich bei ihrem nächsten Besuch die

Möglichkeit ergeben, mehr zu erfahren. Denn nach diesem Nachmittag war Jule etwas zuversichtlicher, dass ihre Oma ihr noch mehr erzählen würde. Von Kostja und dem Brief und dem Kirschglas.

Am offenen Fenster ihres laut knatternden Autos schoben sich die Bäumchen vorbei, deren Äpfel langsam Farbe bekamen.

Als sie endlich in Mielchens Straße einbog, rieb Jule sich den Nacken. Sie fühlte sich matt und hatte Kopfschmerzen. Hoffentlich war mit den beiden kleinen Mädchen alles in Ordnung. Ob Sebastian schon von der Haushaltsauflösung zurück war?

Sie hielt vor dem Haus ihrer Oma und stieg aus dem Wagen.

Schon als sie den Gartenweg entlangging, hörte sie Hannas helle Stimme. «Los, Mia, schieß zu mir!»

«Nein, ich schieß selbst ein Tor!»

Ohne bemerkt zu werden, blieb Jule an der Ecke stehen und sah in den Garten, wo Piet und die beiden Mädchen Fußball spielten. Er sprang mit fliegenden Haaren zwischen den Liegestühlen auf und ab, die offenbar das Tor markierten, während Mia und Hanna dem Ball hinterherjagten. Dann folgte ein erstaunlich guter Schuss von Mia, und Piet schmiss sich zu Boden, um den Ball zu fassen zu kriegen, was ihm jedoch nicht gelang. Sofort warf sich Emil, der aufgeregt hin und her gelaufen war, auf ihn, als wäre er der vierte Spieler.

«Tor!», jubelten Mia und Hanna und klatschten sich vergnügt ab.

«Volltreffer», rief Piet anerkennend. «Mann, Mia, wie

machst du das bloß?» Er schob Emil von sich und stand auf. «Das war schon dein viertes Tor … Kommt, jetzt wird getauscht, ich schieße, ihr haltet.»

Jule staunte. So gelöst hatte sie den Nachbarn in diesen Tagen noch nie erlebt, und auch die Mädchen schienen bester Stimmung zu sein.

«Jule!», rief Mia und kam sofort auf sie zugelaufen. «Jule, Jule! Wir haben schon auf dich gewartet, jetzt können wir zwei Mannschaften sein! Kann ich mit dir spielen?», fragte Mia mit roten Wangen und verschwitzten Locken.

Jule hätte zwar lieber erst mal nach Sebastian gesehen – wenn er nicht da war, hatte er ihr ja vielleicht eine Nachricht hinterlassen –, aber sie konnte Mia den Wunsch schlecht abschlagen. Auch wenn ihr eher nach Ausruhen zumute war. Außerdem holte Piet bereits zwei Stühle von der Terrasse, um damit ein zweites Tor aufzubauen.

«Denn man tau, Hanna. Willst du erst schießen oder erst ins Tor?»

«Schießen», sagte Hanna, woraufhin Piet sich breitbeinig und mit ausgebreiteten Armen zwischen den Stühlen aufbaute.

Jule ließ ihre Tasche fallen, ging zum zweiten Tor und rückte die Stühle noch etwas weiter auseinander. «Sonst haben wir ja überhaupt keine Chance», sagte sie, als Piet und Hanna lautstark protestierten. «Mia, willst du auch erst mal schießen?»

Mia nickte.

«O.k.», sagte Jule und machte sich bereit.

«Aber in der zweiten Halbzeit wird gewechselt», rief Piet und warf Mia den Ball zu.

Schon rannte Mia auf Piets Tor zu, während Hanna versuchte, ihr den Ball abzujagen. Piet hatte ihnen offensichtlich schon einiges beigebracht. Jule beobachtete, wie er Mia angrinste und den Ball hielt, den sie schoss. Wie er ihm dann aber aus den Händen rutschte und zwischen die Liegestühle rollte. War das jetzt Absicht gewesen? Falls ja, hatte er es sehr geschickt angestellt.

«Tooor!», rief Jule. «Super, Mia. Gleich noch mal!»

Piet ging zu Hanna und flüsterte ihr etwas ins Ohr.

«Ey!», rief Jule. «Keine unerlaubten Absprachen!»

Wie sich herausstellte, nahm Piet das mit dem Halten doch ziemlich ernst, und da Jule der heranstürmenden Hanna den ein oder anderen Ball durchgehen ließ, gewannen Piet und Hanna die erste ungefähr zehnminütige Halbzeit haushoch.

«Kommt», rief Jule den Mädchen anschließend zu. «Wir holen mal was zu trinken.»

Als sie mit den Mädchen am Kühlschrank stand, sah Jule durch das Fenster, wie Piet die Tore verkleinerte, indem er die Stühle näher zueinanderrückte – in der zweiten Halbzeit würden die Mädchen im Tor stehen.

«Wir haben gewonnen», sagte Hanna feierlich und griff nach einer Flasche Apfelsaft.

«Ja, aber das holen Mia und ich noch auf», sagte Jule und gab ihr ein Glas. Dann drehte sie sich um. «Oder, Mia? Gegen uns hat selbst Piet keine Chance.»

«Ich find den nett», sagte Hanna. «Der ist so lustig.»

Jule hielt ihr ebenfalls ein Glas hin, aber Hanna lief schon in den Garten, weil sie durch das Küchenfenster ihre Eltern entdeckt hatte. «Mama! Papa!»

Jule sah ein Paar durch den Garten gehen, beide in Jeans,

T-Shirt und Sandalen, beide mit blondem Pferdeschwanz. Als Hannas Vater sich zu seiner Tochter beugte, erkannte Jule, dass er ein winziges Baby im Arm hielt.

Zusammen mit Mia ging sie wieder nach draußen und brachte Gläser und Saft für alle. Piet und die Gäste hatten sich in einem der Tore versammelt und unterhielten sich, Emil ruhte sich im Schatten des Pflaumenbaums aus.

«Hallo, ich bin Jule, Inkens Nachbarin», grüßte sie in die Runde.

«Ich bin Merle, Moin.» Hannas Mutter musste ungefähr in ihrem Alter sein. «Und das ist Jan. Mit Anton.»

Jule trat näher heran, um sich das Baby anzusehen, das friedlich schlafend im Arm seines Vaters lag. «Der ist ja noch ganz neu. Herzlichen Glückwunsch!»

Jule hätte zu gerne gefragt, ob sie das Kind mal nehmen dürfte, traute sich aber nicht, weil sie es nicht wecken wollte.

«Danke», strahlte Merle. «Fünf Wochen. Schläft noch den ganzen Tag. Aber das ist die Gnadenfrist … Lange wird das nicht mehr so gehen.»

Hanna drängte sich dazwischen. «Wir spielen Fußball, Papa. Spielt ihr auch mit?», fragte sie. «Bitte! Dann sind wir größere Mannschaften, das macht viel mehr Spaß!»

«Die beiden wollen gar nicht mehr aufhören», sagte Piet lachend. «Und die sind richtig gut.»

«Das will ich sehen», sagte Jan. Er blickte sich suchend um und legte das Baby dann auf die Decke unter dem Pflaumenbaum. Es riss kurz beide Arme hoch, schlief aber weiter, ohne einen Mucks von sich zu geben.

«Und – der Hund …?», fragte Merle.

«Der tut Anton nichts, oder?» Jan sah zu Piet.

«Emil!» Piet pfiff durch die Zähne. «Hierher.» Sofort kam der Hund zu Piet getrottet und legte sich neben einen der Liegestühle.

«Ja, dann», sagte Jan und rieb sich die Hände. «Frauen ins Tor?»

Merle wollte offenbar protestieren, aber Jule, der inzwischen jeder Schritt zu viel war, sagte schnell: «Nichts dagegen. Alles andere ist mir eh zu anstrengend.»

Piet sah Jule fragend an. «Alles klar?»

Jule nickte. «Ich geb mein Bestes.»

Er lächelte – heute schien er den verdrucksten Piet, der kaum eine Miene verzog, zu Hause gelassen zu haben. «Ich meinte eigentlich: Geht's dir gut? Du bist ein bisschen blass um die Nase.»

«Ja, ich weiß auch nicht. Bin nicht ganz fit, aber es geht schon.»

«So, Leute», rief Jan. «Dann kann's losgehen.»

Nach zwei Halbzeiten machten sie Schluss, trotz des Protestes der Mädchen, denen die Hitze nichts auszumachen schien. Erschöpft ließen sich alle auf der Decke unter dem Pflaumenbaum nieder. Merle nahm das Baby auf den Arm, das inzwischen aufgewacht war.

«Noch mehr!», riefen Mia und Hanna im Chor und streckten Jule ihre leeren Gläser hin.

Jule hätte sich am liebsten im Schatten zusammengerollt und ein bisschen geschlafen. Als sie sich erneut den schmerzenden Nacken rieb, begegnete sie dem Blick von Piet.

«Bleib du mal sitzen», sagte er. «Ich hole aus eurer Küche noch was zu trinken, o.k.?»

Jule nickte dankbar, lehnte sich an den Stamm und schloss für einen Moment die Augen.

Als Piet kurz darauf mit Flaschen und weiteren Gläsern aus Mielchens Küche kam, rief er schon von der Terrasse: «Jule, Telefon.»

Sebastian, dachte Jule, und hatte sofort wieder dieses Kribbeln im Bauch.

«Inken ist dran. Sie möchte dich und Mia sprechen.»

Jule rappelte sich auf und ging mit Mia ins Wohnzimmer, wo Mielchens alter Festnetzapparat stand.

Mia griff zuerst nach dem Hörer. Während sie mit ihrer Mutter sprach, betrachtete Jule durch das Fenster des Wintergartens die idyllische Szene unter dem Pflaumenbaum. Merle lehnte am Stamm und stillte das Baby, Piet goss Wasser in die Gläser, und Hanna saß bei ihrem Vater auf dem Schoß und streichelte den Hund.

«Gut, Mami … Mach ich. Ja, tschüs.» Mia hielt Jule den Hörer hin und flitzte wieder nach draußen.

«Na, Inken, wie war das Gespräch?», fragte Jule und ließ sich müde auf einen Stuhl sinken.

«Ziemlich gut», sagte Inken. Ihre Stimme klang fröhlich. «Irgendwie waren wir auf einer Wellenlänge, der Personalchef und ich. Er hat mir das Hotel gezeigt, das echt schön ist. Nicht zu groß, nicht zu klein, knapp dreißig Zimmer. Ach, ich würd da wahnsinnig gerne arbeiten, Jule. Er will mir in den nächsten Tagen Bescheid geben …»

«Toll, das freut mich für dich. Bestimmt hast du einen guten Eindruck gemacht. Was hattest du denn nun an?»

«Ach, ich hab noch ein klasse Kleid gefunden, in dieser Boutique gleich bei dir um die Ecke. War etwas teurer, aber dafür macht es auch eine Figur, die ich eigentlich gar nicht habe.» Sie seufzte. «Jule – Hamburg ist so toll. ICH WILL UNBEDINGT HIER HERZIEHEN!» Die letzten Worte hatte sie fast geschrien.

Jule lachte. «Ja, mach das mal. Das mit dem Hotel wird schon klappen.»

Inken räusperte sich. «Du, ich wollte dich auch noch was fragen … Also, ich würde wahnsinnig gern noch bis morgen hierbleiben, mir die anderen Hotels ansehen, bei denen ich mich beworben hab, und … mich einfach ein bisschen umgucken.»

Jule stöhnte innerlich auf. Eigentlich hatte sie vorgehabt, den Abend allein mit Sebastian zu verbringen.

«Ich hab Mia eben schon gefragt», fuhr Inken lebhaft fort, «ob es für sie okay wäre, noch eine Nacht bei dir zu bleiben. Sie klingt ja sehr vergnügt. Aber was ist mir dir? Wär das in Ordnung? Kannst auch nein sagen! Ich meine, war das mit den beiden Mädchen denn okay? Nicht zu viel?»

«Nein, es hat Spaß gemacht, die sind beide ganz lieb gewesen, und heute Vormittag hat ja Piet übernommen, weil ich Mielchen nach St. Peter bringen musste.» Jule dachte kurz nach. «Ist kein Problem, bleib ruhig bis morgen.»

Sie wusste zwar nicht, wie sie bis heute Abend durchhalten sollte, ohne sich noch mal hinzulegen, erledigt, wie sie war, aber es würde schon gehen.

Wer weiß schließlich, was für Pläne Sebastian hat, dachte sie. *Vielleicht steigere ich mich da auch nur in was hinein.*

Ich bleib im Bett

«Bist du endlich wach?»

Jule öffnete ein Auge. Vor ihrem Bett stand Mia, im Nachthemd und mit verstrubbelten Locken. Draußen war es hell. Langsam drehte sich Jule auf den Rücken und setzte sich auf.

Au! Ihr Kopf tat weh, und jede Bewegung schmerzte. Sie sah an sich herunter. Sie trug die Klamotten von gestern, und das Buch, aus dem sie Mia gestern noch vorgelesen hatte, lag auf dem Fußboden, als wäre es heruntergefallen.

Nachdem sie sich gestern am frühen Abend etwas zu essen gemacht hatten, waren sie ins Mädchenzimmer hochgegangen und hatten sich in die Kissen gekuschelt. «Fußballspielen hat so viel Spaß gemacht», hatte Mia erklärt. «Ich weiß nicht – vielleicht werde ich doch keine Tierärztin, sondern lieber Fußballerin.» Sie mussten beide schon nach den ersten Absätzen der Geschichte eingeschlafen sein.

Jule fasste sich an die heiße Stirn und stöhnte.

«Geht es dir nicht gut?», fragte Mia.

«Nein, irgendwie nicht.» Jule versuchte, sich weiter aufzurichten. «Hast du denn gut geschlafen?»

«Hmhm.» Mia nickte. «Guck mal, was auf dem Boden vor der Tür lag.» Sie hielt Jule einen Zettel hin.

Schade, dass du schon schläfst. Hätte dich gerne noch gesehen. Hab leider nichts gefunden und muss jetzt dringend noch nach Hamburg ... Melde mich.
Kuss, Sebastian

«Oh …»

Kuss, Sebastian! Dann hatte sie sich vielleicht doch nicht nur in etwas hineingesteigert. Er musste gestern Abend bei ihr und Mia im Zimmer gewesen sein, ohne dass sie es mitbekommen hatte. Dann hatte er wohl gar nicht hier übernachtet, überlegte Jule und strich sich eine verschwitzte Haarsträhne aus dem Gesicht.

«Was steht da?», fragte Mia neugierig.

«Ach – Sebastian, mein … äh, mein aktueller Übernachtungsgast, war hier und ist schon wieder weg.» Sie seufzte. *Mein aktueller Übernachtungsgast?* «Hab ich wohl alles verschlafen.»

«Kannst du gar nicht aufstehen?»

Jule wünschte sich nichts mehr, als weiterschlafen zu können. «Ich weiß nicht, Mia …»

«Vielleicht bist du ja krank.»

«Ja», sagte Jule. «Ich glaub auch.»

Ihr Kopf dröhnte. Am liebsten würde sie sich überhaupt nicht bewegen. Mia stand ganz still da und sah sie an.

«Deine Mami kommt ja erst heute Nachmittag wieder. Aber darf ich noch ein bisschen liegen bleiben, Mäuschen? Ich mach dir später auch ein ganz leckeres Frühstück.»

Mia nickte. «Hmhm. Ich geh schon mal runter.»

«Gut.» Jule schloss die Augen.

Als es etwas später an die Zimmertür klopfte, versuchte Jule, die Augen aufzubekommen. Es war, als müsste sie einen schweren Rollladen hochziehen. Die Sonne schien kräftig ins Zimmer – sie war wohl noch einmal eingeschlafen.

«Sebastian?», fragte sie benommen.

«Äh, nein …», antwortete eine tiefe Stimme. «Darf ich trotzdem reinkommen?»

«Piet.»

Er stand im Türrahmen und sah sie besorgt an. «Mia sagt, du bist krank. Kann ich irgendwas für dich tun?»

«Hat sie dich geholt? Wie spät ist es denn?»

«Gleich halb elf.»

Oh. Dann war sie wirklich noch mal eingeschlafen.

«Sie war so lange allein im Garten. Im Nachthemd. Ich hab's aus dem Fenster gesehen. Da dachte ich, ich frag sie mal, ob alles in Ordnung ist.»

Jule setzte sich ächzend auf. «Verdammt …»

«Darf ich …?»

«Klar.»

Er kam ein paar Schritte näher. «Hast du Kopfschmerzen?»

«Und wie.»

«Fieber?»

«Glaube ja.»

Er beugte sich zu ihr hinunter und legte ihr eine Hand auf die Stirn. «Ich hole mal ein Fieberthermometer.»

Ein paar Minuten später war er wieder da und hielt ihr eine Wasserflasche hin. «Du solltest was trinken.»

Mühsam richtete Jule sich auf und nahm die Flasche entgegen. Sie hatte tatsächlich großen Durst. Als sie die Flasche wieder absetzte, gab Piet ihr das Thermometer. Dann ging er zum Fenster und öffnete es.

Jule steckte das Thermometer in den Mund. Als es piepte, las sie die Anzeige. «38,9. Mist.»

Piet nickte. «Ruh dich aus, schlaf noch ein bisschen. Nachher –»

«Kommt sie jetzt?» Mia war in der Tür erschienen.

«Jule ist krank», erklärte Piet. «Sie muss sich gesund schlafen, Mia. Sollen wir wieder rübergehen? Hilfst du mir noch ein bisschen dabei, die Bretter fertig zu machen?»

Mia nickte. «Ja, wir schmürgln noch ein bisschen.»

«Genau.»

«Danke … Piet», brummte Jule und musste prompt niesen.

«Da nich für.»

Den restlichen Tag verschlief Jule fast vollständig. Ab und zu sah Piet nach ihr und brachte ihr etwas zu trinken und zu essen, das sie jedoch kaum anrührte. Auch Inken steckte einmal kurz den Kopf zu ihr herein, als sie aus Hamburg zurück war. Aber jedes dieser Gespräche erschöpfte sie, genau wie die kurzen Telefonate mit Sebastian und Mielchen, die ihr ihren Holundersaft ans Herz legte, von dem sie noch ein paar Flaschen im Keller stehen hatte. Abends stieg das Fieber sogar noch an.

Am nächsten Morgen schleppte sich Jule unter die Dusche. Anschließend warf sie einen Blick in Sebastians Zimmer: Es war leer. Ein paar Sachen von ihm lagen aber noch herum. Was hatte er ihr gestern am Telefon gesagt, wann er wiederkäme? Jule konnte sich nicht erinnern und beschloss, ihn später noch mal anzurufen.

Als sie in die Küche kam, sah sie hinter dem Fenster Piet, in den Händen ein Tablett, neben sich Emil. Jule klopfte ans Fenster, zeigte in Richtung Gartentür und ging in den Flur, um ihm zu öffnen.

«Guten Morgen. Was machst du denn hier?»

«Moin. Ich wollte dir Frühstück bringen. Du bist doch … allein?»

«Ja, bin ich.» Jule ließ ihn eintreten. «Danke, das ist ja lieb von dir.»

«Wie geht's dir?»

«Ach, geht so. Ich hab immer noch Kopfweh und Fieber.» Sie nieste. «Und Schnupfen, neuerdings.»

Piet nickte und hielt ihr das Tablett hin. «Hier – vielleicht magst du ja heute was essen.»

«Willst du reinkommen?»

«Nee, nee, ich geh mal wieder.»

Kurz angebunden wie eh und je. Jule war es gleich. Sie schleppte sich samt Tablett wieder die Treppe hoch in ihr Zimmer, lehnte sich an das Kopfende des Bettes und biss halbherzig von einem Brötchen ab, als auf dem Nachttisch ihr Handy piepte.

Habe Anfang nächster Woche wieder in Hamburg zu tun. Können wir uns sehen? Tom

Jule trank einen Schluck Tee. Dann tippte sie, ohne lange nachzudenken, eine Antwort:

Liege mit Fieber im Bett. Melde mich noch mal. Jule

Das war zwar ein bisschen feige, entsprach aber der Wahrheit. Allerdings war es unwahrscheinlich, dass sie nächste Woche noch krank war. Und das würde Tom auch wissen. Aber sie hatte jetzt nicht die Kraft, sich damit auseinanderzusetzen.

Unschlüssig betrachtete Jule ihr Handy. Schließlich wählte sie Sebastians Nummer. Sie wollte ihn wiedersehen, wusste aber nicht, wann er wiederkommen würde – und ob überhaupt. Ob er wieder bei seinen Kindern war? Es ging sie ja eigentlich nichts an, aber nach seinem unverhofften Kuss ... Leider ging nur die Mailbox dran. Jules Kopf war wie in Watte gepackt, und ihr fiel so schnell nichts ein, was sie sagen konnte. Also legte sie auf und zwang sich, noch einmal von dem Marmeladenbrötchen abzubeißen, obwohl sie immer noch keinen Appetit hatte. Müde sank sie zurück in die Kissen.

Wenig später riss das Handyklingeln sie aus dem Halbschlaf. Jule meldete sich mit krächzender Stimme.

«Ich hab gesehen, dass du angerufen hast.»

Sebastian, endlich! Wie schön, seine Stimme zu hören.

«Ich hatte eine Besprechung. Bist du noch krank?»

Jule wollte antworten, musste aber plötzlich husten.

«Verstehe.» Er lachte. «Pass auf, ich hab leider gerade viel um die Ohren, hier wollen alle was von mir, und ich komm im Moment kaum hinterher. Aber spätestens übermorgen komme ich zu dir raus, ja?»

«Oh. Schade», sagte Jule und hätte beinahe noch ein «Ich vermisse dich» hinzugefügt.

«Also, werd gesund!»

Enttäuscht legte sie auf. Sie hätte ihn so gern gesehen, auch wenn im Moment nicht viel mit ihr anzufangen war.

Nach zwei weiteren Tagen im Bett ging es Jule deutlich besser, sie hatte kein Fieber mehr, aber Husten und Schnupfen hielten sich hartnäckig. Sie beschloss, dass sie genauso gut draußen herumliegen konnte, klemmte sich eine dünne Decke unter den Arm und griff nach ihren Zeitschriften und ihrem Handy, das eine neue SMS anzeigte.

Komme euch Freitag für ein paar Tage besuchen.
Melde mich noch telefonisch bei Emilie und dir!
Gruesse und Kuesse, Senta

Das war aber ungewöhnlich. Jule schüttelte verwundert den Kopf. Normalerweise kam ihre Mutter nur zur Kirschblüte nach Deutschland und jedes zweite Jahr an Weihnachten. Aber schließlich lag Mielchen im Krankenhaus. Und Jule freute sich, ihre Mutter endlich mal wieder zu sehen. Heute war Sonntag … in fünf Tagen, also.

Als sie die Terrasse betrat, musste sie blinzeln, so hell schien die Sonne. Sie legte ihre Sachen in den Schatten unter den Pflaumenbaum und ging in den hinteren Teil des Gartens, um sich einen der Liegestühle zu holen, die Piet dort nach dem Fußballspielen verstaut haben musste. Obwohl sie den Garten in den letzten Tagen zwangsläufig komplett vernachlässigt hatte, wirkten Rasen und Beete nicht vollkommen ausgetrocknet. Aber hatte es denn geregnet? Jule konnte sich nicht erinnern. Oder hatte Piet, ihr Freund und Helfer, womöglich ein bisschen nachgeholfen? Das würde zu ihm passen. Was hätte sie in den letzten Tagen nur ohne ihn gemacht!

Gerade als sie den Liegestuhl unter dem Pflaumenbaum aufgeklappt hatte, fiel ihr eine Pflaume auf den Kopf.

«Huch!» Sie griff sich an den Kopf.

«Jule?» Inken stieg über den Zaun und kam auf sie zu. «Alles klar? Geht's dir besser?»

«Ja, so langsam. Wurde auch Zeit.»

Inken holte den zweiten Liegestuhl, stellte ihn neben den von Jule, setzte sich hinein und sah sie auffordernd an.

«Was ist?», fragte Jule.

«Frag mich mal was.»

Jule guckte etwas ratlos. «Äh … Mia hat endlich jemanden zum Heiraten gefunden?»

Inken rollte mit den Augen. «Nein, was anderes.»

«Ja, Mensch … mein Kopf ist voller Schnupfen –» Plötzlich unterbrach sie sich, weil ihr etwas dämmerte. «Du hast aber nicht den Job bekommen, oder?»

Inken nickte grinsend.

«Das glaub ich nicht. Ist ja irre! Wo gibt's denn so was – eine Bewerbung, ein Vorstellungsgespräch, ein Job?»

«Tja. Ich kam, sah und siegte. Und zwar auf ganzer Linie.»

«Klingt so», sagte Jule und breitete die Decke über sich aus. «Da hast du wohl das richtige Hotel und den richtigen Zeitpunkt erwischt.»

«Und den richtigen Chef.»

«Wieso?»

«Weil …», sagte Inken etwas zögerlich, «… ich glaube, dass dieser Herr Breiting mich irgendwie … na ja …»

«… *mag?*»

«Hmhm.» Sie grinste.

«Echt?»

«Echt.» Inken nickte bedeutsam. «Ich würde mal sagen, er flirtet mit mir.»

«Ja? Hat er irgendwas Bestimmtes gesagt?»

«Nein, nicht direkt.» Inken schüttelte den Kopf. «Aber so was merkt man doch, an Blicken und so. Außerdem haben wir noch sehr lange telefoniert, als er mir die Zusage gemacht hat. Und er ist der Meinung, er sollte mir den Arbeitsvertrag persönlich vorbeibringen, auf dem Weg irgendwohin, wo er sowieso hin muss.»

«O.k., das klingt relativ eindeutig.»

«Schon, oder?»

«Ja. Aber, sag mal …» Jule hustete. «Was ist mit: Privates und Berufliches sollte man strikt auseinanderhalten?»

«Ach, das sagt man doch nur so lange, bis man sich am Arbeitsplatz mal so richtig verliebt.»

«Bist du denn verliebt?»

«*Quatsch*, ich hab ihn doch erst ein Mal gesehen. Aber ich hab so das Gefühl, dass …»

«… es passieren könnte», ergänzte Jule.

«Ja. Aber vielleicht geht auch nur meine Phantasie mit mir durch, weil mein Leben in den letzten Jahren so langweilig war.»

«Und weißt du irgendwas über ihn, über seine private Situation?»

«Nee. Ich konnte beim Vorstellungsgespräch ja schlecht fragen: Sind Sie eigentlich verheiratet?»

«Kannst du ja nachholen, wenn er dir den Vertrag bringt.» Jule konnte sich ein Grinsen nicht verkneifen.

«Klar, ich eröffne einfach das Gespräch mit der Frage», sagte Inken trocken.

«Genau. Mach doch von der Antwort abhängig, ob du unterschreibst oder nicht.»

Jetzt mussten beide lachen.

«So, Zeit fürs Mittagessen.» Inken stand auf. «Du hast *so* gute Ideen, Jule. Ich werde dich garantiert wieder konsultieren.»

«Keine Ursache», sagte Jule und griff nach einer Zeitschrift.

Eine halbe Stunde später hatte sie die *Gala* durchgeblättert und wollte gerade nach der *Elle* greifen, als sie einen heftigen Niesanfall bekam. Viermal. Fünfmal. Sechsmal.

«Gesundheit.»

Erschrocken richtete sie sich auf. Am Zaun stand Piet. «Hast dich aus dem Bett getraut?», fragte er.

«Ja.» Jule erhob sich und ging zu ihm. «Danke, dass du dich so um mich gekümmert hast, das war wirklich nett. Sag mal, hast du etwa auch den Garten gesprengt?»

Piet machte eine wegwerfende Bewegung. «Ist doch kein Thema. Hast du wieder Appetit?»

Jule überlegte kurz. «Hm … ja, hab ich.»

«Ich hab nämlich vorhin Pesto gemacht und wollte mir

Spaghetti kochen, aber … also, ich hab gar keine Nudeln mehr.»

«Ich hab welche», sagte Jule, ihre Augen vor der Sonne abschirmend. «Wollen wir zusammen essen?»

Piet schien zu zögern.

«Oder … soll ich dir die Packung geben, damit du alleine essen kannst?», fragte sie mit hochgezogenen Augenbrauen. Als Piet nicht gleich reagierte, lachte Jule etwas verunsichert.

«Nee, ach was», wiegelte er ab. «Aber bei mir ist so 'n Chaos …»

«Dann komm doch rüber. Ich schniefe zwar noch ein bisschen, aber –»

«Ich muss duschen.»

Hä?

«Ich dusche noch eben, dann komm ich rüber», verbesserte sich Piet.

«Ja, mach das.» Sie nickte. «Schön. Ich setz schon mal Wasser auf.»

Wie Piet es immer wieder schaffte, sich in ein und demselben Gespräch total widersprüchlich zu verhalten. Von seinem Auftreten in den letzten Tagen ganz zu schweigen. Seine Wortkargheit beim Kirschenpflücken … immer wieder dieses Kurzangebundene … Aber dann brachte er ihr zu essen und zu trinken, nahm ihr Mia ab, war geradezu fürsorglich – und jetzt schien er einem gemeinsamen Essen mit ihr aus dem Weg gehen zu wollen und war wieder so verdruckst. Merkwürdig.

Bald darauf sah Jule durch das Küchenfenster, wie Piet mit sauberem T-Shirt und nassen Haaren, die ihm in die Stirn fielen, durch den Garten kam. Sie nahm Teller und Besteck und ging auf die Terrasse.

«Die Spaghetti brauchen nicht mehr lange», sagte sie und stellte alles auf den Gartentisch.

Piet nickte und hielt ihr wortlos ein Glas mit grasgrünem Pesto hin.

«Ist das Basilikumpesto?», fragte Jule.

«Petersilie», sagte Piet.

«Ah, lecker! Setz dich doch. Ich guck mal nach den Nudeln.»

Jule ging wieder in die Küche, angelte mit einer Gabel eine Nudel aus dem dampfenden Kochtopf und probierte sie. Noch ein bisschen sehr bissfest, entschied sie und öffnete das Fenster.

«Trinkst du eine Tasse Kamillentee mit?»

Piet lachte. «Warum nicht?»

Sie nahm zwei Tassen aus dem Schrank und reichte sie ihm durch das Fenster, dann setzte sie Wasser auf, goss die Spaghetti ab, schüttete sie in den heißen Topf zurück und träufelte etwas Olivenöl darüber.

So, und jetzt führen wir ein ganz normales Gespräch, dachte Jule, als sie wieder auf die Terrasse kam. *Das würde allerdings bedeuten* … Sie setzte sich. … *dass DU* … Mit Nachdruck stellte sie den dampfenden Topf vor Piet auf den Tisch. … *auch mal was sagst.*

Die paar Handgriffe erschöpften sie mehr, als sie gedacht hätte. Sie war eben doch noch nicht richtig fit. Aber Essen war jetzt genau das Richtige. Sie hätte zwar lieber mit Sebastian einen schönen Abend verbracht, aber die Abwechslung tat ihr gut.

Sie bereitete noch eine Kanne Tee vor und setzte sich zu Piet an den Tisch.

«Nimm dir.» Sie reichte ihm die Nudelzange. «Renovieren macht sicher hungrig.»

«Mmh», brummte er und häufte ihr Spaghetti auf den Teller.

«Jetzt erzähl doch mal», sagte Jule einen Tick zu forsch. Piet wirkte etwas erschrocken. «Ich meine, was hast du mit dem Haus vor?», schob sie schnell hinterher.

«Ach ... das weiß ich selbst noch gar nicht. Meine Eltern wollten eigentlich verkaufen, aber ich ... ich hatte halt gerade Zeit und ...» Er trank einen Schluck Tee. «Mmh, guter Tropfen.»

Jule sah ihn leicht verwundert an. Piet verzog keine Miene. Aber er hatte doch gerade einen Witz gemacht, oder?

Piet grinste. Offensichtlich hatte er ihre Irritation bemerkt. «Ich arbeite einfach gern mit den Händen», fuhr er fort. «Außerdem ist das Werkeln im Haus 'ne dankbare Aufgabe.»

Jule betrachtete seine Hände. Sie waren groß und kräftig, wie der ganze Mann.

«Überlegst du, selbst drin zu wohnen? Oder ginge das gar nicht?»

«Na, das ginge schon ... aber im Moment ist alles offen.» Er griff zur Gabel und begann zu essen.

Okay. So wird das nichts, dachte Jule und beschloss, selbst ein bisschen was zu erzählen. Nicht, dass er noch den Eindruck bekam, verhört zu werden.

«Mit den Händen arbeiten ... das vermisse ich auch manchmal.» Sie drehte Spaghetti auf die Gabel.

Piet sagte nichts.

«Dazu hat man im Büro ja nicht so viel Gelegenheit.»

Schweigen im Walde.

«Das Pesto ist übrigens super.»

«Mmh.»

Aaaah!

Aber Jule versuchte, sich nicht beirren zu lassen, und redete einfach weiter. «Seit ich in der Redaktion der *Antonia* arbeite, bekomme ich kaum mit, welche Jahreszeit gerade ist. Ich bin eigentlich nur noch drinnen.»

Piet nickte.

«Seit vier Jahren bin ich jetzt dort.» Auf Dauer wurde es Jule allerdings zu langweilig, nur von sich zu erzählen. «Was machst du eigentlich beruflich?»

Ups. Jetzt hatte sie doch wieder eine Frage gestellt. Wieso hatte sie bloß das Gefühl, sie würde ihm damit zu nahe treten?

«Ich bin Arzt», sagte Piet, ohne eine Miene zu verziehen, und griff nach dem Pesto.

«Ja?»

Das hatte jetzt vermutlich etwas *zu* überrascht geklungen. Aber es war so ungefähr das Letzte, was Jule erwartet hatte. Tischler oder Obstbauer – das hätte sie nicht weiter gewundert. Koch, vielleicht. Aber Arzt?

«Und ... ähm ... arbeitest du in einem Krankenhaus? Oder in einer Praxis?»

«Weder noch.»

Der Typ machte sie wahnsinnig. «Und das heißt?»

«Ich muss mir mal überlegen, wie es weitergehen soll.»

Aha. Diese Situation kam ihr jedenfalls bekannt vor.

«Mein Job macht mir in letzter Zeit auch nicht mehr so viel Spaß», sagte Jule, und da Piet offensichtlich nicht die Absicht hatte, mehr von sich preiszugeben, beschloss sie, etwas weiter auszuholen und ihm von ihrer Arbeitssituation zu berichten. Sie erzählte ihm von den vielversprechenden ersten Jahren bei der *Antonia,* den Veränderungen der letzten Zeit und der schlechten Stimmung in der Redaktion.

Piet hörte aufmerksam zu und sagte schließlich: «Klingt, als wärst du reif für 'ne berufliche Veränderung.»

Jule trank einen Schluck Tee.

Klang das so?

«Ja, vielleicht.» Sie lehnte sich zurück. «Vielleicht sollte ich tatsächlich was ändern. Aber das ist leichter gesagt als getan. Ich hab das ja nicht in der Hand.»

«Nein?», fragte Piet. «Könntest du nicht zu einer anderen Zeitschrift gehen?»

Jule wiegte den Kopf. «Schwierig. Außerdem sieht es im Moment ja überall ähnlich aus, bei anderen Verlagen herrschen dieselben Probleme.» Sie stellte die leeren Teller ineinander. «Es geht mir ja auch gar nicht um mehr Verantwortung oder andere Inhalte – es geht mir darum, *überhaupt* wieder mehr mit Inhalten zu tun zu haben und eigene Ideen selbst umzusetzen.» Jule musste niesen.

«Was du jetzt nicht kannst?», fragte Piet.

«Genau», bestätigte Jule und putzte sich die Nase.

«Und wenn es keine Hindernisse gäbe, wenn du einfach machen könntest, was du willst – was wäre das dann?»

«Na, schreiben», sagte Jule, ohne zu zögern. «Selbst Artikel schreiben. Vielleicht auch mal zu anderen Themen, nicht nur über Promis.»

Piet nickte bedächtig. «Dann mach das doch.»

Jule lachte.

«Mach das, was du eigentlich machen willst», bekräftigte Piet noch einmal.

«Aber …»

«Aber?»

«Du meinst – als freie Journalistin?»

Er zuckte mit den Schultern.

«Na ja, du hast recht: Andere machen es schließlich auch. Aber … sicherer ist es natürlich, angestellt zu sein und ein regelmäßiges Einkommen zu haben. Man ist sonst immer davon abhängig, dass man auch genug Aufträge bekommt und so.»

Piet nickte, und Jule spann den Faden weiter: «Aber als Freie kann man dafür selbst schreiben und die eigenen Ideen auch selbst umsetzen. Und meine Ideen sind in den Redaktionskonferenzen eigentlich immer ganz gut angekommen …» Jule wurde nachdenklich und schwieg einen Moment. Dann rutschte sie auf die vordere Kante ihres Stuhls. «Piet, jetzt hast du aber was gesagt … Ich meine, ich hab diejenigen, die in Ruhe an ihren Artikeln sitzen können, immer beneidet, aber irgendwie bin ich nie auf die Idee gekommen, selbst die Seiten zu wechseln.»

«Da hab ich wohl ins Schwarze getroffen.» Piet lächelte.

«Irgendwie hab ich immer gedacht, ich müsste im Verlag arbeiten, also intern, meine ich.»

«Müsste? Oder wolltest du das?»

«Ich hab's sicher auch gewollt. Damals …» Jule starrte in

ihre Tasse. «Vor allem hab ich mir das früher immer so vorgestellt, im Studium. Und auch noch, nachdem ich bei der Zeitschrift angefangen hatte. Am Anfang zumindest. Aber wenn ich mir die leitenden Redakteure so ansehe, unter welchem Druck die stehen, wie die rotieren, welchen Preis die zahlen – man fragt sich: wofür eigentlich?» Jule putzte sich erneut die Nase. «Trotzdem … so ein Schritt muss schon sehr gut überlegt sein.»

«Klar», sagte Piet. «Aber eine Überlegung ist es wert?»

«Definitiv», sagte Jule. «Du stellst eindeutig die richtigen Fragen.»

«Tja, bei anderen fällt es einem immer leichter.»

«Wie meinst du das? Wie steht es denn bei dir?»

Piets Gesicht verdüsterte sich, als schöbe sich eine Regenwolke vor die Sonne. «Ich hab in den letzten Monaten gar nicht gearbeitet, aber …» Er schien sich ein bisschen zu winden. Schließlich sagte er: «Das hatte spezielle Gründe. Ich will in jedem Fall irgendwann weiter als Arzt arbeiten. Die Frage ist nur, wo und in welchem Rahmen. Und wann.» Er schob seinen Stuhl zurück und erhob sich. «Jetzt mach ich erst mal das Haus fertig, und das wird noch seine Zeit dauern.»

Jule hätte sich ohrfeigen können. Mit einer einzigen falschen Frage hatte sie dieses nette Gespräch beendet. Weswegen reagierte er nur so empfindlich?

«Du kannst ja irgendwann mal rüberkommen und es dir ansehen, wenn du magst», sagte Piet.

Jule stand ebenfalls auf. «Das mache ich», sagte sie und nahm sich fest vor, ihm bald einen Besuch abzustatten und dabei keine einzige indiskrete Frage zu stellen.

Tag am Meer

Jule sah das Schild, das in wenigen Kilometern das Ende der Autobahn verkündete, und drückte das Gaspedal durch. Sie zog links an Sebastian vorbei, der sich die letzte halbe Stunde über ihrem Tempo angepasst hatte und mit offenem Verdeck vor ihr her gefahren war.

Er war früh am Morgen endlich wieder nach Königreich gekommen und hatte sie zur Begrüßung wie selbstverständlich geküsst, was Jule schlagartig wieder in diese hibbelige Ich-fummel-an-meiner-Halskette-rum-und-bring-keinen-vernünftigen-Satz-heraus-Stimmung versetzt hatte. Genau wie am Abend zuvor, als er am Telefon vorgeschlagen hatte, am nächsten Tag zusammen ans Meer zu fahren. Aber immerhin hatte er es da nicht live mitbekommen, und Jule war geistesgegenwärtig genug gewesen, um begeistert zuzustimmen.

Sie mussten mit zwei Autos fahren, weil Jule anschließend Mielchen besuchen würde, Sebastian am Nachmittag aber noch einmal nach Hamburg ins Institut wollte.

Jule fühlte sich wieder vollkommen fit – der viele Schlaf, Piets Pflege und Mielchens Holunderbeersaft hatten Wunder gewirkt. Von einem gelegentlichen Husten abgesehen war nichts mehr von ihrem Infekt übrig. Sie wechselte auf die rechte Spur, setzte sich vor Sebastians Wagen und suchte im Rückspiegel seinen Blick. Aber er war gerade dabei, seinerseits zu einem Überholmanöver anzusetzen. Durch das Seitenfenster beobachtete Jule, wie er in seinem Cabrio an ihr vorbeifuhr, den Blick geradeaus gerichtet. Als sie schon dachte, er würde gar nicht mehr zu ihr rübersehen, wandte er ihr den Kopf zu und zog mit coolem Gesichtsausdruck zwei Mal kurz hintereinander die Augenbrauen hoch. Jule lachte leise.

Die Autobahn ging in eine Landstraße über, und sie fuhren durch mehrere kleine Dörfer und an zahlreichen reetgedeckten roten Backsteinhäusern vorbei. Schließlich parkten sie nebeneinander direkt hinter den Dünen am Strand von St. Peter-Ording.

Jule stieg aus und zupfte an ihrem langen Sommerkleid, das ihr am Rücken klebte. Es würde ein heißer Tag werden, wie gemacht für ihren Ausflug ans Meer. Sie hielt ihr Gesicht in die leichte Brise, schloss für einen Moment die Augen und atmete die salzige Luft ein. Über sich hörte sie Möwen schreien.

Sie spürte, wie Sebastian den Arm um ihre Schulter legte, öffnete die Augen wieder und strahlte ihn an. Wie selbstverständlich nahm sie seine Hand und zog ihn zu dem Weg, der zwischen den Dünen hindurch zum Strand führte. Als das Meer in Sicht kam, tiefblau und in der Sonne funkelnd, blieb Jule stehen.

«Oh Mann, ist das schön hier.»

Sebastian sah sie aus seinen tiefliegenden Augen an und sagte todernst, aber mit zuckenden Mundwinkeln: «Ist es das erste Mal, dass du das Meer siehst, Baby?»

Jule grinste. «Kommt mir fast so vor. Es ist so lange her.»

Sie zog ihre Sandalen aus und folgte ihm über den hellen, heißen Sand. Der Strand war an dieser Stelle bestimmt ein paar hundert Meter breit, sodass sich die überraschend vielen Menschen, die um diese Uhrzeit schon hier waren, weitläufig verteilten. Die meisten hatten sich ein Plätzchen in den Strandkörben gesichert, darum herum waren nur vereinzelt bunte Handtücher und kleine Strandzelte zu sehen.

Sie spazierten bis zum Wasser und folgten dann ein langes Stück dem Saum des Meeres. Es herrschte Flut, und die Wellen schlugen tosend auf den nassen Sand und umspülten ihre Füße. Eine Weile sprachen sie nicht viel. Jule genoss die Weite des Blicks und das Rauschen der Wellen. Das Meer hatte ihr gefehlt – ohne dass es ihr bewusst gewesen wäre. Sie lief zwei, drei Schritte vor und blieb dann vor Sebastian stehen, sodass er ebenfalls stehen bleiben musste.

«Weißt du was?», rief sie, und der vom Meer kommende Wind wehte ihr die Haare ins Gesicht.

«Nein. Was?», sagte Sebastian, trat näher und strich ihr mit beiden Händen die Strähnen nach hinten.

«Das klingt jetzt total banal, aber … ich kann gerade überhaupt nicht fassen, dass das Meer die ganze Zeit hier war. Während ich im Büro saß, Tag für Tag, Monat für Monat. Und dass ich die ganze letzte Zeit über nie hingefahren bin! Als gäbe es irgendwas Besseres.»

Sebastian beugte sich vor und küsste sie. «Ich bin jedenfalls sehr froh, dass du *jetzt* hier bist.»

«Ich auch», sagte Jule aus tiefstem Herzen. Sie legte ihm die Arme um den Hals und sagte nah an seinem Ohr: «Ich möchte nirgendwo anders sein.»

Sebastian drückte sie an sich. Dann sah er sie an und sagte: «Wollen wir eine Runde schwimmen?»

Jule nickte. Ihren Bikini trug sie unter dem Kleid, sie brauchte es nur über den Kopf zu ziehen und in die Wellen zu laufen.

Trotz der Hitze war die Nordsee kalt, und Jule hielt es im Wasser nicht lange aus. Um sich aufzuwärmen, legten Jule und Sebastian sich in eine Senke zwischen den Dünen, in der sie vor dem Wind geschützt waren und sich von der Sonne trocknen lassen konnten. Über ihnen am Himmel jagten sich die Möwen, und es duftete nach Sonnenmilch und Meer.

Sebastian fuhr mit seinem Finger ihren nackten Arm entlang. «Es überkommt einen hier so eine unglaubliche Ruhe, nicht? So ein innerer Frieden.»

Jule öffnete die Augen und lächelte ihn an. «Man könnte meinen, du wärst auch noch nie am Meer gewesen.»

«Ja, ich hab viel nachzuholen ...», sagte Sebastian bedeutungsschwanger und beugte sich über sie. Er küsste sie, zuerst ganz sanft, dann immer leidenschaftlicher. Sein stoppeliges Kinn kratzte auf ihrer Haut.

«Au», sagte Jule leise, und Sebastian sah sie erstaunt an.

«Was?»

«Du hast dich heut Morgen nicht rasiert ... Mein Kinn kann nix ab.»

«Hm, dann ... muss ich dich wohl woanders küssen.» Er wanderte mit den Lippen langsam nach unten. Jule schloss die Augen. Aber als er sich ihrem Bauchnabel näherte, drehte sie sich blitzschnell auf den Bauch. Dabei erwischte sie ihn mit ihrem Ellbogen.

«Ah!» Sebastian schrie auf und ließ sich mit schmerzverzerrtem Gesicht neben ihr auf den Rücken fallen.

«Hab ich dir weh getan?», fragte Jule erschrocken und richtete sich auf.

Sofort nutzte Sebastian die Gelegenheit, umfasste ihre Taille und zog sie an sich. «Nö.»

«Das ist ja sehr raffiniert …»

Sebastian begann wieder, sie zu küssen, aber Jule entwand sich ihm. «Kommst doch heute Abend eigentlich noch mal nach Königreich? Nach deinem Termin?»

Sebastian nickte. «Das habe ich vor, ja.»

«Dann würde ich nämlich jetzt gern erst mal was essen.»

Verständnislos sah er sie an. «Weibliche Logik …»

«Ich meine, wenn wir uns später noch sehen … Na ja, im Haus ist es … nicht so sandig.»

Sebastians Lächeln wurde breiter und seine Augen blitzten.

«Aber Jule, was hast du denn vor?»

«Och … Ich dachte nur: Zu Hause kommen auch nicht so viele Leute vorbei und –»

«Abgesehen von deiner Nachbarin und diesem Hotzenplotz.»

Jule lachte und stand auf. «Komm.» So gerne sie den ganzen Tag mit ihm am Strand verbracht hätte – sie hatte Mielchen ihren Besuch versprochen. Sie hielt ihm die Hand hin und zog ihn hoch. «Wir gehen noch irgendwo was essen.»

Am Nachmittag schob Jule ihre Oma im Rollstuhl durch den großen Park der Reha-Klinik. An ihren Füßen klebte noch Sand, der in ihren Ballerinas scheuerte, und sie war noch ganz erfüllt von den Stunden mit Sebastian am Meer. Sie hatte sehr viel Wind und Sonne abbekommen und fühlte sich wohlig erschöpft.

Sebastian und sie hatten in einem kleinen Restaurant, das wie ein Schiff auf Stelzen vor den Dünen lag, etwas gegessen, sich immer wieder lange geküsst und waren schließlich in unterschiedliche Richtungen gefahren, um sich am Abend in Königreich wiederzutreffen.

«Wollen wir uns auf die Bank dort setzen?», fragte Mielchen. «Ich kann dich ja gar nicht sehen, wenn du immer hinter mir bist.»

Mielchen schien sich aufrichtig zu freuen, ihre Enkelin endlich wiederzusehen – keine Spur mehr von irgendeiner Missstimmung. Sie gab sich regelrecht Mühe. Und sie sah auch schon deutlich besser aus, nachdem sie in den letzten Tagen wieder öfter an die frische Luft gekommen war und regelmäßig ihre Reha-Maßnahmen machte.

Jule steuerte die Bank an, die von pink blühenden Rhododendren umgeben war, schob den Rollstuhl wie beim letzten Mal seitlich davor und setzte sich.

«Es erleichtert mich so, dass es dir hier gefällt», sagte sie und nahm Mielchens Hand.

«Dir scheint es aber auch wieder richtig gutzugehen, hm?», sagte ihre Oma.

«Ja. Von der Erkältung merke ich kaum noch was», sagte Jule, auch wenn das nur die halbe Geschichte war. Warum hatte sie Mielchen eigentlich noch nichts von Sebastian erzählt? Oder von der Trennung von Tom? Vermutlich fürchtete sie, ihrer Oma ginge das alles etwas zu sehr drunter und drüber. Und da wäre ja durchaus auch etwas dran …

Mielchen betrachtete sie aufmerksam «Du siehst glücklich aus.»

«Das bin ich auch.» Jule strahlte, war aber etwas verlegen. Wollte sie mit Mielchen überhaupt darüber reden? Wo die Stimmung zwischen ihnen beim letzten Mal beinahe eisig gewesen war und Mielchen derzeit sicher ganz andere Sachen durch den Kopf gingen?

«Du bist verliebt, hm?»

Huch!

«Vor dir kann man auch gar nichts geheim halten …», sagte Jule.

«Hattest du das denn vor?», fragte Mielchen provokant und strich sich eine kinnlange weiße Strähne hinters Ohr.

«Na … ich wollte vielleicht warten, bis … Ach, ich weiß auch nicht.»

Mielchen neigte den Kopf etwas zur Seite und legte eine Hand auf Jules Bein. «Julchen, im Ernst – du musst mir gar nichts erzählen. Ich sehe, dass es dir gutgeht, und das freut mich. Sehr sogar. Vielleicht erzählst du es, wenn die Zeit reif ist, vielleicht auch nicht. Jeder hat seine kleinen Geheimnisse.» Sie lehnte sich wieder zurück.

«Ja, selbst du hast deine kleinen Geheimnisse.»

Ups! Warum war ihr das denn rausgerutscht? Sie hatte es sich einfach nicht verkneifen können. «Entschuldige, ich meinte, den Brief … also, ich –» Hätte sie diesen Fund im Keller doch bloß nie gemacht!

«Ja, das ist mir schon klar», sagte Mielchen schmallippig.

Aber sie wirkte nicht wirklich ärgerlich. Nachdenklich blickte sie in die Ferne. «Weißt du», sagte sie nach einer Weile und wandte Jule das Gesicht zu, «ich habe in den letzten Tagen viel nachgedacht. Und ich habe beschlossen, dir von Kostja zu erzählen, wenn du möchtest.»

Jule nickte. «Natürlich möchte ich. Das wäre schön.»

Mielchen nickte ebenfalls und schloss dann für einen Moment die Augen. «Das ist so lange her.» Ihre Stimme klang weich und irgendwie sehnsüchtig. «Es waren die letzten Kriegsmonate … Das war eine ganz andere Welt damals, Julchen. Ich habe noch mit den Schwestern und den Eltern zusammengelebt. Das Haus sah damals noch anders aus, wir hatten noch die Waschküche und die alten Öfen …» Sie atmete ein Mal tief ein und aus. «Jedenfalls waren die meisten Männer aus dem Dorf bereits einberufen worden. Vater nicht, er hatte sich ja im Ersten Weltkrieg den Fuß schwer verletzt. Außer ihm waren aber nur Frauen und Kinder und ein paar ältere Männer zurückgeblieben, und dadurch fehlten natürlich an allen Ecken und Enden Arbeitskräfte – Männerhände, die anpackten. Nach und nach kamen dann Fremdarbeiter, die diese Arbeit machen sollten. Polnische und russische Kriegsgefangene waren das.»

Jule kamen Bilder von alten Schwarzweißaufnahmen in den Sinn, die man so oft spätabends im Fernsehen sehen konnte. Die Schilderungen aus dem Mund ihrer eigenen Oma zu hören war etwas ganz anderes. Fritz hatte ihr manchmal von der Front erzählt, aber was Mielchen währenddessen erlebt hatte, wusste Jule nicht.

«Eines Tages stand auf unserem Hof ein junger Mann, Kostja. Er trug eine Uniform und eine Schiffchenmütze und … er hatte so ungewöhnlich funkelnde Augen. Tiefgrün waren sie, wie ein Waldsee. Ich war damals siebzehn und habe mich sofort in ihn verliebt.» Bei der Erinnerung huschte ein Lächeln über Mielchens Gesicht. «Und ich war nicht die Einzige», fügte sie noch hinzu, und Jule ahnte in ihrem Gesicht die Züge des fröhlichen, jungen Mädchens, dessen Foto im Wintergarten hing.

«Er hatte von Anfang an nur Augen für mich. Ich seh ihn immer noch vor mir, wie er da auf dem Hof stand … Wir sind immer zusammen mit der Kutsche in die Marsch zum Obsthof gefahren. Er sprang vom Bock und hielt mir die Hand hin, um mir herunterzuhelfen, und dann hat er sich verbeugt, als wäre ich eine feine Dame. Und bei Tisch, da ging es manchmal lustig zu … Eigentlich durften die Kriegsgefangenen ja gar nicht bei der Familie mit am Tisch sitzen, das war Vorschrift, aber Vater duldete da keinen Unterschied. Und Kostja sprach ja auch fast perfekt Deutsch. Seine Mutter war Russlanddeutsche und hatte mit ihm immer Deutsch gesprochen. Vater mochte ihn, er hatte einen guten Humor. Ständig hat er mich verkohlt.»

Jule fiel auf, dass Mielchen wieder an ihrem doppelten Ehering drehte. Sie wagte nicht, sie durch eine Frage zu unterbrechen.

«Ich weiß noch, einmal kam er zu mir in die Waschküche, er hatte Äpfel aus dem Keller holen sollen. Mit verzweifelter Miene erklärte er, es wäre nichts mehr da, kein einziger Apfel. Alle gestohlen.» Mielchen sah ihre Enkelin mit großen Augen an und legte eine dramatische Pause ein. «Das wäre eine Katastrophe gewesen, Julchen. Wir mussten ja immer einen großen Teil von allem an die Obrigkeit abgeben, und man hätte uns sicher nicht geglaubt, wenn wir gesagt hätten: alles weg. Gemeinsam sind wir dann in den Keller, Kostja und ich. Und da standen die ganzen Kiepen. Voller Äpfel. Und dann hat er mich mit beiden Armen hochgehoben ... und mich geküsst.» Mielchen lächelte. «Deshalb hatte er geflunkert. Er wollte einen Augenblick mit mir ungestört sein. Ein kleines Stelldichein.»

Nach dem letzten Satz versank Mielchen in Gedanken, und ihr Blick verlor sich in der Ferne. Jule hatte wie gebannt zugehört. Sie konnte sich nicht erinnern, wann Mielchen mal so ausführlich von früher erzählt hatte. Und sie hatte sich ihre Oma auch noch nie als verliebtes junges Mädchen vorgestellt.

«Wir wären gern öfter ungestört gewesen», fuhr Mielchen schließlich fort. «Aber das ging nicht. Selbst zusammen spazieren zu gehen, wie es Verliebte so tun, war unmöglich.»

«Aber warum denn?», fragte Jule, ohne groß nachzudenken.

«Das war doch alles verboten, Julchen. Deutsche durften mit Russen oder Polen nicht verkehren, weder in der Kirche noch im Gasthaus – überhaupt gar nicht. Und Liebesbeziehungen waren natürlich erst recht verboten. Das war die Politik der Nazis. *Rassenschande* nannten sie das, wenn man sich als deutsche Frau mit einem Kriegsgefangenen einließ.»

«Aber warum wurden die Männer denn dann überhaupt auf den Höfen eingesetzt? Wie sollen sich denn Beziehungen vermeiden lassen, wenn Menschen so eng zusammen leben und arbeiten?»

«Es ließ sich ja auch nicht vermeiden. Aber man brauchte

nun mal die Arbeitskräfte. Ach, da könnte ich dir noch viel zu erzählen, aber …»

Das ist eine andere Geschichte, dachte Jule.

«… das ist eine andere Geschichte.»

Wieder verfiel Mielchen in längeres Schweigen. Irgendwann schloss sie sogar die Augen.

Gerade, als Jule sich fragte, ob ihre Oma womöglich eingeschlafen war, schlug Mielchen die Augen wieder auf und sagte leise: «Kostja konnte so schön erzählen. Von seiner Heimat, von Russland – er war ein richtiger Geschichtenerzähler. Und manchmal hat er dabei russische Lieder auf der Flöte gespielt.»

«Auf der Flöte, die in dem Kästchen liegt?», wagte Jule zu fragen.

Mielchen nickte. «Er hat sie für mich geschnitzt.» Prüfend sah sie ihre Enkelin an. «Es war eine große Liebe, Jule, eine Liebe, wie ich sie danach nie wieder erlebt habe.» Sie streckte ihre Hand nach Jule aus. «Deshalb hüte ich wohl diesen Schatz so. Es tut mir leid, dass ich neulich so unwirsch reagiert habe, als du nach dem Zigarrenkästchen und dem Brief gefragt hast. Ich … wollte zuerst nicht darüber sprechen.»

Jule nickte. «Das verstehe ich. Dann … war Kostja deine große Liebe? Und ich dachte immer, dass Fritz …»

Mielchen lächelte. «Versteh mich nicht falsch. All die Jahre war ich mit Fritz glücklich, ich habe ihn sehr geliebt, aber mit Kostja … das war etwas ganz anderes. Aber das Schicksal meinte es nicht gut mit uns.»

Ihre Oma verfiel in Schweigen, und Jule bemerkte, wie Mielchen sich auf die Lippen biss. Sie wirkte abwesend.

«Kostja wurde ...» Gedankenverloren rieb Mielchen sich ihren linken Oberarm, als wäre ihr kalt, was bei diesen hochsommerlichen Temperaturen kaum möglich war. «Ach ... Jule, sei mir nicht böse, aber ... das ist eine lange Geschichte, und sie geht mir sehr zu Herzen. Ich würde jetzt eigentlich lieber ein bisschen alleine sein, ja?»

«Natürlich.» *Wie schade*, dachte Jule und fragte: «Soll ich dich in dein Zimmer bringen?»

Sie stand auf und schob ihre Oma zurück durch den schattigen Park, während ihr tausend Fragen durch den Kopf gingen: Wie lange war Kostja auf dem Hof gewesen? Hatten ihre Eltern und Schwestern denn nicht bemerkt, dass er und Mielchen verliebt waren? Was war aus ihm geworden? Und was hatte es mit dem Weckglas auf sich?

Sie beschloss, gleich morgen wiederzukommen, um mehr über Kostja zu erfahren.

Auf der Rückfahrt ging Mielchens Geschichte Jule nicht aus dem Kopf. Ihr ganzes Leben lang war sie davon ausgegangen, dass Fritz die erste und letzte Liebe ihrer Oma, dass es eben *die große Liebe* gewesen war. Nie hatte sie auch nur angedeutet, dass es außer Fritz noch einen anderen Mann in ihrem Leben gegeben hatte. Jule versuchte sich auszumalen, wie Mielchen mit siebzehn gewesen war. Sie stellte sie sich wild vor, schön und lustig. Vielleicht fand Jule in den alten Fotoalben ja noch ein paar Bilder aus dieser Zeit.

Sie setzte den Blinker, um von der Autobahn abzufahren, als ein offener Sportwagen links an ihr vorbeisauste. Sofort dachte sie an Sebastian, aber der Wagen hatte die falsche Farbe. Sehnsüchtig dachte sie daran, wie sie vormittags mit ihm in den Dünen gelegen, wie sie sich geküsst hatten. In jenen Stunden war es gewesen, als wäre ein Grauschleier von allen Dingen genommen, als schiene die Sonne heller. Alles war so unbeschwert und fröhlich, alle Sinneseindrücke schienen verstärkt.

Als sie in Königreich vor Mielchens Haus vorfuhr und sah, dass Sebastians Auto vor der Tür stand, machte ihr Herz einen Sprung. Ob er es sich anders überlegt und hier auf sie gewartet hatte? Oder hatte er seinen Termin verschieben können?

Eilig stieg sie aus dem Wagen und lief zur Haustür.

«Sebastian?» Sie lief durch die Diele.

Keine Antwort. Die Tür zum Garten war verschlossen.

«Sebastian», rief Jule noch einmal und wollte gerade die Treppe zu seinem Zimmer hochlaufen, als sie im Keller Geräusche hörte. War er etwa dort unten?

Tatsächlich stand die Kellertür offen. Unten brannte Licht. Mit einem unguten Gefühl stieg Jule die Treppe hinab.

Verliebte Jungs

Auf halber Treppe kam Sebastian ihr entgegen.

«Hey … Süße», sagte er mit leicht unsicherem Gesichtsausdruck.

«Was machst du denn hier?», fragte Jule, ihrerseits leicht irritiert. «Wie bist du überhaupt reingekommen?»

«Ich hab doch noch einen Schlüssel.»

«Ja, aber … ist dein Termin ausgefallen?

«Äh … jaja, der ist verschoben worden, genau, und … jetzt wollte ich gerade ein paar Sachen holen und dann –»

«Aus dem Keller?»

Irgendwas stimmte hier nicht. Und warum küsste er sie eigentlich nicht zur Begrüßung? Und warum küsste sie ihn nicht? Allmählich verstärkte sich Jules mulmiges Gefühl. Sie schob sich an Sebastian vorbei die Treppe hinunter und sah in den hinteren Raum. Auf dem Boden standen reihenweise Weckgläser.

Er hatte sich hier runtergeschlichen und das Regal durchsucht. Hinter ihrem Rücken, ohne zu fragen.

Jule drehte sich zu Sebastian um. «Was wolltest du denn hier?»

Könnte es bitte noch irgendeine andere Erklärung geben? Könnte er bitte nicht in Mielchens Keller herumgeschnüffelt haben?

Sebastian wirkte betreten, fast schuldbewusst. «Jule, ich … Also …» Er schien nach Worten zu suchen, und Jule wandte sich erneut dem Regal zu. Vor dem lockeren Ziegelstein stand noch eine Reihe Gläser, ganz so weit war er offenbar noch nicht gekommen.

«Es ist nicht so, wie es aussieht», sagte Sebastian. «Ich …»

Jule lachte auf, obwohl ihr überhaupt nicht nach Lachen zumute war. «*Es ist nicht so, wie es aussieht?* Das ist ja wohl der blödeste Spruch überhaupt!» Sie zeigte auf die Weckgläser. «Es sieht nämlich ganz danach aus, als hättest du diese Gläser aus dem Regal geräumt, weil du hier altes Obst vermutest. Wie, bitte, sollte es sonst sein?»

Sebastians Gesichtsausdruck wechselte schlagartig von schuldbewusst zu wütend. «Verdammt, du weißt doch, wie wichtig das für mich ist. Ich hab bis jetzt einfach noch nichts Brauchbares gefunden. Glaubst du, ich kann hier wochenlang im Alten Land die Keller der Leute durchsuchen, ohne irgendwann Ergebnisse vorweisen zu können? Ich hab auch noch was anderes zu tun! Du hättest mir ja auch mal mehr helfen können, du hast überhaupt nichts mehr unternommen, um was zu finden!»

Jule schnappte nach Luft. «Das kann nicht dein Ernst sein!» Sie schüttelte den Kopf und ging entschlossen an ihm vorbei Richtung Treppe.

«Jule!» Er hielt sie am Arm fest.

«Lass mich los», fuhr Jule ihn an und schüttelte ihn ab.

«Es … es tut mir leid, Jule.»

Sie schnaubte. «Das ist *so* … Mann, du müsstest dich mal reden hören! Was *machst* du denn? Du machst alles kaputt!»

Wütend stürmte sie die Treppe hoch, blieb dann aber stehen und drehte sich noch mal zu ihm um. «Komm jetzt sofort aus dem Keller raus!»

«Ist ja gut, ich komm ja schon.»

Vor der Kellertür blieb sie stehen und wartete, bis Sebastian an ihr vorbeigegangen war. Dann schloss sie ab und steckte den Schlüssel in ihre Tasche. Das konnte doch nicht wahr sein! War das ein schlechter Traum?

Sie ging bis zum Ende des Flurs, öffnete die Tür zum Garten und blieb stehen. Sie hätte schreien können. Was sollte sie jetzt machen?

Sie musste jetzt erst mal weg von Sebastian. Sie musste … sich bewegen! Laufen oder Rad fahren!

Kurz entschlossen ging sie in den Schuppen, in dem hinter der alten Vespa Mielchens Fahrrad an der Wand lehnte. Sie schob die Vespa ein Stück zur Seite und ruckelte wütend an dem Fahrrad dahinter, das sich irgendwo verhakt hatte, bis es sich endlich löste. Der Sattel war eigentlich zu niedrig für sie, aber Jule hatte jetzt nicht die nötige Geduld, um ihn zu verstellen.

Sie ließ die Gartenpforte hinter sich ins Schloss fallen, stieg auf und trat energisch in die Pedale, die Straße hinunter und vorbei am Ortsschild von Königreich.

Anderthalb Stunden später stieg sie an derselben Stelle erschöpft und durstig wieder vom Rad. Kilometerweit war sie der Elbe gefolgt, hatte aus dem alten Fahrrad alles herausgeholt. Wie sie sich wünschte, dass der Tag, der so wunderbar begonnen hatte, nicht auf diese Weise zu Ende gegangen wäre!

Sie wusste immer noch nicht, was sie zu Sebastian sagen sollte. Und sie hatte nicht die geringste Lust, ihm jetzt zu begegnen. Weshalb sie ziemlich froh war, von Sebastians Auto weit und breit nichts zu sehen, als sie das Fahrrad an Mielchens Haus vorbeischob.

Er schien ebenfalls weggefahren zu sein. Gut. Das war ihr ganz recht. Trotzdem verspürte sie das dringende Bedürfnis, mit jemandem zu reden. Kurzerhand lehnte sie das Rad an die Hauswand und marschierte zu Inken. Hinter der Tür hörte sie laute Stimmen, ehe Inken auf ihr Klingeln hin öffnete.

«Störe ich?», fragte Jule.

«Nein, nein.» Inken sah erhitzt aus, als wäre sie ebenfalls ein paar Kilometer mit dem Rad gefahren. «Komm rein. Hier herrscht nur gerade etwas dicke Luft.»

Auf der untersten Treppenstufe stand Mia und funkelte Jule böse an.

«Was ist denn los, Mia? Hab ich dir was getan?»

«Nee», sagte Mia bockig. «Du nicht, aber Mama.»

Jule warf Inken einen fragenden Blick zu.

«Ach», sagte Inken genervt. «Herr Breiting vom *Rondeel* war gerade hier, um mir den Vertrag zu bringen. Also hab ich ihn auf die Terrasse gebeten und ihm was zu trinken angeboten. Und während ich drinnen war, muss Mia angefangen haben, ihn mit Eiswürfeln zu bewerfen. Irgendwann hat er dann ziemlich bestimmt zu ihr gesagt, sie soll jetzt damit aufhören, das sei nicht mehr lustig.» Sie sah Mia ernst an. «Und das ist es ja auch nicht. Das ist, als würdest du mit

Steinen werfen, Mia, das ist gefährlich! Da muss er sich doch wehren.»

«Das ist ein Blödmann!», rief Mia erbost. «Und wenn ihr heiratet, dann lauf ich weg!»

Mit hochgezogenen Augenbrauen sah Jule von einer zur anderen. «Wer spricht denn hier von heiraten?».

«Mia», sagte Inken beschwörend, «da brauchst du dir überhaupt keine Sorgen zu machen. Ich kenne den Mann doch noch gar nicht, wir heiraten nicht.»

«Was wollte der denn hier?» Mia verschränkte die Arme vor der Brust.

«Das ... war was Berufliches», sagte Inken.

«Der ist aber ganz blöd!», sagte Mia noch einmal, dann drehte sie sich um und lief die Treppe hinauf. Kurz darauf schlug im oberen Stock eine Tür zu.

Seufzend ging Inken in die Küche und ließ sich auf einen Stuhl sinken. Jule folgte ihr. «Du hast ihr noch nichts von Hamburg und der Stelle erzählt?», fragte sie.

Inken schüttelte den Kopf. «Ich hab auf den richtigen Moment gewartet. Ich trau mich nicht. Siehst ja, wie empfindlich sie auf drohende Veränderungen reagiert.»

«Hm.» Jule lehnte sich an das alte Buffet. «Und Herr Breiting?»

Inken machte eine wegwerfende Handbewegung. «Er war nur ganz kurz da. Mia hat uns nicht in Ruhe reden lassen, sondern die ganze Zeit über Terror gemacht. Das macht natürlich keinen tollen Eindruck.» Sie haute mit der flachen Hand auf den Tisch. «So eine Scheiße!»

«Tja, da hat deine Tochter wohl einen sechsten Sinn bewiesen.»

«Du meinst, sie ahnt was wegen Hamburg?»

«Nein, wie sollte sie? Ich meine, sie hat gemerkt, dass der Mann sich für dich interessiert.»

«Aber das kann sie eigentlich nicht gemerkt haben ... Ich meine, nicht mal *ich* hab davon heute was gemerkt. Wahrscheinlich hat sie ihn mit ihrem Auftritt sowieso vergrault. Wer will schon eine Frau, die so eine Kratzbürste im Schlepptau hat ...»

«Vielleicht hat es ihr schon gereicht», überlegte Jule, «dass hier ein fremder Mann auftaucht, den sie noch nie gesehen hat.»

«Ja, ein Mann in diesem Haus – das ist allerdings neu ...», sagte Inken spöttisch.

Sie tat Jule leid. Wie konnte sie ihr bloß helfen?

Unentschlossen nahm Jule ein Glas aus dem Schrank, ging zur Spüle und ließ kaltes Wasser hineinlaufen. Ein wenig konnte sie Mias heftige Reaktion sogar verstehen, auch wenn es bei ihr selbst damals ganz anders gewesen war. Als Senta ihren Vater verließ, war Jule noch zu klein gewesen, um das mitzubekommen. Soweit sie zurückdenken konnte, hatte es immer zwei Männer, zwei Vaterfiguren gegeben: Jürgen, ihren Vater, und Rainer, den Freund ihrer Mutter, den sie jedoch nie als Bedrohung empfunden hatte, weil er immer schon da gewesen zu sein schien. Bei Mia war das etwas anderes, sie hatte die Trennung ihrer Eltern bewusst miterlebt – klar, dass sie Angst vor weiteren einschneidenden Veränderungen hatte.

«Und du bist sicher, dass er nicht mit dir geflirtet hat?», fragte Jule. «Vielleicht hast du es ja nur nicht gemerkt.»

«Tss ... das würd ich gerade noch merken, so selten, wie

das vorkommt.» Abfällig schaute Inken auf das Glas Wasser, das Jule vor sie hingestellt hatte. «Danke, aber ich glaub, ich brauch eher einen Schnaps, Jule. Im Eisfach müsste eine Flasche sein …»

Jule ging zum Kühlschrank und holte aus dem Tiefkühlfach eine Flasche Korn. Eigentlich konnte sie selbst auch ganz gut einen gebrauchen. «Ich trink einen mit.»

«Richtig so.» Inken stand auf, nahm zwei Schnapsgläser aus dem Schrank und goss ihnen ein. «Wenn Mia wegen nichts und wieder nichts solche Drohungen ausstößt, wie wird sie dann erst reagieren, wenn ich ihr erzähle, dass wir nach Hamburg ziehen!?» Inken leerte ihr Glas in einem Zug.

«Wart mal ab», sagte Jule und hob ebenfalls ihr Glas. «Sie wird sich schon wieder beruhigen, wenn sich ihre Befürchtungen nicht bestätigen.» Sie trank einen kleinen Schluck und schüttelte sich. «Ihr solltet nur mit dem Heiraten nichts überstürzen.»

«Haha.»

«Ach, komm. Hamburg muss man ihr doch irgendwie schmackhaft machen können.»

Inken schüttelte den Kopf. «Ich wüsste nicht, wie. Mir fällt echt nichts ein, ich hab mir schon den Kopf darüber zerbrochen.» Sie sah auf. «Jule, ist das zu egoistisch von mir?»

«Nein», sagte Jule bestimmt.

«Ich meine – *noch* habe ich den Vertrag nicht unterschrieben, ich kann mich noch anders entscheiden. Und das will schon alles wirklich gut überlegt sein … Schließlich bedeutet es für Mia, dass sie ihre Freunde verliert und neue suchen muss. Das ist nicht einfach. Sie wächst hier so behütet auf,

Mielchen ist wie eine dritte Oma für sie. Und eine Wohnung mit Garten werden wir in Hamburg bestimmt nicht bekommen.» Sie seufzte. «Könnte ich mir auch gar nicht leisten.»

«Aber Kinder finden doch unheimlich schnell Freunde», sagte Jule. «Und ihr seid ja nicht aus der Welt, ihr könnt doch jederzeit herkommen, bei Mielchen ist sicher immer ein Bett für euch frei. Und dann kann Mia auch Hanna und ihre anderen Freundinnen treffen. Außerdem ist sie in Hamburg wieder näher an ihrem Vater. Dirk könnte sie dir manchmal abnehmen. Und hast du nicht gesagt, er wohnt in einem Haus mit Garten?»

Inken nickte. «Aber das ist nicht dasselbe.»

«Viele Kinder wachsen ohne Garten auf. Ich auch.»

«Ja, und guck, was aus dir geworden ist …», sagte Inken spöttisch.

Jule grinste, froh, dass Inken ihren Humor wiedergefunden hatte.

«Lass ihr Zeit. Und lass auch dir Zeit. Ich meine, das ging ja jetzt auch alles ziemlich schnell. Erst neulich hast du noch zu mir gesagt, du hast Angst davor, in Hamburg nicht Fuß zu fassen.»

«Die Angst ist komischerweise weg, seit ich dort war. Das Vorstellungsgespräch war so nett, und ich freu mich total auf das Hotel und die Leute und die Stadt. Außerdem habe ich in Hamburg ja auch Freunde.»

«Mich zum Beispiel», sagte Jule. «Und ich bin absolut davon überzeugt, dass ihr beide schnell nette neue Leute kennenlernt – durch die Arbeit, durch die Schule, das wird bestimmt kein Problem. Außerdem: Wenn du hier unglücklich bist, ist das für Mia auch nicht gut.» Jule zuckte mit den Schultern. «Und wenn sie etwas größer ist, wird sie bestimmt sowieso in der Stadt leben wollen und nicht auf dem Land.»

«Wahrscheinlich hast du recht …» Inken hob die Flasche und sah Jule an. «Noch einen?» Als Jule zögerte, fügte sie noch hinzu: «Bist du eigentlich wieder richtig fit? Du siehst irgendwie ein bisschen fertig aus.»

«Ach … Ich hab mich nur über Sebastian geärgert.»

«Wieso, was hat er denn gemacht?»

Jule hatte eigentlich keine große Lust, mit Inken über Sebastian zu reden. Sie wollte nicht, dass Inken auch noch Öl ins Feuer goss, lieber wollte sie sich mit Sebastian vertragen … nur musste sie vorher mit ihm sprechen.

«Ach, ist nicht so schlimm. Wir haben uns halt gestritten und –»

Jule unterbrach sich, als von oben lautes Scheppern zu hören war. Es klang, als wäre Glas zu Bruch gegangen.

Sofort stand Inken auf. «Ich geh mal lieber nach Mia gucken. Nicht, dass sie ihr Zimmer zertrümmert …» Sie gab Jule einen Kuss auf die Wange. «Mach dir keine Sorgen wegen Sebastian. Es wird sich bestimmt wieder einrenken.»

Jule nickte und hoffte, dass Inken recht behalten würde.

Jule ging durch den Garten und wollte gerade Mielchens Fahrrad zurück in den Schuppen schieben, als sie Sebastian auf der Terrasse entdeckte. Er saß in der Abendsonne auf der Bank unter dem Küchenfenster und drehte gedankenverloren einen großen Blumenstrauß in seinen Händen.

Als er sie sah, stand er auf und sah ihr forschend ins Gesicht.

«Na?», sagte Jule matt und blieb mit einigem Abstand vor ihm stehen. Noch war ihre Wut von vorhin nicht ganz verraucht.

«Na?», erwiderte er und hielt ihr den Strauß unter die Nase. «Ich hab mich nicht getraut, den Garten deiner Oma zu plündern.» Er lächelte sein charmantes Lächeln. «Das hätte meine Situation sicher nicht verbessert, oder?»

«Nein, bestimmt nicht.»

«Jule ...», hob Sebastian an. «Bitte entschuldige, mein Verhalten war völlig daneben.»

«War es wirklich», sagte Jule, wild entschlossen, nicht sofort nachzugeben. Sie hielt derartige Spannungen zwar schlecht aus und hätte sich am liebsten sofort vertragen, aber sein Verhalten erschreckte sie, und das hatte sich auch nach ihrer Power-Radtour entlang der Elbe nicht geändert.

«Ich weiß», verteidigte er sich, «ich hätte dich vorher fragen sollen. Aber ich hatte irgendwie das Gefühl, du würdest mich nicht noch mal selbst nachsehen lassen und –»

Jule wollte etwas erwidern, aber er hob die Hand und fuhr fort: «Bitte, das ist kein Grund, ich weiß. Ich hab im Keller deiner Oma nichts zu suchen. Ich weiß jetzt auch nicht mehr, was mich geritten hat. Aber der Institutsleiter macht mir total Druck, und ich weiß einfach nicht, wo ich noch suchen soll. Wenn sich kein altes Obst finden lässt, ist meine Arbeit der letzten Monate für die Katz gewesen. Ich brauche da Ergebnisse, Jule!»

«Das weiß ich doch», sagte sie. «Aber wie kannst du behaupten, ich würde dir nicht helfen? Das stimmt einfach nicht.»

«Nein, das stimmt auch nicht.» Er ließ die Schultern hängen. So kannte Jule ihn noch gar nicht.

«Warum sagst du denn dann so was?»

«Ich weiß nicht, Jule ... Ich ... hab mich eben ...» Er holte tief Luft und sah über die Felder.

«... ertappt gefühlt?», soufflierte Jule. «Geschämt?»

«Süße, ich ...» Er griff nach ihrer Hand.

«Nee», sagte Jule und entzog sie ihm wieder. «So einfach geht das leider nicht.»

Irgendwie kam ihr die Situation bekannt vor. Es war noch nicht lange her, dass Tom vor ihr gesessen und sie kleinlaut um Entschuldigung gebeten hatte. Aber Jule konnte einfach nicht so tun, als wäre nichts gewesen, wenn sie sich falsch behandelt fühlte. Natürlich war das bei Tom etwas ganz anderes – Tom hatte immer wieder einfach sein Ding durchgezogen, ohne Rücksicht auf sie, ohne ihr überhaupt eine Chance zu geben. Und wegen ihrer verdammten Harmoniesucht hatte sie viel zu lange nichts gesagt. Aber was predigte Gesa immer? *Harmoniesucht geht früher oder später nach hinten los*. Deshalb konfrontierte Gesa ihren Matthias auch schonungslos mit allem, was ihr nicht passte. Ein Verhalten, das Jule immer wieder erstaunte.

Gesa hatte recht – selbst wenn die Dinge bei Sebastian anders lagen und er beruflich unter Druck stand ... so ging das nicht!

«Ich versteh das einfach nicht, Sebastian. Wie kannst du hinter meinem Rücken hier rumschnüffeln? Und das nach dem schönen Vormittag!?» Vorwurfsvoll sah sie ihn an. «Ich meine, was hattest du denn vor? Alles heimlich wieder wegräumen und kein Wort sagen? Und wenn du das Glas gefunden hättest?»

Sie biss sich auf die Zunge. *Mist!*

«Welches Glas?», hakte Sebastian sofort nach. «*Gibt* es dort also was zu finden, Jule?»

«Nein!», rief sie. Unwirsch schob sie sich an ihm vorbei. «Ach, vergiss es einfach.»

Okay, sie war auch nicht besser. Sie belog ihn wegen dieses alten Weckglases, obwohl er es wahrscheinlich sehr gut gebrauchen könnte. Und obwohl es da unten in der Mauer eigentlich niemandem nützte. Und er hatte ja recht: Sie hatte tatsächlich nicht mehr viel unternommen, um ihm bei der Suche zu helfen. Diese Tour zu Lise war nur ein Vorwand gewesen, um ihn näher kennenzulernen, und nachdem das funktioniert hatte …

Er hielt sie zurück. «Bitte, lass uns das alles vergessen, Jule. Verzeih mir, ja?» Er sah ihr tief in die Augen.

Jule seufzte. Sie wollte so gerne, dass dieser Streit vorbei war und sie das Thema Keller endlich hinter sich lassen konnten, dass es zwischen ihnen wieder so war wie am Meer. Und … schließlich ging es doch nur um ein Weckglas, oder?

Er näherte sich ihr langsam und küsste sie auf die Schläfe.

«Du riechst aber ziemlich nach Rotwein», sagte Jule. «Hast du vor lauter Gram angefangen, dich zu betrinken?»

Sebastian nickte, und Jule unterdrückte ein Lachen.

«Willst du auch ein Glas?», fragte er.

«Vielleicht später.» Und aus einem Impuls heraus zog sie ihn mit sich ins Haus.

Jule stieg aus der Dusche und griff nach dem großen Badehandtuch. Noch immer spürte sie Sebastians Hände auf ihrer Haut. Sie fühlte sich so zu ihm hingezogen – es war die reine Magie. Sie brauchte nur den Duft seiner Haut einzuatmen, schon war sie vollkommen benommen.

Trotzdem hatte sie nach allem, was passiert war, das Bedürfnis, auch ein bisschen allein zu sein. Sie musste erst mal wieder zu sich kommen … schlafen, nachdenken.

In ihr Handtuch gehüllt huschte sie leise ins Mädchenzimmer und zog ein T-Shirt und ihren blauen Leinenrock an. Nebenan war es still. Sebastian schien in einen tiefen Schlaf gefallen zu sein. Und Jule wollte ihn nicht wecken, sondern sich lieber noch ein wenig in den nächtlichen Garten setzen und ihre Gedanken sortieren.

Aber als sie die Treppe hinunterging, hörte sie im Garten aufgebrachte Männerstimmen, und als sie näher kam, sah sie, dass sich in der Dämmerung zwei Silhouetten gegenüberstanden wie zum Kampf bereite Hunde. Tom und Sebastian.

«Was ist denn hier los?», fragte Jule.

«Dasss … frach ich dich», lallte Tom. «Wer issn das hier?» Er zeigte auf Sebastian.

Oje! Er war total betrunken. Wenn noch was gefehlt hatte, um den Tag perfekt zu machen, dann das! Aber sie war auch selbst schuld, schließlich hatte sie sich nach seiner SMS überhaupt nicht mehr bei ihm gemeldet.

«Das ist Sebastian … ein Freund.» Sie bemühte sich um einen sachlichen Tonfall.

Sebastian sah sie erstaunt an. «Ach, ein Freund bin ich?» Im Gegensatz zu Tom klang er allerdings eher amüsiert. Er deutete auf Tom. «Und wer ist das?»

«Ich? *Ich* bin Jules Freund», sagte Tom und schlug sich auf die Brust.

Hilfe! Jule fühlte sich wie im falschen Film.

«Das stimmt doch überhaupt nicht, Tom», rief sie.

«Ach, das schtimmt ganich. Ach *soo* …» Er schwankte bedenklich vor und zurück. «Gut su wisssen …»

«Sag mal, bist du in dem Zustand etwa Auto gefahren?», fragte Jule.

«Lllenk nich ab! Ich will jetsss wisssen, was –»

«Jule?», sagte Sebastian fragend.

«Was denn? Tom ist mein Exfreund, ich hab doch heute Mittag erwähnt, dass ich frisch getrennt bin.» Verständnislos schüttelte sie den Kopf.

«Ach, *Ex*freund, ja?» Tom kam auf sie zu gewankt. «Und wann genau wolltess su mir das mittteiln?»

«Das *hab* ich dir schon lange mitgeteilt», sagte Jule genervt.

«Ach *soo*», sagte Tom wieder, als sei sie ein kleines Kind. «Dasss hab ich dann wohl irngwie …» Mit den Knöcheln der rechten Hand klopfte er sich an den Kopf. «… ganss anners in Erinnerung.»

«Wie denn?», fragte Sebastian interessiert.

«Na … ich dachte … wir wollns nochma miteinander versuchen.»

Jule schloss für einen Moment die Augen. *Das hab ich jetzt davon. Wie war das mit der Harmoniesucht? Gesa hat mal wieder recht gehabt.*

«Tom», erklärte sie bemüht ruhig, «ich hätte dich schon

lange anrufen sollen, aber ich hab nie gesagt, dass wir es noch mal miteinander versuchen.»

Tom wankte zum Tisch und ließ sich auf einen Stuhl sinken. Mit einem Mal wirkte er nur noch verdattert, von Kampfpose keine Spur mehr. Er griff nach dem halbvollen Rotweinglas, das Sebastian dort abgestellt hatte, bevor er und Jule übereinander hergefallen waren, und trank es in einem Zug leer.

«So ist gut», sagte Sebastian. «Immer schön in Alkohol ertränken, den Kummer. Das wird helfen.»

Jule warf ihm einen mahnenden Blick zu.

«Was hass *du* überhaupt su sagen, Lackaffe, hä?», rief Tom, plötzlich überraschend angriffslustig. «Wer bissu überhaupt?»

«Ja, ich wär dann wohl ... Jules *neuer* Freund», sagte Sebastian und verschränkte die Arme vor der Brust.

Sofort sprang Tom auf und kippte dabei fast den Tisch um. Das Glas fiel herunter und zersplitterte auf der Terrasse. Davon unbeeindruckt, wankte Tom drohend auf Sebastian zu, der grinsend stehen blieb und seelenruhig abwartete, was jetzt passieren würde.

Jule stürzte los und warf sich zwischen die beiden Männer. Aber es war Sebastian, der Toms Arm abfing, bevor dieser ihm ins Gesicht schlagen konnte. Zwischen dem triumphierenden Sebastian und dem aufgebrachten Tom eingeklemmt, rief sie: «Das hat doch keinen Sinn. Wenn ihr euch duellieren wollt, dann ... äh ...» Sie versuchte, sich zu befreien. «... dann macht das, wenn ihr beide nüchtern seid.»

Tom wandte sich ab und fummelte den Autoschlüssel aus der Tasche seiner Lederjacke.

«Ach, mir issas zu blöd, ich fah jetz.»

«Moment! Du fährst so ganz bestimmt *nicht* Auto», sagte Jule entschieden, schnappte ihm den Schlüssel aus der Hand und ließ ihn mit einer filmreifen Geste in ihrem Ausschnitt verschwinden.

«Gib den sssofort wiedda her!», rief Tom.

«Den kriegst du morgen früh wieder, wenn du deinen Rausch ausgeschlafen hast», sagte Jule und hakte ihn unter. «Und das machst du jetzt hier bei Mielchen.»

Sie führte ihn ins Haus, und Tom ergab sich in sein Schicksal. «Siehsssu», sagte er. «Du mags mich doch noch. Du machs dir Sorgen ummich.»

«Natürlich mag ich dich noch», sagte Jule und warf Sebastian über die Schulter einen Blick zu, um zu sehen, wie er das Ganze aufnahm.

Aber er grinste nur kopfschüttelnd und formte mit den Lippen die Worte «Bis gleich.»

Widerstandslos ließ Tom sich von Jule ins Mädchenzimmer führen, wo er aufs Bett sank und reglos sitzen blieb, während Jule ihm die Lederjacke auszog. Dann stupste sie ihn vorsichtig an, sodass er nach hinten fiel, löste seine Schnürsenkel und zog ihm die Turnschuhe von den Füßen.

«Schlaf dich aus», sagte sie. «Falls du die Toilette brauchst – weißt ja noch, wo sie ist.»

Mit einer raschen Bewegung, die sie Tom gar nicht mehr zugetraut hätte, griff er plötzlich nach ihrer Hand und zog sie mit aller Kraft zu sich aufs Bett. «Du bisss doch mein Schatz, Julchen. Verlasss mich nicht.»

«Tom ... Lass das.» Jule befreite sich von seinem Griff und stand wieder auf. «Du stinkst.»

Er sah sie betreten an. «Mann. Iss ja kein Grund, gemein ssu wern.»

«Wir sehn uns morgen», sagte Jule. «In alter Frische.»

Vorsichtig schloss sie die Tür hinter sich und blies sich die Haare aus dem Gesicht. *Puh!* Für heute war sie bedient. Sie würde auch gleich schlafen gehen.

Und zwar allein.

Drei Stunden später starrte Jule in Mielchens Schlafzimmer an die Decke und war immer noch nicht eingeschlafen. Sie sah auf die Uhr. 01:52. Neben dem Wecker lag Toms Autoschlüssel.

Nachdem sie ihn ins Bett gebracht hatte, war sie noch mal nach unten gegangen, um Sebastian zu sagen, dass sie die Nacht allein verbringen wollte.

«Wieso das denn?», hatte er verwundert gefragt. Er war gerade dabei, die Scherben zu beseitigen, die Tom hinterlassen hatte. «Haben wir uns nicht wieder vertragen? Das einzig Gute am Streiten ist doch das Versöhnen ...»

Jule hatte einige Mühe gehabt, sich ihm zu erklären. «Doch schon, aber ... eine Entschuldigung und ein Blumenstrauß machen es ja nicht ungeschehen. Außerdem ... dass Tom jetzt hier aufgetaucht ist ... ach, ich weiß auch nicht. Mir ist das gerade alles zu viel.»

Sebastian hatte sie misstrauisch angesehen. «Kann es sein, dass das letzte Wort zwischen euch doch noch nicht gesprochen ist? Willst du dir alle Optionen offenhalten?»

Wieso verstanden ihre Männer eigentlich nie, was sie

meinte?, fragte sich Jule und wälzte sich im Bett auf die andere Seite. *Weil du dich widersprüchlich verhältst und nicht klar formulierst, was du willst,* hörte sie Gesa im Geiste sagen. Ja, so war das wohl. Nur fiel das Gesa offenbar viel leichter als ihr. Dabei wollte sie sich doch gar nicht alle Optionen offenhalten. Oder?

Was Tom betraf, war Jule sich jedenfalls mittlerweile vollkommen sicher. Und was Sebastian betraf, war sie sich eigentlich auch vollkommen sicher. Zumindest war sie es heute Vormittag noch gewesen … *Ah!* Ihre Gedanken drehten sich seit Stunden im Kreis.

Im Zimmer war es heiß und stickig. Jule schlug das Laken zurück, das sie sich aus dem Schrank geholt hatte, weil ihr auch die Sommerbettdecke noch zu warm gewesen war, stand auf und ging in ihrem dünnen weißen Nachthemd ans Fenster. Als sie die Gardinen aufzog, sah sie den Mond, einen fast perfekten, silbern schimmernden Halbkreis. Sie öffnete das Fenster und setzte sich auf das Sims. Eine angenehm kühle Brise wehte ihr entgegen.

In diesem Moment schob sich eine Wolke vor den Mond, sodass der Garten in völliger Dunkelheit lag. In seiner Mitte zeichnete sich der Kirschbaum seltsam sperrig vor seiner Umgebung ab. Irgendwie gespenstisch, dachte Jule und erschrak, als neben ihr plötzlich die Tür des Badezimmers aufging.

«Nicht erschrecken», sagte Sebastian leise.

«Zu spät.» Jule atmete hörbar aus. «Was ist los?»

«Ich hab gehört, wie du das Fenster aufgemacht hast. Kannst auch nicht schlafen, oder?»

Jule schüttelte den Kopf.

Als Sebastian neben sie ans Fenster trat und die Arme um sie legte, lehnte sie sich beinahe willenlos an seine Brust. Eine Weile verharrten sie so und sahen in die Dunkelheit, dann begann Sebastian, ganz leicht ihren Nacken zu streicheln. Jule lief ein angenehmes Kribbeln über den Rücken. Sie hob den Kopf und sah ihn an.

Die Wolke hatte sich wieder verzogen, und der Mond beleuchtete Sebastians schön geschwungene, schmale Lippen. Noch immer ruhte seine Hand in ihrem Nacken, Daumen und Zeigefinger übten sanften Druck aus, und Jule wollte nur noch eins: ihn küssen.

Als sein Mund ihre Lippen berührte, war es, als hätte er sie in Brand gesetzt. Jule griff nach Sebastians Hand und erwiderte seinen Kuss. Doch nach kurzer Zeit löste sich Sebastian von ihr und sah sie an.

«Was?», fragte Jule leise und legte eine Hand an seine Wange. «Nicht aufhören.»

«Komm», sagte er, hob sie mit beiden Armen vom Fensterbrett und trug sie zum Bett.

Sebastian atmete tief und ruhig. Er schien eingeschlafen zu sein.

Jule lag auf der Seite und betrachtete sein Gesicht, seine Schultern, seine Oberarme. Was für eine Nacht! Der Wecker zeigte 03:53 Uhr, und sie hatte immer noch keine Minute geschlafen. Sie hatte wahnsinnigen Durst. Sich aufsetzend, sah sie sich nach ihrem Nachthemd um, das sie auf dem Boden entdeckte. Jule stand auf, zog es über und ging zum Fenster, um es zu schließen, damit sie später nicht vom Vogelgezwitscher geweckt wurde. Nur für den Fall, dass sie jemals einschlafen würde. Sie zog die Vorhänge zu, schlich aus dem Zimmer und die Treppe hinunter.

In der Küche nahm sie ein Glas aus dem Schrank und ließ kaltes Wasser hineinlaufen. Sie trank einen Schluck und blieb am Fenster stehen.

Zwischen dem dunklen Garten und dem nachtblauen Himmel leuchtete ein etwas hellerer Streifen. Der neue Tag brach bereits an. Was waren das nur für aufregende vierundzwanzig Stunden gewesen … Erst die unbeschwerte Zeit mit Sebastian am Meer, dann Mielchens Liebesgeschichte, der Streit mit Sebastian … und dann die Versöhnung. Jule trank noch einen Schluck. Und dann war auch noch Tom aufgetaucht, was sich wirklich hätte vermeiden lassen, wenn sie ihn mal angerufen und ihm gesagt hätte, was sie doch eigentlich längst wusste. Warum hatte sie ihn zappeln lassen? Hatte sie sich tatsächlich irgendwelche Optionen offenlassen wollen? Nein, sie war einfach nur feige gewesen, hatte sich davor gedrückt. Offenbar konnte sie mit diesem veränderten Tom schlechter umgehen als mit dem, den sie gewohnt war. Jule trank ihr Wasser aus. Es wurde Zeit, dass sie in den Schlaf fand. Sie stellte das Glas auf den Tisch und verließ die Küche.

Als sie durch den Flur ging, hörte sie oben plötzlich einen Aufschrei. War das Tom gewesen? Oder Sebastian? Sie lief die Treppe hoch, zwei Stufen auf einmal nehmend.

Die Tür zum Mädchenzimmer, in das sie Tom vorhin verfrachtet hatte, war geöffnet, die zu Mielchens Schlafzimmer geschlossen. Hatte Jule sie eben nicht offen gelassen? Sie drückte die Klinke herunter und tastete nach dem Lichtschalter.

Was sie sah, war in der Tat zum Schreien.

Tom und Sebastian saßen nebeneinander im Bett und blickten sich entgeistert an. Sebastian war splitternackt und zog am Laken, um seinen Körper zu bedecken. Vorwurfsvoll sagte er zu Jule: «Der Idiot hat meinen Hintern betatscht!»

Tom, in T-Shirt und Unterhose, schnaubte. «Dein Hintern interessiert mich nicht, du Lackaffe. Ich dachte, hier schläft Jule ...»

«Ja, tut sie auch, aber nicht allein», erwiderte Sebastian, woraufhin Tom ihm das Laken wegzog. «He!», protestierte Sebastian. Und dann fügte er noch hinzu: «Jules Hintern fühlt sich übrigens anders an.»

«Das weiß ich auch, du Vollarsch.»

Jule musste kichern. Die beiden nebeneinander im Bett, so verstrubbelt und empört – das sah einfach zu komisch aus.

«Was gibt's denn da zu kichern?», rief Tom wütend. «Soll das vielleicht heißen, ihr zwei habt hier ...?»

«Haben wir, ja», sagte Sebastian. «Und wenn du nichts dagegen hast, würden wir jetzt gerne weiterschlafen.»

Tom stand auf. Er sah seinen Autoschlüssel auf dem Nachttisch liegen und griff danach. «Ihr könnt mich beide mal.»

Jule ging auf ihn zu und sagte beschwichtigend: «Tom ...» Aber er war schon an ihr vorbeigegangen und lief über den Flur.

Jule machte Anstalten, ihn aufzuhalten, doch Sebastian rutschte an die Bettkante, griff nach ihrer Hand und hielt sie fest. «Lass ihn doch. Soll er fahren.»

«Aber er hat so viel getrunken!»

«Er hat doch schon stundenlang geschlafen.»

«Er ist so aufgebracht, das ist doch gefährlich, wenn er jetzt –»

«Ach was, ist doch für alle besser, wenn er jetzt fährt.»

Jule setzte sich aufs Bett. Sie hörte, wie Tom die Treppe hinunterpolterte und dann die Haustür hinter sich zuknallte.

Sebastian zog sie in seine Arme. «Komm.»

Sie gab nach und legte sich neben ihn, den Kopf in seiner Armbeuge. Aber erst lange, nachdem Tom mit aufheulendem Motor davongefahren war, schlief sie endlich ein.

Ein Stück vom Himmel

Am Vormittag des nächsten Tages machte sich Jule wieder auf den Weg zu Mielchen.

Die Stimmung zwischen Sebastian und ihr war irgendwie merkwürdig gewesen. Er sah wohl keinen Grund, warum sie nicht genau dort weitermachen sollten, wo sie in der Nacht aufgehört hatten, aber Jule hing der gestrige Streit trotz der romantischen Versöhnung immer noch nach. Sie waren spät aufgestanden, und bald nach dem Frühstück brach er auf, um eine Reihe etwas abgelegener Obsthöfe abzuklappern, die sie gemeinsam im Internet recherchiert hatten. Dieses ergebnislose Hausieren ging ihm zunehmend auf die Nerven, und Jule verstand gut, dass es ihn langsam frustrierte. Aber sie konnte im Moment nichts für ihn tun. Erst musste sie mit Mielchen sprechen.

Als sie auf den Parkplatz der Reha-Klinik fuhr, fragte sie sich, wie genau sie eigentlich hierhergekommen war. Sie konnte sich kaum an die Fahrt erinnern, musste so in Gedanken gewesen sein, dass sie wie ferngesteuert über die Autobahn und durch die Dörfer gefahren war.

Jule nahm die Rosen vom Beifahrersitz, die sie im Garten für Mielchen geschnitten hatte, und stieg aus.

Aber sie traf ihre Oma nicht auf dem Zimmer an, sondern entdeckte sie mit Hilfe einer Pflegerin schließlich auf der schattigen Bank zwischen den Rhododendren. Jemand hatte Mielchen aus dem Rollstuhl geholfen. Sie saß auf der Bank und starrte gedankenverloren auf ihre Hände.

«Ach, Julchen, wie schön …», sagte Mielchen, als sie ihre Enkelin bemerkte.

«Wie geht es dir?» Jule gab ihr einen Kuss und hielt ihr die Blumen hin. «Ein Gruß aus deinem Garten.»

«Danke dir.» Mielchen roch an den Rosen und seufzte. Irgendwie wirkte sie auf Jule etwas geschafft. «*Das* sind echte Blumen!», sagte ihre Oma lächelnd und klopfte auf den Platz neben sich. «Komm, setz dich zu mir. Ist zu Hause alles in Ordnung?»

«Ja, alles bestens.»

Auch eine Möglichkeit, die letzten Tage zusammenzufassen … aber was sie hätte sie sonst sagen sollen? Um schnell das Thema zu wechseln, fragte sie: «Hat Senta dich erreicht?»

Mielchen seufzte. «Ja, sie hat für Freitag einen Flug nach Hamburg gebucht. Und dann will sie natürlich auch hier vorbeischauen. Dabei komme ich doch prima alleine klar. Aber deine Mutter hat ja noch nie auf mich gehört, wenn sie sich etwas in den Kopf gesetzt hat …»

Jule wusste, dass die beiden nicht gerade ein entspanntes Verhältnis zueinander hatten. Und die Tatsache, dass ihre Mutter nun ihre Arbeit am Theater unterbrechen wollte, um Mielchen zu besuchen, war tatsächlich mehr als überraschend. Plötzlich kam Jule eine Frage in den Sinn, die sie sich auf der Herfahrt gestellt hatte. «Weiß Senta eigentlich von Kostja?»

Mielchen sah sie mit großen Augen an.

«Entschuldige, wenn ich so direkt frage ...» Da ihre Oma beharrlich schwieg, schob Jule schnell noch hinterher: «Willst du heute lieber nicht von ihm erzählen?» Sie hoffte inständig, dass dies nicht der Fall war.

«Doch», sagte Mielchen, und es klang überraschend entschieden. «Doch. Doch. Ich habe seit gestern so viel über ihn nachgedacht ...» Sie atmete hörbar ein und wieder aus, als habe sie eine schwere Last zu stemmen.

Als sie trotzdem weiterhin nichts sagte, fragte Jule schließlich: «Wie lange war Kostja denn bei euch auf dem Hof?»

«Etwas über ein Jahr.»

Jule nickte und wartete ab. Schließlich fragte sie: «Dann wusste Fritz also von ihm?»

Es war, als würde ein Ruck durch Mielchen hindurchgehen. Sie versuchte, sich so hinzusetzen, dass sie Jule besser ansehen konnte, und sagte dann mit fester Stimme: «Nein, nein, Julchen. Es war nicht so, wie du vielleicht denkst. Fritz habe ich von Kostja erzählt, ja. Er war es sogar, der mir seinen Brief übergeben hat.»

«Den Brief, den ich im Keller gefunden habe?»

«Wir waren so verliebt, Kostja und ich.» Mielchen schien ihre Frage gar nicht gehört zu haben. «Ich habe die ganze düstere Wirklichkeit da draußen wohl gar nicht mehr richtig wahrgenommen. Manchmal denke ich, wir waren zu leichtsinnig. Es reichte ja schon, Kriegsgefangene zu duzen oder ihnen Lebensmittel zu überlassen, damit die Gestapo eingriff. Es brauchte einen nur jemand zu verraten. Darauf waren die Nazis angewiesen, dass ihnen jemand Hinweise gab. Ohne diese Leute, die ihre Mitmenschen verraten und verkaufen, funktioniert so ein System ja gar nicht.» Mielchen schwieg einen Moment und sagte dann leiser. «Wir hätten vorsichtiger sein müssen. Wenn wir uns nachts getroffen haben, dann –»

«Ihr habt euch nachts getroffen?»

«Natürlich! Ach Julchen …» Mielchen nahm die Hand ihrer Enkelin. «So kannst du dir deine alte Oma wohl gar nicht vorstellen, wie? Ich war siebzehn, viel jünger als du jetzt. Und wahre Liebe hat es immer eilig.» Mielchen lachte leise, aber es war ein trauriges Lachen. «Vater und Mutter haben sich sicher ihren Teil gedacht, Annemarie und Pauline sowieso, aber das machte nichts. Verbieten konnten sie mir nichts. Schlimm waren die Leute, die nichts Besseres zu tun hatten, als ihre Nachbarn anzuschwärzen. Diese Bösartigkeit, die haben wir vollkommen unterschätzt, und das ist uns zum Verhängnis geworden.» Sie stockte. «Kostja …» Mielchen brach ab und schien sich in einer anderen Zeit, in einer anderen Welt zu verlieren.

«Ihr wurdet angeschwärzt?», fragte Jule vorsichtig.

Mielchen nickte. «In Jork war diese Frau … Etwas älter als ich. Sie hatte Kostja von Anfang an schöne Augen gemacht. Und sie hat sich ihm auf eine Weise angeboten, hinter der Scheune … Das kannst du dir nicht vorstellen, Julchen. Schamlos. Und auch respektlos ihm gegenüber. Als wäre er … ach, als könnte er froh sein, dass … Na ja, sie konnte sich jedenfalls offenbar nicht vorstellen, dass er nein sagt. Das hat sie nicht ertragen, da musste sie sich rächen.»

«Was hat sie gemacht?»

Mielchen sah ihrer Enkelin fest in die Augen. «Sie hat Kostja und mich bei der Gestapo angezeigt.»

«Was?» Jule hielt den Atem an.

«Es war strafbar, was wir gemacht hatten. Ich hab das am Anfang nicht so ernst genommen, aber dann ist, kurz bevor wir verraten wurden, in Stade eine Frau mit geschorenen Haaren durchs Dorf getrieben worden – wie im Mittelalter.»

«Wirklich?» Fassungslos schüttelte Jule den Kopf. «Was hatte sie denn gemacht?»

«Sie hatte sich mit einem russischen Kriegsgefangenen eingelassen. Wie ich … Mit ihr wurde ein Exempel statuiert. Das sollte allen zeigen, was geschehen kann, wenn man sich unsittlich und ehrvergessen verhält, wie das damals hieß. Sie hat zwei Jahre Zuchthaus bekommen. Der Mann kam ins KZ.»

«Dafür, dass er mit einer deutschen Frau …?»

Mielchen nickte. «Darauf stand die Todesstrafe.»

«Das war mir nicht klar», sagte Jule und sah Mielchen von der Seite an. «Was ist dann passiert? Was habt *ihr* gemacht?»

Unruhig wippte Mielchen mit dem Fuß ihres gesunden Beins. «Sag mal, Jule, wärst du so lieb, mir meine Handtasche zu geben? Rauchen wir eine zusammen?»

Jule stand auf. «Aber ich rauche nicht mit, ich hab doch schon vor Jahren aufgehört, Mielchen.»

«Ja, ja, du bist ein sehr vernünftiges Mädchen», sagte Mielchen. «Aber jetzt sei nicht so streng mit mir und erfüll deiner alten Oma den Wunsch.»

Am Rollstuhl hing ihre Handtasche, und Jule reichte sie hinüber. Mielchen kramte eine halbleere Schachtel hervor und ließ sich von Jule Feuer geben. Sie sog den Rauch ein, und erst, als sie ihn sehr langsam wieder ausgeblasen hatte, fuhr sie fort.

«Du hast gefragt, was wir gemacht haben. Wir haben einen Hinweis bekommen, dass Kostja von der Gestapo abgeholt werden sollte, und dann haben wir ganz fürchterlich gestritten.» Mielchen zog wieder an der Zigarette, ihre Finger zitterten. «Wir waren uns uneins. Ich hatte gehört, dass man beim Amtsarzt eine Eindeutschung beantragen konnte, und wollte Kostja dazu überreden. Schließlich sprach er fließend Deutsch. Seine Mutter war ja Russlanddeutsche. Dann wären wir straffrei geblieben und hätten heiraten können.» Erneut nahm sie einen tiefen Zug. «Aber er hat nicht daran geglaubt und hielt es für zu gefährlich. Er sagte, wenn er sich einem Amtsarzt ausliefern würde, der ein strammer Nazi war, dann könnte er sich gleich erschießen. Das waren seine Worte. Nein, er wollte, dass wir zusammen weglaufen.»

Mielchen schnippte die Asche mit einer eleganten, lässigen Geste neben sich auf den Kies, die auch gut zu einem französischen Filmstar aus den sechziger Jahren gepasst hätte.

«Aber das war mir zu unsicher, zu gefährlich. Außerdem wollte ich meine Familie nicht im Stich lassen. Ich habe in der Untersuchung zur Eindeutschung die einzige Chance gesehen, ein normales Leben mit ihm führen zu können.»

Jule wusste gar nicht, welche der vielen Fragen, die ihr durch den Kopf gingen, sie zuerst stellen sollte. «Und so eine Eindeutschung wäre eine reine Formsache gewesen? Ein paar Fragen und Untersuchungen, und dann wäre er auf dem Papier Deutscher gewesen?»

«So habe ich mir das jedenfalls vorgestellt», sagte Mielchen. «So lief es wohl auch manchmal. Aber nicht in seinem Fall.»

«Kostja hat sich dann also doch darauf eingelassen?»

«Ja, und zwar aus einem einzigen Grund», sagte Mielchen mit düsterer Miene. «Weil es die einzige Möglichkeit war, dass *ich* straffrei ausging.» Sie zog an der Zigarette und atmete langsam aus. «Wenn er Deutscher geworden wäre, hätte mich das wieder zu einer ehrbaren Frau gemacht. Dann hätte ich mich nicht der Rassenschande schuldig gemacht ... Und ich war mir einfach ganz sicher, dass es klappt.» Eindringlich sah sie Jule an. «Weil es doch klappen *musste*.»

Jule wagte nicht, nachzufragen. Was musste ihre Großmutter durchgemacht haben!

«Und dann hat Kostja nachgegeben.» Mielchen sah geradeaus, als liefen die damaligen Ereignisse vor ihr auf einer Leinwand ab. «Er ist zu der Untersuchung gegangen und –» Noch einmal zog sie an ihrem Zigarettenstummel, dann ließ sie ihn neben die Bank fallen. Ihre Augen verengten sich zu schmalen Schlitzen. «Er ist von der Untersuchung nie zurückgekommen.»

Instinktiv schlug Jule sich die Hand vor den Mund.

Mielchens Gesichtsausdruck war jetzt vollkommen starr. «Dabei war der Krieg schon fast vorbei. Wären wir weggelaufen, hätten wir es so gemacht, wie er wollte – dann wären wir nach ein paar Monaten frei gewesen.»

«Aber ... das konntest du ja nicht wissen.»

Mielchen wiegte den Kopf. «Nein, das nicht, aber ... ich wusste schon, dass der Amtsarzt ein strammer Nazi war. Es war naiv, anzunehmen, dass er Kostja eindeutschen würde.» Sie ließ die Schultern hängen. «Es ist meine Schuld, dass er nicht mehr lebt. Ich hab ihn direkt zu seinen Mördern geschickt.»

«Du warst erst siebzehn», protestierte Jule leise.

Mielchen verfiel in düsteres Schweigen.

«Weißt du, was ...» Jule stockte. Sie wusste nicht, wie sie die Frage nach Kostjas Schicksal formulieren sollte. «Hast du danach –»

«Ich habe nur noch diesen einen Brief von ihm bekommen. Den Fritz mir überbracht hat.»

«Wieso eigentlich, wie kam das?»

«Tja, es ist seltsam, wie das Leben manchmal spielt, nicht wahr?» Mielchen biss sich auf die Lippen. «Vielleicht ist es manchmal gar nicht so ein großer Zufall, wie man denkt, aber merkwürdig ist es doch.» Sie wandte Jule das Gesicht zu. «Zwei Tage nachdem Kostja zu der Untersuchung aufgebrochen war – ich war in schrecklicher Sorge um ihn – hörte ich in der Waschküche, wie Annemarie ganz aufgeregt rief: ‹Da kommt der Fritz! Da kommt Fritze Klingebiel!› Wir kannten ihn ja von Kindesbeinen an. Er war lange im Krieg gewesen, also sind wir sofort alle auf die Straße gelaufen. Es war jedes Mal ein ungeheures Ereignis, wenn einer der Männer nach Hause kam. Wir haben ihn alle umringt auf der staubigen Straße. Er war ganz abgemagert und hatte eine Schusswunde im Oberschenkel. Deshalb war er Stalingrad auch entkommen, man hatte ihn in ein Heimatlazarett geschickt. Sonst wäre er sicher dort gestorben.»

Jule nickte. Ihr Opa hatte in seinen letzten Lebensjahren öfter vom Krieg erzählt, weshalb Jule dieser Teil bekannt vorkam, aber es blieb doch unvorstellbar.

«Als er genesen war», fuhr Mielchen fort, «wollte er wieder an die Ostfront, aber er ist woanders hingekommen. Na ja, zum Schluss war er dann in Jugoslawien. Aber das ist eine andere Geschichte ... Er ist mir jedenfalls gleich um den Hals gefallen, er hat mich schon immer gemocht. So was merkt man ja.» Gedankenverloren spielte sie mit ihren beiden Eheringen. «In einem unbeobachteten Moment zog er dann Kostjas Brief aus seiner Uniformjacke. ‹Den hat mir jemand für dich gegeben, Emilie›, hat er gesagt – mir ist fast das Herz stehengeblieben. Ich hatte mir so viel ausgemalt, aber dass ich auf *diese* Weise Nachricht von Kostja erhalten würde …»

Mielchen ließ von ihren Ringen ab und faltete die Hände in ihrem Schoß.

«Kostja schrieb, der Arzt wolle ihm nicht helfen. Er glaubte, man würde ihn hinhalten, um ihn direkt an die Gestapo auszuliefern.»

«Aber wie sind sich Fritz und Kostja denn überhaupt begegnet?», fragte Jule.

«Sie wurden vom selben Arzt untersucht, das hat mir Fritz später alles erzählt. Und kurz bevor Kostja dann tatsächlich abgeführt wurde, hat er Fritz den Brief in die Hand gedrückt, weil er wusste, dass er aus Jork stammte.»

«Hätte Kostja nicht fliehen können?»

Mielchen atmete tief durch. «Er wird gewusst haben, dass es so oder so sein Ende war.»

Jule nahm Mielchens Hand. «Ich kann mir kaum vorstellen, wie es dir damals gegangen sein muss.»

«Ich habe Kostjas Brief so oft gelesen, dass ich ihn bald auswendig konnte. Ich kann ihn immer noch auswendig. Er schrieb von unseren heimlichen Treffen, von besonderen Momenten, an die er sich erinnerte …» Mit der freien Hand wischte Mielchen sich über die Augen.

«Woran hat er sich erinnert?», fragte Jule leise.

«Daran, wie ich mit roten Wangen am Herd stehe und in dem großen schwarzen Topf rühre. Und wie ich im Garten mit Wucht auf den Teppich eingedroschen habe, weil ich mich wohl über Annemarie geärgert hatte … Ich wusste, als ich seine Zeilen las, schon gar nicht mehr, worüber ich an jenem Tag so wütend war. Ich habe mich so oft über Annemarie geärgert, als wir jung waren. Aber ihn muss es beeindruckt haben … Auch vom Bickbeerenpflücken schrieb er. Wie ich ihn mit blauen Zähnen angelacht habe. Und wie ich dann nach unserer Rückkehr seine Hand nahm und vom Kutschbock sprang, in seine Arme, und am Ende schrieb er …» Sie stockte. Dann, als würde ein winziger Spalt zwischen den Wolken für Sekundenbruchteile die Sonne hindurchlassen, zog ein versonnenes Mädchenlächeln über ihr Gesicht. *«Jede Stunde, jede Minute mit dir war ein Stück vom Himmel. Ich sende dir mein Herz, es wird immer bei dir sein …»*

«So endete sein Brief?»

Da Mielchen nicht sogleich antwortete, wagte Jule kaum es auszusprechen. Dann gab sie sich einen Ruck. «Ist er … Ich meine …?»

«Er ist ins KZ gekommen und eine Woche später erschossen worden. Das habe ich später herausgefunden.»

Jule drückte Mielchens Hand und versuchte, die aufsteigenden Tränen hinunterzuschlucken.

«Ich bin fast verrückt geworden», fuhr Mielchen fort. «Es war alles meine Schuld. Ich –»

«Aber Oma, du –»

«Doch, Jule, doch. Ich muss seitdem mit dieser Schuld leben. Jeden Abend habe ich seinen Brief gelesen und mich in den Schlaf geweint. Ich habe ihn so sehr vermisst und versucht, mich an alles, was wir gemeinsam erlebt hatten, genau zu erinnern. Ich bin fast verzweifelt, als es mir nicht mehr gelang, seinen Geruch heraufzubeschwören, sein Gesicht …» Mielchen brach ab und räusperte sich. «Ja, und dann habe ich gemerkt, dass ich schwanger war.»

Was?

Jules Kopf fuhr herum.

«Es muss in einer der allerletzten Nächte passiert sein», sagte Mielchen so seelenruhig, dass es Jule fast unheimlich war.

«Wir haben immer gewartet, bis alle geschlafen haben, und uns dann in der Scheune hinter dem Haus getroffen», fuhr Mielchen fort. «Da, wo heute die Felder an den Garten grenzen. Die Scheune steht nicht mehr. Ich war immer so müde in dieser Zeit, weil ich so wenig Schlaf bekam … Wir wussten natürlich, dass man das nicht tun sollte, bevor man verheiratet war, aber … wir haben uns eben geliebt. Und wir waren beide damals ja gar nicht aufgeklärt genug, um zu wissen, wann man aufpassen muss.»

«Aber was …? Wie ging es weiter?»

Mit ungeschickten Bewegungen kramte Mielchen nach der Zigarettenschachtel in ihrer Handtasche und hielt sie ihrer Enkelin fragend hin. Jule schüttelte zunächst den Kopf, dann überlegte sie es sich anders und zog kommentarlos eine Zigarette aus dem Päckchen. Mielchen gab ihr Feuer, zündete sich selbst eine an und sprach dann weiter.

«Wir – also, meine Familie und ich – hatten jeden Tag Angst, dass mir noch der Prozess gemacht wird. Ich war zwar minderjährig und keine Soldatenehefrau – alles mildernde Umstände –, und es wäre auch noch schlimmer gewesen, wenn Kostja Pole gewesen wäre, aber ins Zuchthaus wäre ich wohl in jedem Fall gekommen. Wäre dann nicht der Krieg zu Ende gewesen.»

Jule zog an ihrer Zigarette, die ihr eigentlich überhaupt nicht schmeckte, die aber trotzdem eine beruhigende Wirkung auf sie hatte.

«Fritz kam fast täglich zu Besuch in jenen Wochen. Manchmal sind wir zu zweit spazieren gegangen, ohne meine Schwestern im Schlepptau. Er war mir ein wunderbarer Freund, wir haben sehr viel geredet, und ich habe ihm auch von Kostja erzählt. Er wusste, wie sehr ich ihn liebte.»

«Er hat doch vermutlich auch Schlüsse daraus gezogen, dass Kostja ihm den Brief an dich mitgegeben hat, oder?»

«Ja, vermutlich.» Mielchen nahm einen weiteren tiefen Zug. «Als ich merkte, dass Fritz mehr für mich empfand als für eine gute Freundin und er sich Hoffnungen machte, habe ich ihm gesagt, dass ich schwanger bin. Ich wusste nicht mehr, was ich machen sollte, man würde es ja ohnehin bald sehen.»

Unwillkürlich musste Jule an ihre eigene Schwangerschaft denken, an die Entscheidung, die Tom ihr damals abverlangen wollte.

«Du kannst dir nicht vorstellen, wie anders die Zeiten damals waren», sagte Mielchen. «Wenn man als ledige Frau ein Kind bekam, galt man als gefallenes Mädchen. Dann heiratete einen niemand mehr, und man war auf das Mitleid der eigenen Familie angewiesen ...»

«*Deshalb* hast du Fritz geheiratet?», fragte Jule bestürzt. Im Gegensatz zu ihren eigenen Eltern waren die Großeltern für sie immer ein glückliches Paar gewesen.

«Ich habe ihn geheiratet, weil er Fritz war», sagte Mielchen. «Er war ein so lieber, gutherziger Mann. Wir kannten uns ja schon lange, und es war eine ungeheuer gutmütige Geste von ihm, das Kind eines anderen wie seines anzunehmen.»

«Aber …» Jule war fassungslos. Sie wusste gar nicht, was sie zuerst fragen sollte. «Was ist mit dem Kind passiert? Hast du es verloren?»

Mielchen sah ihr fest in die Augen und sagte: «Nein, unsere Tochter ist am 2. Januar 1946 gesund zur Welt gekommen.»

Jule ließ vor Schreck ihre Zigarette fallen. Das war das Geburtsdatum ihrer Mutter.

Freunde bleiben

«Mama?», rief Jule aus. Sie war wie vor den Kopf geschlagen.

«Ja. Senta ist Kostjas Tochter.»

«Aber …»

«Julchen, meine Liebe», sagte Mielchen behutsam und wollte ihre Hand nehmen, aber Jule zog sie vorher weg.

«*Weiß* sie das?»

Mielchen fingerte schon wieder eine Zigarette aus der Schachtel, behielt sie aber vorerst in der Hand, ohne sie anzuzünden. «Nein … ich habe es Senta nie gesagt.»

«Aber … wie kannst du es *mir* dann erzählen?», rief Jule aufgebracht. «Du musst es ihr sagen! Sie ist deine Tochter und hat ein Recht darauf, es zu erfahren.»

«Ja, das ist wohl wahr.»

«Aber du hättest es ihr schon lange sagen müssen! Sie hat immer den Falschen für ihren Vater gehalten? Und jetzt sind Fritz und Kostja beide tot …» Jule hatte die Sätze fast geschrien. In ihr kämpften die unterschiedlichsten Gefühle miteinander.

«Alles in Ordnung?», fragte wie aus dem Nichts eine männliche Stimme.

Jule wandte den Kopf und starrte in das Gesicht des jungen Pflegers von neulich. Er schob einen alten Mann im Rollstuhl vor sich her und sah sie fragend an. Jule nickte zerstreut.

«Sicher?», fragte er nach.

«Ja, alles in Ordnung», brachte Jule hervor. Dabei war *nichts* in Ordnung. Gar nichts.

«Na gut … Bis später dann, Frau Klingebiel.» Langsam schob er den Rollstuhl weiter den Weg entlang.

«Jule», sagte Mielchen mit zittriger Stimme. Sie räusperte sich und fuhr dann fort. «Ich konnte bisher einfach nicht … Dass du jetzt den Brief gefunden hast, war vielleicht ein Zeichen. Ich habe es nie geschafft, Senta –»

«In über sechzig Jahren hast du es nicht *geschafft?*» Jules Stimme klang eher ungläubig als vorwurfsvoll.

Mielchen zündete sich die Zigarette an, die sie bisher zwischen den Fingern gehalten hatte, zog einmal daran und sagte dann leise: «Irgendwann schien es mir zu spät.»

«Ich begreife das nicht», sagte Jule. In ihrem Kopf ging alles durcheinander. Vielleicht sollte sie sich im Moment auf die praktischen Fragen konzentrieren. «Wann habt ihr noch mal genau geheiratet, Fritz und du?»

«Im Juli 1945.»

«Aber dann konnten sich doch alle ausrechnen, dass Senta nicht sein Kind war!»

«Es konnten sich jedenfalls alle ausrechnen, dass Senta vor der Hochzeit gezeugt worden war. Aber sie war ein sehr kleines Baby und …»

«Du meinst, sie konnte als Frühgeburt durchgehen?», fragte Jule fassungslos. Sie vermochte den Gesichtsausdruck ihrer Oma nicht zu deuten. Lag da ein gewisser Trotz in ihrer Mimik?

«Na ja, irgendjemand muss tatsächlich einen Verdacht gehabt haben», sagte Mielchen. «Am 1. Mai 46 hat mir jemand einen verdorrten Kirschzweig ans Stubenfenster gesteckt, einen Schandmaien.»

«Was ist das denn?»

«Das Gegenteil des Liebesmaiens.» Als Mielchen sah, dass Jule immer noch nicht verstand, erklärte sie: «Einen Liebesmaien stecken junge Männer unverheirateten Frauen ans Fenster, als Beweis ihrer Gunst. Das sind Zweige, die mit bunten Bändern geschmückt und mit einem kleinen Herz versehen sind, auf dem der Namen ihrer Angebeteten steht. Einen *Schandmaien* steckt man gefallenen Mädchen ans Fenster, um sie zu schmähen.» Mielchen drehte ihren doppelten Ehering. «Damit wollte mir wohl jemand sagen, dass er Bescheid wusste. An dem alten Kirschzweig hing ein Zettel, auf dem ‹Emilie, das Russenliebchen› stand.»

«Aber … warum ein verdorrter Kirschzweig?»

Mielchen zog wieder mit der Lässigkeit und Eleganz, die Jule schon vorhin erstaunt hatte, an ihrer Zigarette. «Die Kirsche ist ein Symbol für Liebe und Sexualität, wusstest du das nicht?»

Jule schüttelte den Kopf.

«Es gibt viele Legenden, in denen die Kirsche mit dem Weiblichen und der Sünde in Verbindung gebracht wird. Damals lebte eine alte Frau im Dorf, die uns immer erzählte, man dürfe sich bei Mondlicht keinem Kirschbaum nähern. Das könnte einen Kopf und Kragen kosten, denn die Geister, die dort ihr Unwesen trieben, hätten nur die Verführung unschuldiger Mädchen im Sinn.» Mielchen bemühte sich um ein Lächeln. «Aber mir hat dieser Schandmaien nichts ausgemacht. Ich meine, dumme, missgünstige Menschen gibt es immer, die darf man nicht wichtig nehmen. Ich hatte Gott sei Dank Fritz und meine Eltern, die mir trotz allem immer beigestanden haben. Aber vor allem hatte ich Senta. Sie war ein Wunder. Das Kostbarste, was ich hatte.»

Eine Weile schwiegen sie. Jule hatte das Gefühl, nicht mehr zu wissen, wo oben und unten war. Schließlich fragte sie: «Ist Mama Kostja ähnlich?»

«Äußerlich kaum. Aber sie hat sein Temperament», sagte Mielchen. «Fritz nannte sie früher immer Sensations-Senta, weil sie überall dabei sein musste, wo etwas los war. Schon als kleines Mädchen war sie immer so lebendig und unternehmungslustig und gesellig – das hat sie von Kostja. Ich habe mich ja schon immer gerne mal zurückgezogen. Ich kann stundenlang lesen oder im Garten arbeiten und bin gerne für mich. Senta konnte nie gut allein sein oder sich allein beschäftigen. Gut, dass es damals so viele Kinder im Dorf gab.»

«Warum habt ihr, Fritz und du, eigentlich keine weiteren Kinder mehr bekommen?»

Mielchen zog ein letztes Mal an ihrer Zigarette und warf sie dann weg. «Es hat nicht sein sollen, Julchen. Leider. Vielleicht hat er im Krieg etwas mitbekommen. Er hat Senta geliebt wie sein eigenes Kind. Die beiden hatten eine sehr enge Beziehung, viel unkomplizierter als die zwischen Senta und mir. Er wusste, was er tat, als er mir trotz meines Geständnisses einen Antrag machte ...» Mielchen lächelte Jule an. «Weißt du, dass *du* Kostja ein wenig ähnlich siehst? Vor allem als kleines Mädchen! Ich konnte es manchmal gar nicht glauben und musste aufpassen, dass ich dich nicht die ganze Zeit über anstarre.» Sie beugte sich zu Jule und fuhr ihr mit der Hand übers Gesicht. «Du hast seine hohe Stirn und seine Augenpartie. Und seine langen Beine.»

Jule war sprachlos.

«War es egoistisch von mir, dir all das zu sagen?», fragte Mielchen und nahm Jules Hand.

Jule schüttelte den Kopf. «Warum egoistisch?»

«Weil mir dadurch eine Last vom Herzen genommen ist, Julchen. Von Kostja zu erzählen und –»

«Du musst es Mama sagen», sagte Jule entschieden. «Es geht nicht, dass ich von Kostja weiß und sie nicht.»

Mielchen schwieg einen Moment, dann nickte sie. «Ich weiß. Das werde ich auch.»

«Sie kommt ja am Freitag.»

Mielchen nickte erneut, atmete tief ein und stieß dann seufzend die Luft wieder aus. Schließlich fragte sie: «Was denkst du, mein Schatz?»

«Ich … ich weiß nicht. Im Moment muss ich nur an Mama denken. Was glaubst du, wie sie es aufnehmen wird?»

«Das habe ich mich schon so oft gefragt … Ich weiß es nicht. Senta war nie besonders nachsichtig mit mir, und in diesem Fall hat sie auch nicht den geringsten Grund dazu … Es kann ziemlich schlimm werden.»

Jule drückte Mielchens Hand. «Warum hast du es ihr nicht von Anfang an gesagt?»

«Damals waren die Umstände nicht wie heute, Jule. Man ist nach außen hin nicht offen mit so etwas umgegangen. Die wenigsten Frauen dürften es ihrem Mann erzählt haben, wenn so etwas passiert war – *gerade* dem eigenen Mann nicht! Nach dem Krieg sahen die Dinge einfach anders aus, und während des Kalten Krieges erst recht. Kostja war ja

Russe. Der *Feind*!» Mielchen schüttelte den Kopf. «Aber es gab noch etwas, das mich davon abgehalten hat, es Senta zu sagen. Sie hatte zu Fritz immer ein ungetrübteres Verhältnis als zu mir. Wenn ich ihr das Vertrauen in ihren Vater genommen hätte … Und auch Fritz hätte ich etwas genommen. Verstehst du das?»

Jule reagierte nicht gleich, nickte dann langsam. Ihr war, als hätte sie diese Ungeheuerlichkeit und alles, was sie bedeutete, immer noch nicht ganz begriffen. Trotzdem fühlte sie sich Mielchen nah und verstand sie irgendwie. Sie spürte, dass ihre Oma immer noch über ihre Hand streichelte.

«Es wird ein bisschen Zeit brauchen, hm?», fragte Mielchen leise.

«Hmhm.»

«Wo wir gerade von Zeit sprechen …» Mielchen deutete auf eine Pflegerin, die auf sie zugeeilt kam.

«Frau Klingebiel, ich hab Sie schon gesucht.» Sie war etwas außer Puste. «Ich muss Sie jetzt leider reinbringen. Es ist schon halb eins. Das Essen steht bereits da und wird kalt …»

«Ach», seufzte Mielchen und schaute auf ihre schmale Armbanduhr. «Ist es schon so spät?»

«Es ist halb eins», bestätigte die Frau. «Und Sie haben doch um ein Uhr schon wieder Physiotherapie.»

Mielchen sah Jule fragend an. «Ist es …?»

«Geh ruhig», sagte Jule. «Ich komm morgen wieder. Dann reden wir weiter.»

«Bist du sicher?», fragte Mielchen. Ihre Stimme klang besorgt.

«Natürlich.»

«Gut. Dann … fahr vorsichtig, mein Schatz.»

Jule lächelte. «Mach ich.»

Sie gab Mielchen einen Abschiedskuss, half ihr zusammen mit der Pflegerin in den Rollstuhl und sah ihrer kleinen Oma nach. Schließlich folgte sie dem Weg, der um das Klinkergebäude herum zum Ausgang führte, und ging Richtung Parkplatz.

In ihrem Kopf fuhren die Gedanken Achterbahn. Das konnte doch alles nicht wahr sein. Wie würde Senta darauf reagieren? Und wie sollte Jule ihrer Mutter überhaupt gegenübertreten, mit diesem Wissen, das sie ihr voraushatte?

Plötzlich hörte sie Reifen quietschen. Ein Auto kam direkt neben ihr zum Stehen.

Der Fahrer des Wagens öffnete die Tür und brüllte: «Haben Sie keine Augen im Kopf? Einfach ohne zu gucken über die Straße zu laufen! Das hätte auch anders ausgehen können, mein Gott!»

Jule sah sich um. Sie stand mitten auf der Fahrbahn. Schnell murmelte sie eine Entschuldigung und lief dann auf dem kürzesten Weg zum Parkplatz. Bei ihrem Auto angekommen, schloss sie auf, stieg ein und zog eilig die Tür hinter sich zu. Reglos blieb sie sitzen.

Sie musste mit jemandem sprechen, um ihre Gedanken zu ordnen. Kurzerhand holte Jule ihr Handy aus der Tasche und rief Gesa an.

«Jule, wie geht's?», meldete sich ihre Freundin.

«Geht so.»

«Oje, du klingst ja kläglich. Was ist los?»

«Ich bin bei Mielchen in der Reha, und du glaubst nicht, was sie mir gerade gesagt hat.»

«Was denn?»

«Ich bin noch total durcheinander ...» Jule holte tief Luft, dann fiel sie mit der Tür ins Haus. «Mein Opa ist nicht der leibliche Vater meiner Mutter.»

«Oh Gott.» Es raschelte am anderen Ende. «Warte mal kurz ... Ich sag nur schnell einer Kollegin Bescheid, dass ich etwas später zum Meeting komme.»

Jule hörte dumpfe Stimmen, offenbar hielt Gesa die Hand über den Hörer. Dann war ihre Freundin wieder dran.

«Das ist ja unglaublich. Und ... weiß deine Mutter das?»

«Nein.»

«Wusste dein Opa es? Also, Mielchens Mann, meine ich?»

«Ja, der schon.»

«Na, immerhin.»

«Gesa ... ich bin völlig durch den Wind. Diese ganze Geschichte ist so unfassbar. Ich meine –»

«Jule?», unterbrach Gesa sie. «Habt ihr das Gespräch gerade eben erst gehabt?»

«Ja.»

«Das dachte ich mir, so wie du klingst ... Wo bist du jetzt genau?»

«Ich sitze im Auto. Auf dem Parkplatz vor der Reha-Klinik.»

«Und du willst jetzt nach Königreich fahren? Allein?»

«Ja, klar.»

«Hm. Dann atme jetzt bitte erst mal tief durch und konzentrier dich darauf, heil wieder nach Hause zu kommen, ja? Sollen wir vielleicht besser nachher noch mal in Ruhe telefonieren? Ich muss jetzt gleich zu einer Besprechung, und mir scheint, das ist kein Thema für zwischendurch. Was meinst du?»

Noch bevor Jule zustimmen konnte, schob Gesa hinterher: «Oder doch lieber jetzt?»

«Nein, nein, muss nicht jetzt sein. Wir können auch heute Abend sprechen.» Jule bemerkte, dass der Blinker merkwürdig schief hinter dem Lenkrad hing. Das war ihr vorhin gar nicht aufgefallen. Sie tippte ihn vorsichtig an. Nichts geschah.

«Ich wollte dich sowieso was fragen ... Also, ich hab ab morgen ein paar Tage frei. Wenn du nichts dagegen hast, dann komm ich noch mal zu dir raus.»

«Ja, klar, das wär schön», sagte Jule.

«Würde dir Donnerstag passen?»

«Ja, glaube schon. Am Freitag kommt allerdings meine Mutter, und ich hab mir überlegt, dass ich versuchen will, Mielchen dann wenigstens für den Tag nach Hause zu holen. Oder für das Wochenende. Aber Donnerstag ist noch keiner da. Höchstens ... Sebastian.»

«Und wollt ihr lieber allein sein?»

Jule schwieg einen Moment. *Eigentlich schon. Am Wochenende würden sie ja sicher keine Zeit für sich haben.*

«Also, lieber wann anders, oder?», fragte Gesa verständnisvoll. «Es ist nur ... Die Jungs haben ja Ferien und sind schon seit ein paar Tagen bei uns, und ... na ja, da steht immer sehr viel Kinderprogramm an, und dann streiten die sich auch dauernd ...»

«Ärger im Paradies?», fragte Jule und merkte, wie sie langsam wieder ruhiger wurde. Schon dieses kurze Telefonat mit ihrer Freundin tat ungemein gut.

«Nein, es ist nur so viel Trubel und ... Ach, ich hätte einfach nichts dagegen, mal rauszukommen.»

«Verstehe. Dann komm, wann du willst!» Jule beugte sich vor und versuchte, den Blinker wieder fest zu verankern, als sie ihn plötzlich in der Hand hielt.

Na, super. Jetzt zerfiel auch noch das Auto in seine Bestandteile.

«Wirklich?», fragte Gesa. «Die Jungs haben ihren Vater bestimmt ganz gern mal für sich.»

«Bestimmt», sagte Jule abwesend.

«Gut, dann meld ich mich noch mal und sag dir, wann ich genau komme. Und du? Kommst du erst mal klar?»

«Hmhm.»

«O.k. Dann komme ich also übermorgen. Halt durch, Schätzchen! Hilfe naht.»

Zu Jules eigener Verwunderung überstand sie die Fahrt nach Königreich ohne weitere Zwischenfälle. Trotz Chaos im Kopf und fehlendem Blinker. Als sie vor Mielchens Haus vorfuhr, sah sie Piet vor dem Nachbarhaus den Rasen mähen.

Sebastian schien noch nicht wieder da zu sein, sein Auto war nirgends zu sehen. Jule stieg aus, und sogleich kam Emil ungewöhnlich flink auf sie zu gelaufen und stupste mit der Schnauze wiederholt gegen ihre Hand, als wollte er sie zu irgendetwas auffordern.

Piet stellte den Motor des Rasenmähers ab und pfiff ihn zurück.

«Moin, Jule», rief er und hob grüßend den Arm.

«Moin.» Jule ging durch die weiß gestrichene Gartenpforte zu ihm, wobei sie die Stockrosen beiseitehalten musste, die von beiden Seiten den Weg zuwucherten. «Was bekommt Emil denn in letzter Zeit zu fressen? Er wirkt ja sonst eher schwerfällig …» Jule kraulte dem Hund das Nackenfell.

«Ich glaub, er langweilt sich bei mir.» Piet bugsierte den Rasenmäher ein Stück zur Seite. «Außerdem ist ihm das Ding hier zu laut.»

«Du scheinst wirklich ständig zu arbeiten.»

«Na ja, wenn man einmal anfängt …»

Wow, das war ja ein richtig normales Gespräch.

«Kommst du denn im Haus voran?»

«Willste's dir mal ansehen?»

Jule nickte. «Gerne.» Ein bisschen Ablenkung tat ihr jetzt ganz gut.

Piet ging zur Haustür, in der von außen der Schlüssel steckte, und schloss auf. «Ich geh mal vor. Hier liegen so viele Plünnen rum.»

Das stimmte allerdings. Auf dem Steinfußboden der Diele lagen massenweise Holzbretter, daneben standen Tüten aus dem Baumarkt und Farbeimer. Jule warf einen Blick ins Wohnzimmer. Seit Jahrzehnten war sie nicht mehr in diesem Haus gewesen. Vor den Fenstern hingen großgeblümte Vorhänge, sonst war der Raum so gut wie leer. Durch die offene Küchentür sah sie einen weißen Plastiktisch und zwei Klappstühle.

«Ziemlich unwirtlich, was?», fragte Piet, der ihrem Blick gefolgt war. «Ich arbeite mich von oben nach unten vor. Bin noch dabei, den Dachboden auszubauen.»

«Darf ich mal sehen?» Jules Neugier war geweckt.

«Klar. Ich nehm bei der Gelegenheit gleich ein paar Bretter mit nach oben.» Piet bückte sich. «Vorsicht, halt lieber

Abstand.» Und zu Emil gewandt, fügte er hinzu: «Und du auch.»

Jule hielt den Hund am Halsband fest, während Piet sich drei Bretter über die Schulter legte und vor ihr die Treppe hochging. Sie folgte ihm, zusammen mit Emil.

Im Flur im ersten Stock stand die Klappe zum Dachboden offen, und die Leiter war ausgeklappt. Piet lehnte die Bretter an die Wand und stieg die schmalen Sprossen hoch. Als er oben war, sagte er: «Für dich sind die Bretter zu schwer, oder?»

Jule versuchte es und reichte ihm dann ein Brett nach dem anderen an. Anschließend stieg sie selbst die Leiter hoch. Emil hatte sich bereits darunter niedergelassen.

Der Fußboden war mit einer Plane bedeckt. Auch hier standen diverse Farbeimer sowie zahlreiche Utensilien neben einem aufgeklappten Werkzeugkoffer. Jule sah eine Bohrmaschine, eine Wasserwaage, Schrauben und Dübel. Neugierig sah sie sich um. Der Giebel war vollständig verglast. An den Fenstern, deren Holzrahmen einen warmen, honigbraunen Farbton hatten, klebten noch die Aufkleber des Herstellers. Dahinter war der sattblaue Sommerhimmel zu sehen, über den ein paar Schönwetterwolken zogen.

«Was für ein Ausblick», sagte Jule.

«Ja, nicht?» Piet blieb am Fenster stehen. «Du müsstest hier mal den Sonnenaufgang sehen.»

«Und die Fenster sind neu?»

Piet nickte. «Bis vor ein paar Wochen war das noch ein dunkler, staubiger Dachboden mit winzig kleinen Dachluken. Ich hab alles dämmen und die Fenster einsetzen lassen.»

«Toll. Du scheinst aber auch ziemlich viel selbst zu machen.»

Er zuckte mit den Schultern. «Als Nächstes verlege ich die Dielen.»

«Und dann streichst du alles weiß?», fragte Jule mit einem Blick auf die Farbeimer.

«Genau. Aber ich töne es ein bisschen ab. Soll ein heller, warmer Raum werden.»

Jule nickte anerkennend. «Willst du eigentlich das ganze Haus renovieren?»

«Jou. Es ist allerdings mehr zu tun, als ich dachte.» Piet kratzte sich am Kopf. «Mal sehen, wie weit ich komme.»

«Das hier wird bestimmt der schönste Raum des Hauses, so hell und so großzügig. Und dann dieser tolle weite Blick über die Felder …» Jule sah ihn forschend an. «Du überlegst doch bestimmt, selbst hier einzuziehen, oder?»

«Ich weiß es wirklich nicht, Jule», sagte Piet unerwartet ernst, sodass Jule sich unsicher war, ob sie darauf eingehen sollte. Ziellos ging sie ein paar Schritte, die Finger gedankenverloren an ihrer Halskette, und noch während sie überlegte, wie sie die Situation wieder auflockern konnte, sorgte Piet schon selbst dafür. Er goss Kaffee aus einer Thermoskanne in einen Becher und fragte: «Wollen wir uns den teilen?»

«Hmhm.» Jule nickte lächelnd.

Er reichte ihr den dampfenden Becher, setzte sich vor dem Fenster auf den Boden und streckte die Beine aus. Dann bedeutete er ihr, sich neben ihn zu setzen, und sie blickten schweigend aus dem Fenster.

«Ich war die letzten Jahre in Afrika, wusstest du das?», fragte er nach einer Weile.

Jule schüttelte den Kopf und sagte: «Nein, Piet, ich weiß eigentlich gar nichts über dich.»

«In Dschibuti. Mit *Ärzte ohne Grenzen*», fuhr Piet fort, ohne auf ihren Kommentar einzugehen. «Wir waren da mit einer mobilen Krankenstation unterwegs.»

Jule trank einen Schluck von dem ungewohnt starken Kaffee und hielt Piet dann den Becher wieder hin.

«Wir sind in die Slums und haben die Kinder untersucht und sie in die Ernährungszentren gebracht, wenn wir sie nicht ambulant behandeln konnten.»

«Ernährungszentren?», fragte Jule.

«Ja, dort werden die schlimmsten Auswirkungen der Mangelernährung behandelt, und die Kinder bekommen zu essen.»

Jule nickte. «Und wie lange warst du dort?»

«Etwas über zwei Jahre, insgesamt.»

«Klingt spannend. Aber es war sicher nicht einfach.» Irgendwie fürchtete Jule, das Gespräch könne jeden Moment wieder zu Ende sein. Deshalb stellte sie schnell eine weitere Frage, als Piet länger schwieg.

«Und das ist jetzt vorbei?»

«Na ja, meine Kollegen sind noch unten.» Piet trank einen Schluck und sah wieder in den Himmel. Dann sagte er: «Ich weiß noch nicht, ob ich das weitermachen kann.»

Die ganze Zeit hatte Jule ihn von der Seite angesehen und bemerkt, dass an seiner Schläfe eine Ader wie wild zuckte, obwohl er ganz ruhig und gefasst sprach.

«Verstehe. Das geht einem sicher an die Nieren.»

Piet nickte. Nach einer Weile wandte er ihr wieder den Kopf zu. Bei dem seitlichen Lichteinfall leuchteten seine blauen Augen plötzlich ganz intensiv unter den blonden Haaren, die ihm bei jeder Gelegenheit ins Gesicht fielen. «Aber es ist natürlich auch toll, helfen zu können.»

Jule war unsicher, wie weit sie nachfragen durfte. «Was hält dich denn davon ab, wieder nach Afrika zu gehen?»

Unvermittelt drückte er ihr den Becher in die Hand und stand auf.

Mist! Falsche Frage … Das ungefähr fünfminütige Zeitfenster, in dem er seit zwei Wochen zum ersten Mal etwas Persönliches verriet, hatte sich wieder geschlossen.

«Ich werd mal den Rasen fertig mähen und dann hier weitermachen.» Er war bereits zur Hälfte auf der Dachleiter verschwunden.

Seufzend stand Jule ebenfalls auf und stieg nach ihm die Leiter hinunter. «Wie oft muss man eigentlich Rasen mähen?», fragte sie. Wahrscheinlich hätte sie das bei Mielchen schon längst auch mal machen sollen.

«Na, im Sommer eigentlich jede Woche, spätestens alle zwei.»

«Oh. Dann muss ich nebenan dringend auch mal mähen.»

«Mach es lieber, bevor das Gras zu lang wird», sagte Piet und ging, gefolgt von Emil, die Treppe ins Erdgeschoss hinunter. «Wenn du Hilfe brauchst – weißt du ja, wo du mich findest.»

Er öffnete die Haustür und überließ ihr den Vortritt.

«Ja, danke», sagte Jule. Das kam ja fast einem Rauswurf gleich.

Als sie durch die Pforte wieder auf die Straße trat und sich noch einmal zu ihm umsah, machte Piet gerade den Rasenmäher wieder an. «Bis dann», rief sie über das Dröhnen hinweg.

Piet winkte kurz und schob den Rasenmäher in den hinteren Teil des Gartens.

Seltsamer Kerl.

Zwei Stunden später sah Jule sich im Garten um, ob sie irgendwo ein Fleckchen vergessen hatte zu mähen. Offenbar nicht. Zufrieden stellte sie den Rasenmäher aus und kippte das abgeschnittene Gras aus dem Fangkorb auf den Komposthaufen. Ha! Das war doch überhaupt kein Problem gewesen.

Die starke Sonne der letzten Tage hatte dem Rasen ganz schön zugesetzt, und der letzte Regen war schon wieder so lange her, dass der Boden knochentrocken war und alles ein bisschen staubig wirkte. Sie würde heute noch sprengen und die Beete wässern müssen, ermahnte sich Jule.

Erschöpft setzte sie sich auf den warmen, duftenden Rasen, streckte die Beine aus und lehnte sich, auf die Ellbogen gestützt, zurück, das Gesicht der Sonne zugewandt. Das Mähen hatte beinahe etwas Meditatives gehabt. Die ganze Zeit war ihr Mielchens Geschichte durch den Kopf gegangen. Jule hatte versucht, sich vorzustellen, was ihre Oma damals durchgemacht hatte. Ob sie über Kostjas Verlust je hinweggekommen war? Wie waren sie und Fritz all die Jahre mit dem Geheimnis umgegangen? Und was hatte es überhaupt zu bedeuten, dass Fritz nicht Sentas leiblicher Vater war?

Fragen über Fragen … Jule konnte nur schwer einschätzen,

wie ihre Mutter auf diese Nachricht reagieren würde. Senta war zwar temperamentvoll, aber sie konnte auch sehr pragmatisch sein. Jule hoffte nur, dass Senta es Mielchen nicht zu schwer machen würde. Eigentlich hatte Jule die komplizierte Beziehung der beiden nie ganz durchschaut. Senta schien Mielchen gegenüber immer seltsam distanziert, dabei aber freundlich-neutral – eigentlich äußerst ungewöhnlich für Mutter und Tochter. Aber früher mussten sie viel gestritten haben, das hatte Senta ihr mal erzählt, denn während Jules Pubertät hatte ihre Mutter sich immer gewundert, wie wenig sie aneinandergerieten.

Jule ließ sich auf den Rücken sinken, breitete die Arme aus und sah in den endlos weiten blauen Himmel. Wie gut es tat, nach den Anstrengungen der letzten Monate und den Aufregungen der letzten Tage einfach nur auf der warmen Erde zu liegen und in den Himmel zu sehen. Sie spürte die Sonne auf der Haut, atmete tief die würzige Sommerluft ein, und es überkam sie eine tiefe Ruhe.

Mit einem Mal hatte Jule das Gefühl, als spiele Mielchens Geheimnis für sie selbst eigentlich keine große Rolle. Fritz würde immer ihr Opa bleiben. Der geliebte Opa, an den sie viele schöne Erinnerungen hatte. Auch wenn sie trotzdem noch mehr über Kostja wissen wollte, dessen Blut schließlich auch in ihren Adern floss.

Jule wurde bewusst, wie ruhig ihr Atem ging, wie sich ihr Puls verlangsamt hatte. Ach, wenn sie doch gar nicht wieder in die Stadt zurück müsste! Vielleicht sollte sie auf dem Land bleiben und die permanente Aufregung in der Redaktion, die ganze Hektik und den Lärm der Großstadt einfach hinter sich lassen …

Prompt hörte Jule ihr Handy klingeln. Sie stand schnell auf und lief zur Terrasse, wo ihre Tasche lag.

Es war Sebastian. «Hallo, Süße.»

«Na, wie war's, hast du was gefunden?»

«Ich weiß es noch nicht. Eine junge Obstbäuerin in Deinste hat mir ein paar unbeschriftete Gläser mitgegeben. Die wirken sehr alt, das Obst darin scheint schon ziemlich zersetzt. Aber sie weiß weder, was drin ist, noch wie alt die Früchte sind. Jetzt bin ich auf dem Weg ins Labor.»

«Ich drück dir die Daumen. Kommst du danach noch her?», fragte Jule und strich sich ein paar Grashalme von den Armen.

«Ja, hab ich vor, aber ich muss im Labor noch ein paar Dinge erledigen.»

«Ich muss dir nämlich unbedingt was erzählen», sagte Jule, «aber in Ruhe.»

«Hat es was mit Weckgläsern zu tun?»

«Nein. Ist aber trotzdem wichtig.» Sie lachte. «Es geht um meine Oma.»

«Alles o.k. mit ihr?»

«Ja, schon. Gesundheitlich ist alles o.k.»

«Na, dann ist ja gut. Ich ruf dich nachher an, wenn ich aus dem Labor raus bin.»

Sie verabschiedeten sich, und Jule legte ihr Handy zurück in die Tasche. Hoffentlich waren die Gläser alt genug, und Sebastian fand endlich, wonach er so sehnlich suchte. Sie hätte so gern mal mehr Zeit am Stück mit ihm verbracht, ohne dass er sich ständig auf die Jagd nach Weckgläsern machte.

Nachdem sie den Rasenmäher wieder in den Schuppen geschoben hatte, ging Jule in die Küche und schaute in den

Kühlschrank. Sie nahm ein Stück Käse heraus, schnitt sich eine Scheibe Brot ab und goss sich ein Glas kaltes Wasser ein. Als sie sich an den Tisch setzte, fiel ihr auf, dass er voller Krümel war. Sie sah sich um. Auch der Fußboden wirkte eigentlich ziemlich dreckig. Sie würde nachher dringend mal sauber machen müssen. Außerdem standen noch die Teller, Gläser und Essensreste von gestern Abend herum. Nur die Scherben, die hatte Sebastian bereits beseitigt.

Hoffentlich war Tom heil nach Hause gekommen, dachte Jule und biss von ihrem Brot ab. Nachdem er heute früh so verärgert aufgebrochen war … Entschlossen griff sie nach ihrem Handy und wählte seine Nummer.

«Na, was willst du denn?», meldete sich Tom, sein Ton war jedoch freundlicher als seine Worte.

«Hören, ob du heil zurückgekommen bist.»

«Bin ich.»

Okay, er war also heute kurz angebunden.

«Bist du sauer?», fragte Jule.

«Nee, Jule, ich fand das gestern alles total super.»

Uh. Der klang wirklich genervt.

«Was glaubst du denn?», schob Tom hinterher.

«Ich weiß, ich hätte dich schon lange anrufen sollen.»

Tom gab ein leises Schnaufen von sich. «Seit wann hast du denn diesen Typen schon?»

«Noch nicht lange.»

Jule hörte, wie Tom sich eine Zigarette anzündete und den Rauch ausblies. Dann fragte er: «Was heißt ‹noch nicht lange›?»

«Ich hab ihn kennengelernt, nachdem wir uns getrennt haben.»

«Du verlierst ja keine Zeit. Und wann genau haben wir uns noch mal getrennt?»

Jule atmete tief ein. «Ich wollte die Diskussion jetzt eigentlich nicht wieder von vorne anfangen.»

«Ja, ja, schon gut.»

Sie schwiegen sich eine Weile an. Dann sagte Jule: «Es tut mir leid, wie das gestern gelaufen ist.»

Tom zog erneut an seiner Zigarette. «Mir auch. Ich war total betrunken, ich hätte nicht kommen sollen. Eigentlich ... eigentlich war mir nach unserem letzten Gespräch schon ziemlich klar, dass es zu spät ist. Also, dass du wirklich nicht mehr willst.»

Jule wusste nicht, was sie sagen sollte. Sie schob mit der Hand die Krümel auf dem Tisch zu einem Häufchen zusammen.

«So ist es doch, oder?», fragte er. «Du bist dir ganz sicher, dass du mich nicht mehr willst, richtig?»

«Tom ... mach es mir doch nicht so schwer. Ich –»

«Verdammt! Sag einfach, ob es so ist.»

Jule holte tief Luft, dann sagte sie: «Ja, so ist es.»

Kurzes Schweigen.

«O.k. Dann ist ja alles gesagt.»

«Tom?»

«Was denn?»

«Lass uns ...»

Er schnaubte. «Sag jetzt bitte nicht: Lass uns Freunde bleiben.»

«Wollte ich auch gar nicht. Ich wollte sagen: Lass uns das Gespräch nicht so beenden, ja?»

«Wie denn sonst?»

«Meinst du … meinst du, es wäre vielleicht möglich, dass wir Freunde bleiben?»

Tom gab ein kurzes Lachen von sich. Etwas milder gestimmt sagte er: «Ich glaub, das wäre vielleicht möglich, ja. Aber nicht sofort.» Er zog hörbar an seiner Zigarette. «Ich wollte es wirklich noch mal mit dir versuchen, Jule. Ich hab das ernst gemeint, weißt du?»

«Das glaube ich dir ja. Aber … ich kann mir nicht so richtig vorstellen, dass es auf Dauer so geblieben wäre. Dass es gutgegangen wäre, meine ich.»

«Hm … Weiß ich auch nicht.»

Wieder trat eine unangenehme Pause ein. Dann sagte Jule: «Wann fängst du in Paris an?»

«Nächste Woche.»

«Weißt du schon, wo du wohnst?»

«Ich komm erst mal bei Freunden von Steffen unter, dann seh ich weiter. Wenn ich was gefunden hab, kannst du mich ja mal besuchen kommen.» Seine Stimme klang versöhnlich. «Aber ohne den Lackaffen», fügte er hinzu.

«O.k.» Jule nickte. «Tom?»

«Hm?»

«Ich wünsch dir alles Gute für den neuen Job. Mach was draus, ja?»

«Hm. Danke.»

«Bis bald.»

«Ja, bis bald. Tschüs, Jule.»

Jule legte auf. Sie trank einen Schluck Wasser und trat ans Fenster. Allmählich stellte sich eine gewisse Erleichterung ein. Am Ende hatte Tom doch ganz versöhnlich geklungen. Es klang, als hätte er im Grunde schon bei seinem ersten

Besuch im Alten Land verstanden, dass ihre Entscheidung feststand. Auch wenn Jule zugeben musste, dass sie sich widersprüchlich verhalten hatte. Aber er würde über sie hinwegkommen. Er würde sich auf den neuen Job stürzen, auf Paris und die Französinnen. Sie würden ihn lieben. Und Jule würde über *ihn* hinwegkommen.

Und jetzt würde sie die Küche putzen.

Jule wuchtete gerade den Staubsauger aus der kleinen Besenkammer unter der Treppe, als es an der Tür klingelte.

Eine junge, etwas exotisch aussehende und auffallend schöne Frau mit schwarzer Wallemähne stand vor der Tür und stellte sich als Assistentin von Dr. Hofstetten vor.

«Der ist leider nicht hier», sagte Jule und fragte sich, ob das die Alice war, mit der Sebastian neulich telefoniert hatte, als sie in dem Restaurant bei Harsefeld saßen. «Er wollte ins Labor und einen Fund untersuchen.»

«Ach? Sebastian ist fündig geworden?» Die Frau wirkte erstaunt. «Sind Sie sicher? Ich meine, wir sind zusammen in diesem Deemste oder so gewesen und –»

«In Deinste? Sie waren mit ihm in Deinste?» Irgendwie kam ihr diese Frau ziemlich aufgebrezelt vor, dafür, dass sie in irgendwelchen staubigen Kellern nach alten Obstgläsern gesucht hatte. Sie trug einen Rock, eine ziemlich tief ausgeschnittene Bluse und war sorgfältig geschminkt.

Plötzlich kam Jule sich in Mielchens Schürze, die sie sich zum Putzen übergezogen hatte, ziemlich schäbig vor.

«Sebastian … also Herr Hofstetten», erklärte sie schnell,

«wollte heute Abend noch wiederkommen. Soll ich ihm irgendwas ausrichten?»

Einen Augenblick musterte die Frau sie nachdenklich. «Nein, das wird nicht nötig sein», sagte sie schließlich und wandte sich zum Gehen. «Dann will ich Sie auch nicht weiter stören.»

Sebastian hatte ihr heute Morgen gar nicht erzählt, dass Alice mit nach Deinste kommen würde. Und wieso waren sie dann nicht gemeinsam zurückgefahren?

Jule nahm sich vor, ihn am Abend danach zu fragen. Jetzt würde sie erst mal den Schmutz im Haus beseitigen.

«Jule? Bist du da?»

Jule sah vom Boden auf und strich sich die Haare aus dem Gesicht. Auf der Terrasse stand Inken.

«Hier in der Küche!», rief Jule, als die Nachbarin auch schon den Kopf durch die Küchentür steckte.

«Vorsicht, hier ist es nass.» Jule schob den Putzeimer ein Stück beiseite, damit Inken nicht über ihn stolpern würde. «Ich wische gerade.»

Vorher hatte sie das saubere Geschirr aus der Spülmaschine geholt, die Küche aufgeräumt, den Müll rausgebracht, die Spüle geputzt und gesaugt.

«Wow! Hier sieht's ja aus, als wäre Mielchen wieder da», sagte Inken.

«Ja, das war aber auch dringend nötig.» Erst jetzt registrierte sie Inkens elegantes Outfit. «Du bist so schick, wo willst du hin oder wo kommst du her?»

«Aus Hamburg. Ich hab heute unterschrieben!»

«Gratuliere! Darauf müssen wir anstoßen.»

Inken strahlte. «Find ich auch. Wir könnten sogar bei dir bleiben, wenn du magst. Mia ist seit heute Vormittag bei Hanna und übernachtet auch bei ihr.»

«Gern. Ich wisch nur schnell fertig.»

«Hast du schon was gegessen?», fragte Inken.

«Nur ein Brot, und das ist auch schon wieder länger her.»

«Dann hol ich uns was.» Inken drehte sich um und rief fröhlich winkend: «Bis gla-heich.»

Jule wischte noch unter dem Küchentisch und stellte den Mopp dann zum Trocknen in die Ecke. Die Küche sah toll aus. Alles war aufgeräumt, alles glänzte. Zufrieden ging sie ins Bad, um sich die Hände zu waschen, und als sie kurz darauf mit zwei Gläsern und einer Flasche Weißwein aus dem Haus trat, stellte sie fest, dass die Terrasse bereits im goldenen Licht der Abendsonne lag. Inken saß auf der Bank unter dem Küchenfenster, neben sich zwei Teller mit Nudelsalat.

«O lecker!» Jule nahm sich einen Teller und setzte sich. «Ich merke jetzt erst, was für einen Hunger ich habe. Kein Wunder, ich hab eigentlich den ganzen Tag nichts Richtiges gegessen.»

«Wie kann man nur vergessen, zu essen?» Inken zog den Korken aus der Flasche. «Das könnte mir nie passieren.»

«Ich hatte allerdings auch einen etwas speziellen Tag», sagte Jule und lehnte sich zurück. «Aber erzähl du lieber: Wie war es denn in Hamburg? Hast du den Vertrag persönlich bei deinem Herrn Breiting abgegeben?»

Inken nickte vielsagend, während sie Wein in die beiden Gläser goss.

«Nun mach's nicht so spannend», sagte Jule ungeduldig.

«Also, ich hab ihn heute Morgen angerufen und behauptet, ich müsste sowieso in die Stadt und könnte ihm den unterschriebenen Vertrag vorbeibringen. Er schien richtig erfreut.» Inken gluckste wie ein verliebter Teenager. «Und, stell dir vor, er hat sich sogar nach Mia erkundigt! Wobei mich am meisten beeindruckt hat, dass er sich ihren Namen gemerkt hat.»

«Na ja, sie ist ihm vermutlich in lebhafter Erinnerung geblieben ...»

«Ja, da hast du wahrscheinlich recht.» Inken musste lachen. «Ich hab ihm gesagt, er dürfte das nicht persönlich nehmen. Sie wäre fremde Männer im Haus einfach nicht gewöhnt.»

«Das hast du gesagt?»

«Ja.» Fragend sah Inken sie an. «War das blöd von mir? Ach, Jule, ich *kann* einfach nicht flirten. Das war wohl nicht so gut, oder? Es wäre besser, er würde mich für eine total begehrte Frau halten, oder?»

Jule schüttelte den Kopf und schob sich eine Gabel Nudelsalat in den Mund. «Ach was», sagte sie kauend. «Wie hat er denn reagiert?»

Inken überlegte. «Ehrlich gesagt, ist er gar nicht darauf eingegangen, er hat eigentlich nur gelacht.»

«Ist doch nett», sagte Jule.

«Ach, Jule, du ahnst gar nicht, *wie* nett der ist», sagte Inken. «Darf man Männer über vierzig eigentlich noch süß nennen? Ich meine, wenn man selbst auch schon über vierzig ist? Obwohl ich mir gerade eher vorkomme wie vierzehn.»

Jule grinste. «Das soll, glaube ich, so sein.»

«Was?», fragte Inken etwas begriffsstutzig.

«Na, dass man sich wie vierzehn fühlt und den andern süß findet, wenn man für jemanden schwärmt.» Sie lachte und schob sich die nächste vollgehäufte Gabel in den Mund. «Was hat er denn nun gesagt?»

«Dass sich alle Kollegen sehr freuen würden, dass ich unterschrieben habe, ich wäre eine Bereicherung für das Hotel. Und dann hat er noch hinterhergeschoben: Er persönlich freue sich ganz besonders darüber.» Ihre Augen strahlten. «Ach, der ist ja *so* nett, Jule. Und dein Wohnviertel ist auch so schön. Die ganzen Altbauten, die vielen Bäume und Cafés, die schönen Läden – ich würd wirklich was drum geben, dort zu leben.»

Und was ist mit dem Verkehrslärm, der schlechten Luft, der ganzen Hektik …?

Aber Inken hatte schon recht, es war sehr schön in Eimsbüttel, vor allem im Sommer, wenn alle draußen in den Eiscafés, auf den Spielplätzen und in den Restaurants saßen. Nur dass sich Jule im Moment einfach überhaupt nicht nach der Stadt sehnte.

«Übrigens», fuhr Inken fort, «hat er so eine Andeutung gemacht … Also, ich glaube, es könnte vielleicht sein, dass er in derselben Situation ist wie ich: geschieden, ein Kind. Aber ich bin nicht sicher.»

«Das wär ja passend. Aber … sei ein bisschen vorsichtig, ja? Ich meine, ich freu mich total, dass er dir gefällt. Zumal du neulich noch dachtest, du wärst nicht normal, weil dich kein Mann interessieren würde. Aber ihr seid dann Kollegen, und er ist dein Vorgesetzter … Das ist schon etwas heikel.»

«Ja, ja», sagte Inken abschätzig. «Das bleibt wahrscheinlich sowieso alles ein Traum. Ich freu mich jedenfalls total auf den neuen Job. Jetzt muss ich erst mal kündigen.» Sie wurde ernst. «Und mit Mia reden. Aber das verdränge ich heute lieber noch …»

«Wann fängst du denn an?»

«Mitte Oktober.»

«Dann müsstest du in jedem Fall genug Zeit haben, um eine Wohnung zu finden.» Scherzhaft fügte sie hinzu: «Wir können ja Wohnungen tauschen.»

Irritiert sah Inken sie an. «Wie meinst du das?»

«Ach, im Moment würde ich am liebsten für immer hier bleiben. Mit Sebastian über die Lande düsen und mich als Königin von Königreich fühlen!»

«In diesem Kaff?», fragte Inken abfällig. «Dieser zwielichtige Klimaforscher scheint dir ja ganz schön den Kopf verdreht zu haben …» Inkens Tonfall klang skeptisch, fast mahnend.

Jule sah sie prüfend an. «Inken, was ist eigentlich los? Du bist immer so komisch, wenn es um Sebastian geht.»

«Ja … das hat auch einen Grund», sagte Inken und stellte ihren Teller ab. «Ich muss dir was sagen.»

Das, was ich will, bist du

«Ich will mich da ja eigentlich nicht einmischen», sagte Inken. Die Situation schien ihr unangenehm zu sein. «Aber …»

«Aber was?» Jule war leicht genervt. «Raus mit der Sprache!» Sie hatte schon längere Zeit das Gefühl, dass Inken ihr das Glück mit Sebastian nicht gönnte.

«Ich hab Sebastian vorher schon mal gesehen.»

«Ja, in der Pension, das weiß ich doch.»

«Ich … will aber auf was anderes hinaus.» Inken druckste herum. «Also, als ich vorhin aus Hamburg zurückgekommen bin, hab ich hier in Königreich eine Frau gesehen, so eine exotische Schönheit mit schwarzen, langen Haaren –»

«Das dürfte Sebastians Assistentin gewesen sein», unterbrach Jule sie.

«Du kennst sie?», fragte Inken.

«Ja, sie hat vor ein, zwei Stunden hier geklingelt und wollte Sebastian sprechen. Die beiden arbeiten gerade unter Hochdruck an einem Forschungsprojekt und stehen ziemlich unter Strom.» Warum hatte Jule nur plötzlich das Gefühl, Sebastian verteidigen zu müssen?

«Ich hab die beiden schon mal zusammen gesehen.»

Jule sah sie abwartend an.

«Er war mal mit ihr zusammen in der Pension. Das ist mir jetzt erst wieder eingefallen, wo ich sie gesehen habe.»

«Aha», sagte Jule unbeeindruckt. «Alice hilft Sebastian schließlich schon länger bei der Suche nach alten Weckgläsern.»

«Sie haben in einem Zimmer übernachtet, Jule.»

Jule, die gerade ihren Teller beiseitestellen wollte, hielt inne. «Wann?», fragte sie.

«Na, so vor ... einem Monat, schätze ich.»

Jule war, als hätte ihr jemand in den Magen geboxt.

«Ich ... hätte dir das ... lieber nicht gesagt», stammelte Inken entschuldigend, «aber ist doch auch blöd, wenn ich das weiß und du nicht, oder?»

Jule schwieg.

«Tut mir leid.» Inken legte ihr eine Hand auf den Arm. «Bist du ganz sicher? Ich meine, sie könnten doch auch beruflich ...?»

«Na ja, also es war schon ziemlich offensichtlich, dass die ein Paar sind.»

Jule versuchte, einen klaren Kopf zu kriegen, aber es gelang ihr nicht. «Und da ist kein Irrtum möglich?», fragte sie mit einem letzten Funken Hoffnung. «Ich meine, du hast dich jetzt erst dran erinnert und ... und du warst doch auf Sebastian irgendwie von Anfang an nicht gut zu sprechen. Und –»

«Ach, Jule, ich finde einfach, er passt nicht zu dir.» Inken griff nach der Weinflasche und schenkte ihnen nach. Dann sagte sie: «Vielleicht ist das ja auch schon vorbei zwischen denen.»

Jule schwieg. Ja, natürlich war es das. Das *musste* es doch sein. Schließlich war er doch jetzt mir ihr zusammen, oder?

Die Vorstellung, dass Sebastian ein doppeltes Spiel spielte, war jedenfalls völlig absurd, nach allem, was er zu ihr gesagt hatte, nach all den Komplimenten und Beteuerungen. Schließlich hatte sie ihn zu nichts davon gezwungen. Er war doch ganz eindeutig verliebt in sie.

«Und was nun?», fragte Inken.

«Ich ruf ihn an.» Ruckartig stand Jule auf. «Jetzt gleich.»

«Sicher? Willst du nicht erst mal ... überlegen, was du machst?»

«Was gibt's denn da zu überlegen?», rief Jule aufgebracht und lief ins Haus. Wo war bloß ihr verdammtes Handy? Wo hatte sie es zuletzt hingelegt? In die Küche? Ja, da lag es, auf der Fensterbank.

Mit zittrigen Fingern wählte sie Sebastians Nummer. Er meldete sich sofort.

«Hallo, Süße. Rate mal, wo ich bin?»

«Im Labor?» Jule hatte keine Lust auf Ratespiele.

«Nee.»

«Jetzt sag schon.»

«Oh, bist du schlecht gelaunt?»

«Ja.»

«Aber nicht mehr lange!», sagte er triumphierend. «Ich bin nämlich auf dem Weg zu dir.»

«Dann sag ich dir, warum ich schlecht gelaunt bin, wenn du hier bist.»

«Toll.» Sebastian lachte. «Da freu ich mich gleich umso mehr, dich zu sehen.»

Jule legte ohne ein weiteres Wort auf. Spätestens jetzt konnte er sich denken, dass ihre schlechte Laune mit ihm zu tun hatte. Vorher schien er darauf ja nicht gekommen zu sein. Vielleicht sah er auch einfach keinen Grund für ein schlechtes Gewissen. Hoffentlich. Hoffentlich war es falscher Alarm, dachte Jule und ging zurück auf die Terrasse. Oder, wenn da tatsächlich etwas gelaufen war zwischen ihm und dieser Alice … dann war es hoffentlich schon vorbei gewesen, als sie und Sebastian sich kennengelernt hatten.

«Das ging ja schnell.» Inken hatte sich auf der Bank ausgestreckt und machte jetzt wieder Platz.

Jule nickte und ließ sich neben sie sacken. «Ich hab noch nichts gesagt, er ist auf dem Weg hierher. Da kann man besser reden als am Telefon.»

«Hm.»

Inken drückte Jule ihr Glas in die Hand. Schweigend tranken sie einen Schluck.

«Traust du ihm zu, mich zu hintergehen?», fragte Jule schließlich.

«Du meinst mit dieser Frau?» Inken zuckte mit den Schultern.

«Nein, ich meine überhaupt.» Jule musste daran denken, wie sie Sebastian im Keller erwischt hatte. Wie er beinahe Mielchens Schatz gefunden hätte … Plötzlich überlief Jule ein kalter Schauer. Das alte Weckglas! War das der Fund, den er heute so eilig im Labor untersuchen wollte? Wusste Alice deshalb nichts davon?

Sie stand auf.

«Komm mal mit», sagte sie und zog Inken auch schon hinter sich her.

«Was hast du vor?», fragte Inken überrascht.

«Sebastian sucht doch alte Weckgläser aus den 30er oder 40er Jahren …» Jule versuchte, die Kellertür zu öffnen, aber sie war abgeschlossen. Ach ja. Sie hatte ja selbst abgeschlossen. Der Schlüssel musste noch in ihrer Tasche sein. «Moment, ich muss eben noch den Schlüssel holen.»

Als Jule kurz darauf das Licht im Keller anschaltete, fuhr sie fort: «Das Problem ist … ich hab in Mielchens Keller tatsächlich ein sehr altes Weckglas gefunden – hinter einem Stein in der Mauer versteckt.»

«Warum hat Mielchen es denn versteckt?», fragte Inken.

«Das ist eine lange Geschichte», sagte Jule knapp. «Es könnte aber von 1939 sein, und das wäre für Sebastian ziemlich perfekt.»

«Und das hast du ihm nicht gesagt?»

Schuldbewusst schüttelte Jule den Kopf.

«Warum nicht?» Sie waren im ersten Kellerraum stehen geblieben.

«Weil …» Jule holte tief Luft. «Weil da nicht nur das Weckglas war, sondern auch noch ein Kästchen mit einem alten Liebesbrief.»

Inken sah sie verwirrt an. «An wen ist der Brief denn?»

«An Mielchen.»

«Von Fritz?»

«Eben nicht.»

«Von wem denn?»

«Von … ihrer Jugendliebe.»

Inken zog die Augenbrauen hoch. «Dann ist der Brief aus der Zeit, bevor sie mit Fritz zusammen war?»

«Ja … na ja … Ach, Inken. Es ist kompliziert …» Jule zog sie in den zweiten Raum. «Ich will nur schauen, ob das Glas noch da ist.»

«Weiß Sebastian denn von dem Versteck?»

«Er hat hier neulich rumgeschnüffelt. Aber da bin ich noch rechtzeitig gekommen. Glaube ich, zumindest.»

Inzwischen war sich Jule allerdings nicht mehr sicher, ob das Glas noch da sein würde. Schnell holte sie ein Weckglas nach dem anderen aus dem Regal und stellte es auf den Boden. Inken stand abwartend neben ihr. Dann lockerte Jule den Ziegelstein und zog ihn heraus. Mit einer Hand tastete sie in dem Mauerloch herum. Da war das Zigarrenkästchen. Sie zog es hervor und stellte es ebenfalls zur Seite.

«Was ist das denn?», fragte Inken neugierig und wollte gerade danach greifen, als Jule das Weckglas zu fassen bekam.

«Das ist jetzt egal», sagte sie. «Hier drum geht's!» Sie zeigte Inken das Glas.

Ein Glück, Sebastian hatte es also nicht gefunden und nicht mitgenommen. Vielleicht war also doch alles falscher Alarm. Auch das mit Alice.

Neugierig drehte Inken das Glas in den Händen. «Was kann es damit auf sich haben?»

«Ich hab keine Ahnung», sagte Jule.

«Vielleicht ...», überlegte Inken laut, «vielleicht sind die Kirschen vergiftet und sollten jemandem schaden ... oder sogar jemanden töten, und dann sind sie nicht zum Einsatz gekommen und –»

«Hmmm, klar», sagte Jule und rollte mit den Augen. «Ich glaub, du liest Mia zu viele Märchen vor.» Sie nahm Inken das Glas aus den Händen, stellte es zurück und räumte alles wieder an Ort und Stelle.

Als sie die Treppe wieder hinaufgingen, hörten sie vor dem Haus einen Wagen vorfahren.

«Das ist vermutlich Sebastian, oder?», sagte Inken. «Ich

geh mal lieber wieder rüber. Da muss ich nicht dabei sein, wenn er sich erklärt.»

«Ja ...» Jule war unsicher. Sie schloss die Kellertür hinter sich und nahm Inken kurz in den Arm.

«Das wird schon», versuchte Inken sie aufzumuntern. «Wenn du Gesprächsbedarf hast – ich bin zu Hause.»

Jule nickte und sah Inken hinterher, als sie durch die Küche in den Garten ging und verschwand.

Erschöpft setzte Jule sich auf die unterste Treppenstufe. Wie sollte sie Sebastian jetzt bloß begegnen? Zum Glück war das Glas noch da gewesen. Das hatte sie ihm aber eigentlich auch nicht zugetraut. Andererseits ... hätte sie nachgesehen, wenn sie nicht misstrauisch gewesen wäre? Schließlich *war* er heimlich im Keller gewesen. Und diese Geschichte mit seiner Assistentin beunruhigte sie mehr, als sie sich eingestehen mochte.

Draußen wurde eine Autotür zugeschlagen. Jule stand auf und sah Sebastian durch das kleine Fenster in der Haustür auf sich zukommen. Sie öffnete die Tür.

Der Himmel hatte sich bezogen, und es dämmerte bereits. Falls es in dieser Nacht noch regnen würde, müsste sie morgen den Sprenger nicht anstellen, dachte Jule, schüttelte aber sogleich den Kopf über sich selbst. Wieso dachte sie denn jetzt an so was?

Sebastian kam mit besorgtem Gesichtsausdruck auf sie zu. «Was ist denn los? Hast du vorhin aufgelegt, oder war die Verbindung weg?»

«Ich hab aufgelegt.»

«Warum?»

Sie trat ein Stück beiseite. «Komm erst mal rein.»

Sebastian trat in die Diele, blieb stehen und sah sie fragend an. «Was –»

«Wir setzen uns am besten in die Küche», sagte Jule knapp und schloss die Tür hinter ihm.

«O.k. …»

Jule setzte sich an den Küchentisch und beobachtete Sebastians Bewegungen ganz genau. Er stellte seine Tasche auf den Boden, setzte sich verkehrt herum auf einen Stuhl und legte die Arme auf die Rückenlehne.

«Deine … Assistentin war hier», sagte Jule. «Alice.»

Sebastian legte den Kopf in den Nacken und sah flehend zur Decke. «Oh, nein!»

«Was?» Jule runzelte die Stirn. «Ich hab doch noch gar nichts gesagt.» Als er weiter schwieg, fügte sie noch hinzu: «Da lief was zwischen euch, oder?»

«Nein, da war nichts, aber … sie hätte das gerne.»

Jule neigte den Kopf zur Seite und sah ihn skeptisch an.

«Was? Glaubst du mir nicht? Hey –» Er legte sich eine Hand auf die Brust und grinste. «Ich bin ein attraktiver Mann.»

«Ja. Ich weiß», sagte Jule sachlich. Sie würde sich jetzt nicht von seinem Charme einwickeln lassen. «Diese Alice ist aber auch eine sehr attraktive Frau. Bei der wahrscheinlich die wenigsten Männer nein sagen würden. Zumal, wenn sie in Scheidung leben …»

Sebastian schien abzuwarten.

«Sag bloß, das war dir noch gar nicht aufgefallen», bemerkte Jule spitz.

«Worum geht es hier eigentlich?», fragte Sebastian leicht gereizt. «Was ist denn passiert?»

«Warst du mit Alice mal in Inkens Pension? In der Pension *Obstgarten*? Vor ein paar Wochen? In *einem* Zimmer?»

Obwohl Jule ihn genau beobachtete, verriet sein Gesichtsausdruck nichts. «Ach, das ...», sagte Sebastian und wirkte erleichtert.

Aber vielleicht war die Erleichterung auch gespielt?

«Was? *Ach, das?*»

«Aber das war doch, bevor wir uns kennengelernt haben. *Wochen* vorher.»

«Ja. Und? Was war denn da nun?»

Sebastian lachte. «Was wird das hier, Süße? Ein Verhör? Bist du eifersüchtig? Ich hab dich doch auch nicht über deinen Tom ausgefragt oder mit wem du sonst vor mir zusammen warst. Ich will es auch gar nicht wissen.» Er zuckte mit den Schultern. «Ich meine, hab ich vielleicht so ein Theater gemacht, als dein Ex hier aufgetaucht ist? Obwohl ich da sicher mehr Grund gehabt hätte, mich aufzuregen, als du jetzt.»

«Ich mache kein *Theater*», sagte Jule ärgerlich. «Ich will nur gerne wissen, was da gewesen ist zwischen euch. Also, habt ihr nun in einem Zimmer übernachtet oder nicht?»

«Nein», sagte Sebastian unbekümmert.

«Da hat Inken aber was anderes erzählt.»

«Ach, daher weht der Wind. Was hat sie denn erzählt?»

«Dass ihr zusammen ein Zimmer hattet.»

«Süße, wir waren hier in der Gegend unterwegs und mussten nach einem Termin noch eine Auswertung machen. Abends ist sie aber wieder gefahren.»

«Es fällt mir etwas schwer, das zu glauben, Sebastian. Und was überhaupt für eine Auswertung, ich dachte, ihr habt hier gar nichts gefunden. Und wieso fährst du eigentlich abends nicht auch wieder nach Hause?»

«Du *kannst* mir aber glauben, Jule. Die Auswertung hatte mit was anderem zu tun. Und seit diesem ganzen Scheidungsverfahren fühle ich mich einfach nirgends zu Hause. Aber ... Warum bist du denn so misstrauisch? Ich wusste ja gar nicht, dass du so eifersüchtig bist ...» Er lächelte sie an und beugte sich vor. «Steht dir aber ganz gut.»

Jule kniff die Augen zusammen. «Ich –»

«Du wirst mir schon glauben müssen, Süße.»

«Und diese Alice ist abends einfach so wieder gefahren? Obwohl sie was von dir will?»

Sebastian seufzte. «Zugegeben ... sie hat ihre Reize und wäre vermutlich gern geblieben, aber ... ich kann auch nein sagen, wenn ich etwas nicht will, weißt du?» Er streckte den Arm nach ihr aus. «Sie ist auch gar nicht mein Typ. Viel zu jung. Außerdem ist sie meine Assistentin ...»

«Wieso ist sie nicht dein Typ? Sie ist wunderschön. Stehst du nicht auf schöne Frauen?»

«Jule, jetzt beruhige dich bitte mal. Da war nichts. Ehrlich! Alice ist total ... künstlich. Außerdem hat sie schwarze Haare auf den Armen. Ich könnte nie ... Ich liebe diese Natürlichkeit, die *du* hast.»

«Blondinen, meinst du.»

Sebastian schüttelte den Kopf und lächelte Jule an. «Du bist wild entschlossen, nicht lockerzulassen, was? Nein, es geht mir *nicht* um die Haarfarbe. Ich liebe deine Ungezwungenheit, deine Bewegungen –» Mit dem Zeigefinger strich er ihr ganz langsam über den Arm. «Deine ... Haut.» Sein Finger wanderte immer höher. «Deine ... kleinen Ohren.»

Jule schob seine Hand weg. «Sehr witzig.»

«Das war ernst gemeint», sagte Sebastian und sah ihr lächelnd in die Augen. «Ich schwöre, da war nichts. Das, was ich will, bist du.»

Dieser Mann wickelt mich gerade um den kleinen Finger, dachte Jule. Aber eigentlich hatte sie gar keine Lust, sich weiter zu streiten. Was sollte es auch bringen, noch weiter nachzubohren? Irgendwie war es ihm gelungen, sie zu beruhigen. Und selbst, wenn zwischen den beiden mehr gewesen war, als er zugab – jetzt war es ja vorbei. Jetzt war er hier, bei ihr.

Hatte er ihr eigentlich gerade eine Art Liebeserklärung gemacht? Oder nur ihren Bewegungen, ihrer Haut und ihren Ohren?

«Ich hab dir übrigens was mitgebracht.» Sebastian griff nach seiner Tasche. «Lise hat mir unser Partnerschaftshoroskop geschickt.» Er öffnete seine Tasche und zog einen großen Briefumschlag heraus.

«Wirklich? Ins Institut?»

«Ja, ich hatte ihr doch meine Visitenkarte dagelassen, falls sie noch Gläser findet oder was in Erfahrung bringt. Zum Glück steht *Persönlich* auf dem Umschlag, ich schätze, die Institutssekretärin hätte sich sonst ziemlich gewundert, wenn sie den aufgemacht hätte.» Er zog einen Computerausdruck aus dem Umschlag und hielt ihn Jule hin. «Ist ein Geschenk von ihr, weil wir doch so ein schönes Paar sind ...»

«Hast du schon reingeguckt?», fragte Jule.

Sebastian schüttelte den Kopf. «Ich habe mich trotz größter Neugier zusammengerissen. Ich finde, wir sollten das zusammen lesen, schließlich wird es ja vermutlich über unser weiteres gemeinsames Schicksal entscheiden.»

«Dann gib mal her», sagte Jule und fing an, laut vorzulesen: «*Partnerschaftshoroskop von Julia Jansson und Sebastian Hofstetten, geboren am* … blablabla … Also: *Diese Partnerschaft ist nicht so abwegig, wie es scheint, und kommt öfter vor als gedacht. Fischefrauen gehören zu den Sternzeichen des Wasserelements und sind als eher hitzige, spontane und abenteuerlustige Charaktere bekannt.*» Jule sah auf. «Das ist doch schon mal totaler Stuss. Hat sie nicht neulich noch was ganz anderes über mein Sternzeichen erzählt?»

«Liegt wahrscheinlich an deinem Aszendenten», sagte Sebastian ernst. «Den hatte sie ja neulich noch nicht ermittelt.»

Jule lachte leise. «Das klingt, als hättest du dich inzwischen näher mit dem Thema befasst. Wahrscheinlich hast du recht.» Sie las weiter: «*Sie verfügen jedoch auch über ein feines Gespür für die Bedürfnisse ihres Partners und eignen sich dadurch hervorragend für eine Beziehung mit einem Widder. Widdermänner sind verträgliche und vernünftige Partner, auf die nicht nur langfristig Verlass ist, sondern die sich auch regelmäßig die Zeit nehmen, ihrer Partnerin eine anständige Überraschung oder eine Freude zu bereiten. Für den besonnenen Widdermann ist eine Fischefrau der ideale Lebenspartner, denn sie bildet den perfekten Gegenpol zu seinem manchmal etwas träge wirkenden Auftreten und garantiert eine lange und abwechslungsreiche Beziehung.*» Jule ließ das Blatt sinken. «Erkennst du uns darin wieder?»

«Klar!», rief Sebastian aus. «Hättest du mich mit deinem spontanen ersten Kuss nicht aus meiner Besonnenheit gerissen, hätten wir ja überhaupt nie zueinandergefunden!»

Mit meinem spontanen ersten Kuss? Jule sah kurz auf. «Hmhm, genau. So hab ich das auch in Erinnerung … Aber es geht noch weiter: *Eine Fischefrau hält den stärksten Stürmen stand und kann mit dem gelegentlich auftretenden Jähzorn eines Widders bestens umgehen. Sie hat die Anpassungsfähigkeit, die bei einem Widder vonnöten ist, kann ihn umgarnen, weiß ihn jedoch auch in die Schranken zu weisen, wenn er Mucken macht.* Also, hier ist, glaub ich, irgendwas durcheinandergeraten», sagte Jule spöttisch. «*Umgarnen* tust *du mich,* das ist ja wohl eben gerade erst wieder sehr deutlich geworden.»

«Nein, nein, Jule, so ist das nicht», sagte er frotzelnd. «Wenn's da doch steht!»

«*Fische und Widder können sich richtig lieb haben.*» Jule kicherte. «*Das wird der Widder zwar nicht so laut von sich geben, aber die Fischefrau kann sein Grummeln schon richtig deuten. Allerdings sollte der Widdermann seiner Fischefrau ab und zu eine Auszeit gönnen, sonst kann es zu Spannungen, wenn nicht gar zu einer übereilten Trennung kommen. Schuld ist in dem Fall wirklich der Widder: Weil alles so gut läuft, rast er fröhlich weiter durchs Leben und ignoriert das leise Luftschnappen seines Goldfisches, der sich mal dringend für ein paar Stunden alleine in seinem Seelen-Aquarium erholen müsste.*»

Sebastian beugte sich zu ihr und sagte mit seiner verführerischsten Stimme: «Sag mal, mein Goldfisch, wenn ich dich kurz unterbrechen darf: Hast du zufällig ein Glas Wein für einen durstigen Widder?»

«Äh ... im Kühlschrank ist noch Weißwein», sagte Jule und las mit erhobener Stimme weiter. «*Trampelt der Widder – was er nur zu gerne tut, wenn er bei anderen Schwächen entdeckt – nun zu viel auf dem Fisch herum, ist der mit seiner Kraft dann doch irgendwann am Ende. Und trotz aller Liebe könnte die Fischefrau ihr Glück schließlich in neuen Gewässern suchen ...*»

«Oha!», sagte Sebastian, stellte zwei Gläser auf den Tisch und goss Wein ein.

«Sag mal, meinst du, Lise hat sich das alles aus dem Internet zusammengesucht? Oder hat das irgendwas mit dem Eindruck zu tun, den sie von uns hatte?», fragte Jule.

«Keine Ahnung.» Sebastian lehnte sich an die Arbeitsplatte. «Mir hat *kämpferisch, mutig und leidenschaftlich* damals jedenfalls besser gefallen.» Er sah sie mit großen Augen an. «Wie geht es denn nun mit uns weiter? Schwimmt die Fischefrau also bald in anderen Gewässern? Ich meine, war's das von Lise?»

«Nein, hier steht noch mehr. *Aber so weit muss es nicht kommen*», las Jule weiter. «*Der Widdermann sollte seine Fischefrau gut hegen und pflegen, und die Fischefrau muss ihren Widdermann zu nehmen wissen. Sie muss genügend Selbstbewusstsein mitbringen und allen anderen, und manchmal auch ihrem Widder selbst, unmissverständlich klarmachen, dass sie, und nur sie, an seiner Seite steht. Einen kleinen Flirt hier und da sollte sie ihrem Widder allerdings ruhig mal erlauben.*»

Jule verkniff sich einen Kommentar, und auch Sebastian schwieg wohlweislich und trank lieber einen Schluck Wein.

«*Wichtig ist es, dass sie die Zügel zu jeder Tages- und Nachtzeit in der Hand behält. Denn der energische Widder ist der geborene Einzelkämpfer und Anführer, der seiner Fischefrau, die immer auf der Suche nach Halt und Schutz vor der rauen Alltagsrealität ist, mit seinem Heldenmut und seinem ungetrübten Optimismus letztlich genau das bieten kann, was sie braucht. So rücksichtslos und uneinsichtig der Widdermann manchmal wirken kann – sympathisch an ihm ist, dass er nicht nachtragend und durchaus ein guter Verlierer ist. Auch wenn der starke Wille und die impulsive Art des Widder-*

mannes die zarte Fischefrau, die keine Riesenwelle macht, manchmal vor den Kopf stößt, macht seine unbekümmerte und positive Lebenseinstellung doch vieles wieder wett.»

Jule legte das Blatt auf den Tisch und sah Sebastian an. «Interessant.»

«Was denn?»

«Dass der Widdermann seine zarte Fischefrau manchmal vor den Kopf stößt, seine unbekümmerte Lebenseinstellung aber vieles wieder wettmacht. Findest du nicht?»

«Ich weiß nicht, worauf du anspielst ...» Sebastian trat einen Schritt vor, stellte sein Glas auf den Tisch und nahm das Papier in die Hand. «Ich fand das hier viel interessanter: *Die zarte Fischefrau muss ihren mutigen Widdermann zu nehmen wissen.*»

Als Jule aufstand, um ihm das Blatt aus der Hand zu rupfen, legte Sebastian einen Arm um ihre Taille, den anderen um ihre Schultern und zog sie an sich, sodass Jules Gesicht an seiner Brust lag.

Mmh, Pfefferminz.

Es würde ihr sehr viel leichter fallen, diesem Mann zu widerstehen und konsequent zu bleiben, dachte Jule, wenn er nicht so unfassbar gut riechen würde.

«Hättest du was dagegen, wenn ich dich jetzt ein bisschen hege und pflege?», fragte Sebastian leise und küsste sie hinter das Ohr. «Damit es nicht ...» Die Hand an ihrer Taille wanderte unter ihr T-Shirt und strich langsam über ihren Rücken. «... zu einer übereilten und vollkommen sinnlosen Trennung kommt?»

Er gehört zu mir

Als Jule am nächsten Morgen im Gästezimmer aufwachte, war der Platz neben ihr leer. Über der Stuhllehne hing Sebastians Hemd, das er gestern getragen hatte, und auf seinem Kopfkissen lag ein Zettel:

Guten Morgen, Süße. Wollte dich nicht wecken, musste aber los. Ich versuche, am frühen Abend wieder bei dir zu sein.
Ich küsse dich überall.
S.

Jule lächelte. Was für ein Tag war heute eigentlich? Sie überlegte. Mittwoch – für Sebastian ein ganz normaler Arbeitstag, und vermutlich saß er schon längst wieder an seinem Schreibtisch. Der Arme … *Sie* könnte sich nach dieser Nacht jedenfalls heute nicht auf die Arbeit konzentrieren.

Jule ging zum Fenster, zog die Vorhänge auf und ließ die Sonne herein. Aber auch sie hatte einiges zu tun. Übermorgen würde ihre Mutter kommen. Sie musste überlegen, wo Senta am besten schlief, und in der Reha-Klinik fragen, ob Mielchen am Wochenende nach Hause kommen konnte. Und dann musste sie dringend auch hier oben ein bisschen sauber machen. Und den Kühlschrank auffüllen.

Nach einer kurzen Dusche und einem schnellen Frühstück fasste Jule den Entschluss, zunächst zu Mielchen und später zum Einkaufen zu fahren.

Sie schloss die Haustür hinter sich ab und ging zu ihrem Wagen, als jemand ihren Namen rief.

«Julia?»

Jule hob den Kopf und sah, wie Hinnerk durch seine Gartenpforte und über die Straße auf sie zukam, wie immer in olivgrüner Cordhose.

Wie viele er davon wohl hatte? Er trug hoffentlich nicht immer dieselbe …

«Hinnerk. Moin! Wie geht's?»

«Muss ja. Wollte nur sagen: Ich hab fast alle Marmeladengläser verkauft, die du mir neulich gebracht hast. Übermorgen ist wieder Markt.»

«Oh, schon? Ja … ich guck mal, was ich noch hab. Eine kleine Kiste mit neuer Erdbeermarmelade steht noch im Keller, aber viel ist das nicht …»

Würde sie es heute schaffen, neue Marmelade zu kochen? Aus den eingefrorenen Kirschen?

«Ach, ich seh zu, dass ich heute Nachmittag noch welche mache», sagte Jule und nickte zuversichtlich. «Ich bring dir die Gläser dann morgen vorbei, ja?»

«Ist recht. Soll ich die Abrechnung dann mit Mielchen machen, wenn sie wieder da ist? Wir machen das immer ganz unkompliziert …»

«Ja, mach das mal lieber mit ihr.» Jule öffnete die Autotür. «Danke, Hinnerk. Schönen Tag!»

«Schön' Tach.»

In der Reha-Klinik angekommen, fand Jule ihre Oma nach einigem Suchen auf der Terrasse vor dem Speisesaal. Sie saß allein an einem Tisch, vor sich ein Kännchen Kaffee, und sah erst von ihrem Buch auf, als ihre Enkelin schon fast vor ihr stand.

Jule beugte sich hinunter, gab Mielchen einen Kuss und ließ sich drücken. «So allein?», fragte sie.

«Ja, endlich», sagte Mielchen. «Ich musste heute Morgen schon zur Krankengymnastik und wurde eben stundenlang von zwei Damen vollgequatscht. Aber wie geht's dir?»

«Gut», sagte Jule. «Etwas durch den Wind, aber eigentlich ganz gut.» Sie deutete auf zwei Krücken, die am Tisch lehnten. «Sind das deine?»

«Ja! Der Rollstuhl ist Geschichte!», sagte Mielchen triumphierend. «Jetzt dauert es nicht mehr lange, dann kann ich auch wieder Vespa fahren.»

«Also, ich nehm dir ja ungern die Luft aus den Segeln, aber … eins nach dem andern.»

«Ja, ja, ja», sagte Mielchen ungeduldig. «Also, was ist: Wollen wir ein bisschen gehen?» Schon hatte sie ihr Buch verstaut und stupste Jule an. «Gib mir mal die Krücken, Julchen.»

Jule war überrascht, wie leichthändig sich Mielchen aufschwang und auf die Krücken stützte. Etwas wackelig zwar, aber doch sehr zielstrebig wankte sie die zwei Stufen zu dem Weg hinunter, der sich durch den weitläufigen Park schlängelte.

«Hast du mit Senta gesprochen?», fragte Mielchen, als sie sich ein Stück vom Haupthaus entfernt hatten.

«Nein, natürlich nicht», sagte Jule verwundert. «Das musst du schon selbst machen.»

«So meinte ich es gar nicht», sagte Mielchen. «Wenn sie jetzt am Wochenende kommt, werde ich mit ihr reden.»

«Ich habe die Schwester auch eben schon gefragt, ob du fürs Wochenende nach Hause kommen darfst. Das geht in Ordnung.»

«Wirklich?» Mielchen strahlte. «Wie schön!»

«Weißt du», sagte Jule nach einer Weile, «gestern Nachmittag hatte ich so einen Moment, als ich über Kostja und dich und Fritz nachgedacht habe, da dachte ich: Eigentlich ändert es gar nichts. Für mich, meine ich. Aber eben im Auto, auf dem Weg hierher, da ging es mir wieder ganz anders, da war es mir wieder völlig unbegreiflich.»

«Unbegreiflich?», fragte Mielchen.

«Ja. Ich meine nicht, was geschehen ist. Sondern ... ich begreife es einfach nicht, ich kann mir gar nicht richtig vorstellen, dass Fritz nicht Mamas Vater ist, nicht mein Opa.»

«Das ist er ja auch trotzdem.»

«Ja, natürlich. Aber ... es ist so schade, dass wir Kostja nicht mehr kennenlernen können.»

«Das wäre aber auch nicht möglich gewesen, wenn ich es euch eher gesagt hätte, Jule.»

Plötzlich wurde Jule bewusst, dass ihre Oma die Einzige war, die tatsächlich jemanden verloren hatte, den sie geliebt hatte. Während Kostja für Senta und sie selbst immer eine Art Phantom bleiben würde. Und dafür konnte Mielchen ja wiederum nichts.

Sie blieb stehen. «Erzählst du mir noch ein bisschen von ihm?»

Mielchen lächelte. «Natürlich. Wollen wir uns wieder auf unsere Bank setzen?»

Als sie wenig später Platz genommen hatten, sagte Mielchen: «Ja, wo soll ich anfangen? Einiges habe ich dir ja schon erzählt …»

«Wie sah er denn aus? Gibt es ein Foto?»

«Ja, ein einziges Foto habe ich.»

«Wirklich? Aber nicht in dem Kästchen, oder?»

«Es lag lange Jahre darin, aber ich habe es herausgenommen. Ich kann es dir zeigen, wenn ich nach Hause komme.» Mielchen strich sich über den Rock. «Er hatte diese langen Beine und … besonders kräftig war er gar nicht, aber er hatte so starke Arme, die habe ich besonders geliebt. Und natürlich seine Augen. Er hatte dunkle Haare, ganz kurz rasiert, versteht sich, er war ja Soldat. Und wenn er lachte, sah man ein Grübchen. Hier.» Mielchen legte einen Zeigefinger an ihre linke Wange.

Jule nickte. «Und was sind eigentlich diese Fasern in dem Kästchen? Sie sehen aus, als stammten sie von einer Pflanze.»

«Das war ein Ring», sagte Mielchen leiser. «*Mein* Ring. Wir hatten beide einen. An dem Abend, an dem Kostja nachgegeben und sich zu der Untersuchung bereiterklärt hat, habe ich vorgeschlagen, dass wir uns Ringe flechten. Verlobungsringe. Ich war ganz übermütig, so fest bin ich davon ausgegangen, dass wir bald heiraten würden, dass alles gut würde. Natürlich konnten wir die Ringe tagsüber nicht tragen. Wenn es jemand bemerkt hätte … Nein, das wäre zu auffällig gewesen. Aber ich habe meinen so oft heimlich angesteckt … Auch noch lange, nachdem er fort war … bis der Ring angefangen hat, sich aufzulösen. Kostja hat seinen bei sich gehabt, als er ging.»

Jule gab sich einen Ruck und stellte die Frage, die sie schon so lange hatte stellen wollen: «Und … was hat es mit dem Kirschglas auf sich?»

«Das sind die ersten Kirschen von meinem Kirschbaum.»

«Ach so, dann hat das gar nichts mit Kostja zu tun?»

«Doch, natürlich», sagte Mielchen. «Ohne ihn gäbe es den Baum ja gar nicht.» Sie verlagerte umständlich ihr Gewicht, damit sie Jule besser ansehen konnte. «Kostja hat dort einen Kirschkern in die Erde gelegt, in seinem letzten Sommer bei uns. Ich habe die Stelle immer beobachtet, weil ich so gerne wollte, dass ein Baum daraus wird. Das einzige Problem war Vater. Er wollte an der Stelle keinen Baum haben und hat immer gedroht, den Sprössling abzuschneiden. Ich habe Vater bekniet, ihn stehenzulassen, und irgendwann hat er sich dazu bereiterklärt und ihn veredelt, damit ein richtiger Baum daraus werden konnte. Es hat allerdings lange gedauert, bis er zum ersten Mal getragen hat, aber es hat sich gelohnt – sieh ihn dir nur diesen Sommer an.»

«Von wann sind denn die Kirschen?», fragte Jule und versuchte, sich ihre Spannung nicht anmerken zu lassen.

«Ich weiß es gar nicht mehr genau … steht das nicht auf dem Glas?»

«Das Etikett ist ziemlich verschmiert, man kann es nicht mehr erkennen.»

«Tja. Ich weiß es wirklich nicht mehr so genau.»

«Aus den vierziger Jahren, vielleicht?»

«Warum fragst du?»

Jule bekam ein schlechtes Gewissen. «Also …» Sie musste ihrer Oma die Wahrheit sagen. «Du erinnerst dich an den Übernachtungsgast, der sich letzte Woche angekündigt hatte?»

«Ja, was ist mit ihm?»

«Nun, er sucht nach Weckgläsern mit altem Obst aus der Nachkriegszeit, das er dann wissenschaftlich untersucht, um Rückschlüsse auf das damalige Wetter zu ziehen. Dadurch lassen sich Klimaveränderungen rekonstruieren. Und die –»

«Ach so», unterbrach Mielchen sie. «Und du denkst, die Kirschen wären was für ihn?»

Jule merkte, wie sie rot wurde.

«Aus den vierziger Jahren, sagst du? Dann sind die Kirschen nicht geeignet.»

«Nein?»

«Nein, die Kirschen müssten … Also, warte mal. Das war das Jahr, in dem Senta zur Schule gekommen ist. Stimmt, so war es. Ich fand das damals schrecklich passend, dass das Bäumchen in dem Jahr endlich zum ersten Mal Früchte trägt, in dem Kostjas Tochter in die Schule kommt.»

Jule rechnete kurz nach und fragte dann: «Also sind sie von 1952?»

Mielchen überlegte. «Nein … 1953 muss das gewesen sein. Ja, Senta hatte doch Typhus und ist deshalb ein Jahr später eingeschult worden.»

Jule versuchte sich in Erinnerung zu rufen, was auf dem Etikett zu erkennen gewesen war. Das konnte sogar hinkommen. Dann gehörten die unteren Kurven der letzten beiden Ziffern also nicht zu einer 3 und einer 9, sondern zu einer 5 und einer 3. Und 1953 war für Sebastian Zwecke vermutlich zu spät.

«Ich weiß ja auch gar nicht, ob er mit diesen Kirschen überhaupt was anfangen könnte», erklärte Jule und sah ihre Oma forschend an. «Würdest du sie denn hergeben, wenn es so wäre?»

Mielchen schwieg. Dann sagte sie nach einer Weile: «Na, da unten im Keller nützen sie ja niemandem etwas. Und Kostja bringen sie mir auch nicht zurück, hm?» Sie lächelte traurig.

«Bist du sicher?», fragte Jule. «Ich habe Sebastian noch nichts von dem Glas erzählt …»

«Aha, *Sebastian* … So so.»

Jule überging die Bemerkung. «Sonst findet er vielleicht ja woanders noch etwas.»

Obwohl er daran wahrscheinlich inzwischen selbst nicht mehr glaubt …

«Nein, nein», sagte Mielchen entschieden. «Gib ihm das Glas mal. So manches hat eben doch noch einen unerwarteten Sinn.»

Als Jule nach Königreich zurückkam, fing es plötzlich an zu regnen, als hätte jemand die Dusche voll aufgedreht. Sie stieg aus und rannte zur Haustür.

Mit Mielchen hatte sie ausgemacht, dass sie ihr morgen keinen Besuch abstatten würde, weil da das Pastorenehepaar aus Jork käme. Was ihr ganz gut in den Kram passte, schließlich musste sie noch Marmelade einkochen und sauber machen, denn morgen Abend kam Gesa, und am Freitag reiste dann schon ihre Mutter an. Gemeinsam mit ihr würde sie Mielchen nach Hause holen, bis Montag, wie sie mit dem betreuenden Arzt ausgemacht hatte.

Vom Spurt ganz aus der Puste, stellte Jule ihre Tasche auf der Treppe ab, ging in die Küche und goss sich ein Glas Grapefruitsaft ein. Im Krankenhaus hatten sie gesagt, Mielchen sollte sich nicht zu viel vornehmen, in jedem Fall ihr Bein schonen und am besten ebenerdig untergebracht werden, damit sie keine Treppen steigen musste. Das hatte Mielchen verständlicherweise gar nicht gefallen, sie wollte endlich mal wieder in ihrem eigenen Bett, in ihrem eigenen Zimmer schlafen. Aber schließlich hatten sie sich darauf geeinigt, dass Jule ihr im Esszimmer, das im Sommer ohnehin kaum benutzt wurde, ein Bett herrichtete.

Sebastian würde das kommende Wochenende mit seinen Kindern verbringen, und das war vielleicht gar nicht so schlecht. Angesichts des heiklen Gesprächs, das Mielchen mit Senta führen wollte, würde es kaum der richtige Zeitpunkt sein, der Familie ihren neuen Freund vorzustellen …

Sie hatte ihn vorhin telefonisch nicht erreicht, ihm aber auf die Mailbox gesprochen, dass sie ihm was erzählen müsse. Jule freute sich schon darauf, ihm von dem Kirschglas zu berichten. Zwar war es nicht aus den vierziger Jahren, aber immerhin von Anfang der Fünfziger – und so altes Obst hatte er bisher im Alten Land nicht gefunden.

Jule sah aus dem Fenster. Es hatte schon wieder aufgehört zu regnen, und der Wind und die Mittagssonne waren dabei, nach dem kurzen, heftigen Sommerschauer alles wieder zu trocknen. Sie öffnete die Terrassentür und atmete die erfrischte, duftige Luft ein. Dann machte sie sich daran, die gefrorenen Kirschen aus der Gefriertruhe im Keller zu holen, um später Marmelade zu kochen. Nicht, dass Mielchen noch Verdienstausfälle hatte, weil Jule Hinnerk nicht belieferte … Und während die Früchte langsam auftauten, würde sie sich um die Bettenverteilung am Wochenende kümmern.

Der Nachmittag ging in den Abend über, und noch immer wirbelte Jule im Haus herum. Der große Kochtopf war bereits wieder sauber, die Gläser mit der noch warmen Marmelade standen in Grüppchen auf dem Küchentisch und kühlten aus, und die ausgekratzte Vanilleschote lag zusammen mit den Orangenschalen und den leeren Packungen Gelierzucker im Müll. Jule war heute experimentierfreudig gewesen und hatte einen Schwung Kirschmarmelade mit weißer Schokolade gemacht und einen mit Orangenschalen, die sie nach dem Kochen wieder herausgenommen hatte. Außerdem hatte sie bereits im oberen Stockwerk Staub gewischt und gesaugt und das Badezimmer geputzt und gewischt. Morgen würde sie sich die unteren Wohnräume vornehmen und Mielchens Bett aufbauen.

Frisch geduscht saß sie in einem kurzen Kleid auf der Bank unter dem Küchenfenster, vor sich ein großes Glas Wasser, und schrieb einen Einkaufszettel für das besuchsreiche Wochenende, als ihr Handy und Mielchens Telefon gleichzeitig zu klingeln begannen.

Jule lief ins Wohnzimmer zu Mielchens altmodischem Apparat – bei ihrem Handy konnte schließlich die Mailbox drangehen. Es war ihre Mutter, die sich, wie üblich, nicht lange mit Floskeln oder Vorreden aufhielt.

«Hör mal, Jule, ich habe gerade mit Mielchen gesprochen ...», sagte sie.

Jule hielt die Luft an. Mielchen würde es Senta doch nicht am Telefon gesagt haben?

«Sie hat mir erzählt ...»

Vielleicht hatte Mielchen das Gespräch so schnell wie möglich hinter sich bringen wollen? In der Küche gab Jules Handy ein lautes Piepen von sich.

«... dass sie fürs Wochenende nach Hause kommen darf», fuhr Senta fort.

Jule atmete auf. Wie sich herausstellte, wollte Senta ihr nur sagen, dass Jule sie am Freitag nicht vom Flughafen abholen sollte.

«Ach, ich dachte, ich sammele dich am Flughafen auf, und dann fahren wir direkt zu Mielchen, um sie gemeinsam abzuholen», wandte Jule ein.

«Nein, hol sie mal allein. Ich werde mir einfach einen Mietwagen nehmen», sagte Senta entschieden. «Dann bin ich auch flexibler.»

Ja, sicher. Vor allem kannst du dann jederzeit schnell wieder weg ...

Senta erzählte noch kurz von ihrer erfolgreichen Premiere, dann verabschiedeten sie sich, und Jule legte etwas konsterniert auf. Wie immer hatte ihre Mutter sie nur ganz kurz nach ihrem eigenen Befinden gefragt. Und wie immer war sie derart in Eile gewesen, dass sie für ein ausführliches Telefonat gar keine Zeit hatte.

Jule ging zu ihrem Handy, um zu sehen, wer dort angerufen hatte. Hoffentlich sagte Sebastian für heute Abend nicht ab. In dem Fall würden sie sich wegen seines Kinderwochenendes mehrere Tage nicht sehen können.

Jule tippte auf die Anrufliste und stieß auf die Nummer ihre Chefin. Sie ging raus in den Garten und hörte dabei die Mailbox ab.

Es war ein einziger unstrukturierter, aufgebrachter Redeschwall: *Kollegin krank … Wer hat eigentlich abgesegnet, dass du so lange Urlaub nimmst? … wissen nicht, wie wir die Ausgabe so fertig bekommen sollen … Wär echt nett, wenn du hier antanzen könntest, und zwar so schnell wie möglich.* Dann hatte sie aufgelegt, ohne sich zu verabschieden.

Ungläubig schüttelte Jule den Kopf. Was sollte denn dieser vorwurfsvolle Ton? Als wäre sie daran schuld, dass eine Kollegin krank und die Redaktion total unterbesetzt war. Und natürlich hatte ihre Chefin den Urlaub höchstpersönlich abgesegnet. Da beeilte sie sich erst, das Interview mit Alva Lindström noch vor ihrem Urlaub fertig zu bekommen, dann strichen sie es aus der Ausgabe, und Jule musste während ihres Urlaubs in die Redaktion kommen, um das Ersatzstück fertig zu machen, und jetzt sollte sie schon wieder antanzen!? So langsam reichte es.

Sie legte ihr Handy auf den Gartentisch und sah nachdenklich in den Himmel. Bei dem Gedanken an die Redaktion überkam Jule ein fast körperlicher Widerwille. Alles in ihr sträubte sich. Sie wollte da jetzt nicht hin. Und sie hatte auch gar keine Zeit dazu – es war noch einiges vorzubereiten für den Besuch am Wochenende. Außerdem hatte sie, verdammt noch mal, Urlaub!

Aber wenn sie nicht kommen würde … das wäre schon

eine Ansage. Das konnte man sich eigentlich nicht leisten, wenn man dort weiterarbeiten wollte. Aber wollte sie dort überhaupt weiterarbeiten?

Je länger sie im Garten stand und in die Natur schaute, desto deutlicher erinnerte sie sich an das Gespräch mit Piet: *Seit ich bei der* Antonia *arbeite, bekomme ich kaum mit, welche Jahreszeit gerade ist … Mein Job macht mir in letzter Zeit keinen Spaß mehr … Vielleicht sollte ich mal was ändern …*

Ja, das sollte sie. Nie war ihr das so klar gewesen wie in diesem Moment.

Was hatte Piet gesagt: *Mach das, was du eigentlich machen willst.* Und er hatte recht: Es *musste* Alternativen geben. Und die gab es auch. Sie konnte auch als freie Autorin arbeiten. Sie kannte in der Branche genug Leute – ehemalige Kolleginnen von der *Allegra,* und auch von der *Antonia,* die inzwischen bei anderen Zeitschriften waren und zu denen sie Kontakt gehalten hatte. Es waren Leute, die ihre Arbeit kannten – die würden ihr doch sicher eine Chance geben.

Jule verschränkte die Arme. Sie würde jetzt *nicht* alles stehen und liegen lassen, um in die Redaktion zu fahren – nur wegen ein paar Bildunterschriften, die ihre Chefin auch sehr gut selbst formulieren konnte. Sie würde diesen Job überhaupt nicht mehr machen. Sie wollte nur noch schreiben, und genau das würde sie auch tun!

Plötzlich hörte sie Schritte hinterm Haus, und im nächsten Moment bog Sebastian um die Ecke.

«Sebastian!» Jule machte einen kleinen Hüpfer, lief auf ihn zu und küsste ihn stürmisch.

«Was ist denn mit dir los?»

«Ich kündige!»

«Mir?»

Jule lachte. «Nein, der *Antonia*.»

«*Was?*» Er hielt sie ein Stück von sich weg. «Hast du dir das auch gut überlegt?»

«Ja ... nein, also ... doch, schon!» Sie strahlte.

«Aha. So ganz plötzlich, ja?»

«Ach, ich denke doch schon länger darüber nach. Ich mach das!»

«Jetzt beruhige dich erst mal. Wie kommt es denn zu der Entscheidung? Ist irgendwas passiert?»

«Nö, eigentlich nicht, ich hab nur gerade einen nervigen Anruf aus der Redaktion bekommen und –»

«Aber das ist doch kein Grund zu kündigen!» Sebastian sah sie skeptisch an. Wie ein Lehrer seine Schülerin.

«Nein, das ist auch nicht der Grund.» Sie trat einen Schritt zurück. «Jedenfalls nicht der einzige.»

«Jule, wenn ich als der sehr viel Ältere und Lebenserfahrenere von uns das sagen darf, du –»

«Um nicht zu sagen, als mein väterlicher Freund ...», unterbrach sie ihn spöttisch.

Sebastian legte den Kopf schief und stemmte die Arme in die Hüften. Dann schnappte er plötzlich mit beiden Händen nach ihr und tat, als würde er sie übers Knie legen wollen. Jule schrie auf und wehrte sich mit Händen und Füßen. Mit einem Mal verloren sie das Gleichgewicht und fielen lachend auf den Rasen. Als sie wieder zu Atem kam, sagte Jule: «Ich weiß schon, was ich tue, du weiser, alter Mann.»

«Das will ich hoffen.» Sebastian beugte sich über sie und wollte sie küssen, aber Jule sprach schon weiter.

«Warte – ich muss dir noch was anderes erzählen!»

«Gleich», sagte Sebastian, legte ihr die Hand auf den Mund und begann, ihren Hals zu küssen.

«Hab ich's mir doch gedacht!!!», kreischte plötzlich hinter ihnen eine Frauenstimme.

Jule und Sebastian lösten sich voneinander, richteten sich halb auf und sahen zur Hausecke. Dort stand Sebastians Assistentin Alice mit der schwarzen Wallemähne.

Was ist denn jetzt los?

«Ich *wusste* es!» Sie schleuderte ihre Tasche zu Boden und kam in ihren hohen Absätzen wütend auf sie zugestakst. «Du hast gesagt, du hast nichts mit ihr! Und du hast gesagt, du wärst von deiner Frau getrennt. Stimmt alles nicht!»

Jule stand auf. Was redete sie denn da?

Sebastian stöhnte, ließ sich zurück auf den Rasen sinken und schloss die Augen.

Was sollte das denn? Vogel-Strauß-Taktik, oder was?

«Du bist so durch und durch verlogen!», schrie Alice weiter. «Los, steh auf!»

Sebastian öffnete die Augen, blieb aber liegen und rieb sich mit beiden Händen die Stirn. Jule stand reglos daneben.

Konnte Sebastian vielleicht auch mal was sagen und diese Irre zur Vernunft bringen?

Da wandte sich Alice an Jule und sagte: «Nur zu deiner Information ...» Ihre Stimme war jetzt wieder kühl und arrogant. «Sebastian und ich sind schon seit einem Jahr zusammen.»

Jule spürte einen Stich im Magen. Also stimmte es doch? Hatte Inken wirklich recht gehabt?

Endlich erhob sich Sebastian. Drohend ging er auf Alice

zu. «So, das reicht jetzt. Verschwinde! Das ist Hausfriedensbruch.»

Alice lachte hysterisch auf. «Was Besseres fällt dir nicht ein?»

«Du verschwindest jetzt hier. Sofort!» Sebastian fasste Alice grob am Arm und wollte sie aus dem Garten führen, aber sie riss sich los wie ein wildes Tier und brüllte mit sich überschlagender Stimme: «Deine Frau war heute im Institut. Ich hab mit ihr geredet! Ich weiß alles! Ihr seid gar nicht getrennt!»

Jule war wie erstarrt. Das musste ein Albtraum sein!

«Vor drei Wochen hat sie dich vor die Tür gesetzt. Und jetzt hattest du sie gerade so weit, dass sie es doch noch mal mit dir versucht. Aber du kannst es ja nicht lassen. So ist das nämlich!»

Sebastian gab ein verächtliches Grunzen von sich. «Ja. Klar, dass sie das so darstellt. Sie will von Scheidung ja auch nichts wissen. Aber das geht dich nichts an, Alice. Und jetzt verschwinde. Du hat deinen Auftritt gehabt, jetzt zieh ab!»

«Moment mal», schaltete Jule sich ein, die endlich ihre Sprache wiedergefunden hatte. «Stimmt das?»

«Natürlich stimmt das», giftete Alice.

«Dich hab ich nicht gefragt», sagte Jule scharf. «Sebastian?»

Sebastian wandte sich ab. «Ach … glaubt doch, was ihr wollt.» Er hängte sich seine Tasche um.

«Sebastian!», rief Jule. «Stimmt das? Bist du von deiner Frau getrennt oder nicht?»

Er machte mit beiden Händen eine wegwerfende Bewegung und ging schnellen Schrittes Richtung Gartenpforte.

Jule lief ihm hinterher, aber auch Sebastian fing an zu rennen, und als sie vor das Haus gelangte, war er schon über die Fahrertür seines offenen Cabrios gesprungen und ließ gerade den Motor an. Mit quietschenden Reifen fuhr er davon.

Jule sah ihm nach. Das konnte doch nicht wahr sein! Was war denn das für ein Film?

Hinter sich hörte sie Schritte. Alice war ihr nachgekommen, und für einen Moment trafen sich ihre Blicke.

«Na, wenn das kein Schuldeingeständnis ist …», sagte sie, jetzt viel ruhiger.

«Ich versteh das nicht …» Jule war total verwirrt. «Was hat das alles zu bedeuten?»

«Er ist ein Lügner. So einfach ist das.»

«Aber …» Jule schüttelte den Kopf.

«Vor ein paar Wochen hat seine Frau ihn vor die Tür gesetzt, weil sie das mit mir rausgefunden hat. Das hat sie mir heute selbst erzählt. Ist wohl auch nicht das erste Mal, dass er eine Affäre hat.» Sie lachte bitter. «Ich dachte, dieses Mal ist es etwas anderes – *mir* hat er erzählt, sie hätten sich auf seinen Wunsch getrennt, weil er mit mir zusammen sein will.» Alice schnaubte. «Und dann hab ich rausgekriegt, dass er sich hier bei dir einquartiert hat. Und als ich dich neulich gesehen habe, da wusste ich sofort, was los ist. Ich habe ihn zur Rede gestellt. Aber er hat alles abgestritten. Er meinte, du wärst überhaupt nicht sein Typ.» Alice musterte Jule von Kopf bis Fuß und fügte dann schnippisch hinzu: «Bist du eigentlich auch nicht.»

Jule war sprachlos.

«Ich hab ihm jedenfalls nicht geglaubt, deshalb bin ich

ihm vorhin nachgefahren. Er hat behauptet, er müsste heute noch nach Berlin ...»

Jule suchte Halt am Gartenzaun. Ihr drohten die Beine wegzusacken.

«Glaub mir ...» Alice warf sich ihre Tasche über die Schulter und ging zu ihrem Auto. «Du bist ohne ihn besser dran.»

Nur geträumt

Jule war einfach losgelaufen, war der Este gefolgt, dann der Elbe, immer am Deich entlang. Sie hatte keine Ahnung, wie lange. Anfangs war in ihrem Kopf nur Fassungslosigkeit und Leere gewesen, aber auf den letzten paar hundert Metern hatte sie angefangen, sich Fragen zu stellen, Antworten zu suchen. Erschöpft setzte sie sich, etwas abseits vom Weg, an den grünen Hang und blickte auf die Elbe.

Sollte sie sich wirklich so in Sebastian geirrt haben? War es überhaupt möglich, Verliebtsein so vorzutäuschen? Und selbst wenn – *warum* hätte er das machen sollen?

Jule wusste nicht, was sie glauben sollte. Sprach die Tatsache, dass Sebastian nichts zu seiner Verteidigung vorgebracht hatte, dass er einfach abgehauen war, nicht dafür, dass diese Alice mit ihren Behauptungen recht hatte? Jule zog die Knie an und umschlang sie mit den Armen. Irgendwas an dem, was diese Frau gesagt hatte, klang sogar plausibel. Dass die beiden etwas miteinander gehabt hatten, stimmte sicher. Sonst hätte Alice sich niemals so aufgeführt. Und auch Sebastian hätte dann anders reagiert. Vermutlich hatte er die Sache tatsächlich nicht richtig beendet. Aber er musste es doch vorgehabt haben, oder? Vielleicht hatte diese Verrückte es auch einfach nicht begreifen wollen.

Ob er wirklich zu Alice gesagt hatte, Jule wäre nicht sein Typ? So wie er zu *ihr* gesagt hatte, *Alice* wäre nicht sein Typ – allein schon wegen der schwarzen Haare auf den Armen. Was er wohl über sie selbst gesagt hatte, um die andere davon zu überzeugen, dass er niemals etwas mit Jule anfangen würde?

Sicher, es gab solche Typen … Männer, die lügen konnten, bis sich die Balken bogen, und es damit auch noch schafften, alle für sich einzunehmen. Aber Sebastian konnte doch unmöglich einer dieser Blender sein. Und vor allem: *Sie* konnte doch unmöglich eine Frau sein, die auf so einen hereinfiel!

Jule legte den Kopf auf ihre Arme und schloss die Augen.

Nach einiger Zeit hörte sie hinter sich ein Fahrrad, das offenbar länger nicht geölt worden war. Dann ein Hecheln. Schließlich kamen die Reifen auf dem steinigen Sandweg zum Stehen, und sie hörte knirschende Schritte.

«Jule?», fragte eine leise Männerstimme.

Sie blickte auf. Es war Piet. Mit Emil.

«Was machst du denn hier?» Piet sah sich um. «Bist du bis hierher zu Fuß gegangen? Alles in Ordnung?»

Jule schüttelte stumm den Kopf. *Jetzt bloß mit niemandem reden müssen …*

Vorsichtig kam Piet näher. «Darf ich?» Er deutete auf den Boden.

«Hmhm.» Jule nickte verhalten.

Piet setzte sich neben sie, und Emil stupste Jule mit der Schnauze an und ließ sich dann schnaufend zu ihren Füßen nieder.

Schweigend blickten sie auf die Elbe. Am anderen Ufer lag das Treppenviertel von Blankenese in der Abendsonne. Ein großes, mit rostigen Containern beladenes Schiff schob sich langsam übers Wasser und gab schließlich den Blick wieder frei auf den bewaldeten, mit alten Villen bestandenen Hügel.

Piet räusperte sich. «Auf'm Deich sitzen und Pötte gucken – gibt wenig Besseres, nicht?»

Als Jule nicht reagierte, wandte er ihr das Gesicht zu und sah sie prüfend an. Sie hatte nicht geweint, war zu sehr vor den Kopf geschlagen. Er blickte wieder aufs Wasser.

«Die Luft duftet heute so nach Meer.»

Jule zuckte mit den Schultern.

«Der Wind kommt aus Westen.»

«Ah.»

«Als ich jetzt wieder herkam, hab ich erst gemerkt, wie sehr mir die Nordsee in den letzten Jahren gefehlt hat.»

Piet blickte starr auf die Elbe, und Jule konnte von seinem Gesicht nicht viel mehr sehen als seinen inzwischen extrem struppigen Bart und die halblangen blonden Haare, die sein Profil verdeckten.

«Dieses Raue … die Gezeiten – ist schon ein besonderes Meer.»

Wieder trat eine Pause ein.

Schließlich fragte Jule: «Liegt Dschibuti nicht auch am –?»

«Am Roten Meer.» Piet nickte. «Da, wo das Rote Meer in den Indischen Ozean übergeht, im Nordosten des Kontinents. Vielleicht hast du schon mal vom Golf von Aden gehört? Das Meer dort ist hellblau, und wo es flach ist, sogar fast türkis. Es hat selbst im Winter noch Temperaturen um fünfundzwanzig Grad, und sogar der Wind ist heiß.»

Sie schwiegen wieder und sahen ein Segelboot eilig aus der Fahrrinne verschwinden, um dem nächsten, noch gewaltigeren Frachtschiff Platz zu machen.

Nach einer Weile fuhr Piet fort. «Landschaftlich ist das Land faszinierend. Es ist ganz klein, aber es gibt Wüsten und Seen, Gebirge, Flüsse und Vulkane. Irre. Wir waren abends mal am Lac Abbé, das ist ein Salzsee mit unterirdischen Thermalquellen. Das war total bizarr, als wäre man auf dem Mond oder so: Der Dampf, die hohen, spitzen Kalksteine rund ums Ufer, und vor dieser Kulisse tummeln sich unzählige rosa Flamingos – total surreal.»

Jule war froh, dass er einfach drauflosérzählte, dass er nicht versuchte herauszubekommen, was mit ihr los war. Es tat gut, abgelenkt zu werden.

«Wir haben in Dschibuti-Stadt gelebt, das war toll. Großer Hafen, alte Häuser im Kolonialstil, zum Teil ziemlich verfallen. Dann dieser bunte, lebendige Markt morgens ... Über Mittag hatte man allerdings immer das Gefühl, in einer Geisterstadt zu sein. Kein Mensch war da mehr auf den Straßen, alle Läden machten dicht, man bekam nicht mal mehr was zu essen. Nur der Muezzin hat zum Gebet gerufen.» Gedankenverloren begann er Emil zu kraulen. «Eins dieser Ernährungszentren, in denen wir mitgearbeitet haben, lag direkt bei uns in der Nähe. Die Slums dagegen ... die haben mich wirklich schockiert. Das war mein erster Einsatz bei Ärzte ohne Grenzen, weißt du? Ich hatte vorher in Kiel im Krankenhaus gearbeitet und war noch nie in einem Dritte-Welt-Land gewesen.»

So lange hatte Jule ihn noch nie am Stück sprechen hören, schon gar nicht von sich. Jetzt, wo sie *nicht* fragte, begann er endlich zu erzählen. Sie streckte die Beine aus und lauschte gespannt seinen Worten.

«Und auch, wenn man theoretisch weiß, dass es diese ungeheuerliche Armut gibt, wenn man Bilder kennt ... es dann wirklich zu sehen, diese katastrophalen Zustände, die mangelernährten Kinder ... Vor allem die Kinder! Das zerreißt dich. Wir, also meine Kollegen, meine Frau und ich, wir haben geholfen, wo wir konnten. Aber das Frustrierende ist: Es gibt kaum Hoffnung, dass sich die Lage grundlegend bessern wird.»

Seine Frau?

Jule beschloss, nicht nachzufragen, ihn einfach weitersprechen zu lassen, auf seine Weise und in seinem Tempo. Irgendwann würde sich die Gelegenheit ergeben.

«Das Land ist so heiß und trocken, dass die Menschen nicht vernünftig Ackerbau betreiben können, und in den letzten Jahren gab es außerdem noch Dürren. Man kämpft eigentlich immer nur gegen die Verschlechterung der Lage an.»

Taumelnd landete eine Möwe einen guten Meter von Emil entfernt. Sofort rappelte der Hund sich zu seiner vollen Größe auf, und das reichte schon, um die Möwe davoneilen zu lassen. Sie erhob sich in die Lüfte und flog über die Elbe davon, während Emil sich wieder niederließ.

Piet schien davon nichts mitbekommen zu haben. Unverwandt blickte er auf das andere Ufer, anscheinend jedoch, ohne wirklich etwas zu sehen, als wäre er ganz woanders.

«Kathrin hat sich eine Infektion zugezogen», sagte er vollkommen unvermittelt. «Das muss gleich am Anfang passiert sein. Und wir haben nicht erkannt, wie ernst das war, haben die Symptome auf das Klima geschoben, auf die Hitze und die extrem hohe Luftfeuchtigkeit. Sie war selbst Krankenschwester und die ganze Zeit von Ärzten umgeben. Aber ...»

Er sah in die Ferne. «Es ging dann alles ganz schnell. Innerhalb von wenigen Tagen hat sich ihr Zustand dramatisch verschlechtert, sie konnte überhaupt nichts mehr bei sich behalten, lag mit hohem Fieber im Bett, war kaum noch bei Bewusstsein. Eine Woche später war sie tot.»

Der unerwartete Satz traf Jule mitten ins Herz. «Oh, Piet …» Ohne nachzudenken, legte sie ihm eine Hand auf den Rücken und streichelte ihn. «Das tut mir so leid … das habe ich nicht gewusst.»

«Ich bin mit dem Flugzeug, das sie überführt hat, zurück und hab mich um alles gekümmert. Nach der Beerdigung bin ich sofort wieder runtergeflogen. Ich wusste nicht, was ich sonst machen soll. Das hätte nicht passieren müssen, wenn ich das gleich richtig eingeschätzt hätte, weißt du? Ich hätte sie retten können … retten müssen.»

Er blickte weiter geradeaus, sein Gesichtsausdruck war finster.

Jule wusste nicht, was sie sagen sollte. «Aber –»

«Ich hab mich dann in die Arbeit gestürzt, wollte die mitleidigen Blicke der anderen nicht sehen, bin irgendwie abgetaucht … Erst nach ein paar Monaten kam ich langsam zu mir, hab kapiert, was los ist. Dass sie nicht einfach nur gerade nicht da ist, sondern überhaupt nicht mehr wiederkommt. Die Erkenntnis traf mich wie ein Schock, als wäre es gerade erst passiert. Da ist mit einem Mal irgendwie alles weggekracht … Ich konnte nicht mehr weitermachen, keinen Tag länger, musste da sofort weg.»

Piet sah sie an, und Jule wurde bewusst, dass ihre Hand noch immer über seinen Rücken strich. Aber sie hörte mit der Bewegung auch nicht auf, während er weitersprach.

«Ich bin dann zu meinen Eltern, hab die letzten Wochen mit ihnen zu Hause verbracht, bevor sie in ihre Residenz da gezogen sind. Ich hab nur auf dem Bett gelegen und an die Decke gestarrt. Ich kam gegen diese verdammte Leere einfach nicht an ...» Er schwieg einen Moment. «Wobei ... eigentlich hab ich's wohl auch gar nicht versucht, das Gefühl war so übermächtig. Als meine Eltern dann ausgezogen sind, musste ich was machen ...»

«Und seitdem kümmerst du dich um das Haus.»

Piet atmete tief ein. «War 'ne gute Idee. In den letzten zwei Monaten hab ich irgendwie langsam zurückgefunden. Es ist ... Kathrins Tod wird langsam Realität.» Er fuhr sich übers Gesicht. «Eben, als ich auf dem Deich langgefahren bin und an sie gedacht habe, da ... da hatte ich zum ersten Mal das Gefühl, dass aus dem Schmerz vielleicht eine dankbare Erinnerung werden kann.»

Ein letztes Mal strich Jule ihm über den Rücken. Dann setzte sie sich anders hin, zog die Beine wieder an und legte die Arme auf die Knie. Alles, was sie jetzt hätte sagen können, was ihr durch den Kopf schoss, kam ihr unangemessen vor, also sagte sie nichts.

Auch Piet schwieg jetzt wieder. Emil robbte näher heran und legte den Kopf auf Piets Knie. Piet kraulte sein dickes, zottiges Fell. Schließlich sagte er: «Wir waren gerade mal zwei Jahre verheiratet, als sie gestorben ist. Wir hatten so viele Pläne ... Wollten Kinder bekommen, wenn die Zeit in Afrika vorbei war ... Als sie plötzlich nicht mehr da war, wusste ich überhaupt nicht mehr, wie es weitergehen sollte. Alles erschien mir plötzlich so vollkommen sinnlos.»

Jule nickte. Sie glaubte zu verstehen, wie er sich fühlen

musste. Auch wenn sie noch nie einen geliebten Menschen auf diese Weise verloren hatte.

Nach einer Weile sah Piet sie an. «Sag mal … ich trau mich gar nicht zu fragen, aber … Ist mit Mielchen alles in Ordnung?»

«Ja», sagte Jule, überrascht von dem plötzlichen Themawechsel. «Alles okay, wieso fragst du?»

«Dann ist ja gut. Ich dachte nur, weil du hier so traurig sitzt und …»

«Ach so, nein! Nein, das ist es nicht.»

«Nicht?»

«Nein. Es ist … Ach …» Jule schüttelte den Kopf. Nach seiner dramatischen Geschichte konnte sie ihm jetzt unmöglich mit dieser Farce kommen, in die sie da anscheinend geraten war.

«Also, du musst natürlich nicht drüber reden, wenn du nicht möchtest», sagte Piet schnell. «Aber –» Er strich sich die Haare aus dem Gesicht und sah ihr in die Augen. «Denk nur bitte nicht, nach meiner Geschichte könntest du mir mit was weniger Dramatischem nicht kommen.»

Jule lächelte. «Es ist …» Wieder schüttelte sie den Kopf. «Ich weiß auch nicht, ich … Offenbar hab ich mich in Sebastian total getäuscht.»

Piet sah sie ruhig und aufmerksam an. «Deinem Hausgast.»

«Genau. Scheint, als hätte er die ganze Zeit zwei … drei Beziehungen gleichzeitig geführt und allen drei Frauen vorgelogen, sie wären die Einzigen.»

«Oh.»

«Ja.»

«*Drei?*»

«M-hm.»

«Aber ... *warum?*»

Jule musste fast lachen, weil Piet so ratlos klang. «Ich hab keine Ahnung.»

«Ihr habt irgendwie so ... verliebt gewirkt», sagte Piet.

«Ja? Ja ... Ich weiß auch nicht. Ich meine ... er schien so entschlossen, was uns beide anging, das habe ich so bisher noch nie erlebt bei einem Mann. Also, früher ... ach, ich weiß nicht ... Männer zwischen zwanzig und dreißig kamen mir oft so unentschieden vor. Die wissen ja oft noch nicht so richtig, was sie wollen. Manchmal auch danach noch nicht ... Aber bei Sebastian war keine Spur von irgendwelchen Zweifeln. Er hat mich als seine absolute Traumfrau bezeichnet und sich verhalten, als wäre alles ganz klar, als wär's das jetzt: er und ich, wir beide. Dabei habe ich das so schnell ja gar nicht erwartet, ich meine, das musste er ja nicht sagen, wenn es gar nicht stimmte.»

Piet zuckte mit den Schultern. «Vielleicht stimmte es ja. Vielleicht liegt die Erklärung woanders.»

Jule sah ihn skeptisch an.

«Ich meine, ist das denn sicher, das mit den drei Beziehungen?», fragte Piet.

Natürlich hatte Jule sich das auch schon gefragt. Vielleicht hatte diese Alice ja wirklich nicht alle Tassen im Schrank. Vielleicht war sie so verzweifelt in Sebastian verliebt, dass sie sich das alles ausgedacht hatte, um Jule in die Flucht zu schlagen. Allerdings war es Sebastian gewesen, der in die Flucht geschlagen worden war. Er war einfach weggelaufen und hatte überhaupt nichts zu seiner Verteidigung vorgebracht. Und das konnte doch nur bedeuten, dass etwas Wahres dran war, oder? Überhaupt: Wie er mit Alice umgegangen war, so erschreckend grob – so ging man doch mit seiner Assistentin nicht um. Eher schon mit einer eifersüchtigen Geliebten. Aber was war dann mit seiner Frau? Hatte sie die Affäre mit Alice entdeckt und ihn tatsächlich vor die Tür gesetzt? Hatte er deshalb häufiger im Alten Land übernachtet, obwohl er eigentlich auch gut nach Hamburg hätte fahren können? Wenn Jule ehrlich war, ergab die Geschichte sogar Sinn.

«Ich fürchte schon.» Sie seufzte. «Das klang jedenfalls alles verdammt plausibel.»

«Hat er es denn zugegeben?»

«*Er* nicht …»

Piet wirkte verwirrt. «Du hast mit einer der anderen Frauen gesprochen?»

Wie das klang: *Mit einer der anderen Frauen* … Jule nickte.

«Und … Sebastian? Was sagt er dazu?»

«Nichts», sagte Jule. «Er ist in sein Cabrio gesprungen und abgehauen. Irgendwie glaub ich immer noch, ich träume … ein ziemlicher Albtraum.»

«Kann ich mir vorstellen.»

Sie schwiegen. Der Wind, der jetzt vom Meer über die Elbe kam, frischte merklich auf, und ihre Körper warfen lange Schatten auf den grünen Deich.

«Du kanntest ihn noch nicht so lange, oder?»

Dafür, dass sie Piet bisher so einsilbig kennengelernt hatte, stellte er heute ganz schön viele Fragen. Aber es tat gut, mit jemandem darüber zu reden.

«Nein, erst ganz kurz. Aber …»

Aber es ist so schön mit ihm. Oder vielmehr: Es war *so schön mit ihm.*

«Ja, es ist schwer zu begreifen, wenn man sich so in jemandem getäuscht hat», sagte Piet. «Ich hab das mal mit einem Kollegen erlebt, mit dem ich mich angefreundet hatte. Das ist natürlich nicht dasselbe, aber ... Also, ich hab ihn immer für vollkommen aufrichtig gehalten, für *aufrecht* – bisschen altmodisches Wort ... Und dann hat er menschlich so dermaßen ins Klo gegriffen ...»

Jule musste lachen. «Treffende Formulierung ...» Als sie ihre müden Beine ausstreckte, bemerkte sie, dass sie fröstelte. «Sag mal, es ist ja wohl noch eine ziemliche Strecke zurück nach Königreich ... Ich würde mich jetzt mal auf den Rückweg machen.»

Piet stand auf und streckte ihr die Hand hin. «Ich komm mit.» Er zog sie hoch. «Kannst dich auf die Fahrradstange setzen», sagte er. «Ich fahr dich.»

Als sie endlich vor Mielchens Haus ankamen, war es bereits dunkel. Mit Jule auf der Stange war Piet nicht besonders schnell gewesen, sodass sich der Rückweg ziemlich hingezogen hatte.

Jule stieg vom Rad und rieb sich ihren schmerzenden Hintern. Trotzdem war sie Piet zutiefst dankbar, dass sie nicht auch noch zu Fuß hatte zurückgehen müssen.

«Danke dir.» Jule drückte ihn kurz.

«Gute Nacht. Ich hoffe, du kannst schlafen.»

«Oh, wart mal, ich hab, glaub ich, gar keinen Schlüssel»,

sagte Jule. Dann fiel ihr etwas ein: «Aber die Hintertür müsste noch auf sein. Ich bin einfach los und –» Sie öffnete die Gartenpforte.

«Na, hoffentlich. Nicht, dass du nicht mehr ins Haus kommst.» Piet lehnte sein Rad an den Gartenzaun und folgte ihr mit Emil am Haus vorbei in den Garten.

«Ein Glück», sagte Jule, als die die offenstehende Terrassentür sah. Sie betrat den Flur und machte Licht an, dann kehrte sie zurück in den Garten.

«Tja, also dann … danke noch mal für alles, Piet.»

«Da nich für», sagte er und wollte gerade gehen, als eine Frauenstimme aufgeregt durch den Garten rief. «Jule, bist du das?» Inken kam um die Ecke gelaufen. «Alles in Ordnung?».

«Äh, ja … Wieso?»

«Ich hab mir Sorgen gemacht, weil die Tür offen stand und im Haus alles dunkel war. Erst dachte ich, du wärst vielleicht mit Sebastian weggefahren, aber –»

«Mit Sebastian?»

«Ja, der war doch gerade noch hier.»

«Er war noch mal hier?»

Fragend sah Inken sie an. «Wie meinst du das? Er hat doch seine Sachen geholt, oder?»

Jule seufzte und sah Piet mit hochgezogenen Augenbrauen an.

«Was?», fragte Inken und schaute irritiert von einem zum anderen. «Kann mir mal jemand erklären, was hier los ist? Wo kommt ihr beiden um diese Zeit überhaupt her?»

«Ach, das ist eine längere Geschichte, Inken», sagte Jule. «Die würde ich dir, ehrlich gesagt, lieber morgen erzählen.»

Sie war müde, und ihr tat alles weh. Außerdem wollte sie sich endlich etwas Warmes überziehen.

«Tja, äh …» Etwas verlegen druckste Piet herum. Er schien gemerkt zu haben, dass Jule jetzt lieber allein sein wollte. «Ich geh dann mal. Emil hat bestimmt Durst und …» Er wandte sich zum Gehen. «Also, gute Nacht.»

«Gute Nacht!», sagten Jule und Inken im Chor.

«Und danke noch mal!» Jule sah ihm hinterher und wandte sich dann Richtung Terrasse.

Inken folgte ihr. «Was ist denn los?»

O. k., sie würde wohl nicht lockerlassen.

«Und Sebastian ist ganz sicher noch mal hier gewesen?» Jule war nicht in der Lage, jetzt Fragen zu beantworten. Viel dringender suchte sie selbst nach Antworten. «Sebastian?», rief sie probeweise in den Flur.

Keine Antwort. Niemand, der *Ich bin hier, Süße* rief. In einer vagen Hoffnung lief sie die Treppe hoch und riss die Tür zum Gästezimmer auf. Keine Tasche, kein Hemd über der Stuhllehne, keine Unterlagen, nichts. Nur auf der Kommode lag der Gästeschlüssel zum Haus.

Als Jule wieder auf den Flur trat, stand Inken auf der obersten Treppenstufe.

«Du machst mir Angst, Jule. Was ist los?»

«Alles weg.» Jule sank auf die Treppe und begann allmählich zu begreifen. Er war aus Mielchens Haus verschwunden und aus ihrem Leben. Traurig sah sie Inken an und begann, ihr die ganze Geschichte zu erzählen. Wie sie am späten Nachmittag im Garten gestanden und sich glücklich in den Armen gelegen hatten … Wie dann plötzlich Sebastians Assistentin aufgetaucht und die ganze schreckliche Wahrheit ans Licht gekommen war ... Wie Sebastian davongebraust und sie völlig verstört zurückgeblieben war.

«Aber ... es ist vielleicht eine halbe oder dreiviertel Stunde her, dass er hier war. Es war jedenfalls schon fast dunkel, und ich hab mich gefragt, wer da bei Mielchen durch den Garten schleicht.»

«Offensichtlich hat er seine letzten Sachen geholt.» Jule traten Tränen in die Augen.

Inken nickte. «Dann hat er gar nicht bezahlt, oder?»

Jule schüttelte den Kopf. Das war jetzt allerdings ihr geringstes Problem.

«Glaubst du, dass er auch im Keller war?», fragte Inken.

Erschrocken sah Jule auf. «Du meinst ... er könnte das Kirschglas ...? Nein! Das traue ich ihm nicht zu.»

«Lass uns lieber nachsehen. Ich trau dem Kerl alles zu.»

Einen Moment starrte Jule die Wand an. Dann stand sie ruckartig auf und rannte zur Kellertür.

«Ich komme mit», rief Inken entschlossen und folgte ihr.

Gemeinsam liefen sie die Treppe hinunter und in den hinteren Raum. Der Fußboden stand voller Gläser, einige waren zerbrochen, und zwischen den Scherben lagen in einer Lache eingelegte Pfirsiche.

«Das gibt's doch nicht!» Jule war fassungslos. Wie in Trance ging sie zu dem Regal, hinter dem sich Mielchens Schatz verbarg. Der Ziegelstein lag auf dem Regalbrett, das Zigarrenkästchen daneben. Ohne zu zögern, steckte sie eine Hand in das Mauerloch und tastete darin herum.

Es war leer.

Mit zittrigen Beinen setzte sie sich auf eine umgedrehte Obstkiste und verbarg das Gesicht in den Händen.

Inken ging neben ihr in die Hocke. «Mir tut das alles so leid, Jule.» Sie streichelte ihr über den Kopf.

Jule schluchzte auf. Jetzt endlich flossen die Tränen. «Ich … ich versteh das … nicht!», sagte sie mit erstickter Stimme. «Was ist das bloß für ein Albtraum? Was fällt diesem Kerl denn ein? Was soll das alles?»

«Ich hab keine Ahnung», sagte Inken und legte den Arm um sie. «Der hat irgend 'ne Störung.»

Jule atmete tief ein und wieder aus. «Was soll ich denn jetzt machen?»

«Ruf ihn an», schlug Inken vor. «Stell ihn zur Rede!»

«Nee!», rief Jule entschlossen. «Auf gar keinen Fall!»

Nach einer Weile fragte Inken: «Willst du vielleicht lieber bei mir schlafen? Dann bist du nicht allein.»

Jule schüttelte den Kopf. «Nein, danke … Ich komm schon klar, Inken. Ich glaub, ich wär jetzt lieber allein.»

Inken nickte. «Aber wenn du's dir anders überlegst, kommst du einfach rüber, egal wann, ja? Ich schließ die Terrassentür nicht ab.»

«O. k.»

«Komm, wir gehen.» Sie zog Jule hoch. «Morgen helfe ich dir beim Aufräumen.» «Kopf hoch, Jule», sagte Inken und ging durch den Flur zur Hintertür. «Das wird schon wieder. Du bist ohne diesen Kerl besser dran.»

Jule musste schlucken. «Genau dasselbe hat Alice auch gesagt …»

«Oh. Na ja … dann …»

«Gute Nacht, Inken.»

«Nacht, Jule, versuch ein bisschen zu schlafen.»

Jule nickte und schloss die Tür hinter ihr zu. Dann

schleppte sie sich nach oben und blieb unschlüssig im Flur stehen. Sollte sie in das Bett gehen, in dem sie zuletzt gemeinsam mit Sebastian gelegen hatte, das noch nach ihm roch?

Nein!

Kurz entschlossen öffnete sie die Tür zum Mädchenzimmer und ließ sich erschöpft aufs Bett fallen.

Irgendwo klingelte es. Jule schlug die Augen auf. Sie fühlte sich wie erschlagen.

Sie lag auf dem Bauch, mit dem Kopf am Fußende des Bettes. Die Decke war auf den Boden gerutscht.

So langsam kam die Erinnerung zurück: Stundenlang hatte sie wachgelegen und sich herumgewälzt. Als es hell geworden war und sie immer noch nicht in den Schlaf gefunden hatte, war sie in die Küche gegangen und hatte sich eine heiße Milch mit Honig gemacht – irgendwann danach musste sie endlich eingeschlafen sein.

Das Klingeln hatte aufgehört. Ungelenk stützte Jule sich mit den Händen ab, kam erst auf alle viere und setzte sich dann hin.

Kaffee!

Als sie die Treppe hinunterschlich, begann ihr Handy zu klingeln, das noch in der Küche lag. Jule beeilte sich und erwischte den Anruf noch.

«Jule, ich bin's, Gesa. Du, ich könnte heute schon eher kommen, wenn du willst.»

«Ja, das will ich unbedingt», krächzte Jule mit verschlafener Stimme.

«Hab ich dich geweckt? So lange schläfst du doch sonst nie! Stimmt irgendwas nicht?»

«Ach, es ist … Sebastian ist weg.»

«Wie, *weg*?»

«Na, weg.»

«Wieso das denn?»

Plötzlich stürzte alles wieder auf Jule ein: der gestrige Streit, Alice, das verschwundene Marmeladenglas aus Mielchens Keller … Sie stöhnte. «Ist 'ne längere Geschichte.»

«Jule, sag mir wenigstens kurz, was passiert ist. Du kannst ja nachher ausführlicher erzählen.»

Jule seufzte und fasste Gesa kurz zusammen, was passiert war.

«… und seitdem hat er sich nicht mehr gemeldet», schloss sie nach nur wenigen Sätzen.

«Scheiße!»

«Hmhm.»

«Oh, Jule … Ich komme so schnell ich kann, ja? Dummerweise ist mein Auto in der Werkstatt, aber Matthias kann mich fahren. Ich versuche, am frühen Nachmittag da zu sein.» Gesa klang entschieden. «Was machst du denn jetzt?»

Gedankenverloren starrte Jule durch die Terrassentür in den Garten. «Weiß nicht … Erst mal Kaffee trinken.»

«Besuch doch Mielchen», schlug Gesa vor.

«Nein, heute nicht. Das schaffe ich nicht, das Wochenende wird anstrengend genug.» Sie öffnete die Tür und atmete die frische Sommerluft ein. «Ich hol Mielchen morgen ab, sie bleibt dann bis Montag.»

«O.k. Soll ich noch irgendwas mitbringen? Zigaretten? Wodka? Gras?»

«Oh, ja, alles, bitte.»

Gesa lachte und versprach noch einmal, bald da zu sein.

Nachdem sie aufgelegt hatte, griff Jule nach dem Wasserkocher, ließ ihn halb voll laufen und stellte ihn an. Dann nahm sie ihr Handy wieder in die Hand und sah sich die Anrufliste an. Ein verpasster Anruf von «Unbekannt» um 10:22 Uhr. Das musste das Klingeln gewesen sein, von dem sie aufgewacht war. Sie griff nach der Kaffeedose, häufte drei Löffel in die Glaskanne und starrte das braune Pulver an. Komisch, «Unbekannt» zeigte ihr Handy eigentlich nur bei ihrem Vater und bei einer Freundin aus München an, die ihre Nummer unterdrücken ließ. Ob es einer von den beiden gewesen war? Oder hatte Sebastian seine Nummer vielleicht extra für diesen Anruf bei ihr unterdrückt? Damit sie auch dranging?

Unwahrscheinlich. Dafür sprach … so ziemlich rein gar nichts. Wahrscheinlich würde er sie überhaupt nie wieder anrufen.

Wie ferngesteuert goss Jule das kochende Wasser in die Kanne und rührte um. Sie hatte vergessen, in der Zwischenzeit Milch heiß zu machen. Egal. Sie nahm eine Tasse vom Haken, goss etwas kalte Milch hinein, drückte das Kaffeepulver hinunter und goss den dampfenden Kaffee in die Tasse.

Mit der Tasse in der einen und dem Handy in der anderen Hand ging sie auf die Terrasse und setzte sich auf die Bank unter dem Fenster. Es war bereits warm, aber der Himmel hing voller Wolken. *Wie passend,* dachte Jule. Alles sah heute irgendwie trüber aus als sonst. Die rosa und lila Malven und die Wicken hinten am Gartenzaun leuchteten nicht wie sonst, denn die Sonne versteckte sich hinter einer großen hellgrauen Wolke. Jule trank einen Schluck Kaffee, stellte die Tasse auf die Bank und öffnete ihre gespeicherten SMS. Die letzte war von Sebastian. Von gestern Vormittag. Sie wusste noch, dass sie die Worte auf dem Weg in die Reha-Klinik gelesen hatte.

Das war so eine schöne Nacht. Ich muss ständig an dich denken. Dein S.

Pah! *Dein S.* – ob er so auch bei Alice und seiner Frau unterschrieb?

Plötzlich fiel Jule auf, dass Sebastian sie eigentlich nie bei ihrem Namen genannt hatte. Er hatte immer nur «Süße» gesagt. Wahrscheinlich machte er das bei den anderen Frauen auch so. Das hätte jedenfalls den Vorteil, dass er sich nicht aus Versehen versprechen konnte.

Für einen Moment schloss Jule die Augen. Wie sich die Welt innerhalb weniger Stunden ändern konnte … Hätte ihr, als sie gestern Morgen aufgewacht war und seinen Zettel gefunden hatte, jemand gesagt, dass das ihre letzte gemeinsame Nacht war – sie hätte es im Leben nicht für möglich gehalten.

Aber war jetzt noch irgendwas anderes denkbar? War es möglich, dass sich alles als Irrtum herausstellte, dass sie sich noch wieder versöhnten? Was, wenn Alice sich alles nur ausgedacht hatte, um Jule loszuwerden und bei Sebastian freie Bahn zu haben? Oder wenn Sebastian nur abgehauen war, weil Alice ihm mit ihren Annäherungsversuchen auf die Nerven ging?

Und dann hätte er sich bis jetzt noch nicht bei Jule gemeldet, *weil …?*

Jule trank noch einen Schluck Kaffee. Dafür gab es einfach keinen guten Grund. Wenn Alice die Unwahrheit gesagt hätte, wenn das alles erstunken und erlogen gewesen wäre, dann hätte Sebastian sich doch inzwischen bei Jule gemeldet. Dann hätte er sie davon überzeugen wollen, dass zwischen ihm und Alice nichts lief, dass er weiterhin mit Jule zusammen sein wollte – er hätte alles versucht, um ihr das klarzumachen.

Zwei Mal hatte sie sich von ihm einwickeln lassen: einmal, als sie ihn im Keller erwischt hatte, und einmal, als Inken ihr erzählt hatte, dass Sebastian und Alice sich in der Pension ein Zimmer geteilt hatten. Jetzt verhielt er sich ganz anders. Vielleicht war ihm einfach klar, dass es ihm dieses Mal nicht gelingen würde, sie vom Gegenteil zu überzeugen. Und zwar, weil es stimmte. Und er wusste, dass sie das wusste. So wie auch die anderen beiden Punkte gestimmt hatten, bei denen er sie belogen hatte. Er *war* mit Alice in einem Zimmer gewesen, genau wie Inken gesagt hatte. Und er *hatte* im Keller nach einem Glas gesucht, obwohl er es abstritt.

Beim zweiten Mal hatte er es sogar gefunden. Und mitgenommen. Was wirklich schäbig von ihm war. Das einzig Tröstliche war, dass Mielchen ohnehin eingewilligt hatte, Sebastian das Glas zu überlassen. Nur hatte er das noch nicht wissen können.

Immer wieder landete Jule bei demselben Gedanken, wie schon gestern Nachmittag, wie heute Nacht: Wie hatte sie sich nur so in ihm täuschen können? Wie konnte der Sebastian, den sie als charmant, witzig, zuvorkommend und zärtlich kennengelernt hatte, gleichzeitig so falsch und verlogen sein? Und warum? Was hatte er davon? Das war der Punkt, den sie einfach nicht begriff. War irgendwas toll daran, drei Frauen gleichzeitig zu haben und allen ständig etwas vorzulügen? Bei allen darauf achten zu müssen, was man sagte? Das musste doch der Horror sein! Es wollte ihr einfach nicht in den Kopf.

Jule trank den Kaffee aus und sah in den Himmel. Die große Wolke, hinter der sich die Sonne versteckte, hatte jetzt einen gold und silbern leuchtenden Rand.

«Morgen, Jule!» Ungewohnt sportlich sprang Inken über den Zaun und kam über den Rasen zur Terrasse gelaufen. «Na, konntest du schlafen?»

Jule nickte. «Spät, aber ich hab geschlafen.»

«Und? Geht's dir einigermaßen?»

«Ja, na ja … geht schon.»

«Na, ihr kanntet euch ja auch noch nicht so lange», sagte Inken leichthin und setzte sich schwungvoll neben sie auf die Bank.

Was soll das denn heißen?

«Das ändert aber nichts daran, dass es weh tut», erwiderte Jule etwas pampig.

Inken sah sie mit einem Gesichtsausdruck an, der auf Jule leicht amüsiert wirkte. «Ich meinte nur, es ist nicht ganz dasselbe, als wenn ihr jetzt schon Monate oder Jahre zusammen gewesen wärt und du dann rausfindest, dass er dich die ganze Zeit hintergangen hat.»

«Nee. Natürlich nicht. Aber ist es nicht eigentlich egal, wie lange man jemanden kennt, wenn man total verliebt ist? Wenn man denkt, man hätte vielleicht den Richtigen gefunden? Wenn man ihm vertraut und dann feststellt, dass man sich offenbar grundlegend in ihm getäuscht hat?»

«Jule, jetzt mach aber mal 'nen Punkt», sagte Inken. Nun sprach sie definitiv von oben herab. «Das ist doch nicht *egal*. Du hast dich eben in ihm getäuscht. Du bist auf ihn reingefallen, weil er zugegebenermaßen sehr gut aussieht – wenn man auf den Typ Mann steht … Aber so viel kann da nach zwei Wochen – oder wie lange du ihn kennst – ja noch nicht gewesen sein zwischen euch …»

«Wieso denn nicht?», rief Jule aus. «Was zwischen zwei Menschen ist, hat doch nicht nur mit der Dauer ihrer Beziehung zu tun! Das hat doch auch mit …» *Mit Magie zu tun,* wollte Jule sagen, ließ es aber lieber bleiben. «… mit Anziehungskraft zu tun, Chemie, keine Ahnung.» *Magie eben.*

«Mit Sex, meinst du», sagte Inken trocken.

Jule richtete sich auf. «Sag mal, was soll denn das? Warum willst du die Geschichte mit Sebastian auf Teufel komm raus darauf reduzieren?»

«Ach, weil … weil du den Typen von Anfang an völlig überschätzt hast. Ich hätt dich echt für klüger gehalten. Ich meine, nur, weil er nicht schlecht aussieht –»

«Redet ihr von mir?» Piet war um die Hausecke gebogen und blieb grinsend in der Nähe der Rosen stehen, hinter denen Emil zwar zu hören, aber nicht zu sehen war.

Jule musste lächeln.

Aber Inken sagte übellaunig: «Nee, wir reden von diesem unfassbar gutaussehenden, interessanten, charmanten Forscher, der Jule von vorn bis hinten verarscht und sie dann sitzengelassen hat.»

Piet zog die Augenbrauen hoch und sah Inken fragend an.

Auch Jule war über die Reaktion ihrer Nachbarin einigermaßen erstaunt. Um nicht zu sagen empört. «Was bist du denn so bösartig?»

«Bin ich gar nicht!», blaffte Inken. «Ich will bloß nicht, dass du dem auch noch hinterhertrauerst. Ich wusste gleich, was das für einer ist. Der –»

«Ach!», fiel Jule ihr ins Wort. «Na, wenn du das alles gleich gewusst hast, hättest du ja auch mal eher was sagen können …»

«Na, na», brummte Piet beschwichtigend. «Warum –»

«Du hättest doch sowieso nicht auf mich gehört!», rief Inken erbost.

«Stopp mal kurz, Inken», sagte Piet ernst und zog damit die Blicke der beiden Frauen auf sich. «Sach mal, weißt du, warum man …» Er legte die Stirn in Falten. «… warum man, wenn die Blackbox eines Flugzeuges doch unzerstörbar ist, warum man dann nicht gleich den ganzen Flieger aus dem Material baut?»

Inken sah ihn verwirrt an, dann zeigte sie ihm einen Vogel und wandte sich wieder Jule zu. «Wenn du wirklich gedacht hast …»

«Und warum haben Waschmaschinen ein Fenster und Trockner nicht?», warf Piet ein.

«… dass Sebastian der Richtige wär, dann …»

Gebannt sah Jule von Piet zu Inken und wieder zurück, als würde sie ein Tennismatch verfolgen.

«Und warum hat Tarzan eigentlich keinen Bart?»

«… also, ich hätte dich *echt* für klüger gehalten!» Damit sprang Inken auf und marschierte davon.

Piet sah ihr nach, kam dann die zwei Stufen zur Terrasse hoch, hob eine Rosenblüte auf, die auf den Holzbohlen lag, und setzte sich neben Jule auf die Bank.

Eine Weile sagte keiner von beiden ein Wort.

«Weißt du, was ich mich immer frage?», sagte Piet schließlich bedächtig.

Jule schüttelte den Kopf. *Was kam jetzt wieder?*

Nachdenklich zupfte er ein Blütenblatt nach dem anderen von der Rose. «Was haben eigentlich Schmetterlinge im Bauch, wenn sie verliebt sind?»

Jule lachte in sich hinein.

Freundschaftlich legte er den Arm um sie und strich ihr mit seiner kräftigen Hand über den Oberarm, sodass Jules Kopf an seiner Schulter landete. «Ist alles bisschen viel im Moment, was?»

Jule verharrte in ihrer Position. Es war, als hätte ein gutmütiger Bär seine Pranke um sie gelegt. Die Wolke mit dem glänzenden Rand war weitergezogen und hatte der Sonne Platz gemacht. So wäre sie gern den ganzen Vormittag sitzen geblieben, ohne sich zu rühren. Dabei musste sie noch so viel erledigen. Doch sie blieb still sitzen, atmete einfach nur ein und aus und schwieg, genau wie Piet.

«Hier steht es doch: *Widdermänner sind verträgliche und vernünftige Partner, … die sich auch regelmäßig die Zeit nehmen, ihrer Partnerin eine anständige Überraschung … zu bereiten.* Tss.»

Gesa hielt das Partnerhoroskop von Lise in den Händen. «Eine *anständige Überraschung* war das allerdings, das kann man nicht anders sagen.» Sie las weiter. «Aber hier, guck mal: *Eine Fischefrau hält den stärksten Stürmen stand.*» Sie legte Jule die Hand auf die Schulter und sah sie ermutigend an.

«Ja, ja … Jetzt muss ich mein Glück wohl in neuen Gewässern suchen», sagte Jule resigniert. «Schon wieder.»

«Vielleicht gönnst du dir mal eine Pause, Schätzchen.»

Um kurz vor vier war Gesa von Matthias in Königreich abgesetzt worden, der jedoch gleich wieder zurück musste. Jule war froh, ihre Freundin bei sich zu haben – es tat gut, noch mal alles mit ihr zu bereden. Sie saßen im Esszimmer, wo Jule gerade dabei gewesen war, Mielchens Bett herzurichten, als ihre Freundin kam. Einträchtig hockten sie nebeneinander auf dem noch nicht bezogenen Klappbett.

«Ich hab das noch gar nicht richtig kapiert, weißt du?», sagte Jule. «Ich weiß überhaupt nicht mehr, was ich empfinden und denken soll – ich war *so* verliebt. Es war irgendwie magisch, weißt du? Und das hört ja nicht von einem Tag auf den andern auf, nur weil man merkt, dass der andere nicht der ist, für den man ihn gehalten hat.»

Gesa nickte. «Verliebtsein ist im Grunde wie eine Krankheit. Der Körper schüttet so starke Hormone aus, dass man wie auf Droge ist. Rasender Puls, Schlaflosigkeit, Euphorie, getrübte Wahrnehmung … Hab ich gerade erst in einem Artikel gelesen.»

Jule gab ein leises Schnauben von sich. «Unter *getrübter Wahrnehmung* hab ich definitiv gelitten!»

«Ich glaub, Freud hat gesagt: Das ist wie vorübergehender Wahnsinn.»

«Na, immerhin *vorübergehend*», sagte Jule niedergeschlagen. «Wie beruhigend … Und wie komm ich aus dem Wahnsinn jetzt wieder raus?»

«Das braucht ein bisschen Zeit …», sagte Gesa und streichelte ihren Arm. «Es wird von Tag zu Tag und von Woche zu Woche ein bisschen besser werden, Schätzchen.»

«Kann ich mir nicht vorstellen.»

«Ich weiß. Das kann man sich mit einem gebrochenen Herzen auch nicht vorstellen. Ist aber so. Glaub deiner weisen, alten Freundin Gesa.»

In diesem Moment klopfte jemand vernehmlich an die offenstehende Terrassentür, und kurz darauf waren im Flur schwere Schritte zu hören.

Hinterm Horizont

Jules Herzschlag beschleunigte sich. Eine Sekunde lang hoffte sie, es wäre Sebastian. Der alles erklären konnte, der ihr versicherte, dass er sie und nur sie liebte, sodass sich alles als schrecklicher Irrtum herausstellte.

Aber es war Inken, die in Gummistiefeln im Türrahmen erschien. «Darf ich reinkommen?», fragte Inken kleinlaut.

Jule atmete einmal tief durch. «Ja, sicher.»

«Oh, aber du hast Besuch ...» Inken streckte Gesa die Hand entgegen. «Ich bin Inken, von nebenan.»

«Hi! Gesa, Jules Freundin aus Hamburg.» Da Jule nichts sagte, sprang Gesa als Gastgeberin ein: «Ich wollte sowieso gerade vorschlagen, Kaffee zu machen. Wollen wir in die Küche gehen?»

Inken nickte und folgte den beiden, nachdem auch Jule sich träge erhoben hatte. Sie legte das Laken beiseite. Das Bett würde sie auch später noch beziehen können.

In der Küche setzten sich Jule und Inken an den Tisch, während Gesa drei Tassen von den Haken neben der Spüle nahm und sich an der Cafetiere zu schaffen machte.

Inken räusperte sich. «Jule, ich wollte mich entschuldigen», sagte sie mit fester Stimme, ohne lange um den heißen Brei herum zu reden. «Das war etwas unangemessen vorhin.

Natürlich hat das nichts mit Klugheit zu tun, in wen man sich verliebt. Tut mir leid.»

«Im Gegenteil», sagte Gesa und setzte Wasser auf. «Ich hab Jule gerade erzählt, dass Verliebtsein wie eine Krankheit ist.»

«Ja, eine Krankheit, bei der immer gleich zwei ins Bett müssen …», sagte Inken trocken.

Gesa prustete los.

Na, die beiden verstehen sich ja prächtig, dachte Jule.

«Kanntest du den noch nicht?», fragte Inken, und als sie Jule mit den Augen rollen sah, fügte sie zu ihrer Verteidigung an: «Ist ein total alter Spruch, der ist nicht von mir. 'tschuldigung …»

«Ich hab zwar keine Ahnung, worum es geht oder worüber ihr beide euch gezankt habt, aber *ich* finde, du hast dich jetzt genug entschuldigt», sagte Gesa. «Oder, Jule?»

«Ja, ja, schon vergessen», sagte Jule. «Kaffeepulver ist im Kühlschrank, Gesa.»

«Ich war heute Morgen total frustriert», sagte Inken. «Mir sind nämlich beide Wohnungen abgesagt worden, die ich mir angeguckt hatte.»

«Inken sucht für sich und ihre Tochter in Hamburg ein neues Zuhause», erklärte Jule Gesa.

«Oh, das ist nicht einfach.»

«Ja, scheint mir auch so.» Inken seufzte. «Ich weiß echt nicht, wie das gehen soll. Nur ein Gehalt und dann noch ein kleines Kind – das mögen Vermieter nicht. Wie viele Unterlagen die sehen wollen! Arbeitsvertrag, Kontoauszüge, Schufa-Auskunft, Bescheinigung des Vormieters – aber den gibt es nicht, denn das Haus gehört ja Dirk …»

«Inkens Exmann», flüsterte Jule, als Gesa fragend guckte.

«… und am besten noch eine Bürgschaft.»

«Ich weiß», sagte Jule. «Es ist absurd. Aber kann Dirk dir nicht eine Bürgschaft geben?»

«Ach, der weiß doch noch gar nichts davon, dass ich umziehen will. Erst mal muss ich es Mia sagen. Außerdem will ich Dirk auch um nichts bitten müssen. Nein, das muss irgendwie anders gehen …»

«Was suchst du denn genau?», fragte Gesa. «Ich kann ja im Verlag mal eine Mail rumschicken.»

«Würdest du das machen? Das wär toll. Also … drei Zimmer, so sechzig, siebzig Quadratmeter. Gern in Winterhude oder in der Nähe. Badewanne ist wichtig. Balkon wäre schön. Altbau auch, muss aber beides nicht sein, ist wahrscheinlich eh unrealistisch.»

«Also, was alle suchen», sagte Gesa und goss den frischen Kaffee in die Tassen.

«Hmhm.» Inken trank einen Schluck Kaffee. «Eine noch kleinere Wohnung geht nicht, finde ich, und eine größere kann ich vermutlich nicht bezahlen. Jedenfalls nicht in den schönen Bezirken. Und weiter raus möchte ich eigentlich nicht. Es geht mir doch gerade darum, in die Stadt zu ziehen! Obwohl ich mich frage, wo die ganzen Möbel aus dem Haus hin sollen, wenn wir uns auf die Hälfte verkleinern … und das ganze Zeug, das sich angesammelt hat über die Jahre … Ach, ich weiß nicht. Vielleicht war das alles doch keine so gute Idee.»

«Jetzt keine Angst vor der eigenen Courage kriegen», schaltete sich Jule ein, die aufgestanden war, um die Milch aus dem Kühlschrank zu nehmen. «Eins nach dem andern.

Wir helfen dir, wir kennen doch genug Leute in Hamburg. Ich kann auch meine Hausverwaltung mal fragen und so.»

«Du wirst schon was finden – und es nicht bereuen. Hamburg ist 'ne tolle Stadt», stimmte Gesa zu. «Was machst du denn beruflich?»

«Hotelkauffrau. Ich fang im *Rondeel* an. Ach, wenn ich das jetzt so sage, freu ich mich doch schon wieder total.»

«Siehst du», sagte Jule und goss etwas Milch in ihren Kaffee. «Vielleicht sollten wir wirklich die Wohnungen tauschen. Ich hab eigentlich genug von der Stadt. Ich glaub, ich könnte mich ans Landleben gewöhnen.»

«Spinnst du?» Mit großen Augen sah Gesa sie an. «Du bleibst schön in Hamburg!» Sie griff nach Jules Hand. «Aber du weißt wahrscheinlich auch gar nicht, was du da redest – du stehst unter Schock, Schätzchen.»

«Doch! Ich weiß, was ich rede», protestierte Jule. «Ich habe in den letzten Tagen ernsthaft darüber nachgedacht zu kündigen.»

«O.k., du spinnst wirklich.» Gesa veränderte ihre Tonlage. Leise und beschwörend, als würde sie mit einer Schwachsinnigen reden, sagte sie: «Du musst dich erst mal beruhigen, Jule. Wieder zu dir selbst finden. Du darfst jetzt nicht unbedacht handeln.»

«Hab ich auch nicht vor», sagte Jule belustigt. «Wirklich, ich mein's ernst, Gesa.» Sie nahm einen großen Schluck Kaffee. «Du weißt doch am besten, wie es mir bei der *Antonia* in den letzten Monaten ging. Ich arbeite die Wochenenden durch, kann kaum einschlafen vor lauter Arbeit, ich mache nicht mehr das, was mir an dem Job anfangs so gefallen hat.

Ich hab überhaupt kein Leben mehr neben der Arbeit! Und jetzt zitieren sie mich schon in meinem Urlaub in die Redaktion – das ist doch kein Zustand!»

«Na ja, aber das wird ja nicht ewig so bleiben.»

«Woher willst du das wissen? Außerdem will ich darauf nicht warten. Vielleicht ist das bei dir anders – du hast als Chefredakteurin mehr Freiheiten und –»

«Und mehr Druck!», warf Gesa ein, aber Jule überging den Einwurf.

«Außerdem ist deine Redaktion nicht ganz so schlecht besetzt. Ich will schreiben, einfach nur schreiben. Aber dazu komme ich da nicht. Und das wird sich in absehbarer Zeit auch kaum ändern. Versteh doch, ich will mich einfach nicht länger knechten lassen.»

«*Knechten*. Wow!», sagte Gesa.

Jule ließ sich nicht beirren: «Und ich will auch nicht länger in der Stadt rumhetzen und nicht mitkriegen, welche Jahreszeit gerade ist, und immer nur zwischen Tür und Angel essen. Ich will auch Zeit für andere Dinge haben, für meine Freunde, für Mielchen. Ich will den Himmel sehen, die Sonne auf der Haut spüren und den Regen. Ich will Obst und Gemüse aus dem eigenen Garten essen, mit den Händen arbeiten, den Kopf frei bekommen, Ideen fürs Schreiben kriegen – und die dann auch umsetzen. Und ich will meine Entscheidungen selbst treffen.» Kurz hielt Jule inne. Sie hatte sich in Rage geredet und wunderte sich selbst, wo das alles auf einmal herkam. Aber sie meinte jedes Wort genau so, wie sie es sagte. «Irgendwie bin ich in den letzten Jahren immer nur in alles reingeschlittert und hab die Dinge geschehen lassen. Selbst die Beziehung mit Tom! Genau: Eigentlich gilt das auch für meine Männergeschichten, nicht nur für die Arbeit!»

Gesa lehnte sich zurück und betrachtete ihre Freundin aufmerksam. Dann sah sie Inken an. «Klingt ernst.»

Inken nickte. «Find ich aber gut.»

«Ich hab immer alles brav mitgemacht und die anderen die Entscheidungen treffen lassen.» Jules Stimme war jetzt etwas ruhiger und nachdenklicher. «Und ich werde bald dreißig ...» Inken holte Luft, aber bevor sie wieder einen ihrer Das-ist-doch-kein-Alter-du-junges-Huhn-Sprüche machen konnte, schnitt Jule ihr schon das Wort ab. «Ich meine: Ich bin doch kein kleines Mädchen mehr. Ich weiß doch, was ich will. Ich muss nicht die anderen für mich entscheiden lassen!»

«Aber ...», sagte Gesa. «Dass du dich von Tom getrennt hast, war doch *deine* Entscheidung.»

«Ja, aber erst, nachdem *er* mich vor vollendete Tatsachen gestellt hat. Als es gar nicht mehr anders ging. Nachdem ich ewig auf dem Abstellgleis rumstand. Ich hab immer nur gewartet, jahrelang. Und ihn die Entscheidungen treffen lassen.» Jule fuhr sich durch die Haare. «Und jetzt das mit Sebastian ... Da hab *ich* eigentlich auch rein gar nichts entschieden. Ich war vom ersten Moment an einfach völlig hin und weg. Ich bin ihm blind gefolgt, so verknallt war ich. Aber jetzt ist er weg. Und das ist wieder einfach alles so passiert, ohne dass ich etwas dazu beigetragen hätte.»

«Na ja, man hat eben nicht alles selbst in der Hand im Leben», sagte Inken. «Schon gar nicht, wenn es um die Liebe geht.»

«Ja, und das ist ja auch gut so, aber – ich meine, was sollte das alles mit Sebastian? Was habe ich mir davon eigentlich versprochen? Wozu war das gut? Außer, dass ich jetzt völlig durch den Wind bin?»

«Vielleicht hat dich dieses kleine Abenteuer ja irgendwie aufgeweckt», sagte Gesa und legte den Kopf schief. «Vielleicht brauchtest du das. Um dich von Tom zu lösen, um jetzt besser zu wissen, was du willst. Und selbst wenn nicht …», sagte sie und fügte trocken hinzu: «Ich meine … immerhin hattest du mal wieder Sex!»

«Und was für welchen.» Jule seufzte.

«O.k. Ich bin draußen», sagte Inken und hob abwehrend die Hände. «Da kann ich leider nicht mitreden.» Sie stand auf. «Aber möchte vielleicht jemand einen Aperol?»

Überrascht sahen Jule und Gesa sie an.

«Warum denn nicht?», fragte Inken. «Es ist zwar erst halb sechs, aber wen stört's?»

«Tja, … also, ich hab Urlaub», sagte Jule.

«Und ich bin Journalistin, ich hab sowieso immer Grund genug, Alkohol zu trinken», sagte Gesa und rieb sich die Hände. «Her mit dem Zeug!»

Als sie wenig später mit einer Flasche Weißwein, dem Aperol und drei Gläsern auf die Terrasse gingen, die bereits halb im Schatten lag, sagte Inken: «Sag mal, falls du tatsächlich ernst machst mit dem Kündigen … Vielleicht sollten wir dann wirklich die Wohnungen tauschen.»

«Ach, das wär so traumhaft», sagte Jule und schenkte ihnen ein.

«Jetzt mal langsam.» Gesa ließ sich auf einen Gartenstuhl

sinken. «Eins nach dem anderen. Bevor wir über Wohnungen reden – wie stellst du dir das überhaupt genau vor, Jule? Was willst du denn machen, nachdem du gekündigt hast?»

«Na, frei arbeiten», sagte Jule. «Meinst du nicht, dass ich der *Antonia* weiter Sachen anbieten könnte? Aber eben auch anderen Redaktionen.»

Gesa nickte langsam. «Klar, gute Autoren werden immer gesucht. Und dich kennen sie, die wissen ja, dass du gut bist. Zuverlässig bist du auch. Aber –»

«Und wenn du dann erst mal ins Alte Land gezogen bist», fügte Inken hinzu und hob ihr Glas, «und dir als Expertin fürs Gärtnern und Marmeladekochen einen Namen gemacht hast, kannst du auch noch für diese ganzen Land-Zeitschriften schreiben, von denen es plötzlich so viele gibt.»

«Ihr seid also auch dafür, dass ich es probiere?», frage Jule in die Runde.

«Wolltest du deine Entscheidungen nicht ab jetzt alleine treffen?», bemerkte Gesa augenzwinkernd.

«Ja, mach ich auch», sagte Jule selbstbewusst. «Aber deine Meinung würde mich schon interessieren.»

«Tja ...» Gesa drehte ihr Glas in den Händen und ließ sich mit ihrer Antwort Zeit. «Also gut, ich bin dafür.»

«Ja? Echt?»

«Ja. Wer sollte das machen, wenn nicht du? Du hast die Kontakte, du willst wirklich schreiben, du bist diszipliniert, und du hast Ideen. Und in deinem Bereich wird viel von freien Journalisten gemacht.»

«Oh Gott», sagte Jule und wurde ganz aufgeregt. «Ich glaub, ich kündige.»

«Glaub ich auch», sagte Inken und hob erneut ihr Glas.

«Auf die Selbständigkeit!», rief Jule und strahlte über das ganze Gesicht.

Ihre drei Gläser trafen sich klirrend in der Mitte des Tisches.

«Aber deshalb musst du ja nicht gleich aus Hamburg wegziehen», gab Gesa zu bedenken. «Ich meine, frei arbeiten kannst du doch auch von der Stadt aus – und es hindert dich ja niemand daran, aufs Land zu fahren, sooft du willst. Oder?» Gespielt theatralisch klammerte sich Gesa an ihren Arm. «Bleib bei mir, Schätzchen!»

Jule lachte. «Ach, das weiß ich doch jetzt alles noch nicht.» Als sie Inkens enttäuschtes Gesicht sah, fügte sie schnell hinzu: «Wir finden für dich schon eine schöne Wohnung, Inken. Nicht verzweifeln!»

Und Gesa pflichtete bei: «Glaub ich auch, du musst nur Geduld haben. Zwei Absagen sind, ehrlich gesagt, noch gar nichts … Oh, das ist mein Handy.» Im Haus hörten sie etwas dudeln.

Gesa lief ins Haus, und Jule und Inken tranken schweigend ihren Aperol.

Jetzt habe ich bestimmt eine Viertelstunde nicht von Sebastian geredet und auch fast gar nicht an ihn gedacht – was für ein Fortschritt, dachte Jule, als Inken plötzlich lautstark ihr Glas abstellte und Jule ernst ansah.

«Sag mal … Du bist mir doch nicht mehr böse, oder?»

Jule schüttelte den Kopf. «Nein, keine Sorge, du hattest ja recht … Ich wollte es nur nicht wahrhaben.» Gedankenverloren schaute sie in den Garten. Es tat so gut, mit den Freundinnen hier zu sitzen und Zukunftspläne zu schmieden. Und die Vorstellung, dass sich bald etwas ändern würde in ihrem Leben, hatte irgendwie etwas sehr Tröstliches.

«Wie geht's dir denn?», fragte Inken.

«Ach … ich weiß nicht. Einerseits muss ich endlich was ändern in meinem Leben, das hat mir die Erfahrung mit Sebastian echt klargemacht. Andererseits ist es natürlich nicht ganz ohne, so alleine auf sich gestellt zu sein. Ich … Ich fühle mich irgendwie wie im freien Fall, weißt du?»

«Hm. Du wurdest ja auch ziemlich unsanft von Wolke sieben runtergeschubst.» Inken schüttelte den Kopf. «Ich frag mich echt, was den Typen treibt. Der muss doch irgendwie gestört sein!»

«Na ja, so ungewöhnlich ist es jetzt auch wieder nicht, dass Männer ihre Frauen betrügen», sagte Jule und goss ihnen nach. «Statistisch betrügen übrigens angeblich mehr Frauen ihre Männer als umgekehrt.»

«Na ja, wenn man lange in einer Beziehung ist, die man nicht aufgeben möchte, sich aber trotzdem neu verliebt, ist es vielleicht auch was anderes. Aber Sebastian hat euch ja alle drei angelogen! Er scheint es mit keiner Frau aufrichtig ernst gemeint zu haben. Der Typ hatte jedenfalls für keine von euch echte Gefühle.»

In Jule regte sich Widerspruch. Das konnte nicht sein! Sie hatte es doch gespürt … aber sie wollte auf keinen Fall wieder so ein Streitgespräch mit Inken führen wie am Vormittag, deshalb schwieg sie.

«Seine Frau tut mir leid.» Inken ließ nicht locker. «Er ist schließlich der Vater ihrer Kinder.»

Jule schnaubte. «Sie weiß zumindest von der Assistentin.

Und welche Frau, die auch nur einen Funken Selbstachtung hat, kann so was verzeihen?»

«Ach, so einfach ist es manchmal nicht, Jule.» Inken leerte ihr Glas. «Nein, ich glaube wirklich, der hat ein größeres Problem. Psychisch, meine ich. Gestörtes Urvertrauen wahrscheinlich, das liegt bestimmt ganz tief in seiner Kindheit begründet. Vielleicht –»

«Sag mal», unterbrach Jule sie, «hast du eigentlich Küchenpsychologie studiert?»

Inken musste lachen und wollte gerade antworten, als sie plötzlich eine Tür knallen hörten. «Ich *glaub* das nicht!» Gesa kam mit einer weiteren vollen Flasche Weißwein aus der Küche gestampft und stellte sie mit Karacho auf den Tisch.

«Was ist denn los?», fragte Jule, froh, sich nicht weiter über Sebastians Psyche austauschen zu müssen.

«Diese blöde Ziege!», schimpfte Gesa und schraubte quietschend den Korkenzieher aus der Flasche.

Jule ahnte, wer gemeint war. Da kam eigentlich nur eine in Frage …

«Marion will nun doch nicht, dass ich am Montag mit zu Pauls Klaviervorspiel komme.» Schwungvoll goss Gesa den Wein in ihr Glas. «Sie will da mit Peter und Matthias alleine hingehen, weil das – Zitat: … *sonst für die Jungs verwirrend ist.* O Mann! Ich kann ja verstehen, dass sie mich nicht dabeihaben will und lieber einen auf heile Familie macht, aber da jetzt schon wieder die Jungs vorzuschieben – das geht mir echt auf die Nerven.»

Jule beugte sich zu Inken. «Marion ist die Ex von Gesas Freund», flüsterte sie.

Inken streckte Gesa ihr Glas entgegen, damit sie es wieder füllte. «Und die haben ihre Söhne *Peter und Paul* genannt? Warum nicht gleich Max und Moritz?» Sie grinste.

Gesa schenkte ihr ein und füllte dann auch Jules Glas auf. Sie schien Inkens Kommentar gar nicht gehört zu haben. «Und das liegt alles nur daran, dass sie neulich gesehen hat, wie ich die beiden zum Abschied kurz gedrückt habe. Wir waren mit den Jungs segeln, und sie hat die beiden danach im Hafen abgeholt. Das scheint irgendwie zu viel für sie gewesen zu sein. Dabei ist das doch normal! Ich meine, soll ich ihnen die Hand geben, oder was? Wir verstehen uns doch gut!»

«Aber genau das macht ihr wahrscheinlich Angst», sagte Inken.

«Das braucht ihr aber keine Angst zu machen», erwiderte Gesa. «Ich mach ihr doch die Mutterrolle nicht streitig. Könnte ich ja auch gar nicht, selbst wenn ich es wollte. Außerdem entschuldigt das ihr Verhalten nicht. Sie manipuliert die Jungs ja regelrecht. Neulich hat sie die beiden zum Beispiel gefragt, ob ihnen das eigentlich recht sei, dass ich sie umarme.»

«Wirklich?» Das war auch Jule neu.

«Ja, und dann hat sie den beiden noch gesagt, dass sie das echt nicht machen müssen. Damit war dann wohl auch Peter und Paul klar, dass sie es vor allem nicht machen *sollen*. Und obwohl das alles so wahnsinnig durchsichtig ist, trifft mich das wirklich. Ich meine, als Matthias mir das neulich erzählt hat, hab ich sofort losgeheult. Ich weiß auch nicht … Ach, ich weiß vor allem nicht, wie ich den beiden jetzt begegnen soll.»

«Und die Jungs werden nicht wissen, wie *sie dir* begegnen sollen», sagte Jule.

«O.k.», sagte Inken. «Blöde Ziege!» Nach einer Weile fügte sie noch hinzu: «Obwohl ich verstehen kann, dass sie sich abgemeldet fühlt und um sich schlägt.»

«Jaaa, klar», sagte Gesa gedehnt. «Aber die Kinder so zu manipulieren ... Das macht so viel kaputt. Und sie verunsichert die doch total! Könnte sie sich nicht freuen, dass die Jungs sich bei uns wohlfühlen, wenn schon die Familie auseinandergebrochen ist?»

«Das ist vielleicht ein bisschen viel verlangt, oder?», gab Inken zu bedenken. «Ich meine, wie lange ist es denn her, dass die sich getrennt haben?»

«Bald drei Jahre.»

«Und *er* hat *sie* verlassen?»

Gesa nickte.

«Deinetwegen?»

Als Gesa beharrlich schwieg, hob Inken ihr Glas. «Wie auch immer», sagte sie. «Auf die Exfrauen.»

Gesa und Jule sahen sich skeptisch an.

Das nun doch nicht. Vor allem, weil Exfrauen, wie sich gestern gezeigt hatte, manchmal gar nicht so *ex waren.*

«Nee, lieber auf die Liebe!», sagte Gesa.

Nee, auch nicht, dachte Jule, denn die war ihr im Moment nicht geheuer.

«Auf das Leben!», sagte sie und trank ihr Glas leer.

Donner und Blitz

Am nächsten Morgen wachten Jule und Gesa beide mit Kopfschmerzen auf. Es war ein heißer Freitag, schwül und drückend, was die Sache nicht gerade besser machte.

Bis tief in die Nacht hatten sie mit Inken im Garten gesessen und über Männer, die Liebe und das Leben geredet, viel gelacht und offenbar auch ziemlich viel getrunken. In der Küche standen drei leere Weißweinflaschen, eine vierte war angebrochen, und der Aperol war auch alle.

Trotz des schweren Kopfes machte Jule sich nach dem Katerfrühstück auf den Weg, um Mielchen abzuholen. Gesa, die noch bis Sonntag bleiben würde, hatte angeboten, für das abendliche Grillen einzukaufen, und wollte Inken fragen, ob sie dafür ihren Wagen leihen dürfte. Wenn Senta ankam, wollte sie wieder da sein.

Mielchen nahm ihre Enkelin mit einer etwas aufgesetzten Fröhlichkeit in Empfang. Dabei wusste Jule, dass sie sich wirklich freute, endlich wieder nach Hause zu kommen, wenn es auch vorläufig nur für zwei Tage war. Aber während der Fahrt nach Königreich wurde sie immer stiller, und ohne dass sie noch mal darüber gesprochen hätten, wusste Jule, warum: In diesen zwei Tagen würde Mielchen mit Senta über Kostja sprechen. Und selbst Jule fürchtete die Reaktion ihrer Mutter. Es würde wohl kaum ein angenehmes Wochenende werden.

Nachdem sie vor dem Haus geparkt hatte, stieg Jule aus dem Wagen, nahm die Krücken vom Rücksitz und half ihrer Großmutter beim Aussteigen. Aus den Augenwinkeln registrierte sie ein fremdes Auto vor dem Haus. Ob ihre Mutter schon da war? Wenn nicht, müsste sie jeden Moment eintreffen, jedenfalls wenn ihr Flugzeug aus Montreal pünktlich gelandet war und mit dem Mietwagen alles geklappt hatte.

Jule öffnete die Gartenpforte und ging im Schneckentempo mit Mielchen am Haus entlang in den Garten. Am Apfelbaum blieb Mielchen stehen.

«Oh, was für rote Bäckchen die Äpfel inzwischen bekommen haben», sagte sie leise und warf ihrer Enkelin einen anerkennenden Blick zu. «Und der Rasen sieht gut aus.»

Puh. Jule war froh, den Ansprüchen ihrer Oma als Gärtnerin offenbar halbwegs zu genügen.

Sie gingen weiter, aber Mielchen hielt auf Schritt und Tritt an, um die Blumen und Pflanzen zu kontrollieren und sich an dem vertrauten Anblick zu freuen.

Oder machte ihr das Gehen mehr Mühe, als sie sich anmerken ließ?, fragte sich Jule. Vielleicht wollte sie auch einfach nur das Unvermeidliche hinauszögern.

Als sie um die Ecke bogen, sahen sie auf der Bank unter dem Küchenfenster in ein Gespräch vertieft und mit Kaffeetassen in den Händen Gesa und Senta sitzen. Der Anblick versetzte Jule einen leichten Stich. Die beiden hatten sich schon früher gut verstanden – manchmal etwas zu gut für Jules Geschmack, denn meist hatte sie sowohl ihre Mutter als auch Gesa lieber für sich alleine haben wollen.

Mielchen blieb stehen, sah Jule an und legte einen Finger auf den Mund. Die beiden hatten sie noch nicht bemerkt, sodass Mielchen ihre Tochter ungestört beobachten konnte – während Jule ihre Großmutter betrachtete, wie sie da stand, in ihrem hübschen himmelblauen Kleid, unter dem nur das Gipsbein störend hervorsah. Sie wirkte irgendwie kleiner, als Jule sie in Erinnerung hatte, aber es war auch länger her, dass Mielchen aufrecht neben ihr gestanden hatte, denn in den letzten Wochen hatte sie ja meistens gelegen oder gesessen. Im Gesichtsausdruck ihrer Oma spiegelte sich beinahe so etwas wie Ehrfurcht.

Nun wanderte auch Jules Blick wieder zu ihrer Mutter. Senta hatte ihr wildes, schulterlanges kastanienbraunes Haar im Nacken zusammengefasst und trug ein langes, schwarzes Oberteil über einer schwarzen, schmalen Hose. In den letzten Jahren war sie etwas üppiger geworden, aber die Rundungen standen ihr gut, verliehen ihr etwas Weiches, Sanftes. Wie Gesa hatte sie ihre Fußnägel in einem graubraunen Farbton lackiert – im Augenblick der letzte Schrei. Die Füße steckten in schlichten, bequem wirkenden schwarzen Plateausandalen. Noch immer war Senta eine sehr schöne Frau, die vor allem durch ihre volle Haarpracht auffiel. Und durch ihre dunkelgrünen Augen, aber dafür musste man schon genauer hinsehen.

Jetzt wandte Senta ihnen das Gesicht zu.

«Da seid ihr ja!» Freudestrahlend kam sie über den Rasen gelaufen und nahm beide gleichzeitig in den Arm.

Jule schloss für einen Moment die Augen, aber da löste Senta sich auch schon wieder und drückte ihnen nacheinander einen Kuss auf die Wange.

«Kommt, wir setzen uns hin.» Sie nahm Mielchen am Arm und führte sie zur Terrasse. «Wie geht es dir? Was sagen die Ärzte? Ach, wir haben uns ja so viel zu erzählen!»

Jule sah den beiden nach.

Allerdings. Und zwar mehr, als du ahnst …

Nachdem auch Gesa Mielchen begrüßt hatte, setzten sich die drei an den Tisch. Jule holte den Kuchen aus der Küche, den Gesa versprochen hatte zu kaufen – eigentlich ein absolutes Unding in Mielchens Haus, aber zum Backen war heute Morgen einfach keine Zeit mehr gewesen.

Während Jule neues Kaffeewasser aufsetzte und im Kühlschrank, in dem sich Würstchen und Gemüse stapelten, nach dem Kuchen suchte, kam Senta in die Küche.

«Na, mein Schatz? Wie geht's?» Sie strich ihr über den Arm.

«Ganz gut», sagte Jule.

«Wie ist die Lage mit Tom? Habt ihr noch mal geredet?»

Falsche Frage. Falscher Mann.

«Äh … Ja, wir haben uns noch mal gesehen, und … es bleibt dabei, dass wir getrennt sind», sagte Jule knapp. Sie nahm den Kuchen heraus und stellte ihn auf den Küchentisch. «Erzähle ich dir in den nächsten Tagen mal in Ruhe, wenn wir die Zeit finden.»

Senta nickte. «Und sag mal … was hast du für einen Eindruck von Mielchen?»

«Einen guten. Und die Ärzte sind auch sehr zufrieden.»

«Und … mental?»

Jule zögerte. «Na ja, du kennst sie ja. Sie ist so leicht nicht zu erschüttern. Wieso?»

«Ach, ich … Also, es gibt da etwas, über das ich mit ihr

reden möchte, aber ich will sie natürlich nicht an den Rand eines Nervenzusammenbruchs bringen, jetzt, wo sie sich gerade um andere Dinge sorgt ...»

Jule wurde hellhörig. «Worum geht's denn?»

«Das erzähle ich dir auch lieber mal in den nächsten Tagen. Erst möchte ich mit ihr sprechen.»

Das Wasser kochte, und Jule wandte ihrer Mutter den Rücken zu, um Kaffee in die Kanne zu häufen. Irgendwie gab es in der Familie für ihren Geschmack im Moment zu viele Geheimnisse.

«Also ... wenn es sie an den Rand eines Nervenzusammenbruchs bringen könnte, dann ist jetzt vielleicht wirklich nicht der richtige Zeitpunkt», sagte Jule und goss Wasser in die Kanne. Sollte sie ihrer Mutter etwas andeuten?

Sie beschloss, nur etwas ganz Allgemeines zu sagen, und drehte sich wieder um. «Wir haben in letzter Zeit ziemlich viel über ihr Leben und ... die Vergangenheit geredet, und das beschäftigt sie im Moment alles ganz schön, glaube ich.»

«Über die Vergangenheit?», fragte Senta.

«Ja, über ... früher», sagte Jule ausweichend.

«Wann früher?», insistierte ihre Mutter.

Jule stöhnte. Musste das jetzt gleich als Allerserstes auf den Tisch kommen? «Na ja, als du klein warst. Wie es im Krieg war – so was eben.»

«Aha. Ich seh schon, du willst im Moment auch nicht drüber reden. Na ja. Das passt ja vielleicht ganz gut.» Mit diesen Worten nahm ihre Mutter den Kuchen und ging hinaus. In der Tür drehte sie sich noch einmal um und sagte: «Jetzt trinken wir erst mal Kaffee.»

Jule nahm die Kaffeekanne und folgte ihrer Mutter auf die Terrasse. *Was mochte das wohl zu bedeuten haben?*

Anderthalb Stunden später saßen Jule und Mielchen im Schatten unter der Linde und genossen die Ruhe. Mielchen hielt Jules Hand in ihrer, und sie sahen schweigend auf die Felder. Nach dem Kaffeetrinken hatte Senta sich hingelegt, weil ihr der Jetlag etwas zu schaffen machte. Und Gesa hatte sich trotz der Schwüle bereiterklärt, die Grillkohle zu besorgen, die sie bei ihrem morgendlichen Einkauf vergessen hatte.

«Julchen, wo ist denn nun eigentlich dein junger Mann, dieser Wetterforscher?», fragte Mielchen mit unverhohlener Neugier.

«Du meinst Sebastian?» Jule wollte Zeit gewinnen. Sie wusste nicht, ob sie dieses Gespräch mit ihrer Oma führen konnte. Dass Sebastian die Zeche geprellt hatte, würde sie unter den Tisch fallen lassen – die Rechnung konnte sie auch aus ihrem eigenen Portemonnaie bezahlen, damit ihre Oma keinen Verdienstausfall hatte. So eine große Summe war es schließlich nicht, und sie wollte auf keinen Fall Kontakt zu Sebastian aufnehmen müssen, auch nicht per Post. Aber von dem fehlenden Kirschglas würde sie ihrer Oma bald erzählen müssen. Bisher hatte sie das vor sich hergeschoben.

«Heißt er so?», fragte Mielchen lächelnd.

«Ja, aber … Also, den Namen musst du dir nicht merken, Omi. Das … das war der Falsche.»

Augenblicklich verschwand Mielchens Lächeln aus ihrem Gesicht. «Ach du je. Was ist geschehen?»

«Ich weiß auch nicht, was im Moment los ist», sagte Jule resigniert. «Aber es kommt noch schlimmer, Mielchen. Er ist getürmt, und er –»

«Getürmt?»

Wie erzähle ich ihr das bloß?, dachte Jule und seufzte. «Ach ... ich weiß auch nicht. Das ist alles gerade erst passiert und ... Wir waren ... Also, er ist verheiratet, weißt du?»

Erschrocken sah sie Jule an. «Aber er gefiel dir doch so gut, nicht?»

«Ja, schon. Aber da dachte ich, er sei geschieden, und wusste noch nichts von dieser Assistentin und –»

«Welche Assistentin?» Mielchen war verwirrt. Aber sie schien Jules Schweigen richtig zu deuten.

«Diese Männer ...», sagte sie nach einer Weile nachdenklich und drehte ihren doppelten Ehering hin und her. «Habe ich dir eigentlich mal erzählt, dass ich im letzten Jahr einen Antrag bekommen habe?»

Jule machte große Augen. «Einen Heiratsantrag?» Ihre Oma steckte wirklich voller Überraschungen! Und falls es ihre Absicht war, Jule von den traurigen Gedanken an Sebastian abzulenken, so war ihr dies geglückt.

«Na ja, darauf wäre es wohl hinausgelaufen.» Sie sah Jule von der Seite an. Ihr Ausdruck hatte beinahe etwas Spitzbübisches. «Wir haben uns bei einer Lesung kennengelernt und dann ein paarmal etwas gemeinsam unternommen. Er ist auch Witwer. Ich mochte ihn ganz gern, aber ... Ach, weißt du, ich habe Kostja und Fritz sehr geliebt und ... es ist alles gut so, ich möchte da nicht noch was dranhäkeln.»

Dranhäkeln? Jule musste lächeln.

«Eigentlich glaube ich sogar», sagte Mielchen entschieden und setzte sich aufrechter hin, «dass er vor allem jemanden gesucht hat, der ihm die Wäsche und den Haushalt macht. Aber dafür bin ich mir zu schade! Nicht, dass ich nicht darüber nachgedacht hätte, man will ja auch nicht immer allein sein, aber … ich habe ganz freundlich nein gesagt. Seitdem grüßt er mich nicht mal mehr. Die Entscheidung hat sich also als richtig erwiesen.»

Jule nickte. Das Thema Heiraten zog sich offensichtlich durch alle Lebensalter. Mia dachte mit ihren fünf Jahren bereits daran, Mielchen mit über achtzig ebenfalls. Und Jule sowieso …

Eine Zeitlang hingen beide ihren Gedanken nach.

Wieder musste Jule an das Kirschglas denken. Sie würde es irgendwie zurückbekommen müssen. Schließlich wusste Jule, welche Bedeutung diese Kirschen für ihre Oma hatten.

Sie wandte den Blick zum Himmel, an dem ein paar Wolken zu sehen waren, und ließ ihn dann über das bunte Blumenmeer schweifen und zu den ersten Sonnenblumen, die am Gartenzaun emporschossen.

Sie sah Mielchen an und sagte: «Das ist so ein schöner Ort zum Leben.»

«Ja», sagte Mielchen aus tiefstem Herzen. «Es ist wunderschön hier.»

Wieder schwiegen sie. Bis Mielchen leise hinzufügte: «Es ist auch ein schöner Ort zum Sterben.»

Jule sah ihre Großmutter erschrocken an. Aber Mielchen wirkte froh und friedlich. Trotzdem sagte Jule: «Aber jetzt noch nicht, Mielchen.»

«Nein, noch nicht.» Lächelnd drückte Mielchen die

Hand ihrer Enkelin. «Weißt du noch, mit welchen Worten mir Hinnerks Mutter damals zum 80. Geburtstag gratuliert hat? Mit ihren hundert Jahren?» Mielchen gab ein Glucksen von sich.

Jule wusste genau, worauf ihre Oma anspielte, und sagte: «Achtzig wäre ich auch gern noch mal.» Beide mussten lachen.

«Genau. Und ein paar Monate später ist sie einfach eingeschlafen. Sie war bis zuletzt so rüstig … Wenn ich es mir aussuchen könnte, würde ich hier in meinem Garten sterben wollen. Bei einem Nickerchen unterm Kirschbaum.»

Jule sah sie empört an. «Omi, jetzt wirst du erst mal wieder richtig fit. Schon, damit du mit mir spazieren gehen und mir Kartoffelpuffer machen kannst – ich werde nämlich in nächster Zeit öfter hier sein.»

«Ja?», fragte Mielchen, und ihre Augen leuchteten.

«Ja. Ich will öfter mal raus aus der Stadt.»

«Du bist hier immer willkommen, Jule.»

«Das weiß ich, Mielchen.»

Bis auf vereinzeltes Vogelgezwitscher war es ganz ruhig, auch von den Nachbargrundstücken drang kaum ein Laut herüber. Alles schien vor lauter Hitze zu verstummen. Die Luft flirrte, und Jule bemerkte, dass sich in der Ferne Wolken auftürmten.

Plötzlich durchbrach eine schrille Stimme die Stille. «Mia, bist du hier? Mia!»

Jule warf ihrer Großmutter einen fragenden Blick zu. Sie richtete sich auf und sah zum Nachbarhaus.

Inken stand mitten in ihrem Garten und rief nach ihrer Tochter.

«Was ist denn los? Stimmt was nicht?», fragte Jule, stand auf und ging zum Zaun.

«Ist Mia bei euch?» Inken klang ernsthaft besorgt. «Sie ist weg. Ich glaub, sie ist weggelaufen. Oh Gott! … Im Haus ist sie nicht, und hier auch nicht … Was soll ich denn jetzt machen?»

«Jetzt beruhige dich erst mal. Warum sollte sie denn weggelaufen sein?»

«Weil ich blöde Kuh ihr vorhin gesagt hab, dass wir nach Hamburg ziehen werden!»

«Aber das musstest du doch irgendwann tun. Sie –»

«Ja, klar, aber ich hab das irgendwie falsch angefangen.» Die Verzweiflung stand ihr ins Gesicht geschrieben. «Sie ist sofort in ihr Zimmer und hat die Tür zugeknallt. Ich dachte, ich lass sie lieber erst mal in Ruhe, aber als ich eben nach ihr sehen wollte, war sie weg!», rief Inken aufgelöst. «Ich hab schon überall nach ihr gesucht. Sie ist *weg*!»

Jule versuchte nachzudenken. «Ich helfe dir suchen. Wir teilen uns auf. Wo könnte sie hin sein?»

«Ich weiß es nicht!», schrie Inken.

«Was ist denn los?», fragte Mielchen von ihrer Bank aus.

«Mia ist verschwunden», rief Jule, dann wandte sie sich wieder an Inken. «Pass auf, wir suchen in verschiedenen Richtungen. Mielchen muss sowieso hier bleiben, aber das ist ganz gut, dann ist jemand da, falls Mia wiederkommt.»

«Gut, aber … wo sollen wir denn suchen?»

«Wie lange ist sie denn schon weg?»

«Noch nicht lange, vielleicht … zwanzig Minuten?»

«Dann kann sie ja noch nicht weit sein. Klingel doch mal

bei Piet. Frag ihn, ob er sie gesehen hat. Ich flitze gleich mal zu Hinnerk rüber, o.k.?»

Inken nickte und lief sofort los.

Kurz besprach sich Jule noch mit Mielchen, dann rannte sie zu Hinnerks Haus, traf aber niemanden an. Auch im Garten war er nicht. Wahrscheinlich auf dem Markt, mutmaßte Jule, und kehrte zurück auf die Straße, wo Inken wartete. Der Himmel hatte sich inzwischen vollkommen zugezogen.

«Piet ist nicht zu Hause!», rief sie schon von weitem und kam auf Jule zu.

«Hinnerk auch nicht.»

«Und hier auf der Straße ist auch weit und breit kein Mensch, der Mia gesehen haben könnte.»

In der Ferne war dumpfes Donnergrollen zu hören.

Unsicher sah Inken sich um. «Scheiße, jetzt gewittert es auch noch. Mia hat Angst vor Gewitter!»

«Inken, ich weiß, das ist viel verlangt», sagte Jule, «aber versuch, ruhig zu bleiben. Wenn Mia wirklich weggelaufen ist, hat sie doch sicher die Straße genommen, oder? Ich meine, wenn sie übers Feld gelaufen wäre, hätten wir sie eigentlich sehen müssen. Mielchen und ich sitzen ja schon länger draußen und –»

Sie hielt inne, weil ihr eigenes Auto mit vollem Tempo auf sie zuhielt. Es war Gesa, die von ihrem zweiten Einkauf zurückkehrte. Kaum hatte sie den Käfer geparkt, riss Inken auch schon die Tür auf und bestürmte sie mit ihren Fragen.

«Hast du meine Tochter gesehen? Ist dir auf der Straße ein kleines blondes Mädchen entgegengekommen?»

Gesa stieg aus. «Nein. Wieso? Wo wollte sie denn hin?»

«Mia ist abgehauen», erklärte Jule schnell. «Inken hat hier schon überall nach ihr gesucht. Bei den Nachbarn ist sie auch nicht.»

«Wir müssen sie finden!», rief Inken mit sich überschlagender Stimme. «Wir stehen hier ja nur rum!»

Mehrfach drehte sie sich im Kreis, bevor sie plötzlich in Richtung des Wäldchens loslief, in dem Jule früher als Kind auch schon viel gespielt hatte. «Ich helfe dir suchen.» Gesa rannte hinter ihr her.

«Gut, ich nehme die andere Richtung, ja?», rief Jule ihnen hinterher, doch die beiden hörten sie offenbar gar nicht mehr.

Jule lief ein Stück die Straße entlang und bog dann Richtung Deich ab.

Die Luft war drückend, und es war ein warmer Wind aufgekommen, der ihr die Haare ins Gesicht blies und nichts Gutes verhieß.

Jule lief weiter.

An der nächsten Kurve kam Jule ein einsamer Radfahrer mit einem Hund entgegen. Es war Piet – allerdings sah er irgendwie verändert aus. Seine Haare waren kürzer, und seine ganze Erscheinung wirkte weniger struppig als sonst.

«Gut, dass du kommst, Piet. Mia ist weg, sie ist abgehauen. Inken und sie hatten einen großen Streit ... und ... Wir müssen sie suchen!», haspelte Jule atemlos.

Piet stieg vom Rad, und als er vor ihr stand, einen Kopf größer als sie, wurde Jule plötzlich klar, was so anders an ihm war: Er hatte keinen Bart mehr! Und mit einem Mal erkannte sie in ihm auch den Piet wieder, mit dem sie in ihrer Kindheit befreundet gewesen war.

«Ist sie weggelaufen?»

«Sieht so aus, ja. Wo kann sie nur sein?»

«Komm, steig auf. Ich hab sie nicht gesehen. Aber wir werden sie schon finden», sagte Piet beruhigend unaufgeregt. «Ist sie schon lange weg?»

Jule setzte sich wie neulich schon auf die Fahrradstange und schüttelte den Kopf. Es donnerte wieder. Das Grummeln war diesmal lauter, und es kam näher. Besorgt sah Jule in den Himmel, der jetzt voller dunkler Wolken hing.

«Inken sagt, Mia hat Angst vor Gewitter ...»

Begleitet von Emil, der neben dem Rad herlief, fuhren sie die Straße wieder zurück. Hier war tatsächlich keine Menschenseele unterwegs.

«Was würde so ein kleines Mädchen machen? Wo würde es hinlaufen?», überlegte Piet laut und trat kräftig in die Pedale. «Zu ihrem Vater fahren? Würde sie allein den Bus nehmen?»

«Bis nach Hamburg? Kann ich mir nicht vorstellen», sagte Jule. «Ganz allein? Sie müsste ja umsteigen und bräuchte Geld dafür ...»

«Vielleicht sitzt sie ja noch an der Bushaltestelle», schlug Piet vor. «Lass uns dort vorbeifahren und nachsehen.»

Aber schon, als sie sich dem Wartehäuschen näherten, sahen sie, dass dort niemand saß. Piet hielt an.

«O.k. Was jetzt?»

«Vielleicht ist sie zu ihrer Freundin Hanna gelaufen? Aber ich hab keine Ahnung, wo die wohnt. Ich glaub, weiter weg. Haben ihre Eltern sie nicht neulich mit dem Auto abgeholt?» Jule wandte Piet das Gesicht zu. «Hast du dein Handy dabei?»

Piet schüttelte den Kopf.

«Mist, ich auch nicht. Sonst könnten wir Inken fragen.»

«Auf die Idee mit Hanna kommt Inken bestimmt auch.» Er fuhr weiter.

«Sollten wir nicht eigentlich zur Polizei gehen?»

Unentschieden wiegte Piet den Kopf. «Nee, zu früh. Lass uns erst mal suchen und vor allem keine wertvolle Zeit verschwenden. Wen kennt sie denn noch?», fragte er. «Zu wem könnte sie sich verkriechen?»

«Ich hab keine Ahnung!», rief Jule. Langsam erfasste sie ziemliche Panik. «Dass hier aber auch kein Mensch ist, der sie gesehen haben könnte!» Dann kam ihr plötzlich ein schrecklicher Gedanke. «Oh Gott, wenn Mia nun bei jemandem ins Auto steigt?»

«Das wird sie schon nicht tun», beruhigte Piet sie. «Ist doch plietsch, die Kleine.»

An der nächsten Kreuzung hielten sie wieder an.

«Und jetzt?», fragte Jule. «Sollen wir uns trennen? Ich hier lang, du da?»

Piet pfiff Emil zurück, der einfach nach links weitergelaufen war. Er überlegte. «Wart mal ... ich hab Mia vor ein paar Wochen mitgenommen, sie wollte so gerne Emil ausführen. Damals sind wir an dieser Kreuzung links abgebogen und dann in den Wald. Ich hab ihr da eine hohle Eiche gezeigt, die fand sie ganz toll ...»

«Mensch, Piet, vielleicht ist es das. Vielleicht versteckt Mia sich da!»

«Wär 'ne Möglichkeit. Los, lass uns hinfahren.»

Sie stiegen wieder auf und fuhren schneller als zuvor weiter. Emil hechelte hinter ihnen her, während Piet sich mit aller Kraft gegen den Wind stemmte. Es blitzte, und nur wenige Sekunden später folgte der Donner. Jule spürte erste Regentropfen auf Nase und Armen. Der Wind war noch stärker geworden, die Baumspitzen wurden kräftig hin und her geschleudert, und die Wolken fegten nur so über den Himmel.

«So ein Mist», sagte Jule. «Wenn Mia wirklich bei der Eiche ist, dann ... Das ist bei Gewitter doch ganz schön gefährlich.»

«Wir ... brauchen ... nicht mehr lange», keuchte er und trat noch kräftiger in die Pedale.

Als sie den Wald erreichten, mussten sie absteigen. Der schmale Weg war voller Wurzeln und mit dem Fahrrad nicht zu befahren, also ließen sie es am Waldrand liegen und gingen zu Fuß weiter. Emil lief voraus. Immer wieder riefen sie Mias Namen. Vergeblich.

Inzwischen regnete es in Strömen, und das Gewitter schien ganz nah zu sein. Aber hier unter dem Blätterdach waren sie wenigstens ein bisschen vor dem Regen geschützt.

Plötzlich fing Emil an zu bellen.

Mia! Er hat sie gefunden!, war Jules erster Gedanke.

«Ist ja gut, mein Alter», sagte Piet und hielt den Hund zurück.

Aber hinter einer schmalen Kurve kam ihnen ein Mann in Shorts entgegen. Er war ungefähr Mitte fünfzig und in Begleitung eines Schäferhundes.

Jule lief ein Schauder über den Rücken. *Was, wenn Mia etwas passiert war?*

Piet reagierte zuerst. «Moin. Haben Sie hier 'n kleines Mädchen gesehen, ganz allein?»

«Nee. Hier ist niemand.» Der Mann hatte es eilig. «Bei dem Schietwetter geht ja auch keiner vor die Tür.»

Ganz offensichtlich war er von dem Gewitter ebenfalls überrascht worden. Im Vorbeigehen nickte er ihnen kurz zu.

Es blitzte erneut.

Piet sprang, tropfnass, bereits wieder mit einer Behändigkeit und Ausdauer über die Wurzeln, die Jule ihm gar nicht zugetraut hatte. Sie kam kaum hinterher, außerdem schien es mit jeder Biegung noch düsterer zu werden … Falls Mia in den Wald gelaufen war, musste sie sich zu Tode fürchten!

Emil lief voraus, auch er schien ungeahnte Kräfte zu mobilisieren. Folgte er vielleicht einer Spur?

Doch plötzlich jaulte er auf und sackte mit den vorderen Läufen im Boden ein.

Piet war als Erster bei ihm. «Ruhig, ganz ruhig, mein Guter. Zeig mal her.» Vorsichtig untersuchte Piet seine rechte Vorderpfote. Der Hund begann zu winseln.

«Mist! Vermutlich verstaucht.» Er sah zu Jule auf. «Am besten, du bleibst kurz bei ihm und –»

«Nein, bitte …» Sie konnte hier unmöglich untätig rumsitzen. Und dann bei dem Regen, allein? Jule verlor langsam die Nerven.

«Es dauert nicht lange, bis zur Eiche ist es nicht mehr weit. Wenn sie da nicht ist, kehren wir um. O.k.?»

Jule nickte widerwillig.

«Ich bin gleich wieder da.» Beiläufig strich Piet ihr über den Arm. «Wir finden sie.» Dann lief er los.

«Sei vorsichtig, Piet! Hier gibt es bestimmt noch mehr Löcher», rief sie ihm nach.

Wenn er sich jetzt auch noch etwas tat …

Unentschlossen sah Jule sich um. Überall war dichtes Unterholz. «Mia!», rief sie aus vollem Halse.

Nichts.

Besorgt ging sie neben Emil in die Hocke und streichelte sein dickes, feuchtes Fell. «Wir kümmern uns gleich um dich, ganz ruhig. Wir müssen nur Mia finden, weißt du?»

Bei der Berührung jaulte Emil auf, und Jule hätte es ihm am liebsten gleichgetan. Sie schloss die Augen und schrak zusammen, als es fast gleichzeitig blitzte und markerschütternd donnerte. Mittlerweile lief ihr der Regen über das Gesicht, den Hals hinunter und in den Ausschnitt. Wenn sie doch nur ihr Handy mitgenommen hätte! Überhaupt hätten sie zuerst telefonieren sollen, mit Hannas Eltern, mit Mias Vater. Dann könnten sie sich jetzt auch besser absprechen. Vielleicht hatten die anderen Mia ja schon gefunden und waren längst mit ihr wieder zu Hause. Vielleicht saßen sie bereits bei einer Tasse heißem Kakao in Mielchens Küche. Ob Senta von der ganzen Aufregung schon etwas mitbekommen hatte? Und wenn Mia noch nicht gefunden worden war? Ob Inken bereits die Polizei informiert hatte?

Wie in Trance fuhren ihre Finger immer wieder über Emils Fell. Sie musste jetzt die Nerven bewahren. Piet würde jeden Moment wiederkommen, und dann würden sie sich um Mia und Emil kümmern und um Mielchen und um alles andere.

Konzentriert schaute sie geradeaus und behielt den Waldweg fest im Blick, doch Piet tauchte einfach nicht auf. Er war wie vom Erdboden verschwunden.

«Mia!», rief sie erneut. «Piet!»

Wieder donnerte es, als würde die Welt einstürzen. Das Gewitter war jetzt direkt über ihr.

Nicht durchdrehen, ganz ruhig, ermahnte sich Jule.

Sie atmete einmal tief ein und nahm den intensiven, würzigen Duft des regennassen Waldbodens wahr. Als sie wieder ausatmete, erschien an der Wegbiegung endlich eine vertraute Gestalt. Es war Piet – mit Mia in den Armen!

Sofort lief Jule auf sie zu. Mia hatte die Arme um Piets Hals geschlungen. Erst, als Jule direkt vor ihr stand, sah die Kleine sie aus verweinten Augen an.

«Mia, Gott sei Dank. Geht es dir gut?» Jule strich ihr mit den Händen übers Gesicht und gab ihr einen Kuss.

Mia nickte kläglich. «Wo ist Mami?»

«Deine Mami sucht dich. Deshalb gehen wir jetzt auch ganz schnell nach Hause, ja?» Jule stolperte neben ihnen her. «Hast du große Angst gehabt?»

«Hmhm. Das donnert so laut.»

«Ja, das stimmt.»

Als sie bei Emil angelangt waren, sagte Piet ganz ruhig zu Mia: «Schau mal, Emil hat sich die Pfote verstaucht. Den müssen wir zu Hause erst mal verarzten. Hilfst du mir dabei?»

Mia nickte erneut, und gemeinsam traten sie den Rückweg an – Piet mit Mia im Arm, Emil humpelnd hinterher, gefolgt von einer erleichterten Jule.

«Vielleicht kann Mia sich auf den Gepäckträger setzen, wenn wir wieder beim Fahrrad sind», schlug Jule vor. «Dann könnt ihr schon mal vorfahren.»

«Gute Idee», sagte Piet. «Ich würd allerdings vorschlagen, dass ihr beide vorfahrt, und ich nehme Emil. Er schafft vermutlich nicht den ganzen Weg.»

Aber als sie an den Waldrand kamen, lag das Fahrrad nicht mehr dort, wo sie es zurückgelassen hatten.

«Verdammt!» Piet war im Schutz der Bäume stehen geblieben.

Ratlos sah Jule ihn an. «Das war doch hier, wo wir in den Wald gegangen sind, oder?»

«Ja, hier war's. Das scheint sich jemand ausgeliehen zu haben.»

«Ausgeliehen? Wohl kaum … Meinst du, das war der Typ mit dem Schäferhund? Der hat mir sowieso nicht gefallen, der –»

Ein Blitz zuckte über den Himmel, und Mia schrie auf und verbarg das Gesicht an Piets Schulter.

In Gedanken zählte Jule die Sekunden, bis es donnerte. Eins, zwei, drei … Ein ohrenbetäubender Lärm breitete sich aus. Dennoch: Das Gewitter schien weiterzuziehen.

Piet blies die Backen auf und atmete hörbar aus. «O.k., also … Dann lasst uns doch in dem Wartehäuschen da bei der Bushaltestelle abwarten, bis das Unwetter vorbei ist.»

In geduckter Haltung liefen sie zu dem Holzhäuschen und setzten sich auf die schmale Bank. Sie war erstaunlich trocken, da der Wind in die andere Richtung blies. Emil, der als Letzter angehumpelt kam, legte sich sogleich darunter.

«Ich will zu meiner Mami», schluchzte Mia.

«Wir gehen gleich weiter, Mia», sagte Jule. «Wir warten hier nur, bis es aufhört zu gewittern. Es ist ja gefährlich, bei Gewitter draußen rumzulaufen, weißt du?»

«Ich weiß. Deshalb hatte ich auch solche Angst.»

Jule streichelte Mias Bein, das halb auf ihrem Schoß lag. «Jetzt brauchst du keine Angst mehr zu haben. Hier sind wir sicher.» Das stimmte zwar nicht ganz, und eigentlich hatte Jule ebenfalls ziemliche Angst vor Gewitter, jedenfalls, wenn keine schützenden Wände um sie herum waren, aber das behielt sie lieber für sich.

«Warum bist du eigentlich weggelaufen?», fragte Piet.

«Mami war gemein zu mir.»

«Du warst wütend auf deine Mama? Warum denn?»

«Ich will nicht hier wegziehen.»

Fragend sah Piet sie an. «Wie meinst du das?»

«Mama will, dass wir nach Hamburg ziehen, und ich will aber nicht hier weg.»

«Ach so», sagte er. «Weil du es zu Hause so schön findest, nicht?»

Mia nickte und sah ihn aus treuen Augen an.

Gut macht er das, dachte Jule. Die Kleine hörte tatsächlich auf zu weinen. Auch auf sie selbst hatte seine Stimme eine wohltuende Wirkung.

«Meinst du nicht, deine Mama kann es euch in Hamburg auch wieder ganz schön machen?»

Mia zog einen Schmollmund. Dann stutzte sie und legte eine Hand an Piets Wange. «Wo ist denn dein Bart?»

«Den hab ich abgenommen.»

«Abgenommen? War der gar nicht echt?»

«Doch», sagte Piet grinsend. «Der war echt. Das sagt man nur so, wenn man sich den Bart abrasiert.»

Mit ihren kleinen Fingern fuhr sie über sein Kinn. «Findest du das so schöner?»

«Mmh …» Piet wiegte den Kopf hin und her. «Ich weiß noch nicht so genau. Was meinst du?»

«Ich mag das», sagte Mia. «Ist aber ein ganz bisschen piksig. Fühl mal, Jule.»

Jule beugte sich vor und betrachtete ihn prüfend.

«Und?», fragte Piet.

Nach kurzem Zögern strich sie ihm kurz über die Wange. «Stimmt.»

«Nein, ich meine: Magst du es so auch?»

Sein Gesicht wirkte definitiv schmaler, dachte Jule. Auch sein markanter Kiefer war jetzt erst richtig zu sehen. Piets Gesicht sah nach Sommer aus, so blond und gebräunt, nur dort, wo der Bart gewesen war, war es etwas blasser. Und wie tiefblau seine Augen waren. Man könnte glatt in ihnen versinken … Verwirrt lehnte sich Jule wieder zurück.

«Ohne ist besser», sagte sie knapp.

«Aber vorher hast du mich auch schon gemocht, oder?» Piet sah ihr fest in die Augen.

Äääh …

Natürlich hatte sie ihn vorher auch schon gemocht. Sie kämpfte ja auch jetzt die ganze Zeit gegen das Bedürfnis an, ihren Kopf erschöpft an seine Schulter zu lehnen. Und sie hätte eigentlich auch rein gar nichts dagegen, wenn er wieder den Arm um sie legte. Aber das konnte sie ihm ja wohl schlecht sagen. So langsam wurde es allerdings Zeit zu antworten.

«Ja.»

Brillante Antwort. Einer großen Journalistin wahrlich würdig!

Wieder blitzte es, und ein Windstoß wirbelte Zeitungsblätter auf, die in einer Ecke des Wartehäuschens lagen. Und obwohl der Donner diesmal auf sich warten ließ, vergrub sich Mia noch tiefer in Piets Armen.

Auch Jule rückte instinktiv näher an ihn heran. Ihr war kalt. Schulter an Schulter saßen sie schweigend da.

Was ist hier eigentlich los?, fragte sich Jule und ermahnte sich:

Nicht wieder in was reinschlittern! Unbedingt einen kühlen Kopf bewahren! Das ist jetzt das Allerallerwichtigste!

Als Mias Bein zuckte, sah Jule in das kleine, von blonden, nassen Locken umrahmte Gesicht in Piets Ellbogenbeuge.

«Ich glaube, Mia ist eingeschlafen», sagte sie leise.

«Dann dürfen wir uns jetzt wohl nicht mehr bewegen», flüsterte Piet.

Jule nickte. «Glaub auch.»

Wieder schwiegen sie, beide in den Anblick des schlafenden Mädchens vertieft.

«Irgendwie kann ich Mia verstehen», flüsterte Jule nach einer Weile, um die Stille zu durchbrechen. «Ich würde hier freiwillig auch nicht wegziehen.»

Piet sah sie von der Seite an. «Nicht?»

«Nein. Es ist so toll, ins Freie gehen zu können, wann immer man will. Man kann jederzeit an die frische Luft, egal, ob die Sonne scheint oder es regnet oder es –»

«… gewittert?», fragte er.

Jule musste grinsen. «Zu erleben, wie die Natur blüht und duftet und sich verändert, das ist toll … Ach, vielleicht ziehe ich ja schon bald her.»

Piet runzelte die Stirn. «Du?»

«Ja, warum denn nicht?»

Was war denn daran so komisch? Sah er in ihr etwa eine luxusverwöhnte Großstadttussi, oder was?

«Allein?»

«Also, äh … weiß nicht. Wahrscheinlich könnte ich erst mal zu Mielchen ziehen. Sie wird ja nicht jünger und kann bestimmt Hilfe gebrauchen, gerade jetzt, mit dem Bein …»

«Ist das dein Traum vom idyllischen Landleben?»

«Na ja, mein *Traum* …» Jule zuckte mit den Schultern. «Also, der sähe vermutlich noch etwas anders aus.»

«Wie denn?»

«Ach, so einen konkreten Traum hab ich ja gar nicht …», wiegelte Jule ab.

«Dann schwelg doch einfach mal in deinen Phantasien», sagte Piet beschwingt.

Jule lachte. «O.k. …» Sie schloss die Augen. «Also … in meinen kühnsten Träumen … lebe ich zwischen Wiesen und Blumen und Obstbäumen mitten auf dem Land. Eigentlich hätte ich gern einen alten Gutshof, so ein bisschen zugewuchert und schief und krumm. Da wäre sicher immer was zu tun, und man würde letztlich nie fertig werden mit dem Renovieren. Aber das muss man ja auch gar nicht, weil es gar nicht perfekt sein soll. Es gibt lauter verwunschene Ecken und alte Obstsorten und Wildblumen, deren Namen man gar nicht alle kennt. Und es ist lange Frühling und noch länger Sommer und nicht so lange Winter. Uuund …»

«Und in deiner Traumvorstellung lebst du dort mit …»

«Mit meinem Mann und unseren wohlgeratenen Kindern.»

«Und der Mann ist –»

«… sehr nett», fiel Jule ihm ins Wort. «Und die Kinder sind –»

«Bestimmt Mädchen, oder?»

«Mädchen und Jungen.» Sie lächelte ihn an. Dieses Frage-Antwort-Spiel machte Spaß.

«Ah. Zwei?»

«Mindestens. Und wenn die Kinder im Kindergarten und in der Schule sind, schreibe ich. Nachmittags gehen wir dann zusammen im See schwimmen oder pflücken Äpfel. Und am Wochenende fahren wir ganz oft ans Meer. Oder machen Ausflüge mit dem Fahrrad.»

«Die Mädchen werden reiten wollen …»

«Ja, du hast recht.» Sie dachte nach. «Die Mädchen haben auf einer Weide in der Nähe ein Pflegepferd. Und der Junge …»

«… der hat am Wochenende Fußballspiele», gab Piet zu bedenken, ohne eine Miene zu verziehen.

Jule drehte sich zu ihm. «Du meinst, deshalb können wir nicht so häufig ans Meer?»

«Doch. Das kriegen wir schon hin.» Jetzt grinste er.

Jule lachte verlegen und wandte den Blick schnell wieder ab.

Es hatte aufgehört zu regnen, und der Himmel hellte sich langsam wieder auf. Sogar ein erster Sonnenstrahl fiel in das Wartehäuschen.

Nach einer Weile sagte Piet auf seine seelenruhige, besonnene Art: «Ein schöner Traum.»

Jule wandte ihm das Gesicht wieder zu und sah direkt in seine leuchtenden Augen. «Ich … äh …» Sie räusperte sich. «Ich glaube, es regnet gar nicht mehr.»

Schon während sie es sagte, verfluchte sie sich dafür. Als wollte sie so schnell wie möglich weg – dabei war doch das Gegenteil der Fall.

«Stimmt», sagte Piet, blieb aber unschlüssig sitzen. Mit Blick auf die schlafende Mia fragte er: «Sollen wir sie wecken?»

«Kannst du sie noch ein bisschen tragen, ohne dass sie wach wird?»

«Versuchen wir es.»

Langsam erhob er sich, so vorsichtig, dass Mia tatsächlich weiterschlief. «Emil, komm», rief er leise. «Nur noch ein kleines Stückchen.»

Als sie aus dem Wartehäuschen auf die Straße traten und sich auf den Nachhauseweg machten, hätte Jule am liebsten Piets Hand genommen. Was war das nur? Hatte sie einfach endlich ihren alten Freund in ihm wiedererkannt? Oder schlummerten da mehr als nur freundschaftliche Gefühle? Sie wusste es nicht. Und nach der letzten Erfahrung mit Sebastian wusste sie auch nicht, ob sie ihren Gefühlen überhaupt trauen sollte.

Jedenfalls nicht so schnell.

Sie waren erst wenige Schritte gegangen, als es hinter ihnen mehrmals hupte – ein Hupen, das Jule sehr vertraut war. Sie blieben stehen und drehten sich um.

Tatsächlich: Neben ihnen hielt Jules roter Käfer, mit Gesa am Steuer. Der Wagen war kaum zum Stehen gekommen, als auch schon die Beifahrertür aufgerissen wurde und Inken ausstieg. Sofort stürzte sie zu ihrer Tochter, die vom Hupen aufgewacht war.

«Mia! Gott sei Dank, ihr habt sie gefunden! Danke, danke!» Inkens Augen waren gerötet.

«Mami!» Die Kleine streckte die Arme aus, Inken nahm sie auf den Arm, und die beiden drückten sich.

«Was machst du denn, Süße? Wo warst du denn? Geht's dir gut?» Inken liefen Tränen der Erleichterung über die Wangen, als Mia den Kopf an ihren Hals schmiegte.

Gesa war ausgestiegen und ebenfalls zu ihnen gekommen. Sie legte den Arm um Jule. «Wo habt ihr sie gefunden?»

«Sie war im Wald.»

«Hat sich in einer hohlen Eiche versteckt», ergänzte Piet.

«In einer hohlen Eiche? Bei Gewitter?» Inken stöhnte auf.

«Ja, das ist meine Schuld», sagte Piet. «Die hab ich ihr neulich bei einem Spaziergang mit Emil gezeigt.»

«Das war ganz unheimlich im Wald, Mami», sagte Mia.

«Das glaube ich. Aber jetzt ist ja alles gut. Komm ins Auto, Mäuschen, wir fahren nach Hause, und ich lasse dir ein heißes Bad einlaufen, ja?»

«Sagt mal …», fragte Piet vorsichtig. «Könntet ihr vielleicht Emil mitnehmen? Wär besser, wenn er nicht die ganze Strecke laufen muss.»

«Er hat sich die Pfote verletzt», erklärte Mia, schon wieder ganz lebendig.

«Klar. Rein mit dir, Emil», sagte Gesa und hielt die Tür auf. «Für einen von euch wäre noch Platz», erklärte sie und deutete auf zwei Bierkisten auf der Hinterbank. «Die waren für die Grillparty gedacht», sagte sie entschuldigend. «Ich kann aber auch noch mal zurückkommen und euch einsammeln.»

«Fahr du mal mit, Jule», bot Piet an.

«Nee, wir gehen zu Fuß», sagte Jule schnell. «Ist ja nicht so weit. Außerdem scheint ja schon wieder die Sonne.»

Piet sah sie freudig an. «Tja, so ist das hier im Alten Land … Ein Traum!»

So soll es sein

Auf dem Nachhauseweg waren Piet und Jule so in ihr Gespräch vertieft, dass sie an der entscheidenden Stelle vergaßen abzubiegen, und so kamen sie erst mit einiger Verspätung in Königreich an.

Inzwischen war es Abend geworden, die Gewitterwolken hatten sich verzogen, und die tiefstehende Sonne tauchte den Garten in ein goldenes Licht.

Gesa stand neben Mielchens Pflaumenbaum am Grill und wendete die Würstchen, während Senta auf der Terrasse eine große Salatschüssel auf den bereits reich gedeckten Tisch stellte. Die Holzbohlen der Terrasse waren fast schon wieder trocken, nur der Rasen schien nach dem vielen Regen förmlich zu dampfen.

«Da seid ihr ja endlich!», rief Inken, die neben Mielchen auf der Bank unter dem Küchenfenster saß, Mia in eine Decke gehüllt auf dem Schoß.

Erschöpft ließ Jule sich neben ihrer Oma auf einen Stuhl sinken.

«Wir wollten euch schon suchen gehen, aber Mia hat gesagt, ihr wollt lieber allein sein. Ihr wärt nämlich verliebt.»

Verliebt? Nicht schon wieder!

Jule sah Mia verblüfft an.

«Das hast du gesagt?», fragte sie die Kleine, um einen möglichst neutralen Tonfall bemüht.

«Hmhmm.» Mia nickte.

Piet zog sich geschickt aus der Affäre, indem er sich neben Emil kniete und dessen Pfote noch mal genauer untersuchte.

«Mielchen hat die Stelle bereits gesäubert und ihm etwas zu fressen hingestellt», erklärte Inken schnell.

«Hinstellen *lassen*», fügte Senta spöttisch hinzu. «Sie kann ja nur in der Gegend rumsitzen, weshalb sie uns nun *leider* allen Befehle erteilen muss.»

«Ich mache nur klare Ansagen», verbesserte Mielchen ihre Tochter.

Senta zuckte mit den Schultern und stellte zwei Flaschen Bier auf den Tisch.

Kiebig wie eh und je, dachte Jule.

Ihr Blick wanderte zu Piet, der Emils Vorderlauf vorsichtig hin und her bewegte und dabei beruhigend auf den Hund einredete. Ohne den Bart sah Piet so viel jünger aus, als er anfangs auf sie gewirkt hatte, an jenem Tag, an dem er plötzlich in Mielchens Kirschbaum aufgetaucht war. Verletzlicher, auch. Seit er ihr von dem Tod seiner Frau erzählt hatte, verstand Jule viel besser, was mit ihm los war. Kein Wunder, dass er meist so einsilbig war und sich manchmal lieber zurückzog. Aber gerade dieses Brummelige, bärenhaft Freundliche mochte Jule an Piet. Irgendwie hatte sie in seiner Gegenwart immer das Gefühl, als könnte ihr nichts zustoßen. Vorhin beim Gewitter, zum Beispiel.

Im Wartehäuschen hatte er sie dann allerdings ziemlich durcheinandergebracht mit dem Gerede über ihren Traum, der plötzlich ihrer beider Traum zu sein schien. Und als sie auf dem Nachhauseweg so lange nebeneinander her gegangen waren und über Gott und die Welt redeten, hatte sie ihrem Impuls, seine Hand zu nehmen, wirklich nur schwer widerstehen können.

Sollte Mia am Ende recht haben? Oder war Jule emotional im Moment einfach vollkommen unzurechnungsfähig? Seit der Trennung von Tom fühlte sie sich irgendwie im Ausnahmezustand. Allein schon die Geschichte mit Sebastian – in was hatte sie sich da nur hineingesteigert? Ja, das musste es sein: totale Verwirrung, totaler Ausnahmezustand. Am besten, sie verhielt sich erst mal ruhig, dann machte sie jedenfalls keinen Unsinn, den sie später bereuen würde.

«Die Würstchen sind fertig!», rief Gesa aus dem Garten.

Sofort sprang Mia auf und lief zum Grill. Inken nahm einen großen Teller und folgte ihr.

«Scheint gar nicht so schlimm zu sein mit Emils Pfote», sagte Piet, nahm sich ein Bier und öffnete auch für Gesa und Senta zwei Flaschen.

«Ein Glück», sagte Mia, «dann können wir ja bald wieder losziehen.»

«Aber nicht, dass du noch mal verlorengehst!» Inken strubbelte ihrer Tochter durchs Haar.

Was für eine Idylle!, dachte Jule, als sich schließlich alle um den Tisch versammelt hatten. *Alle scheinen sich wohlzufühlen. Eine harmonische Runde mit Familie und Freunden. Ein Traum.*

Sie lächelte Piet an, und er erwiderte ihren Blick. Dann nahm sie einen Teller nach dem anderen entgegen, um Salat aufzutun. Als die Schüssel leer war und sie aufsah, um allen einen guten Appetit zu wünschen, stockte sie plötzlich.

Im Garten stand eine Frau, die ihr leider nur zu bekannt vorkam: Alice, Sebastians Assistentin. Schwarze Wallemähne, rote Lippen. Heute war sie allerdings ungewohnt sittsam gekleidet mit einer hochgeschlossenen weißen Bluse zum dunkelblauen, knielangen Rock.

Vor Schreck ließ Jule die Gabel auf den Teller fallen und schoss von ihrem Stuhl hoch. Alle am Tisch sahen erschrocken zu ihr auf und folgten dann ihrem Blick.

Alice trat vorsichtig näher und hob beschwichtigend eine Hand. «Entschuldigung, ich bin sofort wieder weg, ich möchte gar nicht stören.» Sie zog etwas hinter ihrem Rücken hervor. «Ich wollte nur dies hier zurückbringen.»

In der ausgestreckten Hand hielt sie ein altes Kirschglas. *Mielchens* altes Kirschglas.

Jule konnte es nicht fassen.

Warum …?

Die Gedanken in ihrem Kopf wirbelten wild durcheinander. Aus dem Augenwinkel sah sie, wie Mielchen fragend zwischen ihr und der Fremden hin und her schaute. Kein Wunder, ihre Oma wusste ja noch gar nicht, dass Sebastian das Kirschglas aus ihrem Keller gestohlen hatte.

Langsam ging sie auf Alice zu.

«Wir haben es im Labor geöffnet und ein paar Kirschen untersucht, können aber nichts mit ihnen anfangen», erklärte die Assistentin. «Ich habe es so verstanden, dass das Glas vermutlich vermisst wird, und wollte es deshalb …»

«Was ist denn mit dem Glas?» Das war Mielchen, die sich zu Recht fragte, was eigentlich los war. «Jule, willst du die junge Dame nicht an den Tisch bitten?»

Bevor Jule reagieren konnte, griff Inken ein: «Nein», sagte

sie bestimmt. «Das ist keine so gute Idee. Die *junge Dame* hat es sicher eilig, hier wieder wegzukommen.»

Jule ging zu Alice und nahm ihr das Glas ab. «Danke», sagte sie knapp. «War's das?»

Alice nickte. Dann hob sie kurz die Hand zum Gruß in Richtung Terrasse und verschwand so leise, wie sie gekommen war.

«Aber –» Mielchen sah ihre Enkelin fragend an, als diese an den Tisch zurückkehrte.

Besänftigend legte Jule ihr eine Hand auf die Schulter. «Das ist eine lange Geschichte, Mielchen. Ich erzähle sie dir später.» Damit stellte sie das Kirschglas auf den Tisch und setzte sich wieder.

Die anderen sahen sie gespannt an und warteten auf eine Erklärung. Aber Jule bekam kein Wort heraus. Sie hatte keine Ahnung, wo sie anfangen sollte.

Schließlich fragte ihre Mutter: «Wer war das denn?»

Mia richtete sich auf. «Eine Hexe, oder?»

«Genau», sagte Inken bestimmt. «Das war eine Hexe, aber … eigentlich eine gute. Jedenfalls hat sie Jule und Mielchen das zurückgebracht, was der Räuber ihnen gestohlen hat. Mit dem ist sie nämlich befreundet.»

«Nur, dass der Räuber Jule eigentlich noch viel mehr gestohlen hat», murmelte Gesa.

Senta legte ihr Besteck beiseite. «Hier scheinen ja alle bestens im Bilde zu sein», stellte sie fest. «Nur ich versteh kein Wort.»

Jules Blick wanderte von Mielchen zum Kirschbaum und wieder zurück. «Das sind einfach die ersten Kirschen, die der Baum dort jemals getragen hat.» Sie deutete in den Garten und warf ihrer Oma einen prüfenden Blick zu. Würde sie verstehen? Immerhin hatte sie ihr erlaubt, Sebastian das Glas zu geben.

Mielchen öffnete den Mund, als wollte sie etwas sagen, schloss ihn dann aber wieder. Nach kurzem Überlegen erklärte sie schließlich: «Aus dem Jahr, in dem du in die Schule gekommen bist, Senta ... Ich habe sie bis heute aufbewahrt.»

Sie hatte verstanden. Dankbar sah Jule ihre Oma an, die ihren Blick freundlich erwiderte.

«Aha», sagte Senta, nicht viel weniger ratlos als zuvor.

Jule nahm das Kirschglas und drehte es in den Händen. Es war nur noch halb gefüllt, der Rest war vermutlich für die Untersuchung im Labor draufgegangen. Der Gummiring des Weckglases fehlte, und von den ursprünglich zwei Metallklammern, die den Deckel fixierten, war nur noch eine übrig. Es war also nur notdürftig verschlossen – Alice hatte es sehr vorsichtig transportieren müssen.

«Was machen wir jetzt damit?», fragte sie ihre Oma. «Aufbewahren kannst du die so nicht mehr, aber genießbar sind sie garantiert auch nicht mehr.»

Nachdenklich betrachtete Mielchen den Kirschbaum, der einen langen Schatten auf den Rasen warf.

«Dann müssen wir die ganze Geschichte wohl begraben.»

Etwa eine Stunde später standen sie alle um den Kirschbaum herum. Die untergehende Sonne ließ den Horizont in Silbergelb und gleißendem Orange erstrahlen.

Vorsichtig schüttete Mielchen, von Senta gestützt, die verbliebenen Kirschen in eine kleine Kuhle, die Jule zwischen den Wurzeln gebuddelt hatte. Mia, die neben ihr kniete, half ihr, die Kuhle wieder mit Erde zu füllen. Als sie fertig waren, setzte Mia mit beiden Händen den großen Stein auf die frische Erde, den sie aus ihrem Garten geholt hatte. Da Mia auch auf einer Grabinschrift bestanden hatte, hatten sie gemeinsam mit schwarzem Edding auf den Stein geschrieben:

HIER RUHEN IN FRIEDEN:
KIRSCHEN
1953–2011

Jule hoffte nur, dass Mia jetzt nicht noch eine Ansprache, ein Trauerlied und ein Gebet forderte, aber da die Kleine vermutlich noch nie auf einer Beerdigung gewesen war, stand noch mehr Pathos wohl eher nicht zu befürchten.

«Ein ungewöhnlich langes Leben für Kirschen», sagte Inken salbungsvoll.

«Ja, und ungewöhnlich ereignisreich», fügte Piet hinzu. «Jedenfalls die letzten Tage.»

«Aber ob es auch erfüllt war?», fragte Gesa.

«Ich fürchte, eher nicht», sagte Inken und ging zusammen mit Gesa und Piet über das Gras Richtung Terrasse. «Sie sind ja nicht gegessen worden. Ich meine, wäre das nicht die eigentliche Erfüllung ihres Lebens gewesen?»

Jule, die ihren Worten gelauscht hatte, schüttelte den Kopf. «Ihr habt ja keine Ahnung …» Dann folgte sie ihren Freunden und ließ Mielchen und Senta allein unter dem Kirschbaum zurück.

Die beiden hatten sicher eine Menge zu besprechen.

Epilog

Am Tag nach dem Grillen wurde Jule zuerst von ihrer Oma und dann von ihrer Mutter beiseitegenommen. Beide wollten ihr von ihrer Aussprache erzählen. Zu Jules großer Überraschung hatte Senta von sich aus mit dem Thema begonnen. Sie wusste bereits seit Schulzeiten, dass Fritz nicht ihr leiblicher Vater war. Ein Mitschüler hatte damals eine Bemerkung gemacht, die Senta äußert verwirrend fand, und so war sie zu Fritz gegangen, zu dem sie ja – in Mielchens Worten – immer schon ein einfacheres Verhältnis gehabt hatte, oder in Sentas Worten: zu Fritz, der einfach nicht so verschlossen und verstockt war wie ihre Mutter, wenn es ans Reden ging. Senta hatte damals nicht lockergelassen, bevor er ihr die ganze Geschichte erzählte. Aber sie musste ihm schwören, Mielchen von diesem Gespräch nichts zu erzählen. Beinahe feindselig hatte Senta all die Jahre über gewartet, wann ihre Mutter es ihr endlich von selbst sagen würde – bis sie jetzt, Jahrzehnte später, nach Mielchens Sturz beschlossen hatte, das Thema von sich aus anzusprechen, ehe es dafür zu spät war.

Im goldenen Oktober, als sich der Keller von Jules Oma wieder mit zahlreichen Weckgläsern füllte, arbeitete Jule ihre letzten Wochen in der Redaktion der *Antonia*. Da Inken bereits im *Rondeel* angefangen hatte, lebten die beiden eine Zeitlang zusammen mit Mia in Jules Hamburger Wohnung. Danach übernahm Inken den Mietvertrag, und Jule zog tatsächlich nach Königreich. Allerdings nicht in Inkens Haus, sondern zu Mielchen, die sich von ihrem Unfall gut erholt hatte und bald wieder so emsig in Haus und Garten arbeitete wie eh und je – nur auf Leitern zu steigen war ihr verboten. Derartige Aufgaben übernahm nun Piet.

Nach Jules ersten Monaten im Alten Land waren sie und Piet so unzertrennlich, dass sie schon bald beschlossen zusammenzuziehen. Als er mit dem Renovieren fertig war, richteten sie gemeinsam das Haus ein und begannen, den Garten zu einem verwunschenen Paradies umzugestalten. Piet übernahm in Jork die Praxis des alten Landarztes, und Jule gelang es, bei der *Landliebe* Beiträge wie «Altes Land – neue Liebe» und «Das Glück wächst auf der Wiese» unterzubringen, die bei den Lesern sehr gut ankamen.

Nach vielen gemeinsamen Wochenenden am Meer und einer Reise zu Senta nach Kanada eröffnete Jule Piet eines Sonntagmorgens im Bett, dass das erste ihrer wohlgeratenen Kinder unterwegs sei. Piet reagierte sofort und machte Jule einen Heiratsantrag, bei dem ihm vor Ergriffenheit jedoch auf halber Strecke die Stimme versagte. Doch Jule verstand und gab die richtige Antwort. Sie heirateten wenige Monate später während der Kirschblüte in der kleinen, alten Kirche von Jork.

Mia, die inzwischen in Hamburg eingeschult worden war und es dort eigentlich doch ganz gut fand, streute Blumen. Inken kam in Begleitung eines deutlich jüngeren Kochs, den sie erst kurz zuvor kennengelernt hatte. Ihr Personalchef,

Herr Breiting, hatte sich bei ihrem ersten und letzten gemeinsamen Abendessen als unerträglicher Pessimist erwiesen, weshalb es ihm nicht gelang, Inken für sich zu gewinnen.

Toms Einladung nach Paris kam Jule nicht nach, aber an Gesellschaft mangelte es ihm offenbar nicht. So konnte er beispielsweise die Hochzeitseinladung nicht annehmen, weil Jacinta, ein brasilianisches Model, das er kürzlich bei einem Fotoshooting kennengelernt hatte, an ebenjenem Wochenende zu ihm nach Paris kommen würde.

Dafür kamen Gesa und Matthias mit Peter und Paul, die nun mitten in der Pubertät steckten. Abgesehen davon, dass sie die dadurch erforderlich werdenden Körperpflegemaßnahmen trotz eindringlicher Bitten ihres Vaters bisher noch vernachlässigten, wirkte die Patchworkfamilie recht harmonisch.

Von Sebastian hörte Jule nie wieder etwas. Ab und zu sah sie auf der Website seines Instituts nach, ob inzwischen die große Untersuchung über das Klima in den vierziger Jahren erschienen war. Bislang jedoch erfolglos.

Das Haus, in dem Inken und Mia gelebt hatten, wurde an ein Ehepaar mit drei wilden Söhnen verkauft, die Königreich mit Klingelmäuschen und anderen Streichen auf Trab hielten. Mit den Eltern, Magnus und Marie, freundeten Jule und Piet sich an – obwohl Jule es offensichtlich fand, dass die Nachbarin Piet etwas *zu* gerne mochte. Was allerdings nicht auf Gegenseitigkeit beruhte, denn Piet hatte nur Augen für Jule. Aber das ist, wie Mielchen sagen würde, eine andere Geschichte.

Danksagung

Mein erster und wichtigster Dank gilt meiner Lektorin Ditta Kloth, ohne die es dieses Buch nicht gäbe. Für die Auskunft, dass die Sache mit den Weckgläsern als wissenschaftliche Arbeitshypothese durchaus taugt, geht ein herzlicher Dank an Prof. Mojib Latif. Ganz besonders danken möchte ich meiner Großmutter Elfriede Baatz, deren Erzählungen mir ein lebhaftes Bild der Kriegs- und Nachkriegszeit vermittelt haben und der ich außerdem die genaue Anleitung für das Kochen von Marmelade verdanke. Meiner Schwester Nadine danke ich für das Lesen der ersten Fassung und ihre wertvollen Kommentare, und für Hinweise verschiedenster Art danke ich Katja Scholtz, Regina Steinicke und Frauke Scheunemann. Stephan, der mir immer wieder stundenlang zugehört und sich mit mir den Kopf zerbrochen hat: danke schön. Und Carla für ihr Verständnis, wenn ich vor lauter Schreiben nicht genug Zeit hatte, und für ihre Begeisterung: danke.

MIX
Papier aus verantwortungsvollen Quellen
FSC® C083411

Das für dieses Buch verwendete FSC®-zertifizierte Papier
Holmen Book Cream liefert Holmen, Schweden.